PICKWICK

DANIELLE STEEL

GIOCO DI POTERE

Traduzione di Berta Maria Pia Smiths-Jacob

Sperling & Kupfer

Questa è un'opera di fantasia. Nomi, personaggi, luoghi e avvenimenti sono frutto dell'immaginazione dell'autrice o sono usati in chiave fittizia. Qualsiasi rassomiglianza con fatti o località reali o con persone, realmente esistenti o esistite, è puramente casuale.

www.pickwicklibri.it
www.sperling.it

Gioco di potere
di Danielle Steel
Titolo originale dell'opera: *Power Play*

ISBN 978-88-6836-412-0

I edizione Pickwick gennaio 2018

Anno 2018-2019-2020 - Edizione 1 2 3 4 5 6 7 8 9 10

Ai miei adorati figli
Beatrix, Trevor, Todd, Nick, Sam,
Victoria, Vanessa, Maxx e Zara.
Vi auguro una vita ricca di sorprese,
e che possiate incontrare persone gentili e sincere.
Che le scelte e i sacrifici che farete
durante il vostro cammino
siano sempre quelli più giusti per voi.
Il bene e la felicità vi accompagnino sempre.

Con tutto il mio amore
Mamma/d.s.

1

FIONA Carson uscì dal suo ufficio in perfetto orario per raggiungere la sala conferenze dove l'attendeva un'importante riunione. Indossava un completo da donna d'affari, portava i capelli raccolti sulla nuca e soltanto un filo di trucco: era l'amministratore delegato di una delle principali società del Paese. Odiava essere in ritardo e l'impressione che suscitava sempre in chi la conosceva – ma anche negli altri – era quella di una persona totalmente controllata e in grado di affrontare qualunque situazione. Mai, per nessuna ragione al mondo, avrebbe permesso che le sue questioni personali, o di altra natura, interferissero con il lavoro.

Il BlackBerry squillò quando era a pochi passi dalla sala conferenze. Il suo primo impulso fu di lasciare scattare la segreteria, ma poi decise di dare un'occhiata, per sicurezza: era sua figlia Alyssa, studentessa al secondo anno all'Università di Stanford. Fiona esitò un istante prima di rispondere. Mancava ancora qualche minuto all'inizio della riunione e lei, da madre single, si sentiva sempre in obbligo verso i suoi ragazzi. E se avessero avuto un problema? Alyssa era sempre stata un'adolescente tranquilla e responsabile ma... se si fosse ammalata, o se in quel momento si fosse trovata al pronto soccorso o se il cane fosse stato investito da una macchina? Quest'ultimo fatto, peraltro, si era già verificato in passato, e la povera Alyssa aveva sofferto per mesi. Per Fiona era impossibile non rispondere al telefono, se a chiamarla era uno dei figli. Per lei il mestiere di genitore comportava l'essere raggiungibile a qualsiasi ora del giorno e della notte, così come accadeva in ambito professionale, visto il suo ruolo nell'azienda. In caso di emergenza lei era reperibile, indipendentemente dall'ora o dal posto in cui si trovava. Premette il tasto di risposta al secondo squillo.

«Mamma?» Il tono di Alyssa era quello che usava sempre per gli eventi importanti: un voto fantastico o pessimo, un referto medico non così buono, come la positività alla mononucleosi. Di qualunque cosa si trattasse, doveva avere una certa rilevanza. Fiona sperava solo che non fosse nulla di brutto.

«Sì, amore, che succede?» abbassò il tono di voce, per evitare di farsi sentire nel corridoio. «Stai bene?»

«Sì, certo!» rispose Alyssa, seccata. «Perché me lo chiedi?» Non la sfiorava nemmeno il pensiero di quante cose potessero andare storte o potessero fare preoccupare chi le voleva bene. Fiona, però, era sempre pronta a intervenire, proprio come la Croce Rossa o i vigili del fuoco: il suo era una sorta di impiego a tempo indeterminato nei servizi d'emergenza. «Dove sei? Perché sussurri?» aggiunse la ragazza, che odiava quando la madre al telefono bisbigliava.

«Sto andando a una riunione», spiegò Fiona con lo stesso tono. «Hai bisogno di qualcosa?»

«Non ho bisogno di niente. Volevo solo domandarti una cosa», replicò piccata Alyssa.

Erano partite con il piede sbagliato, e la donna non capiva perché la figlia non le avesse mandato un messaggio come faceva spesso per evitare di disturbarla. Sebbene i ragazzi sapessero di essere la priorità per lei, quindi non esitavano a contattarla anche quando era al lavoro, c'erano delle regole ben precise: niente chiamate in ufficio se non in caso di assoluta necessità. Quando Alyssa e Mark erano piccoli, le eccezioni erano state parecchie; spesso l'avevano contattata per dirle che si erano fatti male o che sentivano la sua mancanza. Ma in quei casi non li aveva mai rimproverati.

«Dimmi.» Cercò di non mostrarsi spazientita. «Devo entrare in riunione fra due secondi.»

«Ho bisogno di un favore.»

Meglio che si tratti di qualcosa di davvero importante, pensò Fiona, considerato il momento, il tono della voce all'altro capo del telefono e la premessa. «Che favore?»

«Puoi prestarmi la gonna di Givenchy? Quella nera, con lo spacco laterale. Ho un appuntamento sabato sera.» Sembrava una questione di vita o di morte, e probabilmente per lei era davvero così.

«Hai chiamato per questo? Non potevi aspettare stasera?» replicò la madre infastidita. «E comunque, non l'ho mai messa!» Difficilmente riusciva a indossare un abito nuovo per prima. Alyssa li prendeva subito in prestito oppure scomparivano per sempre, dimenticati in un angolo del suo guardaroba. Succedeva ormai spessissimo. Madre e figlia avevano la stessa taglia e i gusti della ragazza si facevano ogni giorno più sofisticati.

«Non la uso per andare a fare una gara sportiva! Te la restituisco domenica.»

Di quale anno? si chiese Fiona. Alyssa aveva un concetto molto vago della restituzione di ciò che prendeva in prestito. Avrebbe voluto controbattere, ma non aveva più tempo. «Va bene. Ne riparliamo stasera a casa.»

«Ho bisogno di saperlo adesso perché altrimenti devo assolutamente andare a comprare qualcosa. Non ho niente da mettermi.»

La conversazione sarebbe stata troppo lunga e quello non era il momento adatto. «Va bene. Aggiudicata!»

«No, mamma, aspetta. Devo raccontarti della tesina di economia. È per lunedì ma il professore non ha approvato l'argomento che ho scelto. Volevo...»

«Adesso non posso, Alyssa. Più tardi. Sono impegnata ed è una questione troppo importante per liquidarla in pochi secondi.» La sua voce assunse un'inflessione esasperata e la figlia reagì male.

«Okay, ho capito. Ti lamenti sempre che non discuto degli esami con te, e il professore sostiene...»

«Non nel bel mezzo della giornata lavorativa e a ridosso di una riunione importante! Sono felicissima che tu voglia parlarne con me, ma adesso non posso proprio.»

«Quando allora?» chiese Alyssa piuttosto scocciata, come a sottintendere che la madre non avesse mai tempo per lei. Questa volta fu Fiona a sentirsi ferita. Era sempre disponibile per i figli, e loro lo sapevano.

«Stasera. Ne riparliamo stasera.»

«Stasera non posso. Vado al cinema con la mia classe

di francese e prima al ristorante francese. Fa parte del programma.»

«Telefonami quando rientri», replicò la madre.

«Allora per la gonna è deciso. Passo a prenderla sabato. Grazie, mamma.»

«Non c'è di che», rispose Fiona con un sorrisetto ironico. I figli riuscivano sempre ad averla vinta, in particolar modo Alyssa. Era come se dovesse mettere continuamente alla prova le attenzioni che la madre le riservava: non poteva farne a meno.

Sei sempre in cima ai miei pensieri e alle mie attenzioni, rifletté Fiona sperando che la figlia non la richiamasse per chiederle anche il maglioncino nero abbinato alla gonna. «Ti voglio bene. Divertiti.»

«Ti voglio bene anch'io. Divertiti pure tu alla riunione e scusa se ti ho disturbata.»

Chiusa la comunicazione, la donna mise il cellulare in modalità vibrazione e lo fece scivolare nella tasca della giacca. Il lavoro l'attendeva. Assunse un'espressione professionale ed entrò nella sala conferenze della NTA, la National Technology Advancement. Sorrise ai membri del consiglio di amministrazione riuniti intorno al grande tavolo ovale, in attesa del resto dei partecipanti. I presenti erano una decina: otto uomini e due donne, la maggior parte dei quali era al timone di altre compagnie, più piccole o grandi quanto la NTA. Mancavano ancora quattro persone e Fiona. Quarantanove anni, da sei era al vertice della NTA, e aveva sempre svolto un ottimo lavoro. Era succeduta alla lunga gestione antiquata di un precedente amministratore delegato, la cui predisposizione a minimizzare i problemi aveva causato un deprezzamento consistente delle quotazioni societarie. Lei era stata selezionata con estrema cura da un comitato di ricerca, e strappata a un'altra azienda nella quale ricopriva un ruolo di prestigio.

Dopo la nomina aveva assunto la guida dell'azienda, mostrandosi incisiva nelle valutazioni e coraggiosa nei piani da attuare. Non correva rischi inutili e agiva sempre con ponderazione; gli obiettivi aziendali a breve e lungo termine erano stati raggiunti in maniera brillante, al punto che nel giro di pochi mesi il valore delle azioni aveva fatto un balzo in alto e seguitava ad aumentare a dispetto della difficile situazione economica generale. Godeva dell'ammirazione tanto dei manager quanto degli azionisti, ed era rispettata dai colleghi e dai dipendenti. Era spietata quando serviva, ma meticolosa e attenta in ogni decisione. Fiona Carson era una vera stella, che brillava sin dagli inizi della sua carriera. Intelligente e naturalmente portata per gli affari, era una delle donne di maggior successo del Paese, a capo di una delle compagnie più importanti d'America e responsabile di centinaia di migliaia di impiegati.

Fiona salutò e, come era solita fare in quelle circostanze, chiacchierò con i membri del consiglio che arrivavano alla spicciolata. Mancavano ancora una decina di minuti all'inizio del meeting. Il presidente, Harding Williams, arrivava sempre pochi secondi prima dell'apertura della seduta. Anche lui aveva un'importante carriera alle spalle, sebbene non così brillante come quella di Fiona. Per la maggior parte del suo percorso lavorativo, l'uomo era stato a capo di una grande compagnia – sebbene più piccola della NTA – e la sua impronta era stata pressoché dittatoriale. I tempi però erano cambiati, come spesso gli aveva fatto notare Fiona quando Harding – sempre incline alla ribellione – aveva agito lasciandosi trasportare dalle proprie opinioni o dall'impulso. Al contrario di lui, lei seguiva con scupolo le regole di gestione della società e pretendeva che tutti facessero lo stesso. Questo, in diverse riunioni, aveva causato disaccordo tra lei e il collega. Fiona affermava gentilmente che erano come due genitori che avevano a cuore gli interessi del figlio e i cui rispettivi punti di vista, benché opposti, davano ottimi risultati per la NTA, quando raggiungevano un compromesso. Tuttavia quei meeting spesso tiravano fuori il peggio di ciascuno di loro, e Fiona ne usciva con forti mal di testa.

Rispettava Williams per la carica che ricopriva e per la sua lunga esperienza – era stato anche lui al timone della NTA, molto prima dell'arrivo di lei –, ma era chiaro a tutti che lo detestasse come persona e che lui la odiasse ancora di più. Harding non si faceva scrupolo di esternare commenti sgradevoli su di lei, anche personali, o di spazientirsi quando esponeva le sue proposte, mentre Fiona si sforzava di comportarsi sempre con diplomazia, rispetto e discrezione. Diverse volte lui aveva ferito i sentimenti della collega parlando male di lei tanto in sua presenza quanto alle spalle, ma in ogni occasione la donna si era mostrata imperturbabile. Da vera professionista non gli avrebbe mai dato la soddisfazione di fargli capire quanto il suo atteggiamento la irritasse. Di solito, al termine di un meeting, quando rientrava nel suo ufficio, la segretaria le faceva trovare sulla scrivania due compresse contro l'emicrania, e di certo anche quel giorno le cose non sarebbero state diverse. Fiona aveva convocato una riunione urgente per tentare di risolvere un problema delicatissimo.

Harding riteneva ridicolo l'incontro ed era entrato in sala conferenze lamentandosene. Da cinque anni era in pensione, ma era ancora un presidente potente che esercitava la propria influenza su molti altri consigli aziendali. Alla fine dell'anno sarebbe stato costretto a dare le dimissioni dalla carica di presidente della NTA – settant'anni erano il limite massimo consentito – a meno che il consiglio di amministrazione avesse votato il prolungamento dell'età pensionabile obbligatoria per un suo membro, circostanza mai verificatasi prima. Fiona non vedeva l'ora di liberarsi della sua presenza e attendeva con impazienza la scadenza di quei sette lunghissimi mesi. Fino ad allora avrebbe dovuto lavorare con lui in maniera costruttiva.

Subito dopo la nomina della donna ad amministratore delegato della compagnia, Harding aveva iniziato a definirla una poco di buono priva di morale. La loro conoscenza risaliva ad anni prima, quando Fiona frequentava la Harvard Business School e Williams era stato suo docente al primo anno. Da allora, l'opinione che si era fatto di lei non era mai cambiata.

Fiona avrebbe potuto diventare stupenda con il minimo sforzo; a lei però non interessava farsi bella per gli uomini che incontrava al lavoro. Le sue uniche preoccupazioni erano la guida dell'azienda e il raggiungimento di obiettivi sempre più elevati. Da molti anni ormai aveva adottato completamente lo stile di vita delle donne in carriera. Aveva un fisico snello e slanciato, lunghi capelli biondi che portava raccolti in uno chignon e grandi occhi verdi. Non indossava né gioielli né fronzoli di alcun genere. Aveva mani sempre perfettamente curate e le unghie con lo smalto trasparente. Era il simbolo della donna potente e di successo; era il pugno di ferro in un guanto di velluto. Una donna forte, che però non abusava del proprio potere e che era sempre pronta a prendere decisioni difficili e ad accettare le critiche e i problemi che potevano derivarne. Non lasciava mai trapelare le sue preoccupazioni prima di una scelta, né la paura che qualcosa andasse storto né, tantomeno, i rimorsi di coscienza che la attanagliavano quando era costretta a chiudere un'azienda e licenziare migliaia di lavoratori. C'erano notti in cui quelle ansie la tormentavano al punto da toglierle il sonno. L'indomani, però, si mostrava sempre calma, controllata, risoluta, lucida, compassionevole e educata, evitando di mostrare il lato più tenero di sé. Non poteva permetterselo: sarebbe stato pericoloso per il lavoro, e in contrasto con la sua immagine di leader deciso e consapevole.

Fiona attese che tutti i membri del consiglio di amministrazione si fossero accomodati e ignorò l'occhiata sarcastica che le lanciò Williams una volta dichiarata aperta la seduta.

«Sei stata tu a convocarci, Fiona. Dicci cosa vuoi. Spero per te che ne valga la pena, poiché abbiamo tutti interrotto le nostre attività per questo incontro fuori programma. Avresti potuto mandarci un'e-mail. Ho di meglio da fare che precipitarmi qui ogni volta che hai un'idea nuova, e sono sicuro che lo stesso valga per gli altri.» Pur concordando con lui, Fiona evitò di rispondere. La convocazione era più che fondata e lo stesso Harding ne era consapevole. Quelle sgradevoli parole erano soltanto la premessa di sempre, il modo per denigrarla agli occhi dei presenti. Davanti a lui Fiona continuava a sentirsi la studentessa di un tempo, una delle peggiori, anche se con il tempo era cambiata. Come sempre di fronte a simili provocazioni, rimase impassibile.

Più volte, nel corso degli anni, Harding aveva fatto intendere di pensare che le donne non dovessero essere a capo di compagnie importanti; non erano capaci di farlo, e Fiona non rappresentava un'eccezione. Detestava le posizioni di potere occupate dal sesso debole. Era sposato da quarantaquattro anni con una donna che aveva frequentato la prestigiosa Università di Vassar, aveva conseguito un master in storia dell'arte alla Radcliffe e non aveva mai lavorato in vita sua. Non avendo figli, Marjorie Williams trascorreva l'esistenza all'ombra del marito, sempre in attesa che lui le dicesse cosa fare. Una situazione perfetta per Harding, che non mancava di vantarsi della longevità del proprio matrimonio ogni volta che sentiva parlare del fallimento di quelli altrui. Non c'era modestia o umiltà in quell'uomo.

«Sì, sono stata io a convocare questa riunione», replicò lei, seduta dritta sulla sedia. Nonostante la pacatezza della voce aveva un modo di fare che catturava l'attenzione ed era in grado di entusiasmare chiunque quando illustrava le sue idee più innovative. «E l'ho fatto per discutere della recente fuga di notizie sulle quali la stampa si è buttata a capofitto.» L'informazione era ormai di pubblico dominio e ciascun membro del consiglio di amministrazione non nascondeva la propria preoccupazione in merito. «Credo che siamo tutti d'accordo che quanto è accaduto ci ha messo in una posizione imbarazzante. La chiusura dello stabilimento di Larksberry avrà un impatto negativo su migliaia di lavoratori, che resteranno disoccupati. L'annuncio dovrà essere fatto con molta cautela. Il modo in cui veicoleremo il messaggio e gestiremo la situazione subito dopo, specie se non lo faremo con le dovute precauzioni, potrebbe ripercuotersi sul valore delle nostre azioni e persino creare panico sul mercato. Come già votato nel precedente incontro, pur sapendo di dover rendere pubblica la notizia, è ancora prematuro farne parola con i nostri azionisti e con i lavoratori. Adesso abbiamo necessità di approvare delle misure di controllo, cosa alla quale mi sono dedicata a tempo pieno sin dal nostro ultimo meeting. Dobbiamo necessariamente chiudere quello stabilimento, per il bene della società, ma l'ultima cosa che desideravamo era far trapelare la notizia prima che avessimo avuto il tempo di definire i dettagli dell'operazione. Come tutti sapete, se n'è parlato due settimane fa sul *Wall Street Journal* e, in seconda battuta, sul *New York Times*. Da quel momento, ho cercato di rimettere a posto le cose. Tutti concorderete che l'aspetto peggiore di questa situazione non è soltanto il tempismo negativo, ma il fatto che il resposabile della fuga di notizie faccia parte del consiglio di amministrazione. Le informazioni pubblicate sulla stampa erano note solo alle persone qui riunite. Alcune non sono mai state nemmeno messe per iscritto, e ciò significa che i giornali non sarebbero mai potuti venirne a conoscenza, se qualcuno non avesse parlato.»

Un silenzio di piombo cadde sulla sala conferenze. Fiona fece scorrere il suo sguardo serio e intenso su ogni membro presente. «È inconcepibile che sia accaduto qui. È la prima volta in sei anni alla NTA, e in tutta la mia carriera non sono mai stata vittima di fughe di notizie. So che succede, ma per me è la prima volta, e probabilmente lo è anche per alcuni di voi.» Di nuovo i suoi occhi si appuntarono su ciascun interlocutore, e tutti annuirono. Nessuno le sembrava colpevole; Harding invece aveva assunto un'espressione infastidita come se Fiona stesse facendo perder loro del tempo. L'intenzione della donna, però, era di trovare il responsabile e di estrometterlo al più presto: una fuga di notizie era qualcosa di troppo grave, non si poteva sottovalutare o lasciare impunito.

«Credo sia giusto conoscere l'identità di chi ha violato la riservatezza del consiglio, e finora nessuno di voi ha ammesso di essere colpevole. La situazione è delicata.» I suoi occhi verdi erano furibondi. «Ne va del buon nome della compagnia e della stabilità delle azioni. Abbiamo degli obblighi nei confronti degli azionisti e di chi lavora per noi. Voglio sapere chi ha parlato con la stampa, e sono certa che lo desideriate anche voi.» Tutti annuirono. Solo Harding sembrava seccato.

«Vieni al punto, Fiona», tagliò corto in tono sgarbato. «Cosa suggerisci? La macchina della verità per tutto il consiglio? Be', inizia pure con il sottoscritto. Gettiamoci questa faccenda alle spalle senza perdere tempo in ridicolaggini. Alcune informazioni sono trapelate, va bene, ma a quanto pare siamo sopravvissuti e magari l'accaduto potrà far suonare un campanello d'allarme nei lavoratori che licenzieremo e nel pubblico. Non sto giustificando nulla, sia chiaro. Sto solo dicendo che forse non è stata poi una tragedia.»

«Non sono d'accordo. Credo sia importante individuare il responsabile e fare in modo che una cosa simile non si verifichi più.»

«Perfetto. Dai pure inizio alla tua caccia alle streghe, ma ti avverto che non tollererò nulla di illegale. Sappiamo tutti cosa è accaduto alla Hewlett-Packard qualche anno fa, quando si è trovata nella nostra stessa situazione. La società è arrivata vicino al punto di sciogliersi, venendo ridicolizzata dalla stampa, e nessuno dei membri del consiglio di amministrazione era a conoscenza dei metodi illegali usati per condurre l'indagine. Non dimentichiamoci che il presidente è quasi finito in prigione quando si sono scoperti gli altarini. Ti avverto, Fiona, non intendo andare dietro le sbarre per colpa tua. Agisci pure come credi, ma accertati che ogni singola procedura sia legale e trasparente.»

«Te lo garantisco», replicò gelida Fiona. «Condivido le tue preoccupazioni e non voglio vivere la stessa esperienza della HP. Ho i nominativi di diverse agenzie investigative che sottoporrò oggi stesso alla vostra attenzione. Esigo che le indagini nei confronti di ciascun membro del consiglio di amministrazione, me inclusa, siano svolte nel totale rispetto della legge.»

«È davvero così importante?» chiese Harding nuovamente seccato. «La notizia è trapelata e tu stessa hai ammesso che i danni sono stati limitati. Cosa può cambiare sapere il nome del colpevole? Potrebbe anche essersi trattato di un reporter molto astuto che ha fatto lavorare il cervello andando dritto all'obiettivo.»

«Impossibile e lo sai anche tu», lo contraddisse Fiona. «Voglio avere la certezza assoluta che non ci sarà una seconda volta. Sono state violate le regole alla base della gestione di questa compagnia.»

«Per amor del cielo, Fiona, ci vuole molto più di semplici regole di gestione per stare alla guida di un consiglio di amministrazione, regole che conosciamo tutti», disse Harding annoiato. «Sprechiamo la metà del nostro tempo a discutere procedure e a inventarne di nuove per rallentarci. Mi stupisco che tu riesca ancora a gestire la società. Personalmente non ho mai perso un minuto come fai tu. Le decisioni prese si seguivano fino in fondo, non stavamo lì a inventarci nuove regole su come fare cosa.»

«I tempi sono cambiati e non si possono più gestire gli affari con un approccio dittatoriale», ribatté decisa Fiona. «I nostri azionisti non lo accetterebbero mai, ed è giusto che sia così. Dobbiamo seguire delle regole ed è innegabile che un azionista, oggi, sia molto meglio informato e più esigente di quanto fosse venti o trent'anni fa.» Harding, malgrado tutto, ne era consapevole. «Vorrei che si votasse a favore dell'indagine di cui vi ho parlato, e desidererei che tutto fosse fatto nel pieno rispetto della legalità.» Williams fu il primo a votare la mozione malgrado avesse definito quella faccenda un'inutile perdita di denaro. La proposta fu approvata all'unanimità.

«Soddisfatta?» le chiese mentre lasciavano insieme la sala conferenze.

«Sì, ti ringrazio, Harding.»

«Cosa farai, una volta scoperto il responsabile?» domandò sarcastico. «Lo sculaccerai? Abbiamo questioni più importanti con le quali occupare il nostro tempo.»

«Gli chiederò di rassegnare le dimissioni dal consiglio.» Aveva la voce ferma e fissò i suoi occhi in quelli dell'uomo, nei quali distingueva lo stesso immutato sdegno dei tempi della Harvard Business School. Sapeva che non le sarebbe bastata una vita per guadagnarsi il suo rispetto, le continue interruzioni e i commenti pungenti durante la riunione lo dimostravano, ma non le importava. La sua carriera era stata fenomenale, indipendentemente dall'opinione che lui si era fatto di lei.

Mentre tornava in tutta fretta nel suo ufficio per un appuntamento pomeridiano, Fiona ripensò a quando, il primo anno alla Harvard Business School, si era sentita inadeguata e sopraffatta dagli impegni tanto che spesso aveva pensato di abbandonare gli studi. Aveva l'impressione che il suo rendimento fosse inferiore rispetto alla maggior parte dei colleghi – in prevalenza ragazzi –, dotati di una sicurezza che a lei difettava. Possedeva soltanto una grande ambizione e un amore smisurato per gli affari, qualità che però non le sembravano sufficienti, specialmente agli inizi. In realtà stava passando un periodo piuttosto difficile; appena un anno prima aveva perso i genitori in un incidente automobilistico e, senza di loro, si sentiva persa e sconsolata. Il padre l'aveva sempre incoraggiata a seguire le proprie inclinazioni e così lei si era incaponita a conseguire la laurea anche dopo la tragedia. L'unico appoggio sul quale poteva contare era quello della sorella maggiore, specializzanda in psichiatria a

Stanford, a quasi cinquemila chilometri di distanza. Quella situazione, unita alla paura della solitudine nella nuova scuola e all'ostilità dei nuovi compagni, le avevano reso la vita difficile; a ciò si aggiungeva l'indifferenza con la quale la trattavano i professori.

Harding aveva preso un anno sabbatico ed era andato a insegnare alla Business School, su consiglio di un compagno di Princeton. Era stato lui a dare a Fiona un voto molto basso all'esame, facendole rischiare la bocciatura. L'unica rassicurazione per lei era stato un vecchio amico di Williams, Jed Ivory, che aveva la reputazione di fare da mentore ai propri studenti. Ivory si era effettivamente occupato di lei con gentilezza, diventando il suo amico più caro.

Poco dopo Jed si era separato dalla moglie, perché il loro matrimonio era piuttosto burrascoso. All'inizio, Fiona era stata solo una sua studentessa, ma ben presto il rapporto si era trasformato in una relazione che era durata anni. Jed le aveva detto di essere già separato e in attesa di ottenere il divorzio, quando erano andati a letto insieme la prima volta, e lei se ne era innamorata pazzamente. Tuttavia il comportamento frivolo del professore era noto nell'ambiente universitario, in cui circolavano molti pettegolezzi.

Fiona pareva non accorgersi di nulla, tranne che della disapprovazione di Harding per quel legame. Anni dopo l'aveva persino accusata di aver rovinato il matrimonio dell'amico. La storia con Jed si era interrotta bruscamente alla fine del primo anno, quando il professore era stato costretto ad ammettere di avere una relazione con un'altra studentessa che era rimasta incinta e avrebbe sposato il giugno successivo. Devastata, Fiona aveva pianto per tutta l'estate.

Fu a settembre, alla ripresa delle lezioni, che incontrò David, più grande di lei di quattro anni, che sarebbe diventato suo marito. Bruciarono le tappe: si fidanzarono a Natale e si sposarono subito dopo la laurea, per poi trasferirsi a San Francisco, la città di lui. All'epoca, quella le sembrava la cosa giusta da fare; la storia con Jed Ivory, però, l'aveva segnata.

Durante il secondo anno, s'imbatté nuovamente in Jed. Il professore cercò più volte di riallacciare il loro rapporto – sebbene fosse sposato e con un bambino piccolo –, ma Fiona riuscì a evitarlo e a non frequentare più le sue lezioni. Solo mesi dopo si era resa conto che l'abitudine di intrecciare relazioni con le studentesse era risaputa nell'ambiente universitario, e che Ivory aveva sfruttato a proprio vantaggio la sua giovinezza e la sua vulnerabilità. Dopo la fine degli studi non lo aveva più visto né sentito, ma le era giunta voce che si era sposato altre due volte, sempre con donne molto giovani.

Nonostante tutto, Harding continuava a venerare l'amico e a non curarsi affatto della sua fama di playboy. Al contrario, non aveva mai cambiato idea su Fiona, che considerava una seduttrice anziché una vittima, come realmente era. Nella sua visione maschilista si ostinava a considerarla una rovinafamiglie e a trattarla come una ragazza facile; e non esitava mai ad accennare alla sua condotta «vivace» dei tempi dell'università.

Fiona tuttavia non dava mai spiegazioni in merito: per lei, ormai, la storia con Jed Ivory era solo uno sfortunato incidente di gioventù capitato anche a causa dello stato d'animo in cui era caduta dopo la morte dei genitori, situazione che l'uomo aveva sfruttato a proprio vantaggio. Lei non aveva nulla di cui scusarsi, ma Harding le rinfacciava ancora quell'episodio avvenuto venticinque anni prima, nonostante la sua brillante carriera e un matrimonio durato diciassette anni. Non valeva la pena spiegarsi o difendersi.

Era stata una brutta sorpresa per lei, quando aveva accettato l'incarico di amministratore delegato della NTA, a Palo Alto, sapere che Harding era il presidente. Neanche lui l'aveva presa bene, malgrado non avesse nulla da obiettare sulle capacità della donna, sul suo eccellente curriculum e sul talento che la contraddistingueva. Se non avesse votato a favore dell'assunzione di quella donna, non avrebbe fatto bella figura. Il consiglio era entusiasta di essere riuscito ad accaparrarsi una professionista come lei, e Williams non era disposto ad ammettere di avere questioni personali in sospeso. Fiona faceva di tutto per non lasciarsi influenzare dalla presenza del suo ex professore e dalle sue maniere scortesi, anche se usciva da ogni riunione con il mal di testa.

Anche quel giorno prese due compresse di antidolorifico appena arrivata in ufficio. Aveva mille cose di cui occuparsi e doveva autorizzare l'indagine sulla fuga di notizie. L'agenzia incaricata assicurò che avrebbe ottenuto le informazioni richieste nel giro di un mese e mezzo, due al massimo.

Alle sei del pomeriggio, dopo un'intensa giornata lavorativa, Fiona si diresse al parcheggio dove aveva lasciato la sua Mercedes station wagon bianca. Aprì la portiera, si sfilò la giacca e la appoggiò sul sedile posteriore, poi arrotolò le maniche della camicia di seta candida, ripetendo quasi inconsciamente gli stessi gesti dei colleghi maschi prima di mettersi al volante e accendere il motore.

Era uno splendido pomeriggio di maggio e il sole era ancora caldo; la donna non vedeva l'ora di arrivare a casa, a Portola Valley, e fare una rilassante nuotata in piscina. Avrebbe potuto avere una macchina aziendale e un autista personale senza suscitare alcuna critica, ma preferiva fare da sé, restia com'era ad approfittare dei vantaggi che la sua posizione le offriva. Usava il jet della società, certo, ma solo per partecipare alle riunioni fuori sede o per visitare gli impianti industriali, ma non aveva mai voluto un autista. Il tempo che impiegava per arrivare dall'ufficio a casa le era sempre stato utile quando i figli abitavano ancora con lei. Da circa un anno, però, rientrava in una casa vuota e spesso portava del lavoro con sé, addormentandosi, esausta, sul letto, con le luci accese e completamente vestita. Nonostante tutto e a dispetto dei numerosi impegni, Fiona era sempre stata presente per i suoi figli.

Credeva fermamente che famiglia e lavoro potessero andare d'accordo, se si fosse gestito al meglio il tempo; e così aveva fatto, con grande soddisfazione dei figli ma non del marito, invidioso della sua carriera iniziata quando Mark aveva appena tre anni. Aveva imparato a dividersi in maniera equa tra casa e ufficio, e i figli – nel frattempo era nata anche Alyssa – non sembravano averne sofferto. Al contrario, il legame con la madre si era rafforzato di giorno in giorno, come testimoniava la chiamata di qualche ora prima della ragazza. Accadeva spesso che Alyssa le telefonasse per un consiglio o per scambiare quattro chiacchiere, e anche con Mark i rapporti erano molto affettuosi. La dedizione ai figli e al lavoro si era rivelata vincente sotto ogni punto di vista. Era riuscita a partecipare alle recite scolastiche, ad assistere alle partite di football e agli incontri di lacrosse di Mark, ad accompagnarli rispettivamente alle riunioni degli scout e a danza, ad aiutarli con i compiti e a cucire per loro i costumi per Halloween fino alle due del mattino.

Alyssa, adesso, frequentava il secondo anno a Stanford e dopo si sarebbe specializzata alla Harvard Business School, come i genitori. Mark invece era alla Columbia School of Social Work di New York. Al contrario della sorella e della madre, che avevano una passione innata per gli affari, lui era mosso dal desiderio di rimediare alle ingiustizie del mondo; la madre diceva che era il «santo» della famiglia. La sua più grande aspirazione, una volta terminati gli studi, era di lavorare in un Paese in via di sviluppo. La fidanzata, iscritta a medicina, condivideva la stessa passione umanitaria, e aveva trascorso l'estate precedente in Libia e in Kenya con Medici senza Frontiere. Fiona lo adorava ed era orgogliosa di lui al pari di Alyssa.

Per lei essere madre era gratificante e importante quanto essere manager. L'unico ambito in cui sentiva di aver fallito era stato il matrimonio. Si era accorta quasi subito che la vita con David era un disastro, una trappola nella quale era rimasta incastrata per ben diciassette anni. Desiderava davvero salvare quel legame, ma il marito glielo aveva sempre impedito.

Tempo prima l'uomo aveva ereditato una piccola azienda ed era diventato imprenditore; così aveva proposto alla moglie di aiutarlo part time in quel progetto a conduzione famigliare. Fiona, tuttavia, era interessata al mondo degli affari su larga scala, e aveva rifiutato la proposta anche per evitare screzi con la famiglia del marito. Tenere separati i due ambiti era la decisione più saggia. Inoltre, non trovava interessante quel business, preferendo le sfide delle grandi società e l'impatto che queste potevano avere sul mondo. In occasione del suo primo lavoro e del successo riscosso, David aveva cominciato a mostrarsi geloso, e la donna si era trasformata in quello che il consorte detestava. Come Harding Williams, anche lui la prendeva a esempio per tutto ciò che di sbagliato vi era nelle donne in carriera e le rinfacciava di trascurare i bambini, sebbene Fiona fosse molto più presente, destreggiandosi tra lavoro e famiglia e facendo i salti mortali per incastrare ogni cosa, mentre lui trascorreva i weekend a giocare a golf con gli amici.

Nonostante tutti gli sforzi per dimostrargli di essere una brava moglie, David non smetteva mai di criticarla. La situazione era precipitata quando le era stato offerto il posto alla NTA. La richiesta del marito di scegliere tra il lavoro e il matrimonio l'aveva scioccata. All'epoca, Alyssa aveva tredici anni e Mark sedici. La donna sapeva che il motivo reale non erano i ragazzi, ma lo smisurato ego del marito e il desiderio di impedirle di realizzare il suo sogno principale. Dopo una lunga discussione e una profonda riflessione, aveva accettato il lavoro e David, furibondo, era andato via di casa. All'inizio lei ne aveva sofferto molto, ma nei sei anni successivi aveva capito che era la cosa migliore che le potesse capitare: niente più critiche, niente più pressioni emotive, niente più rimproveri sul fatto che fosse una cattiva moglie e una pessima madre, niente più sensi di colpa per la sua carriera. Fiona non aveva mai nascosto le proprie ambizioni; il suo unico torto era essere salita troppo in alto rispetto a lui. O forse era il contrario: era David ad aver sempre volato troppo basso.

Alla fine, era stato un sollievo quando il marito l'aveva lasciata anche se non lo avrebbe mai confessato ai figli. Certe volte sentiva il peso della solitudine, soprattutto da quando i ragazzi studiavano fuori, ma Alyssa faceva spesso un salto da Stanford e Mark trascorreva le vacanze a casa; in definitiva non le dispiaceva la tranquillità in cui viveva da sei anni. Di tanto in tanto la sfiorava il pensiero che sarebbe stato bello avere un uomo accanto, ma il lavoro e i figli la rendevano più felice di quanto fosse mai stata con David che, adesso se ne rendeva conto, le aveva avvelenato l'esistenza con la sua rabbia e il suo risentimento. Era un sogno non sentirsi più il bersaglio delle sue invidie.

L'ex marito si era risposato due anni dopo il divorzio con una donna graziosa e decisamente più adatta a lui. Eppure, nonostante la ritrovata felicità, era sempre astioso nei confronti della prima moglie, e non mancava di riversarle addosso il proprio rancore soprattutto in presenza dei figli. Il livore di David sembrava un fuoco destinato a non estinguersi mai. Anche la nuova consorte, Jenny, nutriva la stessa avversione per il mondo degli affari. Il suo primo marito si era tolto la vita quando aveva perso il lavoro a causa di uno scandalo finanziario che si sarebbe potuto risolvere facilmente. Un anno dopo la tragedia, Jenny aveva sposato David e si era dedicata a lui in tutto e per tutto. Questi, d'altro canto, era andato in pensione al compimento dei cinquant'anni, appena dodici mesi dopo il matrimonio, e adesso i due si divertivano a girare il mondo. Fiona invece continuava la sua scalata professionale, godendo della propria felicità e rallegrandosi per quella dell'ex. Si meravigliava soltanto che quell'uomo si rifiutasse di mantenere rapporti amichevoli con lei. Probabilmente non faceva parte della sua natura. Chi ne soffriva di più erano però i figli; ogni volta che i genitori si trovavano nella stessa stanza il padre comincava a parlare male della loro mamma. Fiona si rifiutava di abbassarsi al suo livello, e di solito chiacchierava con Jenny chiedendole dei suoi ultimi progetti creativi o del suo viaggio più recente.

La sua vita invece trascorreva vedendo i figli ogni volta che poteva, impegnandosi duramente alla NTA e di tanto in tanto godendosi una serata con gli amici. Le capitava di viaggiare per lavoro, soltanto per brevi soggiorni, e ormai rifiutava gli appuntamenti al buio organizzati dai suoi amici. Non ne aveva né il tempo né la voglia, senza considerare che di solito i candidati si rivelavano un fallimento su tutti i fronti. Le donne in carriera come lei non erano particolarmente richieste: incutevano soggezione alla maggior parte degli uomini, convinti che una donna a capo di una società internazionale doveva essere una strega o una rompiscatole. Fiona non era nessuna delle due, ma le persone disposte a scoprirlo si contavano sulle dita di una mano. E poi non aveva la forza per dedicarsi a una storia. Arrivava a casa esausta e con altro lavoro da sbrigare, ed era difficile sentirsi sexy e interessante dopo una giornata trascorsa al timone di una società: di questo si era spesso lamentato David, rinfacciandole di avere perso femminilità. Ai tempi del loro matrimonio, lui la rimproverava di vestirsi, pensare e lavorare come un uomo; quando poi non era presa da qualche rapporto quadrimestrale aiutava Mark nei compiti di scienze, lasciando poco spazio al sesso o al romanticismo. Jenny, invece, non aveva figli che la distraessero e aveva fatto del marito il centro del mondo.

David aveva ragione quando la biasimava per la sua mancanza di romanticismo, ma crescere due bambini e farsi strada in una delle più grandi compagnie americane non le lasciava molto tempo libero. Pure adesso che i ragazzi erano cresciuti e frequentavano il college e l'università, la situazione era sempre la stessa. Non aveva un partner né altre distrazioni, e lavorava più di prima. D'altro canto la sua professione le dava immense soddisfazioni, al contrario dell'esperienza matrimoniale fallimentare, che non desiderava ripetere. Lo stile di vita che conduceva si addiceva perfettamente alla sua natura.

Fiona imboccò il viale d'accesso della casa nella quale viveva ormai da dodici anni e scese dall'auto con il sorriso sulle labbra. Aveva nostalgia dei figli, la sera, e le mancava cenare insieme a loro, ma le piaceva anche molto rifugiarsi tra quelle mura domestiche dopo una giornata lunga e impegnativa.

Posò la borsa nell'ingresso e andò a cambiarsi. Il suo guardaroba era sterminato. Anche solo l'idea di vivere con un uomo le pareva impossibile, e a stento ricordava i tempi in cui David abitava lì. Da qualche anno ormai aveva dimenticato cosa significasse avere l'amore di un uomo. Fiona aveva iniziato ad allontanarsi emotivamente da David già molti anni prima che la lasciasse, proprio come lui aveva smesso di amarla. Erano rimasti insieme solo per abitudine e senso del dovere verso i figli. E quando David aveva fatto i bagagli, lei si era resa conto di come fosse migliorata l'esistenza di tutti. Niente più stress, tutto scorreva tranquillo, sereno e sotto il suo controllo.

Aprì la portafinestra che dava sul patio e si diresse in piscina. Il bikini nero metteva in risalto la sua silhouette invidiabile. Era alta e snella, in perfetta forma, e non dimostrava i suoi quarantanove anni; il sole morente la carezzò sulla schiena mentre scendeva piano la scaletta, s'immergeva e iniziava a nuotare con bracciate lunghe e precise. L'acqua la avvolgeva invitandola a rilassarsi dopo la lunga giornata di lavoro: il nuoto l'aiutava a liberarsi dalle fatiche delle ore trascorse in ufficio, dai commenti sgradevoli Harding Williams, dalle preoccupazioni per gli operai dell'industria di Larksberry. Più fendeva l'acqua fresca, più si sgravava dai pesi che la opprimevano. Non possedeva tutto ciò che aveva sognato ai tempi del matrimonio con David, quando era piena di speranze per il loro futuro, ma aveva ciò di cui necessitava adesso: una carriera che adorava, due ragazzi che amava profondamente e una casa tranquilla sempre pronta ad accoglierla. Era questa, per lei, la vita perfetta.

2

Marshall Weston partì da Palo Alto a velocità sostenuta e raggiunse la contea di Marin a bordo della sua Aston Martin, il suo giocattolo preferito. Lavorava nella Silicon Valley per la UPI, la United Paper International, la seconda società più grande del Paese, e abitava con la moglie a Ross, in California, un luogo che aveva sempre adorato e dove dieci anni prima, quando i figli erano più piccoli, aveva costruito la casa. Le scuole erano eccellenti e la distanza dal posto di lavoro era tale da permettergli di schiarirsi le idee nel tragitto verso casa, dopo una lunga giornata in ufficio.

Marshall aveva cinquantun anni e da quindici lavorava per la UPI, dove aveva raggiunto le più alte vette del successo. Ricopriva la carica di amministratore delegato ormai da dieci anni e guadagnava una fortuna sia con le azioni della compagnia sia investendo altrove. Amava il suo lavoro e nutriva una lealtà smisurata per la società, che peraltro lo portava in palmo di mano. Se qualcuno glielo avesse chiesto, avrebbe risposto che la sua esistenza era perfetta. Cosa poteva desiderare di più di una brillante carriera e di una moglie ideale come Liz? Erano sposati da ventisette anni e a marzo lei ne aveva compiuti cinquanta, ma la sua bellezza era ancora notevole. Aveva grande cura di sé, giocava a tennis, era sempre attiva, faceva pilates e lunghe nuotate nella piscina di casa, felice, come il marito, della vita che conduceva. Liz e Marshall avevano avuto tre ragazzi meravigliosi, ai quali il padre non faceva mancare nulla. Il loro patrimonio, infatti, accumulato grazie al lavoro di lui, era considerevole e al di sopra di qualunque aspettativa della moglie. Marshall era sempre stato professionalmente serio e ambizioso, fin dai tempi del college, ma negli ultimi anni aveva ottenuto grandi successi e realizzato tutti i loro sogni.

Liz aveva una laurea in legge, che non aveva mai messo a frutto, e un vero talento per gli affari; tuttavia aveva preferito dedicarsi alla casa e alla cura dei figli. Tom, il maggiore, era nato dopo un anno di matrimonio e a ventisei anni frequentava con successo la facoltà di legge a Boalt. Era serio, molto legato alla mamma ma in costante competizione con il padre. Da piccolo rivaleggiava con Marshall per guadagnarsi l'affetto della madre e cercava sempre di primeggiare in ogni attività sportiva e nei giochi. Crescendo, Tom era diventato sempre più critico nei confronti del padre, accusandolo di voler esercitare il controllo assoluto su tutti e sostenendo che tradisse la moglie; Liz, per contro, riteneva troppo duro l'atteggiamento del figlio. La tensione continua che si creava in famiglia aveva indotto il ragazzo a tornare a casa sempre più di rado, senza considerare che la facoltà di legge lo impegnava molto.

Ogniqualvolta si presentava dai suoi, però, Tom discuteva con il padre su qualunque argomento, dalla politica agli affari; era come se sentisse la necessità di combattere a priori tutto ciò in cui il genitore credeva. Liz non smetteva di mediare incoraggiando i due a spiegarsi reciprocamente. Si trovava invischiata in quelle lotte ormai da tanti anni, e inutilmente aveva sperato che il tempo migliorasse la situazione. Marshall adorava il primogenito ed era fiero di lui, ma era anche deluso dalle sue critiche incessanti.

Liz aveva sentito più volte il marito vantarsi di Tom e dei suoi traguardi con gli amici, e si augurava che avrebbe parlato più spesso in quei termini con il diretto interessato. Invece sembrava che Marshall facesse apposta a non lodare direttamente il figlio, cosa di cui Tom si lamentava spesso con la madre. Lo accusava di essere un narcisista e di considerare chiunque facesse parte del suo mondo un semplice accessorio. La donna tentava di prendere le difese del marito, di minimizzare, ma era consapevole che il rapporto tra i due non era affatto facile. E non sarebbe potuto essere diversamente, considerato quanto si assomigliavano. Entrambi infatti erano testardi e poco inclini a dimenticare e a perdonare. Perciò, stanco di quelle discussioni, Tom andava a trovare sua madre a metà settimana, quando sapeva che il padre era a Los Angeles. Per Liz nutriva un rispetto e un'ammirazione profondi, e la reputava un esempio di gentilezza, di intelligenza e di pazienza infinita che il padre non meritava. La donna faceva del suo meglio per rendere più facile la vita del marito, dimostrandogli in quel modo non soltanto la propria gratitudine ma anche il profondo amore che provava per lui.

Il rapporto di Marshall con il secondogenito era decisamente più semplice. John era il figlio che aveva sempre sognato, uno sportivo e uno studente modello, un ragazzo perfetto. Aveva vent'anni e frequentava l'Università di Stanford, faceva parte di una squadra di football e prendeva quasi sempre il massimo dei voti, oltre a tornare spesso a casa per stare con i genitori. Le discussioni tra il padre e Tom erano motivo di tensione tra i due fratelli, dal momento che John vedeva Marshall come un eroe e ammirava tutto ciò che faceva, vantandosene persino con gli amici. Secondo lui, il fratello maggiore aveva un'opinione troppo severa del genitore. Se il maggiore lo considerava un peccatore, il secondo lo vedeva come un santo. La diversità tra i due aveva fatto di John il preferito del padre: Marshall lo portava alle partite di football, di baseball, di basket e a caccia, e aveva creato con lui un forte legame affettivo. Aveva offerto le stesse opportunità anche a Tom, il quale però raramente le aveva colte. Marshall e John, invece, stavano bene insieme, con grande soddisfazione di Liz. La donna si augurava che in futuro Tom si riavvicinasse al padre, trascorrendo più tempo con lui e aprendogli il cuore. Nel frattempo, lei non mancava di incoraggiarli in quella direzione.

Al momento, però, la vera sfida per i due coniugi era rappresentata dalla terzogenita sedicenne. Lindsay non condivideva nessuna delle idee dei genitori ed era costantemente in guerra con loro, cosa che imbarazzava persino Liz, sempre molto paziente. L'ultima battaglia della ragazzina era per un piercing e dei tatuaggi. Alla sua età, aveva già sei fori per orecchio e un anellino al naso che il padre l'aveva costretta a buttare minacciando di metterla in punizione per il resto dell'anno. Era diventata vegana e si rifiutava di mangiare insieme ai genitori, sostenendo di sentirsi disgustata da ciò che la mamma cucinava. Stava con un ragazzo trasandato che da un anno aveva trasformato i suoi capelli in una massa incolta di dread. E i suoi amici erano anche peggio.

Lindsay era l'opposto di come Marshall avrebbe voluto che fosse sua figlia, mentre la moglie continuava a rassicurarlo che si trattava solo di una fase passeggera e che crescendo sarebbe cambiata. Per lui era più facile andare alle partite di baseball con John o addirittura discutere di politica con Tom che affrontare il comportamento e le idee ribelli della figlia. A scuola Lindsay arrancava e aveva pessimi voti. Il suo unico obiettivo pareva essere quello di far arrabbiare i genitori, e si scontrava con la madre ogni volta che ne aveva la possibilità. Liz ormai ci aveva fatto l'abitudine e cercava di non irritarla, ma il marito trovava insopportabile quel modo di fare e se ne lamentava spesso con la moglie. Ogni ragionamento era inutile con Lindsay. Lei era la nota più stridente della loro vita domestica e per Marshall era quasi un sollievo quando, al rientro dal lavoro, veniva a sapere che era in giro con gli amici. Per fortuna non si drogava, ma era comunque un'adolescente difficile da gestire. Le loro conversazioni terminavano puntualmente con Lindsay che si chiudeva in camera sbattendo la porta.

Per Marshall, Liz non era soltanto la compagna ideale e la moglie perfetta; era anche una madre straordinaria. Non si lamentava di nulla né tantomeno che fosse la sola ad andare ai colloqui con gli insegnanti o agli eventi scolastici, impegni ai quali lui non avrebbe potuto far fronte perché trascorreva due giorni a settimana negli uffici della società a Los Angeles. E non gli faceva pesare neppure tutti i fine settimana in cui lo aveva aiutato a intrattenere i clienti arrivati dall'estero o i ricevimenti che organizzava per sostenerlo nella carriera. Liz si era votata interamente al suo ruolo di moglie di un alto dirigente al punto che spesso lui le confidava informazioni riservate per avere consigli, idee e opinioni affidabili. Oltre a occuparsi del marito e dei ragazzi, dedicava parte del tempo al volontariato a favore dei senzatetto e frequentava diversi comitati. Era instancabile nelle sue opere di beneficenza, aveva fatto parte del consiglio d'istituto di Ross e partecipato a tutte le attività dei figli. Marshall non avrebbe potuto desiderare una compagna migliore.

La dedizione e l'impegno della moglie avevano contribuito alla sua scalata al successo. Sebbene non fosse una donna particolarmente passionale, era onesta e coscienziosa, affidabile e intelligente, e aveva successo in tutte le cose in cui s'impegnava. Rappresentava un modello per tutte le mogli di alti funzionari che Marshall conosceva e lui era orgoglioso di averla al proprio fianco nelle occasioni di incontro con i clienti o con i membri del consiglio di amministrazione della UPI. Il loro matrimonio era come una nave perfettamente governata, al cui timone Liz aveva sempre lasciato che ci fosse il marito. Non vi era in lei alcun desiderio di competizione o di intraprendere una propria carriera. Non rinfacciava di non aver sfruttato la laurea in legge, ma usava le sue conoscenze per comprendere meglio le attività del marito, mentre si dedicava ai suoi impegni quotidiani di madre: accompagnando figli e amici in giro, portando i ragazzi agli allenamenti e Lindsay alle lezioni di arte e danza.

* * *

Marshall imboccò il vialetto, parcheggiò l'Aston Martin in garage ed entrò in casa dalla porta di servizio. L'edificio aveva linee aggraziate, soffitti alti e lucernari, una sontuosa scalinata interna e il pavimento di legno antico importato dall'Europa. La cucina – dove era certo di trovare la moglie – aveva i piani di lavoro in granito nero ed elettrodomestici di ultima generazione. Dietro una grande vetrata c'era il tavolo intorno al quale la famiglia si riuniva a mangiare. La sala da pranzo veniva usata solo per accogliere gli ospiti.

In cucina sentì Lindsay discutere con la madre. La cena era già pronta, e il delizioso profumo che lo raggiunse ne era la conferma. L'argomento del contendere era un concerto al *Russian River* cui la ragazza voleva partecipare quel fine settimana con gli amici, benché Liz le avesse già negato il permesso diverse volte e non intendesse cedere.

«Perché no? Ci vanno tutti!» protestò Lindsay offesa, mentre il padre, entrando, le salutava. La ragazza lo ignorò, al contrario di Liz che lo accolse con un sorriso, si sporse verso di lui per dargli un bacio, gli passò un bicchiere di vino bianco e gli servì un piatto di crudità con una ciotolina di pinzimonio.

«Te l'ho già detto», replicò la madre. «In quei posti circola droga pesante e c'è un sacco di gente poco affidabile. Non voglio che tu ci vada.»

Marshall la osservò sorseggiando il vino. Sembrava perfettamente padrona di sé.

«Ci andiamo per la musica, mamma, non per la droga.» Nel suo caso era vero.

«Mi fa piacere sentirlo, ma la mia risposta non cambia. Trovati altro da fare, per questo weekend. E poi, la settimana prossima hai gli esami di valutazione per l'ammissione al college e non sarebbe male se studiassi. È importante che tu prenda dei bei voti, considerato che l'iscrizione è in autunno.»

«Sai bene che mi prenderò un anno sabbatico al termine del liceo», ribatté Lindsay in un tono che non ammetteva repliche.

Marshall assunse un'espressione sorpresa. «Da quando?»

«È tutto l'anno che non faccio che ripeterlo, ma tu non ascolti mai.» La ragazza fece una smorfia di disgusto quando la madre tolse l'arrosto dal forno.

«Ascolto, ma non sono d'accordo con l'anno sabbatico. È una pessima idea.» Il timore di Marshall era che, dopo una pausa così lunga dalla scuola, non vi avrebbe più fatto ritorno, visto anche il suo rendimento. Per la loro famiglia era importante avere un titolo accademico. I due figli maschi avevano ottenuto ottimi risultati a scuola e continuavano a mietere successi anche a Stanford e a Boalt.

Lindsay lo guardò sprezzante e uscì dalla cucina. Qualche istante dopo si udì, come sempre, la porta della sua camera che sbatteva. Nel frattempo Liz affettava un arrosto degno di essere immortalato su una rivista di alta gastronomia, mentre la figlia aveva già cenato non riuscendo a tollerare la vista della carne.

«Non so come fai a sopportarla tutto il giorno», commentò irritato Marshall.

«Le passerà. Sono fisime tipiche della sua età.» Liz sorrise, per nulla turbata dall'accaduto. «Com'è andata la giornata?»

«È stata interessante», rispose lui, felice di vederla. Era come ritornare a casa da una vecchia amica, un'amica che conosceva da ventisette anni. «Il mercato era al rialzo, il che è sempre un bene.»

«Sì, l'ho visto.» Liz parlò poi di uno scandalo scoppiato nel mondo degli affari del quale aveva appena sentito e del fatto che un amministratore delegato di loro conoscenza fosse stato accusato di aver speculato grazie a informazioni strettamente riservate. Era sempre al corrente di quello che succedeva nel mondo degli affari, ecco perché parlare con lei era così stimolante.

Come d'abitudine, la tavola era apparecchiata con una tovaglia stirata di fresco. Liz aveva i capelli ancora leggermente umidi per la doccia e indossava una camicia candida e un paio di jeans impeccabili. La chioma bionda e liscia le ricadeva sulle spalle, e sul volto aveva ancora la stessa espressione semplice e genuina da ragazza della porta accanto di quando l'aveva sposata. Si truccava solo nelle grandi occasioni e le sue mani piccole erano sempre curate; le unghie dei piedi erano smaltate di rosso. L'appuntamento settimanale con manicure e pedicure era il suo unico peccato di vanità.

La carne era cotta a puntino, come piaceva a Marshall, ed era servita con un contorno di verdure al vapore. La moglie prediligeva la cucina salutare e stava molto attenta che il marito non mettesse su peso. Tornare a casa ogni sera era come frequentare il ristorante preferito con tutti i cibi che gradiva di più. Lui ormai non ci faceva più caso, ma adorava i piatti che gli preparava la consorte, e lei d'altra parte negli anni si era perfezionata per fargli piacere, proprio come aveva imparato a conversare in francese e spagnolo per essere in grado di accogliere i suoi clienti stranieri. Conosceva persino alcune frasi in giapponese e in cinese. Qualsiasi cosa facesse, aveva lo scopo ultimo di essere utile al marito.

Fu verso la metà della cena che Liz gli parlò del festival cinematografico al quale le sarebbe piaciuto andare il giorno successivo. Sapeva che gli eventi culturali non erano tra le attività preferite di Marshall, ma di tanto in tanto riusciva a convincerlo ad accompagnarla.

«Ho i biglietti per domani. Che ne dici?» Il suo sguardo esprimeva speranza.

Marshall fece cenno di no. «Domani sono a Los Angeles, e questa volta mi dovrò fermare un giorno in più. Abbiamo qualche problemino in ufficio e per risolverlo ci vogliono i pezzi grossi. Perché non ci vai con un'amica?» le suggerì. Da dieci anni a quella parte, trascorreva il mercoledì e il giovedì nella sede di Los Angeles. Qualche anno prima quella breve pausa le dava il tempo di dedicarsi interamente ai figli, mentre adesso era semplice routine. Il marito partiva il mercoledì mattina e tornava il venerdì sera in tempo per gli impegni del fine settimana, anche se molto spesso era stanco e preferiva rimanere nella tranquillità delle mura domestiche. «A proposito, questo weekend avremo la visita di alcuni clienti giapponesi. Giocherò a golf con loro sabato e domenica, ma ho pensato che sabato sera potremmo portarli fuori a cena.»

«Preferisci farli venire qui?» Liz si appoggiava a un ottimo servizio di catering per le serate importanti, in modo da potersi concentrare sugli ospiti senza distrazioni.

«I giapponesi amano frequentare i ristoranti alla moda e verranno con le mogli. Penso che potremmo prenotare da *Gary Danko* o al *Ritz*. Senza contare che per te sarebbe molto più semplice.» Le sorrise mentre Liz sparecchiava e gli serviva della frutta fresca. «Mi dispiace per il festival», aggiunse con aria colpevole.

Lei scoppiò a ridere. Lo conosceva fin troppo bene. «Non ti dispiace per niente! Tu detesti questo genere di cose. Ho soltanto provato a chiedertelo, ma porterò con me qualcun altro.» Molte sue amiche le aveva conosciute durante le attività di volontariato o quando i bambini andavano a scuola. Non aveva mai potuto contare su Marshall per simili iniziative. D'altronde quello era il prezzo da pagare per essere sposata a un uomo di successo. Quando non era impegnato in riunioni, viaggi o soggiorni a Los Angeles, si sforzava di accontentare la moglie solo per gli eventi ai quali teneva di più, e il festival non era tra quelli, sebbene lo trovasse interessante. Liz ormai sapeva fin troppo bene come distrarsi quando lui era fuori per lavoro.

Al termine della cena, Marshall salì al piano superiore per la doccia e subito dopo iniziò a spulciare una serie di documenti portati dall'ufficio, mentre Liz si rilassava a letto con un libro. Prima di andare in camera aveva augurato la buonanotte alla figlia, tutta presa a chiacchierare al telefono con gli amici e a lamentarsi del fatto che avrebbe perso il concerto. Pur se ancora seccata, Lindsay aveva ricambiato il bacio. Di solito le loro serate trascorrevano in maniera tranquilla, specie adesso che a casa era rimasta soltanto la figlia minore. I ragazzi e le giornate piene di impegni le mancavano molto.

Liz si chiedeva come sarebbe stato quando anche l'ultima avrebbe spiccato il volo. La ragazza li aveva più volte minacciati di voler frequentare un college sulla costa Est, dopo il periodo sabbatico che aveva intenzione di trascorrere viaggiando all'estero con gli amici. A Liz mancava poco più di un anno prima di affrontare la sindrome del nido vuoto. Chissà, magari una volta rimasta da sola avrebbe seguito il marito nel loro appartamento di Los Angeles. Non aveva ancora avuto il tempo di andarci, e comunque lui sarebbe stato sempre troppo impegnato. Inoltre non era il caso di lasciare Lindsay da sola; avrebbe potuto combinarne di tutti i colori senza la supervisione dei genitori. Così, in tutti quegli anni, Liz non era mai partita con Marshall, preferendo accompagnarlo nelle occasioni più importanti, quelle che lo portavano in Europa, a New York o in Oriente. Le piaceva scoprire mete insolite, uno dei tanti privilegi che le offriva la sua vita.

Marshall la raggiunse a letto alle undici passate. Erano entrambi esausti. Lui si sarebbe dovuto alzare presto l'indomani mattina per prendere l'aereo della compagnia che lo avrebbe portato a Los Angeles. Era più semplice spostarsi con il jet privato; i voli di linea gli avrebbero fatto perdere tempo prezioso, tra i controlli e le file. Marshall godeva di quella piccola opportunità tutte le volte che poteva, e spesso lo aveva fatto anche insieme alla moglie. Era un modo molto particolare di viaggiare, che li faceva sentire coccolati e privilegiati.

«Sono distrutto», disse scivolando tra le lenzuola e dandole a intendere che quella sera non avrebbero fatto l'amore. Non accadeva mai prima della partenza per Los Angeles. Sarebbe stato troppo faticoso. E non lo facevano nemmeno al suo ritorno, perché era sfinito. Di solito, si amavano nel fine settimana, il sabato o la domenica, sempre se Marshall non era stanco per le diciotto buche fatte a golf. Di tanto in tanto, quei loro incontri addirittura saltavano. In fin dei conti, dopo ventisette anni di matrimonio fare sesso tre o quattro volte al mese era una buona media per Liz.

Cinque minuti dopo aver appoggiato la testa sul cuscino, Marshall si addormentò sotto gli occhi sorridenti della moglie. Le pareva ancora un bambino. Era in perfetta forma e non era cambiato molto rispetto ai tempi in cui si erano conosciuti, una trentina di anni prima. Da allora era stato il suo partner, il suo migliore amico, il padre dei suoi figli e il marito che aveva sempre sognato. La vita che conducevano era invidiabile. Lui era tutto quello che aveva sempre voluto e molto di più. Anche se il loro rapporto non era appassionato come un tempo e non facevano l'amore tre volte al giorno, non le importava. Nessuno ci riusciva più dopo un matrimonio così lungo, bisognava essere realistici. Aveva una vita favolosa, un marito che amava ancora e che la ricambiava. Non poteva desiderare altro.

3

Quel martedì Fiona Carson era sommersa dal lavoro. La aspettavano due interviste, con il *Washington Post* e il *Los Angeles Times*, con le quali sperava di limitare i danni provocati dalla fuga di notizie pubblicate un paio di settimane prima sul *Wall Street Journal*. Fu attenta a non mentire sulla chiusura dell'impianto di produzione di Larksberry per non minare la propria credibilità e accennò alla possibilità che in futuro sarebbe potuto accadere, sottolineando che per il momento si stava ancora discutendo sulla questione; il consiglio si sarebbe espresso in merito e avrebbe reso pubblica la notizia. Dopo aver discusso dell'argomento piuttosto spinoso, tentò di deviare l'attenzione degli intervistatori sottolineando i progressi che la società stava facendo in altri campi. Date le circostanze, e considerata la fuga di notizie, non avrebbe potuto aggiungere di più. Le era parso di muoversi in un campo minato, un modo per niente piacevole di cominciare la giornata. Gestire le situazioni delicate, tuttavia, faceva parte del suo lavoro, e lei svolgeva egregiamente il compito.

* * *

Era a metà del primo meeting dopo le interviste, quando Marshall Weston s'imbarcò tranquillo sul jet della UPI che lo avrebbe condotto a Los Angeles. Prima del decollo, chiamò la moglie.

«Ci sentiamo dopo», le promise come faceva sempre, dimenticando che quella sera lei sarebbe stata al festival cinematografico.

«Rientrerò molto tardi», gli ricordò Liz. «Ti manderò un sms appena sarò a casa. Probabilmente dormirai già e non voglio svegliarti.»

«Dopo l'ultimo appuntamento della giornata, andrò a cenare con gli altri colleghi, ma dubito che farò tardi. Ti manderò un messaggino prima di mettermi a letto.» Quello era diventato il modo in cui comunicavano ogni volta che Marshall era in viaggio per lavoro, e certe volte anche quando si trovava in città. Avevano preso l'abitudine dai figli, in particolare da Lindsay, che smanettava in continuazione e possedeva un BlackBerry da quando aveva quattordici anni.

L'aereo decollò pochi minuti dopo con a bordo un solo viaggiatore, anche se avrebbe potuto trasportarne dodici. L'assistente di volo gli servì un caffè. Sul tavolino accanto alla poltrona, Marshall aveva trovato, ripiegati con cura, il *New York Times* e il *Wall Street Journal*, sebbene preferisse leggerli in versione digitale. Trascorse la maggior parte del tempo a passare in rassegna i rendiconti delle entrate; poi, una volta atterrati, salì sull'auto che lo aspettava per condurlo in ufficio. Alle dieci meno un quarto entrò nella sede di Los Angeles dove venti minuti dopo lo attendeva la prima riunione di una lunga giornata. Alle sei del pomeriggio un autista lo accompagnò a casa, un appartamento sul Wilshire Boulevard, a Beverly Hills. Giunto a destinazione, Marshall congedò lo chauffeur; di solito a Los Angeles preferiva guidare da solo. Usufruiva del trasporto aziendale solo per andare e venire dall'aeroporto, mentre per gli altri spostamenti utilizzava una vecchia Jaguar acquistata qualche anno prima, perfetta per muoversi in città.

Mandò un sms a Liz augurandole di divertirsi al festival, fece una doccia e alle sette e un quarto scese in garage, salì in macchina e partì in direzione dell'oceano, dove imboccò la Pacific Coast Highway per raggiungere la meta finale: Malibu. Il traffico, come di consueto a quell'ora, era piuttosto congestionato, ma lui non ci fece caso. Di buon umore, accese la radio. Per lui il breve soggiorno settimanale a Los Angeles equivaleva a una piccola vacanza. Anche il tempo pareva essere dalla sua; l'aria era deliziosamente calda e l'atmosfera molto più allegra rispetto a quella di una città del nord.

Gli ci volle meno di un'ora per raggiungere la destinazione, una casa leggermente demodé con le persiane bianche e la staccionata un po' sbilenca. Vista da fuori, sembrava un semplice cottage, ma era molto più grande di quanto apparisse. Marshall imboccò il vialetto d'accesso e fermò l'auto davanti al garage. Oltrepassò due biciclette rosa appoggiate per terra, l'una accanto all'altra, e si diresse verso la porta di servizio che sapeva di trovare aperta. Attraversò la cucina ampia e caotica e aprì una porta che dava in un locale assolato – un atelier – dove una donna bella e giovane stava lavorando, concentrata, a una grande tela. I capelli, ricci e biondi, erano appuntati disordinatamente in cima alla testa. Indossava una canottiera maschile slabbrata e macchiata di colore, senza niente sotto, degli shorts ricavati da un paio di vecchi jeans e delle infradito di gomma. Anche le gambe, lunghe e tornite, erano sporche di pittura.

Lei lo guardò sorpresa per poi arretrare sullo sgabello con un sorriso appena accennato. «Sei qui?» lo accolse estatica.

«Te l'avevo detto che questa settimana sarei venuto di martedì», rispose lui andandole incontro e beandosi di lei.

«Me n'ero dimenticata.» Il volto della giovane s'illuminò di gioia. Posò il pennello e si pulì le mani con uno strofinaccio. Marshall indossava dei jeans e una camicia azzurra aperta sul petto. Incurante delle eventuali macchie, la strinse forte a sé e per qualche istante affondò il viso nella massa di riccioli, prima di baciarla appassionatamente. Un brivido li scosse entrambi.

«Non sai quanto mi manchi quando non sono qui», le sussurrò roco contro il collo, prima che lei lo baciasse di nuovo.

«La soluzione c'è», replicò la donna dolcemente ma senza malizia. La conoscevano entrambi, anche se da otto anni lui non voleva saperne. «Mi manchi infinitamente anche tu», aggiunse. C'era una sensualità dilagante in lei che Marshall aveva trovato irresistibile sin dal giorno in cui l'aveva incontrata. E lo stesso aveva provato lei.

«Dove sono le ragazze?» le chiese con un filo di voce. Per tutta la settimana il suo pensiero si era concentrato solo sui momenti che avrebbero trascorso insieme.

«In palestra, con la babysitter. Ma torneranno presto.»

Marshall la strinse a sé, pazzo di desiderio.

«Presto quanto?»

Lei si lasciò sfuggire una deliziosa risatina da adolescente. Quella donna era l'essenza della femminilità, e lo eccitava da morire.

«Forse una mezz'oretta.»

Senza aggiungere altro, la sollevò per portarla nella camera al piano di sopra. Era una donna piuttosto alta, ma snella e leggera come una piuma. La fece sdraiare sul letto e iniziò a spogliarsi, mentre lei si sfilava la canottiera macchiata di pittura, gli shorts e il perizoma. Nudi, si abbracciarono, sopraffatti dalla passione che li consumava da otto anni. Il rapporto era stato appassionato fin dal momento in cui si erano incontrati. Lei era stata assunta a tempo determinato alla reception dell'ufficio di Los Angeles. Neanche un mese dopo, alla fine del contratto, tra i due si era instaurata una relazione segreta che continuava ancora. Era come se Marshall non ne avesse mai abbastanza, ne era quasi ossessionato. Come al solito il rapporto fu travolgente, e quando Marshall raggiunse l'orgasmo emise un ruggito che eccitava sempre la compagna. Di solito, con le bambine a casa, erano più silenziosi, ma adesso che erano soli potevano abbandonarsi al piacere senza freni.

Dopo l'amplesso, Marshall la guardò a lungo. Gli pareva incredibile che ogni volta fosse migliore della precedente. Le poche giornate a settimana che trascorreva con lei lo facevano innamorare sempre più profondamente.

«Mi sei mancata molto», le confessò.

«Anche tu mi sei mancato.» Non chiedeva mai come

aveva trascorso i giorni lontano da lei, come andava il lavoro o la vita a San Francisco. Non voleva saperlo. Vivevano il presente, senza passato e senza futuro.

Ashley Briggs era diventata la donna dei suoi sogni. Artista di talento, viveva a Malibu nella casa da lui acquistata sette anni prima e che ormai era la sua residenza fissa.

In quel momento sentirono la porta d'ingresso sbattere e delle voci risuonare nell'atrio. Ashley e Marshall schizzarono fuori dal letto e si rivestirono in fretta, prima di raggiungere le bambine di sotto con espressione vagamente colpevole. Le trovarono ferme ai piedi della scala, con indosso le tute da ginnastica. Erano bellissime e avevano gli stessi meravigliosi riccioli della madre. Entrambe guardarono Marshall traboccanti di felicità e gli andarono incontro salendo i gradini a due a due, e facendogli quasi perdere l'equilibrio quando gli si gettarono tra le braccia. Ridendo felice, lui le accolse per stringerle a sé. Era un uomo totalmente diverso quando si trovava a Malibu.

«Papà! Sei a casa!» cinguettò allegra Kendall mentre Marshall le faceva il solletico. Kezia si limitò ad abbracciarlo e a sorridere felice.

Delle due, la maggiore – di ben quattro minuti, come non tralasciava mai di sottolineare – era Kendall, che per quel vantaggio reclamava la priorità su tutto. Il padre le adorava entrambe alla stessa maniera. Erano due cherubini arrivati inaspettatamente nella sua vita, mentre Ashley era l'angelo che glieli aveva donati. Non aveva mai amato sua moglie come amava la donna che aveva davanti e le piccole. Ciò che condivideva con Liz era diverso: con lei era la testa, la ragione a funzionare, mentre con Ashley a farla da padrone era un amore incondizionato e mai provato prima.

«Com'è andata la lezione di ginnastica?» chiese loro come se le avesse viste quella mattina.

Le piccole erano abituate al fatto che il padre fosse presente soltanto due giorni a settimana. Era sempre stato così e ormai non ponevano più domande. La madre aveva spiegato loro che lavorava a San Francisco per gli altri cinque giorni. Ashley trascorreva quel tempo da sola con le bimbe. Non era la situazione perfetta, ma sembrava funzionare, e gli anni erano passati in fretta.

Le gemelle erano state un incidente di percorso. Ashley aveva ventitré anni quando le aveva messe il mondo, e la sua relazione con Marshall durava già da un anno. Adesso, a trenta, conduceva la propria esistenza in compagnia di un uomo che non riusciva a separarsi dalla moglie e dai figli avuti con lei. Agli inizi del loro rapporto, quando aveva appreso della gravidanza, lui aveva promesso di sposarla, ma in seguito aveva deciso che i ragazzi avuti con Liz erano troppo giovani per affrontare una separazione. Dopo la prima scusa ne erano seguite altre, ma la situazione era rimasta la stessa. Ashley sperava solo che una volta che Lindsay si fosse trasferita al college, il compagno avrebbe preso la sua decisione. Entro breve non avrebbe avuto più giustificazioni. Oltre ai problemi con i figli, ciò che gli impediva di agire era la paura di un potenziale scandalo; se si fosse scoperto di lei e di come si erano incontrati, la sua carriera sarebbe stata in pericolo. La maggior parte delle grandi società non gradiva che gli amministratori delegati avessero delle avventure con donne più giovani e mettessero al mondo figli al di fuori del matrimonio. La loro relazione non sarebbe stata positiva nemmeno per il mercato azionario, e quell'ipotesi era ancora peggiore. Era stato difficile farlo capire ad Ashley, in particolare quando era in attesa delle gemelline. Aveva trascorso tante notti tra le lacrime, quando lui insisteva che non avrebbe divorziato. Adesso, però, i figli di San Francisco erano finalmente diventati grandi, e lei sapeva che Marshall non riusciva a vivere senza di lei. Presto o tardi, si sarebbe staccato da Liz per trasferirsi a Los Angeles.

Prima che le gemelle nascessero, e per rassicurarla riguardo i suoi diritti, Marshall aveva acquistato la casa nella quale abitavano e si era fatto carico di tutte le spese. Avrebbe voluto prenderle un'abitazione più grande, ma ad Ashley era piaciuta quella: si adattava perfettamente al suo stile di vita, e anche lui ci stava volentieri. Quello di Malibu era un autentico paradiso, e ancor più lo era quando stringeva la compagna tra le braccia nel loro meraviglioso letto. Anche a Ross, però, aveva l'impressione di essere nel posto giusto. Amava Liz e la vita che condividevano da tanto tempo. Sentiva di essere profondamente legato a entrambe le donne e all'esistenza che ciascuna gli offriva. Erano il completamento l'una dell'altra. Nessuno sapeva di quella doppia famiglia e mai si sarebbe dovuto sapere perché, seppur in modi diversi, Marshall aveva bisogno di entrambe le donne.

«Vogliamo uscire a cena, stasera?» le chiese.

Ashley esitò. Come sempre quando lui tornava da loro, in casa regnava un'atmosfera festosa. Meglio lasciare che lui si godesse un po' le piccole, considerato che poteva essere il loro padre solo due giorni a settimana.

«Sì! Sì! Sì!» esclamarono le bambine decidendo per il

ristorante cinese poco distante. Rientrati a casa, Ashley le mise a letto nella cameretta che condividevano al pianterreno, sotto quella matrimoniale. Marshall rimboccò loro le coperte dando a ciascuna il bacio della buonanotte.

«Adorano averti qui», commentò teneramente Ashley quando lui la raggiunse in camera. Era sdraiata sul letto, sazia di cibo e di amore. Poco prima, Marshall aveva mandato un sms a Liz per evitare che lei, di rientro dal festival, lo chiamasse.

«Anche a me piace», rispose sincero. Si distese accanto alla compagna e fissò il soffitto. Ne conosceva ogni crepa, ogni ombra, per tutte le volte che lo aveva osservato pensando a quanto l'amava. Non riusciva a immaginare una vita senza di lei, come a Ross non poteva figurarsi i propri giorni senza Liz. Quello era l'unico grosso problema della sua esistenza, il motivo che lo aveva indotto a rimandare la decisione per otto anni.

Al contrario di Liz, che era all'oscuro di tutto, Ashley conosceva ogni dettaglio di lei e della loro famiglia. Marshall si adoperava in mille modi affinché la situazione non cambiasse. Non voleva ferire la moglie o distruggere l'amore e il rispetto che condividevano. La casa di Malibu, tuttavia, era quella in cui si sentiva davvero vivo. Ashley e le bambine erano un toccasana, un dono del quale godeva fin da quando erano nate. Ricordò con quanta fretta si era imbarcato per Los Angeles nel momento in cui lei aveva iniziato a sentire le doglie, rivisse le ore trascorse insieme in ospedale e il momento in cui aveva reciso il cordone ombelicale. In quell'occasione si era fermato due settimane a Malibu raccontando alla moglie di avere una serie di impegni improrogabili. Erano stati giorni molto intensi, sì, che aveva trascorso con Ashley per aiutarla con le bambine e assumere una babysitter per quando non fosse stato lì. La compagna aveva pianto per tutto il tempo, ma lo aveva perdonato poco prima della partenza. Per l'intero periodo della gravidanza e anche dopo il parto il suo stato d'animo era stato altalenante, ma non le aveva mai sfiorato l'idea di rinunciare alle sue bambine. Le voleva a ogni costo.

Nessuno in ufficio ne aveva saputo niente, solo gli amici più vicini alla ragazza, che però non avevano un'opinione positiva di Marshall. Conduceva una doppia vita e per questo lo giudicavano disonesto. Soltanto Ashley comprendeva e perdonava. E d'altra parte nessun altro avrebbe potuto capirlo, visto che gli amici la vedevano spesso triste e in preda alle lacrime quando era sola, e tuttavia determinata a parlare alle gemelle del loro padre come di un eroe.

Fecero di nuovo l'amore prima di addormentarsi e dopo, stretti l'uno all'altra, Marshall si beò del corpo perfetto della compagna e di ogni istante che passava insieme a lei. Da otto anni Ashley viveva una lunga agonia, mentre lui realizzava ogni fantasia con lei. La donna sapeva che non era giusto nei confronti delle bambine, ma amava quell'uomo e poteva soltanto sperare che un giorno avrebbe avuto una vita vera con lui. Per il momento si limitava a godere di quella felicità totale per due preziosissimi giorni alla settimana.

4

Quando Marshall era a Malibu, Ashley aveva l'impressione che fossero una famiglia normale con una vita normale. Lui faceva colazione con loro e accompagnava le figlie a scuola. Le bambine adoravano che fosse il papà a farlo, e nel breve tragitto, sedute sullo stretto sedile posteriore della Jaguar E-type, chiacchieravano felici, mentre Marshall raccontava loro storielle divertenti che le facevano ridere. Il rapporto con le gemelle era diverso da quello con gli altri suoi figli; i ragazzi erano più tenaci e scontrosi, e parlavano con lui quasi esclusivamente di sport, mentre Lindsay era sempre stata difficile; discuteva spesso, protestava e si comportava come un maschiaccio che adorava i fratelli, che ai suoi occhi erano degli eroi. Kezia e Kendall, invece, erano coccolone e civettuole; molto femminili, belle e incantevoli come la madre. L'amore di Marshall per loro era un'estensione di quello che provava per Ashley, e si beava dell'adorazione che le piccole avevano per lui. Quando uscivano tutti e quattro insieme la gente si voltava a guardarli con ammirazione.

***

Liz gestiva la famiglia in maniera tanto efficiente da non lasciare spazio ad altri svaghi, mentre Ashley era estrosa e creativa, capace di incantarlo qualunque cosa facesse. Marshall sfruttava al massimo il tempo che aveva a disposizione illudendosi di abitare in una terra magica dove lei e le bambine erano fate e lui il re. Resistere era impossibile.

Era sempre di ottimo umore quando andava a lavorare, e di rado si tratteneva fino a tardi in ufficio quando era a Los Angeles, ansioso com'era di rientrare a casa. In genere trascorrevano le serate cenando fuori, ordinando dal cinese o comprando qualcosa di pronto in rosticceria. Ashley era la donna più eccitante del mondo ma la gestione della casa e la cucina non erano i suoi punti di forza: ovunque, tra le mura domestiche, regnava un caos che Marshall definiva artistico. Stare con lei lo faceva tornare ragazzo; i problemi e le preoccupazioni sembravano svanire, e lui voleva solo giocare con le figlie o stendersi nel letto accanto alla compagna. Vivere nel mondo di Ashley era come essere in una bolla magica. E lo stesso era per lei: Marshall era l'uomo dei sogni. Negli ultimi otto anni tutta la sua vita era ruotata attorno a lui, con l'unica eccezione delle bambine.

Il momento più difficile da superare era quando, dopo la colazione del venerdì, lui doveva partire. Lasciava le bambine a scuola e, in genere, rientrava per stare ancora un po' con Ashley. Spesso facevano di nuovo l'amore, in fretta, prima che lui raggiungesse l'ufficio per poi prendere il jet della compagnia che lo avrebbe riportato a San Francisco per l'ora di pranzo, in modo da poter trascorrere le ultime ore della giornata, prima del weekend, nella sede principale della UPI. Era tutto perfettamente organizzato, anche se il cuore gli si spezzava ogni volta che l'aereo decollava da Los Angeles. Avrebbe dovuto attendere altri cinque giorni per rivederla, quattro se avesse trovato una scusa per tornare prima. Il distacco gli lasciava sempre l'amaro in bocca e una tristezza che lo opprimeva per l'intero fine settimana. Era per distrarsi che prendeva lezioni di golf due giorni di seguito. Separarsi da Ashley gli procurava delle crisi d'astinenza.

Dal venerdì pomeriggio Ashley si sentiva depressa. Non poteva nemmeno inviargli un messaggio; le regole alle quali aveva accettato di sottostare lo vietavano fermamente. Doveva aspettare che fosse lui a farsi sentire e non poteva telefonargli né a San Francisco né nel suo ufficio di Los Angeles. Saperlo lontano la faceva stare costantemente in ansia. E se fosse successo qualcosa a una di loro? La consapevolezza di poterlo sentire solo in caso di estrema necessità peggiorava le cose. Marshall la chiamava sempre prima di uscire dall'ufficio, il venerdì pomeriggio, e durante il fine settimana in occasione delle lezioni di golf, ma le uniche volte in cui lei aveva libero accesso alla sua persona era quando si trovavano insieme a Malibu. Per il resto era come un fantasma nella sua vita, e quella realtà la colpiva sempre più a mano a mano che il tempo passava. Era difficile accettare che fosse ancora così: a trent'anni, e con due figlie, Ashley voleva di più.

Era seduta nel suo atelier a fissare il vuoto con espressione confusa quando entrò la sua amica Bonnie. L'aveva vista un'infinità di volte così, e ne conosceva perfettamente la causa. Bonnie detestava Marshall per quello che aveva fatto ad Ashley, soprattutto perché ne aveva avuto persino il consenso. L'amore che provava nei confronti di quell'uomo e delle figlie aveva spinto Ashley ad accettare il compromesso, a vivere da donna fantasma. Il tempo aveva fatto il resto, trasformandola in una persona diversa da com'era in passato. Viveva per lui e sognava un futuro che – Bonnie ne era certa – Marshall non le avrebbe mai dato. Contrariamente a ciò che l'amica le confidava, era certa che Weston non avrebbe mai lasciato la moglie.

«Ciao», la salutò Ashley, abbattuta. Indossava gli stessi shorts e la maglietta del giorno precedente perché avevavo il profumo di lui. Marshall invece si cambiava accuratamente gli abiti prima di partire da Los Angeles, per evitare di destare sospetti. Negli ultimi otto anni aveva imparato a proteggersi con meticolosità quasi scientifica. La stessa Ashley se ne sarebbe stupita, se solo ne avesse avuto sentore.

«Conosco quell'espressione.» Bonnie fissò il volto triste e le spalle cadenti dell'amica, seduta di fronte a una tela bianca con espressione avvilita.

Si conoscevano fin da bambine, sebbene tra le due ci fosse qualche anno di differenza. Bonnie lavorava come assistente di produzione nell'industria cinematografica e aveva lunghi periodi di pausa tra un contratto e l'altro, come in quel momento. Era sempre in sovrappeso di una decina di chili e da un anno era single, perciò poteva dedicare più tempo ad Ashley e alle bambine. Le si spezzava il cuore nel vedere la sua migliore amica tormentarsi per quell'uomo, sperando continuamente che lasciasse la moglie e consacrando la sua vita a lui. Se non fosse stato per Kezia e Kendall, non le sarebbe potuto capitare di peggio.

«Cosa facciamo questo weekend?» Bonnie aprì il frigo e prese una Coca light. Era sempre a dieta, ma con risultati deludenti.

«Non ne ho idea», rispose Ashley, assente. Le ci volevano almeno due giorni, se non di più, prima di riprendersi. Sebbene il copione si ripetesse da otto anni, non si era ancora abituata a quegli addii frequenti. Un paio di volte era addirittura capitato che uscisse dal tunnel solo al ritorno di Marshall. Bonnie sperò che quella non sarebbe stata una settimana negativa. «Dicono che forse pioverà», aggiunse con aria cupa.

«O forse no. In caso, potremmo portare le bambine al cinema.» Si sedette qualche minuto a osservare l'amica che tentava invano di farsi una ragione della partenza del compagno. Bonnie, come al solito, non riuscì a tacere a lungo: «Per quanto tempo ancora gli permetterai di trattarti in questo modo?» sbottò con voce strozzata dalla frustrazione e preoccupata per lei. «Sono passati otto anni! Non lascerà mai la moglie fino a quando vi potrà avere entrambe. Lei non sa niente di te, perciò se c'è qualcuno che deve prendere una posizione, quella sei tu. Marshall non lo farà se non sarà costretto dalla tua reazione.» Desiderava a ogni costo che Ashley si ribellasse. Ma lei subiva, come sempre, terrorizzata all'idea di perderlo.

«Non posso. E se scegliesse Liz?»

«Lo ha già fatto! Non ha forse deciso di vivere una doppia vita?» le fece notare Bonnie, arrabbiata. «Questa situazione ti sta uccidendo pian piano.» Era furiosa con entrambi: con Marshall per il suo comportamento e con l'amica che glielo permetteva, prendendo parte attiva alla propria distruzione. Era una vecchia storia che la faceva indignare da anni.

«E se mi lasciasse?» mormorò preoccupata.

«Per quanto doloroso, potrai finalmente conoscere un uomo decente, che voglia dividere la sua vita con te per sempre, e non soltanto due giorni a settimana», ribatté Bonnie in tono acido. L'amicizia che la legava ad Ashley la autorizzava a essere diretta.

«Tra un anno la figlia partirà per il college. Credo che stia aspettando questo. Vuole evitare di traumatizzarla, perché ha un carattere particolarmente difficile», rispose Ashley ripetendo la stessa scusa accampata da Marshall.

«Non stiamo più parlando di una bambina, Ash. Ti ricordo che la figlia ha sedici anni. Lui ha sempre un pretesto pronto: i figli, la moglie, la carriera. Ti rendi conto che da quando state insieme non ha mai fatto un passo? Per quanto ancora gli permetterai di prenderti in giro?» La fissò esasperata. «Sei la donna più bella che conosco, più di tante star del cinema con le quali lavoro, e hai soltanto trent'anni. Ti guardo vivere questa situazione da quando ne avevi ventidue. Uno di questi giorni ti sveglierai che avrai quaranta o cinquant'anni, e ti renderai conto di aver sprecato un'intera vita dietro a un uomo con cui ti vedi per due giorni a settimana, che sta ancora con la moglie e che preferisce tenerti chiusa in uno sgabuzzino. Meriti molto più di questo, e lo sai.»

Ashley annuì sforzandosi di credere alle parole dell'amica. Forse meritava davvero di meglio. Ma stare insieme a Marshall era come giocare alle slot-machine: se avesse investito un altro po' di tempo, un mese, un anno ancora, forse si sarebbe deciso. Tuttavia persino lei cominciava a sospettare che le cose gli stessero bene così com'erano. Era più semplice dividersi tra due donne sempre a disposizione. E poi non aveva alcun interesse a provocare uno scandalo che avrebbe potuto mettere a repentaglio la carriera. Lo sapeva fin troppo bene anche lei che il lavoro era più importante della possibilità di ferire lei o Liz.

«Spero sempre che un giorno un meraviglioso ragazzo venga a portarti via, ma se resterai sempre chiusa in questo buco in attesa di Marshall non conoscerai mai nessuno.» Entrambe sapevano che Ashley non era emotivamente disponibile. Il suo amore per quell'uomo era totale e sembrava aumentare con il passare dei giorni. Prima di conoscerlo aveva una vita sua, mentre adesso era condizionata soltanto dalla presenza o meno di Weston. Si sentiva sposata a lui, il quale a sua volta era sposato con Liz. Bonnie non aveva il coraggio di ammetterlo, ma il suo più grande timore era che Marshall considerasse l'amante come una deliziosa spina nel fianco. Non si fidava di lui ma era altrettanto sicura che l'amica non lo avrebbe lasciato mai.

«Allora, che ne dici di portare le ragazze al cinema?» Avrebbe fatto qualunque cosa per distrarla.

«Non sarebbe una cattiva idea», ammise l'altra a malincuore e troppo depressa anche solo all'idea di uscire di casa. Quella situazione si ripresentava ogni settimana e bisognava aspettare la domenica sera perché il suo umore migliorasse. Il lunedì e il martedì erano giornate un po' più positive, e poi il mercoledì Marshall sarebbe tornato per i loro due giorni da favola ai quali sarebbe seguita nuovamente, il venerdì sera, la caduta nel tunnel della disperazione. Un giorno o l'altro – Bonnie ne era certa – Ashley non ce l'avrebbe fatta a riemergere dal buio.

Uscirono per una breve passeggiata in spiaggia prima di andare a riprendere le bambine a scuola. Camminando sul bagnasciuga, Bonnie raccontò aneddoti sull'ultimo film al quale aveva lavorato, e per qualche minuto Ashley sembrava essere tornata la ragazza che era stata in passato, una giovane spensierata, bella e felice. L'unica speranza di Bonnie era che l'amica ritrovasse se stessa prima che fosse troppo tardi.

Rientrato a Palo Alto, Marshall andò subito in ufficio perché aveva due appuntamenti importanti e doveva prepararsi ad accogliere i clienti giapponesi che sarebbero arrivati quella sera stessa. La segretaria aveva riservato un tavolo al *Gary Danko* per il sabato sera, mentre lui aveva in programma di portarli al *Lagunitas Country Club* per due lunghe giornate di golf. Era totalmente concentrato sugli ospiti e sull'importante transazione per la UPI che avrebbe tentato di concludere a breve. Prima di dedicarsi al lavoro, scrisse un messaggino ad Ashley, in cui le diceva quanto gli mancava e la pregava di baciare le gemelline, e uno a Liz, avvertendola di essere rientrato e che si sarebbero rivisti dopo un paio d'ore al massimo.

Nel tragitto verso casa, la sua mente volò di nuovo ad Ashley. Provò a chiamarla dall'auto, ma lei gli aveva mandato un sms per informarlo che sarebbe andata al cinema con le bambine e Bonnie. A Marshall non piaceva quella donna – un'antipatica sempre pronta a criticare – e temeva che potesse influenzare negativamente la compagna sul suo conto. Tuttavia sapeva che la relazione con Ashley era solida e profonda: loro due erano legati a doppio filo dalla passione che condividevano da otto anni e dalle gemelle che ne erano il frutto. I vincoli che li univano erano molto più forti di qualsiasi cosa Bonnie avrebbe potuto dire contro di lui, ma non poteva fare a meno di considerarla una minaccia.

Mentre attraversava il Golden Gate Bridge pensò alla moglie e al weekend che li aspettava. Tutto sarebbe filato come sempre alla perfezione. La grazia con la quale Liz si occupava degli ospiti e l'abilità con cui ricopriva il ruolo di consorte di un amministratore delegato erano impensabili per Ashley. Lei era troppo distratta e incostante; era un'artista e una donna bellissima e sensuale. Liz, al contrario, era precisa, geniale e rigorosa, qualità essenziali per la vita professionale e la carriera di lui. Ashley gli nutriva l'anima e il corpo, accendeva i suoi desideri mentre Liz incantava clienti e colleghi. Aveva bisogno di entrambe, una per il cuore e l'altra per la carriera. Scegliere era difficile e in effetti non si era mai sentito in dovere di farlo, sebbene Ashley lo avesse pregato più volte di divorziare. La posta in gioco, però, era troppo alta per mettere in primo piano la vita sentimentale. In fin dei conti era sempre l'amministratore delegato della seconda società più importante e più grande del Paese.

Rientrò stanco come ogni venerdì sera, dopo due giorni trascorsi a Los Angeles. Liz lo sapeva, e per questo gli aveva preparato una cena semplice e leggera. Lindsay era fuori con gli amici e in casa regnava la tranquillità. Il mattino seguente Marshall si sarebbe dovuto alzare presto per una colazione di lavoro con i clienti giapponesi, a cui sarebbe seguita una giornata intera tra i campi da golf e la cena in un ristorante alla moda. Era comprensibile che quella notte avrebbe preferito riposare.

«Penso che andrò a dormire.» Le diede un bacio sulla testa dopo averla ringraziata per la cena.

«Lo immaginavo. Hai l'aria affaticata.» Gli sorrise. «Ti sei stancato a Los Angeles?»

Lui annuì. «Abbiamo avuto un bel po' di riunioni, ma quando sono andato via era tutto a posto.»

Liz fece un cenno di assenso e, senza smettere di rassettare la cucina, lo guardò salire al piano superiore. Nel pomeriggio aveva ripassato qualche frase in giapponese per essere in grado di salutare adeguatamente gli ospiti quella sera. Il suo compito era intrattenere le mogli mentre gli uomini si dedicavano agli affari. Per lei era come assecondare la propria natura, e si adoperava sempre con grande entusiasmo. Adorava prendere parte agli impegni professionali del marito e faceva qualsiasi cosa fosse utile alla sua carriera. In fin dei conti, lui le aveva offerto una vita molto più interessante e remunerativa di quella che avrebbe potuto avere se fosse diventata avvocato, e Marshall le era grato di quel prezioso aiuto.

A letto, prima che Liz lo raggiungesse, lui scrisse un rapido messaggio ad Ashley ricordandole quanto l'amava, e cancellò il testo subito dopo averlo inviato. Non ci sarebbe stata risposta, come previsto dagli accordi quando lui era a Ross. Una ventina di minuti dopo, entrata in camera, la moglie lo trovò addormentato. Ashley lo aveva letteralmente prosciugato, la notte precedente. Liz si coricò accanto a lui con un sorriso, felice di riaverlo a casa.

5

Jillian e Fiona s'incontrarono il sabato mattina per una partita a tennis. Il loro era un appuntamento sportivo che si sforzavano di rispettare, anche se la metà delle volte una delle due disdiceva perché troppo impegnata. Fiona amava passare del tempo con la sorella e il tennis era un pretesto per stare insieme, sebbene fossero entrambe ottime giocatrici. Jillian assomigliava al padre mentre Fiona alla mamma. La sorella, più grande di sei anni, viveva a Palo Alto e si occupava dei suoi pazienti a Stanford da ormai venticinque anni, da quando risiedeva lì. Grazie alla sua professionalità si era guadagnata una posizione di tutto rispetto all'interno della comunità psichiatrica e aveva pubblicato due libri divulgativi: uno verteva sui pericoli del matrimonio e su come tentare di evitarli, mantenendo al contempo una relazione durevole, l'altro invece suggeriva il modo più sicuro per navigare nel mare insidioso della depressione che caratterizzava il mondo moderno. Al momento era impegnata nella stesura di un terzo saggio sugli effetti del potere e del successo sugli uomini e sulle donne e sui modi in cui influiscono su di loro.

«Sai che mi sono ispirata a te per la parte del mio libro che riguarda le donne?» le confessò Jillian, approfittando di un break per scambiare quattro chiacchiere. «Sono anni che ti uso come cavia.»

Jillian era nubile e senza figli ma la sua vita sentimentale era stata costellata da relazioni più o meno durature con uomini sempre molto interessanti. Amava i suoi partner, ma non aveva mai sentito il bisogno di suggellare un rapporto con il matrimonio. Di solito, dopo un paio d'anni, chiudeva un capitolo per aprirne un altro con una persona più stimolante scelta fra le tante che aveva tenuto d'occhio nel frattempo. Tutti coloro che avevano incrociato il suo cammino la adoravano e le restavano amici anche dopo l'addio. Dedicava le sue attenzioni ai nipoti, i figli di Fiona, che sentiva con regolarità e considerava come figli suoi. Era una zia fantastica e convinta che sarebbe stata una madre terribile. «Sono troppo occupata con me stessa», ammetteva con onestà. «Non potrei dare a un figlio l'attenzione che merita. Non ci riesco neppure con gli uomini.» Era molto impegnata e allo stesso tempo indipendente. A prescindere da quanto fossero brillanti, trattava gli uomini come oggetti sessuali più che come partner del suo livello. Fino ad allora aveva sempre trovato compagni entusiasti di quel genere di rapporto, che adoravano l'approccio sessualmente sfrontato di quella scoppiettante cinquantacinquenne.

«Il potere è afrodisiaco per gli uomini di successo, per quelli che tengono in mano le redini», disse a Fiona mentre ritornavano ciascuna nella propria postazione. Lanciò una palla che la sorella mancò, intrigata da quelle parole. «Per le donne, invece, è una sorta di anestetico. Esattamente come succede a te. Da quanto non vai a letto con qualcuno?»

«Ti aspetti forse che ti risponda?» replicò scandalizzata Fiona.

«Se non puoi farlo», la provocò l'altra con espressione compiaciuta, «suppongo che non ricordi neanche quando è stata l'ultima volta.»

«Certo che me ne ricordo. È successo due anni fa.» Imbronciata, Fiona non smise di giocare.

«È ridicolo per una donna della tua età, anche se non dimostri i tuoi anni. Se non fossi all'apice del successo, potresti avere chiunque. Il problema è che sei una top manager e il tuo ruolo di amministratore delegato incute terrore nel sesso forte. Un uomo nella tua posizione avrebbe una fila di donne lunga un chilometro davanti alla porta e si scoperebbe chiunque. Il potere li eccita, è il sesso a comandarli. Le donne che ricoprono la stessa carica, invece, dimenticano di essere femmine. Il successo le isola.» Terminarono la partita e si avvicinarono entrambe alla rete. Jillian aveva vinto, come sempre. Perdeva soltanto quando era sottotono o malata.

«Non penso di essere d'accordo sul fatto che il potere ci anestetizza, ma che ci isoli è vero.» Fiona aprì pensierosa una delle bottigliette di acqua lasciate a bordo campo e bevve un lungo sorso. Per rilassarsi giocavano sempre con molta foga.

«Io non credo che le signore nella tua posizione si sentano sexy. Gli uomini non le guardano nemmeno e le trattano come se fossero dei maschi, il che è devastante per qualunque donna, che non vorrebbe mai essere trascurata.»

«Forse. Non ci ho mai riflettuto seriamente.»

«È proprio questo che intendo. Scommetto che per la maggior parte del tempo tu non ci pensi neanche, agli uomini. Sei troppo impegnata a lavorare. Tutti gli amministratori delegati di sesso maschile che conosco, invece, hanno un'amante, di solito inadatta. Dimmi, quand'è stata l'ultima volta che hai sentito parlare di una CEO con un accompagnatore preso a caso in un centro per massaggi?» Fiona scoppiò a ridere, ma la sorella era serissima. «Guarda te, per esempio. Ricordi l'ultima volta che hai avuto un appuntamento o che un uomo ti ha invitata a cena fuori?»

Fiona rifletté senza però riuscire a ricordare. «Non lo so, è un pezzo che... un bel pezzo... ma nel mio caso la mancanza di memoria è una benedizione. Ho avuto gli appuntamenti al buio peggiori della storia.»

«Tutte le donne di successo che ho intervistato hanno risposto come te. Gli uomini 'normali' hanno troppa paura di invitarle e così loro finiscono per lasciarsi coinvolgere da mascalzoni che le corteggiano per le ragioni più sbagliate oppure accettano gli appuntamenti al buio organizzati dagli amici.»

«Hai ragione. Perché pensi che la mia controparte maschile se la spassi di più?»

«Probabilmente perché loro lo cercano, questo divertimento. Un uomo di successo, un uomo di potere, è un eroe. Al contrario, una donna nella stessa posizione è ritenuta automaticamente una poco di buono.»

Per quanto deprimente, la teoria era giusta. La stessa Fiona si era più volte scontrata con quello stereotipo. La maggior parte degli uomini conosciuti aveva avuto paura di lei e, di conseguenza, non si erano lasciati coinvolgere sentimentalmente. Adesso era lei ad aver smesso di cercare.

«Un uomo di successo è sempre molto ambìto. Nessuno, però, vuole avere accanto una donna che ricopre la stessa posizione, o almeno molto pochi. Hanno una paura fottuta. Eppure la verità è che non tutti gli amministratori delegati donna sono delle poco di buono», concluse pensierosa Jillian.

Fiona si lasciò andare a una risata isterica. «Be', decisamente rassicurante, non c'è che dire. Inizio a preoccuparmi. Io sono dalla parte delle buone o delle cattive?» Scrutò la sorella con aria inquieta mentre si sedevano su una panchina con la bottiglietta d'acqua in mano.

«Tu che dici?» L'altra sorrise, ironica, e la fissò con aria da perfetta strizzacervelli.

«Non saprei. Forse sono un mix.»

«Benvenuta nella razza umana! Neanch'io sono sempre affascinante, pur non essendo una CEO», replicò Jillian sistemando la racchetta nella custodia, imitata da Fiona.

«In ufficio cerco di essere decisa ma onesta, per evitare che mi si mettano i piedi in testa e che il primo a farlo sia il presidente del consiglio di amministrazione.» Pensò a Harding Williams. «Quando ero sposata, lasciavo in ufficio le mie armi da gladiatore per tornare a essere una donna. Secondo David, però, ho fallito completamente.»

«Be', basta guardare con chi sta adesso. Vorresti essere lei? Certo, è una brava persona, ma le cose più sorprendenti che riesce a fare sono i cristalli di neve tridimensionali per Natale e i coniglietti pasquali presi da uno dei libri di Martha Stewart. Dai, Fiona, non dirmi che vorresti essere così perché non sei mai stata quel tipo.» Sarebbe rimasta molto delusa se la sorella le avesse detto di sì. Nutriva un profondo rispetto per lei e per le sue capacità, e ancora non accettava il fatto che David non l'avesse mai apprezzata. Anche Fiona aveva sempre lottato per dare il massimo.

Sebbene avessero stili di vita diversi, per certi aspetti le due donne erano molto simili. Entrambe erano lavoratrici instancabili e perfezioniste, più dure con se stesse che con gli altri, e all'apice del successo nei rispettivi settori. Avevano l'obiettivo comune di soddisfare le aspettative dei genitori, anche dopo la loro morte. Fin dai tempi della scuola erano state eccellenti studentesse. Fiona aveva un carattere un po' più gentile e aveva creduto nel matrimonio, mentre Jillian, più forte e diretta, aveva sempre evitato legami a lungo termine.

«No, non mi piacerebbe essere come Jenny», rispose Fiona pensando alla seconda moglie di David. «Ma non sono neanche sicura di piacermi come sono. Non ho nessuno con cui dividere il letto o che bussi alla mia porta. Significa che qualcosa non va. I fiocchi di neve e i coniglietti pasquali incutono meno terrore di una donna al timone di una grande società.» Parlò tranquilla, consapevole che fosse la verità.

«È proprio ciò che intendo. Se tu fossi un uomo, tutti ti cercherebbero. Come donna, invece, è molto più difficile trovare il compagno giusto, uno a cui piaci per come sei e che non se la prende con te per il tuo successo.»

«Che dovrei fare, cambiare sesso per avere un appuntamento, nel caso ne volessi ancora uno?» scherzò Fiona scoppiando a ridere. Non era né disperata né interessata, ma di tanto in tanto le sarebbe piaciuto avere qualcuno con cui scambiare quattro chiacchiere la sera, dopo il lavoro, o nel letto con lei durante i fine settimana. Era trascorso tanto tempo dall'ultima volta che era successo. Altre volte, però, si convinceva di essere più felice da sola.

«No. Devi trovarti un uomo con le palle, uno che non tema né te né il tuo lavoro, che non sia geloso del tuo successo e che sia tanto intelligente da guardare al di là della targhetta attaccata sulla tua porta», rispose seria la sorella.

«Non credo sia ancora nato un uomo del genere. E forse sono troppo vecchia.»

Jillian andò su tutte le furie. «Vecchia a quarantanove anni? È ridicolo! Conosco settantacinquenni che s'innamorano. Uno dei miei pazienti si è sposato l'anno scorso a ottantanove anni e se la passa ancora alla grande.»

«Stiamo parlando di pensionati, non di amministratori delegati. Non ho un minuto libero e ho la sensazione che fino a quando lavorerò – o almeno fino a quando ricoprirò questa carica – nessun uomo oserà avvicinarsi a me. In realtà non credo che me ne importi molto, ma sono convinta che le cose stanno semplicemente così. E non smetterò di lavorare per avere appuntamenti. Non ho fatto incontri decenti da quando ho divorziato e rivesto questa carica.»

«La verità è che hai smesso di provarci», precisò con uno sguardo di disapprovazione.

«Non ne ho il tempo», replicò sincera Fiona. «Lavoro incessantemente tutto il giorno. Cerco di mantenermi sempre in contatto con i miei figli e di vederli ogni volta che posso. La sera, quando finisco di leggere i giornali che mi porto a casa, sono talmente esausta che certe volte non riesco nemmeno ad alzarmi per svestirmi. Come posso avere appuntamenti galanti in queste condizioni? È capitato anche, quando ne ho avuto uno, che sul lavoro ci fossero dei problemi improvvisi e ricevessi una pioggia di telefonate a cena. Nessun uomo accetta una situazione del genere.» Da sei anni non aveva qualcuno a fianco.

Gli uomini che frequentava Jillian, al contrario, erano sempre molto tolleranti nei suoi confronti e non si erano mai sentiti minacciati da lei nonostante la sua schiettezza.

«L'uomo giusto sa come comportarsi», dichiarò la sorella fiduciosa. «Magari potrebbe essere uno che si trova sulla tua stessa barca, come si suol dire.» La infastidiva sapere Fiona così sola, in particolare da quando i ragazzi non abitavano più con lei.

«Due amministratori delegati?» domandò Fiona inorridita. «Sarebbe un incubo. E non dimenticare che la mia controparte maschile frequenta le ventenni, come tu stessa hai ammesso. Sono fuori gioco per loro. Di solito si tratta di ballerine e pornostar. E io non ho i requisiti. Gli uomini di successo non frequentano donne serie e importanti, se ne guardano bene.»

«Secondo me, non hai ancora incontrato quello giusto», replicò Jillian, decisa.

«Probabilmente non esiste. Quelli papabili sono tutti sposati.»

«E tradiscono le mogli», aggiunse l'altra.

«Quelli non mi interessano.»

«Secondo me devi uscire più spesso, incontrare gente. Solo per divertirti un po'.»

«Forse», concesse, ma pareva tutt'altro che convinta. «Magari quando sarò in pensione.»

Jillian le scoccò un'occhiataccia e poi cambiò discorso chiedendole della fuga di notizie di cui aveva letto sui giornali. Fiona le spiegò la situazione e le implicazioni che un simile episodio avrebbe potuto avere, aggiungendo che l'azienda aveva dato mandato a un investigatore per identificare il responsabile. Poi le parlò di Harding Williams e del fatto che le mettesse ancora i bastoni tra le ruote.

Come sempre, la cosa fece infuriare la sorella maggiore. «Vorrei proprio sapere perché diavolo ce l'ha così tanto con te!»

«Te lo sei scordato? Era grande amico di Jed Ivory, a Harvard. Me ne ha sempre voluto per la relazione che ho avuto con lui e per il suo divorzio. Da allora non ha fatto altro che trattarmi come una poco di buono.» Sorrise, anche se a volte si sentiva profondamente ferita.

«Eri giovane, per amor del cielo! Jed era già separato quando l'hai incontrato. E poi Williams ha forse dimenticato che il suo amico si portava a letto chiunque, mentre ti prendeva in giro dicendo che eri il suo grande amore? Ma per favore!»

«Harding non ci crede e non ci crederà mai. Ha sempre reputato Jed un santo solo perché erano compagni a Princeton. È come se si sentissero parte di un club esclusivo. Cavolate del genere, insomma. E comunque credo che Harding detesti le donne, a parte quella santa di sua moglie della quale parla in continuazione.»

«Magari ha barba e baffi.»

Fiona scoppiò a ridere. «Non è una miss, lo ammetto. Harding però la vede in maniera diversa. Io vorrei solo scrollarmelo di dosso e che la smettesse di punirmi per un vecchio scandalo da quattro soldi. Mi ero praticamente dimenticata di Jed fino a quando la mia strada ha di nuovo incrociato quella di Harding. Non riesco a capire perché gliene importi ancora.»

Chiacchierarono ancora qualche minuto, questa volta di Mark e Alyssa, poi si salutarono con un forte abbraccio e andarono alle rispettive auto. Fiona adorava stare con Jillian ed era sempre attenta a seguirne i saggi consigli.

«Penso che il nuovo libro sarà interessante. Non ho mai riflettuto davvero su quanto siano differenti gli uomini e le donne che occupano la stessa posizione, ma la tua teoria che il successo è afrodisiaco per gli uomini m'intriga parecchio. Credo che tu abbia ragione.» Il potere e il successo agivano davvero da anestetici sulle donne assopendone la sensualità e isolandole sentimentalmente; Jillian di sicuro non avrebbe mancato di analizzare quell'argomento.

«Non ci sono buone notizie per te: sono anni che osservo attentamente i miei pazienti e certe volte stento a credere in quali pasticci possano cacciarsi gli uomini coinvolti nel gioco di potere. S'invischiano in situazioni che nessuno con la testa sulle spalle si sognerebbe mai di provare, e quando le cose sfuggono loro di mano se ne sorprendono. Mi piacerebbe che avessi un po' più di movimento nella tua vita», le disse abbracciandola di nuovo. Meritava una persona in grado di apprezzarla. Per Jillian i rapporti con l'altro sesso non erano mai stati un problema. Fiona invece aveva smesso di coltivare la parte romantica della propria esistenza dedicandosi completamente, e con soddisfazione, al lavoro e ai figli. «Devi sforzarti un po' di più per facilitare gli incontri», aggiunse in tono gentile.

L'altra la guardò, sorpresa. «Perché? Sto bene così. E comunque mi manca il tempo per una relazione.»

«Non sono d'accordo. La verità è che non vuoi esporti per non correre nuovamente il rischio di essere ferita.» Quando Jillian parlava, andava sempre dritta al sodo.

«Forse sì», ammise. Gli ultimi anni di matrimonio erano stati così amari da toglierle la voglia di avere una relazione, e spesso accampava la scusa che gli uomini che tentavano di avvicinarla non meritavano le sue attenzioni.

«Ti garantisco che là fuori ci sono ancora persone come si deve», affermò la maggiore. «Hai solo bisogno di un po' più di fortuna, la prossima volta che incontrerai qualcuno. David non è mai stato l'uomo giusto per te e il tempo lo ha confermato. Era geloso di te e della tua carriera. Voleva assomigliarti, ma non faceva alcuno sforzo per migliorare; la verità è che gli mancavano le capacità per farlo e così ha preferito sfogarsi su di te, una tattica tipica di quando la moglie ha più successo del marito. Tipica ma di bassa lega.» L'aveva accusata per anni, pieno di gelosia e rancore.

«Quell'esperienza mi ha definitivamente fatto passare il desiderio di risposarmi», replicò Fiona con semplicità.

«Spero però che non ti abbia fatto passare la voglia di una relazione. Quanto a me, aspetto fiduciosa che un giorno o l'altro tu possa incontrare l'uomo giusto.»

«Perché, se tu stessa al momento non hai nessuno?»

Jillian non aveva mai trascorso lunghi periodi da sola; negli ultimi mesi, tuttavia, si era concessa una pausa dopo la morte improvvisa per infarto del compagno. L'uomo aveva cinquantanove anni ed erano legati da due anni, la durata massima delle storie per lei.

«Siamo diverse. Tu sei più adatta alle relazioni a lungo termine. Se ci fossi stata io, al tuo posto, avrei ucciso David dopo appena un anno. Non avrei sopportato le sue idee antiquate.» Fiona aveva dovuto piegarsi a dei veri e propri abusi emotivi per il bene dei figli, abusi che continuava a subire. Era un uomo patetico, certo, però era anche il padre dei suoi ragazzi e in occasione di eventi importanti – come i loro diplomi – dovevano necessariamente incontrarsi. «Mettiamola così: l'unica cosa buona che hai avuto da questo matrimonio sono stati Mark e Alyssa», aggiunse Jillian. Fiona aprì lo sportello dell'auto.

«A sabato prossimo, allora?» le chiese speranzosa. «Potrai raccontarmi ancora qualcosa del tuo libro sugli uomini e le donne di potere. Il tema mi interessa.»

«Non c'è bisogno che ti dica nulla, lo vivi sulla tua pelle. Uno di questi giorni, però, ti chiederò un'intervista ufficiale.»

«Quando vuoi.» Fiona l'abbracciò e si sedette al volante. Si sentiva di ottimo umore e la sua felicità aumentò quando, rientrata a casa, trovò Alyssa. Nell'attesa della madre, la ragazza aveva avviato la lavatrice e preso qualche abito pulito. Aveva già tirato fuori anche la gonna che le serviva quella sera, di cui aveva fatto richiesta a Fiona durante la telefonata della mattina.

«Come sta zia Jill?» chiese alla madre dandole un bacio. Sapeva della loro partita a tennis.

«Benissimo. Sta lavorando a un nuovo libro sugli uomini e le donne di potere. Secondo la sua teoria, gli uomini ai vertici di grandi aziende si trasformano in maniaci sessuali, e le donne in suore.» La descrizione era sommaria ma divertente. Entrambe scoppiarono a ridere. Anche Alyssa si mostrò interessata all'argomento; sognava una carriera come quella della madre nonostante le difficoltà e i problemi che una simile scelta avrebbe potuto causarle. Non erano forse gli impegni di Fiona la causa del suo matrimonio fallito? Ecco perché nessuna delle due si era stupita della scelta di Mark quando aveva deciso di escludere il mondo degli affari dalle sue occupazioni lavorative. I rischi erano troppo elevati per lui, che non intendeva condurre una vita all'insegna dell'infelicità. Il prezzo che la madre aveva dovuto pagare per il successo era stato troppo alto e riteneva una follia la decisione della sorella di incamminarsi su quella stessa strada.

«Resti a pranzo?» chiese Fiona.

Alyssa fece di sì con la testa. Assomigliava molto alla madre ed era una ragazza carina. Fiona preparò un'insalata che, vista la meravigliosa giornata di sole, decisero di consumare a bordo piscina. Tra una chiacchiera e l'altra la ragazza rivelò alla mamma di avere un fidanzato.

«Com'è?» volle sapere lei, gratificata dalle confidenze della figlia e lieta di essere stata resa partecipe della sua vita.

«È bello, fa parte della squadra di football. Si chiama John Weston. Il padre dirige la UPI.»

«Mi stai dicendo che frequenti il figlio di Marshall Weston?» Aveva incontrato Weston parecchie volte durante le udienze della sottocommissione del Senato a Washington, anche se non lo conosceva bene. «Suo padre è l'esempio perfetto di come dovrebbe essere un amministratore delegato, il tipico uomo americano. Credo che anche lui, ai tempi del college, abbia giocato a football, o perlomeno questa è l'impressione che dà.»

«L'ho conosciuto lo scorso fine settimana», aggiunse Alyssa in tono casuale. «Dice che ti apprezza molto.»

«Semplice cortesia, la sua», rispose Fiona dando poco

peso al complimento. «È una storia seria?» s'informò cercando gli occhi della figlia.

Lei si strinse nelle spalle con aria vaga. Non aveva una relazione seria dai tempi del liceo, ma qualcosa nella sua espressione lasciava intendere che potesse esserlo. «Forse. È troppo presto per dirlo, ma mi piace parecchio. Non vogliamo correre. Sua madre sembra una persona a posto e anche il padre mi piace. Lui e John sono molto legati. Ha un fratello più grande che studia a Boalt e una sorella minore che pare li faccia diventare tutti matti. È simpatica, ma è una gran rompiscatole.» A quelle parole Fiona scoppiò in una sonora risata. Le sembrava una famiglia normale. «Forse lo invito qui per il prossimo weekend.»

«Ne sarei felice.» Mamma e figlia continuarono a chiacchierare. Alyssa le raccontò dei progetti estivi con gli amici e la informò che Mark le aveva accennato all'idea di partire per l'Africa in agosto con la ragazza, anche se la decisione non era ancora definitiva. Fiona li aveva invitati entrambi a raggiungerla a Malibu a luglio, dove prendeva in affitto una casa per tre settimane. Quella delle vacanze insieme era una consuetudine, e quando Alyssa ipotizzò che John si sarebbe unito a loro per una settimana ne fu felice.

Dopo aver ritirato il bucato, Alyssa se ne andò promettendo di passare nel corso della settimana. Per la madre era sempre un piacere, soprattutto ora che la casa era vuota senza i ragazzi. Rimasta da sola, Fiona si fermò ancora un po' a bordo piscina spulciando qualche incartamento portato dall'ufficio. Poi ripensò a quello che le aveva detto la sorella quella mattina. Forse era vero, forse si sarebbe dovuta sforzare per trovare l'uomo giusto con il quale condividere la vita. Vivere come viveva lei era molto più semplice: nessuno la tormentava o la accusava di comportarsi in maniera sbagliata; nessuno si arrabbiava per la sua carriera. Ricominciare sarebbe stato impossibile. Certo, a volte si sentiva sola, ma in compenso era molto soddisfatta. E quella soddisfazione confermava le teorie di Jillian. Fiona ormai era come anestetizzata dal successo. La parte di lei che avrebbe desiderato un uomo non esisteva più, era diventata insensibile o addirittura era morta. E a lei, d'altra parte, non importava.

6

Al *Gary Danko*, la cena di Marshall e Liz con i clienti giapponesi si svolse senza intoppi e con grande apprezzamento da parte degli ospiti stranieri. Le portate, squisite come sempre, accompagnarono le discussioni d'affari degli uomini mentre Liz intratteneva le signore usando di tanto in tanto le frasi in giapponese che aveva imparato. Una volta a casa, il marito si dichiarò soddisfatto della serata e le raccontò ciò di cui aveva parlato con gli ospiti. Lei aveva seguito la conversazione, seppur distrattamente e tra una chiacchiera e l'altra.

«Questa serata è stata utile per cementare l'accordo», dichiarò Marshall, compiaciuto. Liz era stata perfetta, affascinante, rispettosa e discreta, e ancora una volta si era guadagnata la sua gratitudine. A letto, obbedendo più a un impulso di riconoscenza che alla passione, Marshall fece l'amore con lei. Era la compagna migliore per aiutarlo con la carriera, e lo rendeva felice in molti modi diversi. Non appena iniziò a ricoprirla di tenerezze sentì forte la mancanza di Ashley. Il fiato quasi gli mancò. Sebbene tra le braccia stringesse Liz, riusciva a pensare soltanto alla donna che da otto anni amava segretamente. Conosceva ogni millimetro della sua pelle, ogni angolo remoto dell'anima; il desiderio che provava per lei era tale che si trattenne a stento dal telefonarle a quell'ora della notte, solo per sentire la sua voce.

I sentimenti che nutriva per la moglie erano diversi. Le era grato per tutto quello che faceva per lui, per il modo in cui gli facilitava l'esistenza, ma era Ashley la dea incantatrice, la donna che lo eccitava e rendeva piccante la sua vita, e che lo amava con tenerezza. Dopo quasi trent'anni, fare l'amore con Liz era diventato qualcosa di familiare e meccanico. Ashley aveva vent'anni meno di lei, e con quella ragazza c'era passione. Stare insieme a lei lo faceva sentire più giovane, come la compagnia delle bambine, sempre elettrizzate di vederlo tornare a casa. Quando stava con Liz, al contrario, aveva l'impressione di essere vecchio. Eppure, nonostante tutto, aveva bisogno di entrambe. Nessuna delle due gli sarebbe bastata senza la presenza dell'altra.

A notte fonda, nascosto in bagno, inviò un sms ad Ashley, dicendosi desideroso di rivederla il mercoledì successivo e di fare l'amore con lei.

La domenica andò di nuovo a giocare a golf con i clienti stranieri che nel pomeriggio, prima di partire, gli confermarono la chiusura dell'accordo. Quel weekend era stato fruttuoso anche grazie alla collaborazione di Liz che, una volta appresa la notizia, si complimentò con il marito, orgogliosa di lui.

Quella sera, John portò Alyssa a cena a casa e i genitori, conoscendola meglio, ne furono entusiasti. Persino Lindsay la Terribile si sbilanciò sostenendo che fosse *cool*, e s'intrattenne a lungo con lei parlando di musica rap, argomento sul quale la ragazza del fratello sembrava piuttosto ferrata. La simpatia tra le due fu immediata. Sulla via del ritorno per Stanford, Alyssa disse a John che sua sorella era molto dolce. Arrivati a destinazione, i due rimasero seduti in macchina a lungo, chiacchierando e scambiandosi qualche bacio, prima che lei tornasse al dormitorio e lui nel suo appartamentino. La storia andava bene e i Weston le erano piaciuti. Erano la coppia perfetta, sempre in armonia, i genitori che chiunque avrebbe desiderato avere ma che purtroppo a lei non erano toccati in sorte. John era fortunato a far parte di una famiglia così amorevole.

Il lunedì, quando Alyssa telefonò alla madre in ufficio per fare quattro chiacchiere, capì subito di aver scelto il momento meno appropriato. La giornata era cominciata male. Fiona era reduce da uno scontro con Harding Williams che, sentendola parlare di nuovo dell'indagine, le aveva rinfacciato di aver messo in moto un'inutile caccia alle streghe. Infastidita da quell'ennesima scortesia, lei aveva perso le staffe, biasimandosi poi per aver ceduto ai propri impulsi. Tuttavia era stanca dell'arroganza e dell'atteggiamento pomposo di quell'uomo. C'era mancato poco perché gli desse del vecchio imbecille, ma per fortuna si era trattenuta. Insomma, erano state ore stressanti, come spesso accadeva per un amministratore delegato. Fiona fu contenta di ricevere la telefonata della figlia e ascoltò interessata del suo appuntamento con John, il giorno precedente. Dai suoi racconti non poté che rafforzare la buona opinione che aveva di Marshall Weston e della sua famiglia. Evidentemente era una brava persona, e conoscerlo sarebbe stato un piacere.

La giornata di Marshall non era stata altrettanto frenetica. Durante il fine settimana aveva concluso con i giapponesi un affare molto importante per la UPI, cosa che avrebbe suscitato la soddisfazione del consiglio di amministrazione e degli azionisti. Dopo mesi di trattative, era riuscito a mettere a segno un colpo fondamentale per la sua carriera. Aveva appena finito di dettare una relazione sull'affare nipponico da inoltrare al presidente, quando Simon Stern, consulente legale interno, gli chiese di poterlo raggiungere nel suo ufficio. Essendo ormai finita la giornata, Marshall acconsentì. Simon entrò nella stanza e, dopo aver scambiato quattro chiacchiere, chiuse discretamente la porta alle proprie spalle, sotto lo sguardo interrogativo di Weston.

«Abbiamo un problema», esordì a quel punto l'avvocato guardandolo dritto negli occhi. Sembrava preoccupato, e Marshall attese di conoscere il motivo della visita. Le parole che udì subito dopo lo colsero di sorpresa.

«Stamattina abbiamo ricevuto la chiamata di un avvocato», spiegò Simon cauto. Voleva evitare che l'amministratore delegato si agitasse. Non aveva idea di quale sarebbe potuta essere la sua reazione e detestava essere latore di brutte notizie. «Sembra che un'ex impiegata, una certa Megan Wheeler, abbia intenzione di citarti in giudizio per molestie sessuali e licenziamento illegittimo. Dichiara di aver avuto una relazione con te, due anni fa, di essere stata assunta per questo e di aver perso il lavoro una volta chiuso il rapporto.» Simon si sedette di fronte a Marshall e attese la sua reazione. Dal modo in cui il CEO lo fissava, pareva che gli fosse esplosa una bomba tra le mani.

«Stai parlando seriamente? È pazza o cosa?» domandò inorridito.

«È possibile», replicò l'altro, speranzoso che tutto si risolvesse senza problemi. Purtroppo, però, denunce simili di rado svanivano nel nulla. Sapeva per esperienza che le donne che denunciavano per molestie sessuali erano determinate a portare avanti la loro causa e a non mollare facilmente. Di solito si trattava di persone che intendevano pareggiare vecchi conti: una relazione finita male, delle avances non ricambiate. Qualunque fosse il motivo, miravano sempre alla vendetta e ai soldi, un mucchio di soldi. «La conosci? Sai chi è?»

«Ricordo vagamente il nome», ammise Marshall. «Se non sbaglio l'abbiamo assunta per gestire alcuni eventi con i clienti, ma ti garantisco di non aver mai avuto una relazione con lei. Non ricordo neanche che faccia abbia. Credo che sia un'organizzatrice di eventi o qualcosa del genere. È possibile che abbia fatto parte dello staff per un certo periodo, ma in seguito ne ho perso le tracce.»

«Sostiene di aver avuto una relazione con te per otto mesi e di averti incontrato ripetutamente in un hotel. Quando ti ha detto di voler mettere fine alla vostra storia, tu l'hai fatta licenziare. Sì, in effetti si tratta proprio di un'organizzatrice di eventi. Quello che non capisco è perché abbiamo dovuto assumerla invece di stipulare con lei un contratto da libera professionista. La Wheeler ha dichiarato che sei stato tu a suggerirle il lavoro, e che il compenso era molto interessante. Ho fatto un controllo alle Risorse umane e i dati corrispondono: è stata a libro paga per sette mesi prima di essere licenziata. La sua storia combacia perfettamente.»

«Giuro di non esserci mai andato a letto», affermò Marshall, disperato. In quel momento si figurò la sua carriera andare in fumo.

«Dice di possedere documenti che provano il tuo coinvolgimento con lei, delle e-mail e delle lettere nelle quali hai fatto espliciti riferimenti sessuali nei suoi confronti.» Non riusciva a immaginare che fosse stato così stupido, anche se ci era andato a letto, ma doveva riferirgli ciò che l'avvocato della parte avversa gli aveva comunicato. «La faccenda, però, è molto più complicata. Pare che la donna abbia avuto un cancro al seno, cosa di cui tu eri a conoscenza. La legge è molto severa sul licenziamento degli ex ammalati di cancro, molto più che in caso di molestie sessuali. Se ciò che dichiara è vero, siamo con le spalle al muro e la stampa ci farà a pezzi.» Stern non nascose la sua preoccupazione.

«Quella donna sta mentendo. Non ho mai scritto lettere con avances. Perché avrei dovuto fare una cosa del genere?» si difese Marshall.

«Anche a me la situazione non quadra, ma non ci resta che vedere le carte che sostiene di avere in mano. Quelle lettere potrebbe essersele inviate da sé. Spero di riuscire a provarlo e a intimorirla. Per il momento però l'attacco che stanno sferrando è parecchio aggressivo. Il suo avvocato sembra un osso duro, uno di quelli che mira al risarcimento più alto. Probabilmente immagina già che tenteremo un accordo, cosa che faremo appena ottenuta l'approvazione del consiglio. Inutile gettare questa notizia in pasto alla stampa. La controparte ci concede una settimana di tempo. Suppongo che sia necessario parlare con Connie e farlo al più presto.»

Connie Feinberg era il presidente del consiglio di amministrazione della UPI. Era una persona ragionevole che Marshall ammirava ma della quale non avrebbe saputo prevedere la reazione, così come Simon Stern. Prima di allora non era mai accaduta una cosa del genere a un amministratore delegato della società, né tantomeno a Marshall, che aveva una reputazione impeccabile. Stern sapeva che era sposato, che era devoto alla moglie e ai figli. Sarebbe stato un brutto colpo per loro.

«Cosa vuole?» s'informò Marshall con voce strozzata. Era terrorizzato all'idea che la sua carriera potesse risentirne o, peggio, essere distrutta. Fu quasi sul punto di piangere quando pensò all'impatto che la notizia avrebbe avuto su Liz e i ragazzi.

«Un milione di dollari. Il suo avvocato ha affermato che ci citerà per cinque, ma ha fatto intendere che con uno l'accordo potrà essere raggiunto. Qualcosa mi suggerisce che questa donna non mollerà. Quanto al suo legale, insiste sulla veridicità della denuncia», commentò Simon, cupo.

«Credimi, non è vero. Non sono mai stato a letto con quella Megan né ho mai avuto un'avventura con lei. Adesso che mi ci fai pensare, la ricordo bene. Ha l'aspetto di una sgualdrina da quattro soldi, ma ha organizzato diversi eventi niente male per noi. Non ho idea di quando sia stata assunta e non l'ho mai vista dopo i ricevimenti che ha curato.»

«Ne sono certo, Marshall», lo rassicurò l'avvocato. «Mi spiace per tutta questa faccenda. Purtroppo sono cose che oggi accadono spesso. Siamo circondati da gente disonesta, quindi ognuno di noi è un potenziale obiettivo, ma le persone nella tua posizione sono più a rischio.»

Weston annuì, preoccupato. Oltre che con Connie avrebbe dovuto parlare con Liz, nel caso la notizia fosse trapelata sulla stampa. Non doveva dimenticarsi nemmeno di Ashley e dei figli. Era come trovarsi catapultato in un incubo dal quale sperava di svegliarsi al più presto.

«Contatterò Connie. E dopo? Cosa prevedi di fare?» domandò con voce tesa.

«Negoziare a più non posso, se mai la notizia dovesse essere vera. In caso contrario, attendere e vedere quello che vuole. L'avvocato ci ha inviato copia della corrispondenza che la sua assistita dichiara di avere intrattenuto con te e sembra che ci siano anche delle fotografie. Dei falsi, di sicuro. Non sei il primo a rimanere vittima di una situazione simile, e certamente non sarai l'ultimo. Se mente, non ci piegheremo al negoziato, a meno che il consiglio di amministrazione ci dica di farlo. Dobbiamo aspettare che si pronunci in proposito.»

Stern si congedò promettendo di tenerlo informato e Marshall si sedette alla scrivania con gli occhi umidi di lacrime, concedendosi qualche istante di pausa prima di sollevare la cornetta e chiamare Connie Feinberg a casa. Era una donna diligente e un presidente capacissimo che per anni aveva gestito un'importante società a conduzione famigliare. Nel sentire la voce di Marshall fu sorpresa, e ancora di più lo fu da quello che lui le riferì qualche istante dopo. Ascoltò senza mostrarsi scioccata: aveva già sentito di esperienze analoghe, in passato. Persino suo fratello era stato citato in tribunale per molestie sessuali ma fortunatamente la donna che lo accusava era stata screditata e la denuncia ritirata.

«Ti giuro che non è vero niente», si difese Marshall con tono angosciato.

«Apprezzo molto la tua chiamata», replicò lei con gentilezza, «e mi dispiace sapere che si trovi coinvolto in una situazione così imbarazzante. Grazie al cielo non ti ha accusato di stupro denunciandoti penalmente. Ho saputo che a qualcuno è capitato anche questo. Con un po' di fortuna, ce ne sbarazzeremo senza sollevare un gran polverone. Anche se stesse mentendo, sarebbe più opportuno per noi negoziare e accordarci per una cifra ragionevole, così da liberarcene in maniera definitiva. È vero che in questo modo cederemmo a un tentativo di estorsione, ma qualche volta vale la pena gettare la spugna e pagare per proteggere la tua reputazione e la nostra, invece di trovarci coinvolti in una causa con una donna avida e intenzionata a trascinarti da un tribunale all'altro. Riunirò il consiglio di amministrazione e ti farò sapere. Personalmente credo sia meglio pagarla e liquidare tutto prima che la faccenda vada oltre.»

«In questo modo però non daremo l'impressione che sia tutto vero?» chiese Marshall. «Non voglio ammettere una colpa infondata. Ho una famiglia a cui pensare, e naturalmente anche la società. Mi dispiace tremendamente mettervi in difficoltà con un problema del genere e costringervi a sborsare un sacco di soldi per una donna che non li merita.»

«È così che a volte funziona il nostro sistema legale», replicò Connie in tono pratico. Sapevano entrambi che dirimere le controversie, legittime o meno che fossero, era pratica comune. Quanto a lei, era molto equilibrata e non si scandalizzava con facilità. «Sei in questa compagnia da quindici anni, dieci dei quali in veste di amministratore delegato. È nostro dovere proteggerti da gente di questa risma. Non vogliamo che la tua reputazione, e di conseguenza la nostra, ne risenta. Mi spiace molto per lo stress che sei costretto a sopportare e che si ripercuoterà inevitabilmente sulla tua famiglia e su tua moglie.»

«Loro non ne sanno ancora niente. L'ho appreso io stesso una decina di minuti fa e ti ho subito chiamata.»

Connie lo ringraziò per la sollecitudine. «Vediamo come proseguono le cose, ma credo che Simon dovrà prepararsi a negoziare. Sempre che tu sia d'accordo, s'intende.»

«Farò quello che è meglio per la società», replicò Marshall in tono serio prima di riagganciare. Connie gli promise di contattarlo subito dopo la riunione del consiglio di amministrazione.

Rientrò nella contea di Marin confuso. Cosa avrebbe raccontato a Liz? Fortunatamente, Lindsay era a cena a casa del ragazzo. Alla moglie bastò un'occhiata per capire che era successo qualcosa di terribile. Sforzandosi di trattenere le lacrime, Marshall si sedette in cucina e, appena cominciò a spiegarle la situazione, scoppiò in singhiozzi.

«Non capisco come possano succedere cose del genere. Non ho mai parlato a quella donna e adesso lei sostiene di aver avuto una storia con me e che io l'ho fatta licenziare. Ha persino dichiarato che sono stato io a farla assumere dalla società. A malapena ricordo la sua faccia. L'ultima cosa che vorrei è danneggiare la UPI e ferire te e i ragazzi.» Abbattuto dall'accusa e ancora in lacrime, si lasciò abbracciare dalla moglie. Gli ci volle un po' prima di riprendere il controllo, tranquillizzato dalle rassicurazioni di Liz che non credeva a una sola parola della donna.

«Ce la faremo, vedrai, Marsh. Prima o poi ne usciremo. Sei innocente.» Nutriva nei suoi confronti una fiducia incondizionata, e questo lo confortava. Erano ancora seduti in cucina, le mani intrecciate, quando Connie chiamò.

«Il consiglio ti appoggerà al cento per cento, Marshall. Sei troppo importante, non possiamo lasciarti affondare in una situazione simile. Faremo il necessario per concludere la questione in tempi rapidi. Telefonerò io stessa a Simon, domani mattina. Ci siamo accordati per negoziare con questa donna il prima possibile e tirarti fuori dai guai senza sollevare inutili polveroni. Non ci comporteremo in modo aggressivo per evitare che la notizia finisca in pasto ai media.»

«Non ti ringrazierò mai abbastanza», replicò Marshall, profondamente riconoscente.

Dopo la telefonata, lui e Liz analizzarono la situazione con calma fino al rientro di Lindsay, poi andarono a letto. Non era necessario informare così presto i figli mettendoli in ansia poiché la faccenda poteva essere risolta senza che l'opinione pubblica ne venisse a conoscenza.

Il pericolo di uno scandalo era la minaccia peggiore che gli fosse mai capitata. Temeva per la carriera, per tutto quello che aveva costruito, e per la propria reputazione. Quella notte riuscì a dormire pochissimo. Si svegliò prima dell'alba e rimase a lungo a letto per non disturbare Liz. Soltanto dopo parecchio si alzò e andò a guardare il sorgere del sole.

«Già in piedi?» chiese Liz quando lo vide.

«Ho paura», replicò con un filo di voce.

«Vedrai che tutto si sistemerà.» Gli si avvicinò e lo circondò con le braccia.

«Non ti merito», sussurrò lui.

«Sì, invece», insisté lei. Nulla avrebbe mai potuto intaccare la fiducia che nutriva nell'uomo che amava.

Liz lo tenne stretto a sé a lungo prima di lasciarlo uscire per andare al lavoro, ricordandogli il proprio amore e il pieno supporto. Credeva ciecamente nell'innocenza del marito. Sulla strada per l'ufficio, a bordo della sua Aston Martin, Marshall si disse che era un uomo fortunato: aveva l'appoggio incondizionato della moglie e del consiglio di amministrazione. Non restava che gettarsi quella brutta faccenda alle spalle quanto prima.

7

Il mercoledì Marshall non partì per Los Angeles come di consueto. Due giorni dopo avere appreso l'accusa di Megan Wheeler, insieme a Simon Stern dovette incontrare nella sala conferenze della UPI la donna e il suo avvocato. Megan si sedette di fronte a Marshall, gli occhi fissi in quelli di lui. Il suo avvocato ribadì l'accusa di molestie sessuali e insistette sulla veridicità della relazione tra i due. La donna era calma e decisa, e ascoltava le parole del legale annuendo di tanto in tanto. Indossava un completo attillato nero e un paio di scarpe con il tacco alto. Non aveva fatto nulla per apparire dimessa, anzi aveva volutamente dato risalto alla sua silhouette perfetta. Era provocante ed eccessiva per un incontro di quel genere, ma anche molto attraente. Doveva aver superato da qualche anno la trentina. A riunione inoltrata, dopo aver ripetuto i danni subìti dalla sua cliente a causa del licenziamento, l'avvocato della Wheeler porse a Simon Stern una busta. Aggiunse che la sua assistita aveva dovuto chiudere l'attività di organizzatrice di eventi quando era stata assunta dalla UPI, e che dopo il licenziamento non era più riuscita a riaprirla. Appena iniziò a parlare dello stress emotivo derivato dal fallimento della relazione con Weston, Marshall sentì i muscoli della mascella contrarsi.

Simon aprì con cautela la busta e vi estrasse due lettere e le copie di numerose e-mail apparentemente scritte dall'accusato. Dopo averle lette, impassibile, le passò a Marshall perché facesse lo stesso. Le missive erano digitate al computer e prive di firma.

«Cosa ci dà la sicurezza che non siano state redatte dalla sua assistita per incriminare ingiustamente il signor Weston?»

Nelle lettere si facevano numerosi ed espliciti riferimenti sessuali alle notti passate insieme e alle performance amorose. A quelle parole, l'avvocato della donna porse a Stern una seconda busta, più piccola, contenente due foto di Megan Wheeler nuda e in posizioni provocanti, scattate da un uomo il cui riflesso si vedeva chiaramente in uno specchio. Marshall, nudo pure lui. Un altro scatto lo ritraeva a letto apparentemente addormentato e senza vestiti. Era innegabile che i due erano stati insieme.

Simon passò le foto a Marshall senza dire una parola. Gli scatti non sembravano ritoccati ed erano stati fatti con una macchina fotografica, non con il cellulare della donna.

Marshall impallidì ma non mutò espressione mentre gli occhi di lei lo fissavano impassibili. Era chiaro che per la Wheeler quello fosse solo un incontro d'affari, niente di più. Non aveva parlato di promesse non mantenute, di cuori spezzati o di amore non corrisposto. Il suo era un ricatto puro e semplice. Avevano fatto sesso, lui l'aveva assunta, licenziata e adesso lei cercava vendetta. La sua rabbia aveva un prezzo, un prezzo molto alto.

Simon reagì prontamente facendo di nuovo scivolare le foto nella busta. Erano soltanto delle copie; i negativi dovevano trovarsi al sicuro. Quegli scatti, però, erano il miglior elemento di scambio nelle mani dell'accusa.

«Siamo pronti a offrire alla signora un milione di dollari per il suo tempo e il fastidio arrecato in cambio della completa segretezza. Naturalmente dovrà anche ritirare le accuse nei confronti del signor Weston», disse Stern al legale della controparte. Il consiglio di amministrazione aveva concesso un tetto massimo di due milioni di dollari. Marshall li valeva tutti ed era l'amministratore delegato migliore che avessero mai avuto al timone della UPI. Non importava che fosse colpevole o innocente: il loro obiettivo era che Megan Wheeler sparisse presto, magari prima di rivolgersi alla stampa. Aveva aspettato più di un anno dalla fine della storia e dal licenziamento, prima di farsi avanti. L'avvocato al quale si era rivolta l'aveva convinta a minacciare un processo e a trattare per un lauto risarcimento. Impassibile di fronte all'offerta di Simon, il legale comunicò loro un'altra notizia che lasciò tutti esterrefatti.

«Mi preme avvertirvi che questa mattina abbiamo rilasciato una dichiarazione alla stampa in cui abbiamo raccontato della relazione del signor Weston con la mia cliente e del licenziamento avvenuto subito dopo la fine della loro storia. Abbiamo inoltre intenzione di citarlo in giudizio per danni e molestie sessuali.» Parlò con voce priva di emozione. Nonostante il suo aspetto trasandato, era un uomo scaltro, al pari della sua cliente.

Marshall impallidì mentre Simon mantenne il controllo evitando di guardare il suo assistito.

«Non è stata una mossa saggia. La definirei addirittura prematura, considerato che stiamo cercando di negoziare in buona fede.»

«Non esiste buona fede in questo caso», replicò franco il collega. «Il suo cliente ha fatto sesso con la mia assistita, ha usato la sua influenza e il suo ruolo di amministratore delegato dell'azienda per farla assumere e indurla ad andare a letto con lui, per poi licenziarla quando gli è parso comodo. Non dimentichiamo inoltre che la signora Wheeler, sei mesi prima, era stata sottoposta a radioterapia e chemioterapia per un tumore al seno, particolare di cui il signor Weston era a conoscenza. Mi sembra tutto piuttosto evidente. La mia cliente è sopravvissuta a una grave malattia mentre il suo si è avvantaggiato della situazione in cui si trovava.»

«A me invece risulta chiaro che la signora Wheeler voglia riscuotere una cifra considerevole per aver fatto sesso con il signor Weston. Questo comportamento ha un nome: estorsione, o peggio.» Simon fissò gelido l'avvocato della controparte. «La dichiarazione fatta alla stampa ha come unico scopo quello di rendere il caso più difficile. Avete già danneggiato la reputazione del mio cliente. A questo punto mi chiedo perché dovremmo pagare qualcosa.» Aveva segnato un punto a suo favore. «Se decideremo di risarcire la sua cliente, ci aspettiamo che ritratti le proprie dichiarazioni e che ammetta pubblicamente la falsità delle sue accuse contro il mio assistito. Vogliamo i negativi delle foto e le lettere originali. Due milioni. È la nostra ultima offerta.» Simon Stern parlò con determinazione, poi guardò Marshall per imporgli di rimanere in silenzio. Questi notò negli occhi della donna un lampo di piacere per l'offerta in denaro e l'odio che nutriva verso di lui. Durante l'incontro non si erano rivolti una sola parola.

«Sono sicuro che la reputazione del vostro amministratore delegato valga molto di più», ribatté l'avvocato dell'accusa cercando di tastare i limiti massimi della trattativa. Tuttavia si scontrò con un muro: Simon aveva esaurito la pazienza. Detestava la situazione nella quale Marshall li aveva trascinati, ma il suo lavoro era di tirarlo fuori, senza giudicare, come desiderava unanimemente il consiglio di amministrazione.

«I ricatti non ci interessano», disse Simon in tono pacato. «Noi negoziamo e lo abbiamo appena fatto. Due milioni e chiudiamo la faccenda. Altrimenti andremo in tribunale e vinceremo.» Stava bluffando e lo sapeva. Con quelle fotografie era improbabile. Restò però impassibile mostrando una sicurezza che non aveva. Megan Wheeler tentennò; né lei né il suo avvocato volevano correre il rischio di perdere il denaro.

«Sono del parere che, in quanto ex ammalata di cancro, alla mia cliente ne spettino almeno tre.»

«Il mio assistito non le ha di certo trasmesso il tumore.» Simon si alzò facendo segno a Marshall di imitarlo. L'incontro era terminato. Si allontanarono dal tavolo della sala conferenze. L'avvocato della parte avversa gettò un'occhiata eloquente alla cliente, che annuì. Voleva i soldi, e due milioni erano sufficienti.

«Accettiamo la vostra offerta», si affrettò a dire il legale.

«Suppongo che la faccenda circoli già sulla stampa e su Internet. Pretendo una piena ritrattazione da parte della sua cliente per la fine della giornata», rilanciò Simon, gelido. «E un accordo confidenziale firmato», aggiunse.

«Sarà fatto appena avremo l'assegno», replicò l'avvocato alzandosi a sua volta.

«Me ne occupo immediatamente.» Stern uscì dalla stanza tallonato da Marshall. Chiusi in un pesante silenzio, presero l'ascensore. Parlarono solo una volta raggiunto l'ufficio di Marshall.

«Mi dispiace», disse lui con voce strozzata. «Non avevo idea che ci fossero quelle fotografie. Probabilmente ero ubriaco. Forse mi ha drogato.»

Simon si astenne dal commentare. Di sicuro la Wheeler non lo aveva drogato per otto mesi o costretto a darle un lavoro. Era una situazione sgradevole, un'avventuretta che per essere seppellita sarebbe costata alla UPI due milioni di dollari. Personalmente deprecava ciò che era accaduto, e soprattutto si era risentito per le bugie di Marshall, ma non spettava a lui giudicare. Il suo compito era risolvere il problema.

«Chiamo subito Connie», aggiunse Marshall mentre Simon, annuendo, usciva dal suo ufficio per andare a redigere l'accordo da far firmare a Megan.

La telefonata con Connie Feinberg fu la peggiore mai fatta da Marshall. Non avendo altra scelta, le raccontò la verità e si offrì di pagare di tasca propria la somma pattuita.

«Se lo farai, e se dovesse mai saltare fuori, ti troveresti invischiato in uno scandalo peggiore. Non ci resta che pagarla e chiedere in cambio una ritrattazione pubblica. Ha più senso che sia la società ad accordarsi con lei. Di solito è così che funzionano le cose, che si tratti di storie vere o false. Se a sborsare dovessi essere tu, sembrerebbe un ricatto; se invece ce ne faremo carico noi, tu ne uscirai pulito e noi ci saremo interessati a una delle tante cause che spesso ci vengono intentate. Se il consiglio di amministrazione sarà d'accordo, potremmo considerare la possibilità di detrarti la somma dal bonus di fine anno.» Era un po' come cavarsela con una bacchettata sulle dita, pensò Marshall, più che disposto a perdere due milioni di dollari per salvare se stesso e la carriera. «Sono tuttavia del parere», proseguì Connie, «che il consiglio deciderà che questo episodio è il prezzo da pagare per un amministratore delegato eccezionalmente competente, quale tu sei. Casi simili succedono anche in altre compagnie, e alla fine sopravvivono tutti. Dopo un po' la gente tende a dimenticare.» Parlò con voce calma e gelida. Non era sicuramente entusiasta della piega presa da quella storia, ma accettava la decisione del supporto incondizionato. Per fortuna i danni erano stati limitati; se la Wheeler e il suo avvocato fossero stati più abili, l'assegno finale sarebbe potuto essere più consistente.

«Non so come esprimerti la mia gratitudine e il mio dispiacere. Giuro che non succederà più.»

«Non ne dubito», replicò lei, cortese. «So bene che queste cose accadono, ma speriamo di non doverne affrontare altre. È stato un errore piuttosto costoso. Dovrò dire a Simon di scrivere la ritrattazione da fornire alla stampa.»

«Credo che ci stia già lavorando.»

«Dobbiamo informare gli azionisti che siamo giunti a un accordo per evitare di perdere tempo, di pagare un conto elevato e di farci una pessima pubblicità a causa della denuncia. Comunicheremo loro che la signora Wheeler ha ritrattato le accuse, del tutto prive di fondamento, e che stiamo prendendo in considerazione la possibilità di detrarre la cifra dal tuo bonus di fine anno.» L'ammontare dell'esborso era di molto inferiore alla somma che prevedeva di incassare, così nessuno sarebbe rimasto scontento. Quanto gli premeva di più era evitare che Liz venisse a sapere che le accuse erano fondate. Avrebbe potuto dirle che erano stati costretti ad accordarsi con la Wheeler per evitare altri scandali e un lungo processo, ma non avrebbe fatto parola delle fotografie e delle lettere. La moglie sarebbe rimasta all'oscuro di tutto e la sua reputazione sarebbe stata salva. Bisognava soltanto superare lo scandalo prossimo a esplodere a breve sulla stampa in attesa della smentita ufficiale, che sperava vivamente sarebbe giunta entro la fine della giornata.

Dopo aver parlato con Connie, Marshall chiamò la moglie per avvertirla che sui media sarebbero circolate cattive notizie, storie che la sua accusatrice aveva divulgato per mettere la società intera sotto pressione e indurli ad accettare un accordo, ma che entro la fine della giornata o al più tardi l'indomani ci sarebbe stata una completa ritrattazione.

«Va tutto bene?» s'informò Liz quasi in preda al panico.

«Presto la faccenda sarà sistemata. Purtroppo, per farla ritrattare è stato necessario pagarla. È un'estorsione, ma il consiglio di amministrazione non vuole far fronte a una denuncia, anche se vinceremmo. Tra un po' questa brutta questione sarà solo un ricordo, ma dobbiamo avvertire i ragazzi delle notizie che potrebbero circolare oggi. Precisa che si tratta solo di bugie.» L'importante per lui era che Liz gli credesse e che non venisse mai a conoscenza della verità. Dopo aver riattaccato, chiamò Ashley avvisandola di quanto era successo. La storia che snocciolò era semplice: un'impiegata delusa dal licenziamento e in cerca di vendetta lo aveva falsamente accusato di molestie sessuali. Una spiegazione più che plausibile, pensò Marshall.

«Che diavolo stai dicendo?» lo incalzò lei, sospettosa. Lui però aveva ormai la situazione sotto controllo. L'incubo era quasi finito e la sua voce risuonò calma e fiduciosa quando rispose. Il panico era alle spalle adesso che la sua carriera non era più in pericolo.

«Si tratta di un'impiegata che ha tentato di estorcerci del denaro. Capita. Siamo stati costretti ad accordarci per sbarazzarcene. Oggi stesso ritratterà le accuse completamente prive di fondamento.»

«Lo sono sul serio? Oppure avete dovuto comprare il suo silenzio perché è tutto vero?» Nonostante la correttezza di quelle domande, Marshall non si fece prendere alla sprovvista.

«Se avesse detto la verità, non avrebbe accettato l'accordo e in tribunale non avrebbe avuto difficoltà a vincere. Il consiglio di amministrazione però ha preferito evitarlo», replicò Marshall, concreto. «Non ci sono mai andato a letto, Ashley. Le accuse sono false. Liz e i membri del consiglio di amministrazione mi credono. Spero anche tu.» Il suo tono di voce sembrava vagamente offeso.

Ashley esitò a lungo prima di replicare: «Ti conosco meglio di tua moglie. So che sei capace di avere un'avventura e di mentire». Le sue argomentazioni erano incontestabili e Marshall non provò nemmeno a contraddirla.

«La nostra non è un'avventura», la corresse, risentito. «Il nostro rapporto dura più di molti matrimoni. Abbiamo due bambine e, spero, un futuro da trascorrere insieme. Questa donna è una poco di buono sbucata dal nulla, spalleggiata da un avvocato altrettanto losco e con l'idea di estorcerci denaro. Persone del genere esistono, lo sai anche tu.»

«Spero che tu mi stia dicendo la verità», mormorò afflitta Ashley.

«Non ho bisogno di andare a letto con altre donne visto che ho te», rispose lui. «Domani sarò a Los Angeles e ne riparleremo. Volevo soltanto che lo sapessi in modo da non essere colta impreparata da quello che potresti sentire ai telegiornali. Non voglio che ti preoccupi.» Sembrava perfettamente innocente, rassicurante e amorevole.

«Grazie», replicò Ashley confusa. Un'oretta più tardi, ascoltando il notiziario di mezzogiorno, fu assalita dalla nausea nonostante fosse a conoscenza dei fatti. C'era del vero in quella vicenda, ne era sicura. Bonnie le telefonò cinque minuti dopo. Aveva letto la storia su Internet.

«Che diavolo sta succedendo con Marshall?» chiese, stravolta.

«Sostiene che quella donna è pazza e che ha tentato di estorcergli del denaro. È un'ex impiegata della società che per vendicarsi del licenziamento ha messo in piedi un'accusa di molestie sessuali in modo da poter spillare soldi alla compagnia.» Ashley usò quasi le stesse parole di Marshall. «Sono riusciti a raggiungere un accordo e prima della fine della giornata ammetterà la falsità delle accuse. Suppongo che sia questo il modus operandi quando si tratta di aziende importanti come la sua. Si minaccia una denuncia e, alla fine, ci si accorda per una bella sommetta in cambio del silenzio.»

«Mi chiedo quanto abbiano dovuto sborsare», commentò Bonnie, cinica e sicura che l'amica non avrebbe mai ammesso di avere dei dubbi in proposito. Ashley voleva credere alle parole di Marshall, ma la notizia ascoltata alla televisione aveva messo a dura prova la fiducia che nutriva nel compagno.

L'assegno fu firmato alle due del pomeriggio e consegnato all'avvocato di Megan Wheeler, il quale diede in cambio alla controparte due fogli firmati dalla cliente: l'accordo di assoluta confidenzialità e la ritrattazione ufficiale delle accuse. Alle cinque i notiziari diffusero l'aggiornamento. La storia si era aperta e chiusa nel giro di una giornata, come spesso accadeva ai grandi capitani d'industria o alla gente di potere. Talvolta le accuse erano false, ma altre erano del tutto fondate.

Il consiglio di amministrazione chiese a Marshall di indire una conferenza stampa subito dopo l'annuncio ufficiale di Megan Wheeler. Lui accettò di buon grado e si presentò all'appuntamento con aria dimessa, in abito scuro, camicia bianca, una cravatta sobria e Liz al fianco. Fece una breve dichiarazione nella quale espresse la propria gratitudine alla società, al consiglio di amministrazione e persino alla donna che lo accusava, che finalmente si era decisa a confessare la verità e ad ammettere la sua estraneità ai fatti. Poi guardò la moglie e le sorrise riconoscente, e intanto lei ricambiava con un'occhiata dignitosa e amorevole. La telecamera fece un primo piano delle loro mani intrecciate.

A Los Angeles, immobile davanti alla televisione, Ashley scoppiò a piangere. Liz appariva tranquilla e orgogliosa accanto al marito, serena come se nessuna preoccupazione la tormentasse. Era una donna fiduciosa, rispettabile e fiera del consorte. Sorrise nel lasciare con Marshall la sala conferenze e i giornalisti che la affollavano. Vedendoli così affiatati, Ashley non poté fare a meno di pensare a cosa avrebbe commentato Bonnie quando fosse venuta a trovarla. Probabilmente l'amica aveva ragione: Marshall non avrebbe mai lasciato la moglie. Dopo aver assistito alla conferenza stampa, se n'era convinta anche lei; il profondo rispetto che li univa era innegabile. Iniziò ad annaspare in cerca d'aria, strozzata dai singhiozzi e sull'orlo di una crisi di panico. Un'illuminazione le attraversò la mente e d'istinto seppe che con molta probabilità Marshall aveva avuto davvero quell'avventura, che la UPI aveva pagato per salvaguardarlo dallo scandalo e che il suo amante era legato alla moglie più di quanto ammettesse. Il mondo le crollò addosso. Vedere l'uomo che amava mano nella mano con la moglie – una donna sicura di sé – le aveva dato la certezza di essere stata raggirata da un cumulo di bugie. Liz credeva a Marshall, lei non più. Erano bastati pochi momenti per farle capire che la sua vita era crollata come un castello di carte. Non sarebbe stata capace di credergli ancora, di lasciarsi persuadere che quello tra lui e Liz fosse solo un matrimonio naufragato, perché così non era.

Quella sera stessa Marshall parlò al telefono con i figli; raccontò loro di avere corso il rischio di essere trascinato in tribunale, di avere accettato un accordo per evitarlo su esplicita richiesta dell'azienda e di avere ricevuto la soddisfazione di vedere ritrattare tutte le falsità con cui quella donna aveva tentato di infangare il suo nome. Lindsay disse di trovare la situazione imbarazzante e John gli offrì supporto e comprensione. Tom invece non credette a una parola, ma per evitare di far soffrire ancora di più la madre si astenne dall'accusare il padre di essere bugiardo e traditore. Il suo tono di voce gelido, però, non lasciò dubbi su quale fosse la sua opinione.

Quel brutto capitolo si concluse definitivamente alle sette di sera. Marshall chiamò di nuovo Connie per ringraziare lei e il consiglio di amministrazione e ricevette ancora una volta la rassicurazione che ogni singolo dollaro speso era stato ben investito. Lo scandalo era stato evitato e la compagnia non ne era rimasta coinvolta. Ogni cosa si era conclusa rapidamente.

Più tardi, a letto, i suoi pensieri volarono ad Ashley e alla situazione che avrebbe dovuto affrontare con lei il giorno seguente, quando l'avrebbe raggiunta a Los Angeles. Il peggio però era passato e, fatto più importante, non aveva perso né il lavoro né la reputazione. Aveva provato la sua innocenza mantenendo la fiducia della moglie; nel letto accanto a lui, Liz giaceva stanca ma rassicurata, certa della sua fedeltà.

«Ho davvero vissuto due giorni d'inferno», disse Marshall dopo aver spento la luce.

«Cose del genere accadono, purtroppo.» Per fortuna era tutto finito e quella donna si era convinta a ritrattare. Se non lo avesse fatto la faccenda avrebbe avuto risvolti sgradevoli. Ma nemmeno per un istante Liz aveva dubitato del marito; Marshall era sempre stato sincero con lei.

Dal canto suo, l'uomo pareva rinato. Era sfuggito alla tragedia per un soffio. Chiuse gli occhi e, sollevato, si addormentò. L'incubo era terminato. Adesso desiderava soltanto tornare da Ashley, abbracciarla forte e vedere le bambine. L'incubo era finito e lui era salvo.

8

MARSHALL partì per Los Angeles a bordo del jet aziendale con un giorno di ritardo rispetto al solito, ancora sconvolto. Sebbene avesse portato con sé delle pratiche da sbrigare durante il volo, non le guardò neanche. Rimase tutto il tempo con gli occhi fissi fuori dal finestrino, pensando ad Ashley e cercando di scacciare la visione di Megan Wheeler che gli si insinuava nella testa. Gli dava i brividi immaginare quanto poco fosse mancato a quella donna per metterlo in ginocchio. La breve avventura con la Wheeler era stato un grande errore, lo sapeva perfettamente. Tutto era cominciato una sera in cui entrambi, durante uno dei tanti eventi organizzati dalla compagnia, avevano alzato un po' troppo il gomito. Un bicchiere tira l'altro e la situazione era precipitata. La ritrattazione delle accuse era stata per lui una manna dal cielo. Se Megan si fosse incaponita a non mollare, avrebbe potuto compromettere non soltanto la sua carriera ma anche il matrimonio.

Atterrato a Los Angeles, Marshall non andò in ufficio ma chiese all'autista di accompagnarlo direttamente al suo appartamento. Lì, senza neanche cambiarsi, salì a bordo della Jaguar e imboccò la Pacific Coast Highway per Malibu. Approfittando della giornata calda e soleggiata, abbassò il tettuccio e si tolse giacca e cravatta. Come sempre, schiacciò il pedale dell'acceleratore, ansioso di rivedere Ashley e di calmarla dopo la conversazione del giorno precedente. Sebbene le avesse mandato due messaggi durante la notte e avesse provato a chiamarla anche quella mattina, lei non gli aveva risposto.

Come d'abitudine, parcheggiò davanti al garage. La macchina di Ashley era al suo posto. Era sollevato di sapere che lei era a casa e le bambine al campo estivo, così non avrebbe dovuto aspettare la sera per parlarle. L'unica cosa che temeva era la reazione della compagna alla storia della quale era stato accusato; non era certo, infatti, che lei avesse creduto alla sua innocenza. Le uniche persone a conoscere la verità, oltre alla stessa Megan, erano Simon Stern e il consiglio di amministrazione, che però non vi avrebbero più neanche accennato. Si erano tutti impegnati con un documento scritto a mantenere la confidenzialità delle informazioni, e la Wheeler aveva restituito lettere e negativi delle foto.

Ashley era nel suo atelier. Indossava una T-shirt bianca e un paio di shorts in denim rosa. Stringeva fra le dita una tazza di tè, lo sguardo perso nel vuoto oltre la finestra. Non si mosse neanche quando Marshall entrò e le sfiorò un braccio. Non voleva guardarlo, mentre pensava ancora all'immagine di lui e della moglie che si tenevano per mano. Trascorse qualche minuto prima che lo sguardo di lei si fermasse su Marshall. Un dolore profondo le segnava il volto bellissimo.

«Perché non sei in ufficio?» gli chiese con voce rotta. Sentiva di avere il cuore in frantumi. L'accusa di una relazione con un'altra donna e il supporto incondizionato e amorevole che Liz gli aveva mostrato durante la conferenza stampa le avevano dato la certezza che la moglie era una presenza solida e irrinunciabile, sebbene lei si sforzasse di fingere che non esistesse. Liz era lì, attenta e presente, e la stretta delle loro mani sottintendeva il valore innegabile che la donna aveva per Marshall.

«Volevo vederti.» Avvicinò uno sgabello per sedersi accanto a lei. «Mi dispiace averti dovuto raccontare quella brutta storia. Anch'io sono sconvolto. Adesso, però, è tutto finito.» La sua voce era calda e rassicurante.

«Lo so.» Ashley posò la tazza e lo guardò negli occhi. Non sapeva più se era lui, quello che stava vedendo, o un estraneo. Tutto a un tratto, le sembrava diverso. «Ho visto la conferenza stampa, ieri sera. Quanto avete dovuto sborsare per convincerla a ritirare le accuse?»

«Due milioni di dollari», rispose lui, sincero. «Un anticipo sul mio bonus di fine anno. Avremmo vinto, se fossimo andati in tribunale, ma la UPI ha voluto evitare la pubblicità negativa che ne sarebbe conseguita. È stato più semplice arrivare a un accordo, è così che va di solito. Talvolta ci si deve piegare anche di fronte alle accuse false. Quanto a lei, voleva solo i soldi. Detesto l'idea di averla dovuta pagare per mettere a tacere le bugie che andava diffondendo sul mio conto, ma almeno abbiamo chiuso una volta per tutte. Arrivare a un'aula di tribunale sarebbe stato come vivere in un incubo.» Ashley tacque e annuì. Marshall evitò di chiederle se gli credesse perché era chiaro che dubitava di lui.

«A quanto tempo fa risale la vostra avventura?» Si sforzò di guardarlo negli occhi.

«Te l'ho detto, non c'è stato niente. È stata licenziata e per vendicarsi ha deciso di tirarmi in ballo. È stato un colpo basso che nonostante tutto ha funzionato.»

«Non ti credo», dichiarò lei pacata e con un tono di voce che il compagno non aveva mai sentito prima. Lo sguardo di Ashley incuteva quasi timore, tanto era distante. Marshall fu tentato di stringerla fra le braccia per riavvicinarla a sé, ma non osò muoversi, timoroso che lei potesse reagire male.

«So che non mi credi, Ash», replicò con altrettanta serenità. «Io però non sono stato a letto con quella donna. Non la conosco nemmeno.» Cancellò dalla mente le lettere e le fotografie che aveva visto il giorno prima. Adesso riusciva a concentrarsi soltanto su Ashley e sulla relazione che stava tentando di salvare, proprio come aveva lottato il giorno precedente per non compromettere lavoro e matrimonio.

«Mi hai mentito anche sul tuo rapporto con Liz.» Lo guardò con espressione affranta. «Sono anni che sostieni che il vostro rapporto è finito.»

«Ed è così! Non è una bugia.»

«Ho notato in televisione come la tenevi per mano.» Le lacrime cominciarono a scenderle lungo le guance, e lui le asciugò delicatamente. Ashley non si mosse verso di lui né si ritrasse; sembrava una statua con una soffice cornice di capelli mossi: era bellissima. Marshall non provò neanche a spiegarle perché avesse stretto la mano di Liz nella sua.

«È stato un momento difficile anche per lei, è stata una

pubblica umiliazione per tutti noi. Per la società, per la famiglia, per Liz, per me, per te. Quella donna ci ha colpito nella nostra quotidianità», disse in tono duro. «E odio il pensiero che abbia ferito anche te», aggiunse comprensivo.

«Sì, mi ha ferito come mi ha ferito vederti mano nella mano con Liz. Il tuo matrimonio non è finito. Liz è come la perfetta moglie di un politico, sempre e comunque al fianco del marito mentre questi nega di aver avuto una scappatella o confessa pubblicamente e piange per ciò che ha commesso. Lei lo perdona di fronte a tutti e gli restituisce l'onore. Ti ama, me ne sono accorta per la prima volta ieri, e tu ami lei. Te l'ho letto negli occhi mentre vi guardavate. Sei ancora sposato con lei in tutto e per tutto, ecco perché non l'hai mai lasciata. Mi hai mentito. Non lo hai fatto per i tuoi figli, è una faccenda fra te e lei. Non c'è spazio per me nella tua vita.»

«Non sarei qui adesso, se fosse come dici tu», ribatté lui con dolcezza. «Amo te e le bambine più di qualsiasi altra cosa al mondo. Il prossimo anno, quando Lindsay si iscriverà all'università, sarò pronto. E anche Liz. Credo che abbia intuito qualcosa. Il mio cuore è altrove da anni, ormai. Ieri era un caso diverso. Abbiamo subìto un assalto pubblico, mediatico. Dovevamo farci vedere uniti.»

«A me non sembrava che tu fingessi mentre la tenevi per mano.» Ashley scattò in piedi e si avvicinò alla finestra, lo sguardo sempre perso nel vuoto. Quando Marshall la raggiunse da dietro cingendola tra le braccia, non si mosse.

«Non c'era niente di vero», le sussurrò in un orecchio in tono rassicurante. «Era una messinscena per la televisione. Questo è reale, tu e io siamo reali e lo saremo per sempre.»

«E cosa mi dici dell'altra donna?»

Marshall rimase nella stessa posizione, le braccia intorno alla vita della compagna. I morbidi capelli ondulati gli accarezzavano il mento. Sapevano di shampoo, di quel fresco odore di pulito che adorava di lei, un misto di sapone e profumo leggero.

«Cosa dovrei dirti?» le fece eco lui per guadagnare tempo e riflettere sulla versione da darle. La posta in gioco era alta, ne era consapevole.

«Voglio solo sapere la verità. Non mentirmi. So che ci sei andato a letto, lo sento.» Si voltò a guardarlo negli occhi con fermezza, senza alcuna esitazione.

Dopo qualche minuto di indecisione, Marshall decise di confessare la verità, o almeno una parte. Non era necessario che sapesse delle fotografie o di quanto fosse andata avanti quella storia. Non voleva ferirla ancora di più, rifletteva, giustificando quelle menzogne. Si sarebbe confidato come non aveva fatto con la moglie, ma erano circostanze ben diverse. Ashley sapeva cose che Liz ignorava, conosceva la sua infedeltà e la sua propensione alle bugie.

«È stata l'avventura di una notte. Ero ubriaco. È successo due anni fa, una volta in cui noi due abbiamo litigato e io ero fuori di me dalla rabbia. Te lo giuro, Ash, solo una notte. Dopo non l'ho rivista mai più.»

Due anni prima, c'era stato un periodo in cui Ashley aveva minacciato di lasciarlo, se non avesse divorziato. Poi Lindsay aveva avuto una crisi, Liz si era ammalata – benché il problema fosse stato meno serio di quanto si credette all'inizio –, le gemelle avevano cominciato ad andare a scuola e Ashley si era calmata. Finora. Ricordandole di quel periodo, Marshall sperava che si sarebbe convinta.

«Come faccio a sapere che è la verità?» Ashley lo fissò, sospettosa. Ricordava quei momenti ed effettivamente era possibile che Marshall avesse commesso quel piccolo errore, sebbene a lei non sarebbe mai venuto in mente di comportarsi alla stessa maniera, al suo posto.

«Non puoi saperlo, no», ammise lui. «Però sai che ti amo e che sono qui.»

«Sì», disse lei ricominciando a piangere, «e ami anche Liz. L'ho visto.» Un attimo dopo si girò, affondò il viso sul petto di lui e scoppiò in singhiozzi. Lo amava profondamente ma ora più che mai temeva che le sue speranze di avere una famiglia vera sarebbero rimaste tali.

«Rispetto Liz», replicò Marshall stringendola forte a sé. «Abbiamo trascorso quasi trent'anni della nostra vita insieme e ci uniscono tre figli.»

«Noi ci amiamo da otto e abbiamo due bambine. Vorrà pur dire qualcosa, no?» Nel pronunciare quelle parole, sentì quanto era patetico il suo bisogno di rassicurazione.

Marshall le sollevò il viso e la baciò. «Abbiamo molto più di questo. Siamo uniti da qualcosa di speciale, qualcosa che non ho mai avuto con nessun'altra.» Eppure quel qualcosa non gli aveva impedito di andare a letto con Megan Wheeler. Ashley adesso ne aveva la certezza. L'unica cosa che in parte la consolava era l'idea che fosse stato onesto con lei, o almeno così credeva. «Prima o poi, tu e io staremo insieme. Aspettiamo che Lindsay termini le scuole superiori. Dopo sarà il nostro turno.» Ma Ashley si chiedeva se davvero sarebbe stato così, se Liz lo avrebbe lasciato andare. Le era parsa molto devota a lui, durante la conferenza stampa. Era ovvio che per lei quel matrimonio fosse ancora vivo e che Marshall fosse sempre il suo uomo, sebbene lui appartenesse anche a un'altra.

Lei tacque e lui la baciò con trasporto. La strinse così forte da toglierle il respiro. Gli abiti scivolarono per terra l'uno dopo l'altro e loro si fecero trasportare dalla passione. Era sempre così. Questa volta però non arrivarono neanche in camera. Fecero l'amore lì, sul piccolo divano malconcio dell'atelier. E come ogni volta Ashley dimenticò i timori e le delusioni. Tra le sue braccia scordava tutto; l'ansia e i pensieri cupi sarebbero ritornati dopo. Non riusciva a liberarsi dell'immagine di Liz e della certezza che per Marshall lei fosse soltanto la donna con cui faceva l'amore a Los Angeles due volte a settimana. Null'altro nella sua vita era reale a eccezione delle gemelle.

Dopo la doccia, Marshall si vestì in fretta per andare in ufficio. Lo attendeva un appuntamento di lavoro a pranzo, che aveva dimenticato mentre era stato con lei. Gli era parso che dopo aver fatto l'amore la compagna si fosse tranquillizzata, ma quando la guardò meglio e la baciò per salutarla si accorse che era ancora preoccupata.

«Ti amo. È tutto quello che devi sapere.» Lei annuì, sempre confusa ma inebriata dal piacere di poco prima. Non riusciva a pensare chiaramente quando era con lui, e ancor meno quando Marshall la baciò di nuovo. «Ci vediamo stasera.» Quella settimana avrebbero trascorso solo una notte insieme. Ashley avrebbe voluto recuperare il tempo perso e trascorrere il venerdì in sua compagnia, ma sapeva che non sarebbe stato possibile. Lui tornava sempre a casa per il weekend, e alla luce dei nuovi eventi l'idea le incuteva ancora più timori. Di solito, Marshall la tranquillizzava dicendole di trascorrere il sabato a giocare a golf con i clienti, ma adesso ne dubitava. Forse avrebbe passato quelle giornate in compagnia della moglie. Le ritornò in mente l'immagine di loro due mano nella mano durante la conferenza stampa, e sapeva che non sarebbe riuscita a liberarsi tanto facilmente di quella visione. Era stato come guardare attraverso uno spioncino la vita matrimoniale dell'uomo che amava.

Ascoltò il rumore del motore rombante della Jaguar allontanarsi da casa prima di salire al piano superiore per una doccia. Era appena tornata giù quando Bonnie bussò alla porta. Era stata ingaggiata per la produzione di un altro film ma avrebbe cominciato due settimane più tardi.

«Il principe azzurro è in città?» domandò prendendo una Coca dal frigo.

«È arrivato oggi», rispose tranquilla Ashley. Non se la sentiva di discutere di lui con l'amica. I fatti recenti erano difficilmente difendibili, in particolare adesso che sapeva di essere stata tradita, anche se solo per poco. «E partirà domani.»

«Ho seguito la conferenza stampa», annunciò Bonnie mentre sedevano in veranda. La giornata era calda. Entrambe avevano l'aria di due ragazzine distese al sole.

«Sì, anch'io.» Nessuna di loro commentò la presenza di Liz, ma Bonnie aveva intuito le sensazioni che la vista di Marshall e della moglie mano nella mano aveva suscitato nell'amica.

«Sembra che ne sia uscito immacolato. Devono aver sborsato un bel po' di quattrini per farla ritrattare», commentò.

«È possibile», disse laconica Ashley tentando di non darle corda, sebbene il ripensarci la facesse soffrire terribilmente. Marshall l'aveva tradita e per di più aveva una moglie decisa a stargli accanto nel bene e nel male, una moglie che non avrebbe lasciato ancora per un anno, in attesa che la figlia terminasse le superiori. Glielo aveva ripetuto mille volte, rifletté Ashley. Ora però che lo aveva visto insieme a Liz, si era accorta di come lui la guardava: il legame che li univa era più solido di quanto avesse mai sospettato, e lei non avrebbe potuto far nulla per spezzarlo. Avrebbe dovuto essere arrabbiata, invece fu assalita da una profonda tristezza.

«Stai bene, Ash?»

«Più o meno.»

Bonnie immaginava cosa la turbasse. Anche lei si era accorta del filo invisibile che univa Liz e Marshall. La vista di loro due aveva confermato i suoi peggiori timori, e adesso si sentiva infinitamente triste per la sua migliore amica.

«Perché non organizziamo qualcosa con le ragazze, questo weekend? Potremmo portarle a Venice o magari a Disneyland. Hai proprio bisogno di una pausa.» Più di ogni altra cosa, Ashley necessitava di distrazione. Doveva impedirle di restare a casa a pensare ossessivamente a Marshall, a piangere per lui o ad aspettare che venisse a Los Angeles per uno o due giorni. Meritava di più.

«Perché no?» acconsentì lei senza un briciolo di entusiasmo nella voce. Gli ultimi eventi l'avevano annichilita. Rimettersi in moto sarebbe stata durissima.

«La scelta spetta a te, lo sai», disse Bonnie con dolcezza.

Spesso faceva la parte della saggia. Lo imponeva l'amicizia che le univa. Purtroppo però i suoi tentativi avevano sempre fallito miseramente. «Non sei costretta a restare con lui per sempre e sai che questa relazione ti sta uccidendo pian piano. Puoi uscirne o andare da uno strizzacervelli per farti aiutare, se non ce la fai a reagire da sola.»

«Lo so.» Ashley sospirò, prima di scoppiare nuovamente in lacrime. Le pareva di non aver fatto altro che piangere, negli ultimi due giorni. Vederlo con Liz era stata una rivelazione che aveva sempre cercato di ignorare. In otto anni di relazione non si era mai imbattuta in una sua foto. Aveva una ventina d'anni più di lei, ma era ancora una bella donna, la tipica mamma dell'alta borghesia americana. Nel suo tubino nero, davanti alle telecamere, le era apparsa come la perfetta moglie di un amministratore delegato, tutto ciò che lei non sarebbe stata mai. Forse era quello il motivo per cui Marshall stava ancora con lei, non soltanto per i figli. «Non credo di avere scelta», affermò infine. Probabilmente, nemmeno Liz l'aveva.

«Perché no?» Bonnie la guardò interrogativa, augurandosi che non fosse di nuovo incinta. Un'altra gravidanza l'avrebbe ulteriormente legata a quell'uomo.

«Lo amo troppo.» Ashley si asciugò le lacrime. Una folata di vento scostò i capelli che le incorniciavano il viso. Sembrava un cherubino delicato, non solo la donna vulnerabile che in realtà era. «Non posso lasciarlo. Ne morirei.»

«Restare con lui potrebbe distruggerti», replicò l'amica, seria.

Ashley la fissò dritta negli occhi. Era perfettamente consapevole di quanto fosse pericoloso quell'uomo per lei. «Lo so.»

«Non permettere che rovini la tua vita», la supplicò Bonnie.

Ashley annuì. Tra loro calò un lungo silenzio. Rimasero immobili sulle sedie a sdraio, sotto il sole. La preoccupazione di Bonnie si fece ancora più pressante: Marshall Weston possedeva il corpo e l'anima di Ashley. Il suo potere l'aveva soggiogata trasformandola in una piuma in balìa del vento, in una creatura sulla quale lui sarebbe sempre stato in vantaggio.

9

Il giorno dopo la conferenza stampa di Marshall Weston, Fiona attendeva ancora notizie da parte dell'agenzia investigativa incaricata di condurre i controlli su ciascun membro del consiglio di amministrazione, quando ricevette la chiamata di un noto reporter. Logan Smith era una firma autorevole che la donna seguiva da anni sul *Wall Street Journal* e sul *New York Times*, oltre che su altre pubblicazioni finanziarie. Il suo stile incisivo talvolta risultava persino impopolare. Aveva scritto senza remore su numerosi casi di riciclaggio di denaro sporco e corruzione, e dava il meglio di sé nelle tematiche controverse. Fiona ricordava che gli era stato assegnato anche il premio Pulitzer, ma non sapeva esattamente per cosa. Non aveva idea del motivo per cui la chiamasse, ma sperò che non fosse per la fuga di notizie. Esitò qualche istante riflettendo se fosse il caso di prendere la telefonata; detestava intrattenersi con la stampa. Ma poi considerò che evitarlo sarebbe stato più pericoloso. Sollevò la cornetta e rispose con un tono di voce leggermente infastidito: «Fiona Carson».

In veste di amministratore delegato poteva permettersi, in certe occasioni, di risultare poco cortese. Le responsabilità che gravavano su di lei erano notevoli.

«Buongiorno, signora Carson. Sono Logan Smith.»

Fiona sorrise tra sé. Come il suo, anche il nome del giornalista era conosciuto all'interno della comunità finanziaria. Non si spiegava quindi come mai Smith si fosse presentato, se per modestia oppure per mettersi ancora di più in mostra. Forse per entrambe le cose. Aveva una voce profonda, piacevole e giovanile. Fiona non aveva idea di quanti anni avesse, lo conosceva soltanto per i suoi articoli, alcuni dei quali particolarmente ostili nei confronti delle grandi società. Smith conduceva reportage approfonditi, inchieste nelle quali rovistava nel torbido indipendentemente da quanto scabroso fosse l'argomento. La sua missione era la ricerca della verità, e spesso si comportava come se la sua fosse una crociata.

«Sì, la conosco», replicò lei divertita. «È per questo che ho accettato di rispondere alla chiamata. Cosa posso fare per lei, signor Smith?»

«Mi chiedevo se avesse qualcosa da commentare sulle recenti accuse di molestie sessuali mosse contro Marshall Weston da un'ex impiegata della UPI. Sto scrivendo un pezzo sulle abitudini sessuali, le libertà e le perversità degli uomini di potere.» Fiona trasalì sentendo quelle parole. Non era certo disposta a commentare le abitudini sessuali di un altro amministratore delegato, che peraltro non conosceva neppure.

«Se non sbaglio, la donna in questione ha ritrattato le accuse proprio ieri. Non è già una notizia vecchia?»

«Non del tutto. Sì, è vero che la signora ha ritrattato, anche se noi non conosceremo mai il motivo reale. In questo genere di situazioni si lavora dietro le quinte per cancellare tracce e ripulire reputazioni. Non è escluso che Weston l'abbia pagata per tacere. In effetti, si vocifera che ci sia stato un accordo per evitare di finire in tribunale. Lei sa benissimo cosa significa tutto ciò.»

«No, per fortuna non lo so. Non sono mai stata accusata di molestie sessuali né sul posto di lavoro né altrove.»

«Ecco, la sua risposta coincide con una delle mie teorie», rispose soddisfatto il giornalista, appassionandosi alla conversazione. «Sono del parere che le donne non si trovino mai coinvolte in circostanze del genere. Quando è stata l'ultima volta che ha sentito un amministratore delegato donna coinvolta in uno scandalo sessuale o andare a letto con un toy boy? Cosa mi dice di Weston? Pensa che le accuse contro di lui siano fondate o che la donna abbia organizzato il tutto per denaro e abbia ritrattato perché si è giunti a una conciliazione?»

Era quello che tutti pensavano, ma nessuno lo avrebbe mai saputo con certezza. Fiona ebbe l'impressione di muoversi sul filo del rasoio; coglierla in fallo, però, era impossibile.

«Non ne ho la più pallida idea», rispose sinceramente. «Non conosco neanche il signore di cui mi sta parlando.»

«Non lo ha mai incontrato?» Logan ne fu sorpreso. «Gli amministratori delegati non escono insieme, di tanto in tanto? Non si stringono forse segretamente la mano o hanno un circolo nel quale si riuniscono?»

Fiona scoppiò a ridere. Era un uomo brillante e spiritoso,

il che lo rendeva più pericoloso, e lei non aveva intenzione di cadere nella sua trappola.

«Le confesso che mi piacerebbe molto, sarebbe divertente. A dire il vero, ho incontrato Marshall Weston un paio di volte, durante le udienze della sottocommissione del Senato a Washington, perché vi partecipiamo entrambi. Ci siamo salutati ma niente di più. Non conosco minimamente le sue abitudini e non mi interessa conoscerle, come non mi importa sapere se le accuse contro di lui fossero vere o false.»

«Che delusione!» esclamò Logan, sincero. «Speravo di poterle strappare qualche piccola indiscrezione sul conto di Weston. Un amichevole pettegolezzo tra rivali.»

«Non siamo rivali», lo corresse lei. «Abbiamo due incarichi simili ma per compagnie molto diverse. Ho sentito dire che il signor Weston svolge il suo lavoro in maniera eccellente.»

«Devo ammettere che non parla volentieri. I miei sforzi di carpirle qualche informazione indiscreta sono stati un completo fallimento.» Di nuovo, Fiona scoppiò a ridere. «Che ne pensa della mia teoria sulle differenti abitudini sessuali degli amministratori delegati di sesso opposto?»

Lei non avrebbe risposto neanche a quella domanda. A parte un paio di minuti al telefono, non era disposta a concedergli alcun commento.

«Di questo dovrebbe parlare con mia sorella», affermò con la consueta cortesia. «Si chiama Jillian Hamilton. È una psichiatra ed esercita a Stanford. Sta scrivendo un libro su questo argomento. È affascinata come lei dal tema e mi ha raccontato un sacco di aneddoti uguali ai suoi, di recente.»

«In quale contesto? Si riferiva a qualche personaggio

noto?» Logan stava cercando un appiglio utile, ma parlare con Fiona – per quanto gradevole – era come arrampicarsi sugli specchi. Metteva le persone a proprio agio, era disinvolta e intelligente. Di sicuro anche la sorella avrebbe avuto quelle caratteristiche.

«Sugli uomini e le donne in generale. Mi usa come cavia per le sue ricerche sul mondo degli amministratori delegati di sesso femminile.»

«E a quali conclusioni è giunta?» domandò in tono interessato.

«Secondo lei lavoriamo quanto la controparte maschile ma non ci divertiamo alla stessa maniera e abbiamo un comportamento più morigerato.»

«È quello il punto», replicò entusiasta il reporter. «A quanto pare, io e sua sorella siamo sulla stessa lunghezza d'onda. Gli uomini al potere si trasformano in forsennati che devono sfogare sessualmente questo loro modo di essere. Al contrario, le donne sembrano quasi votarsi alla castità e alla dedizione. Il loro obiettivo è uno soltanto: il lavoro.» Tacque qualche istante prima di tornare all'attacco. «Allora, non ha nulla da commentare su Marshall Weston?»

Fiona sorrise fra sé. Non si sarebbe mai lasciata sfuggire che sua figlia e il figlio di Weston uscivano insieme. Non erano affari che lo riguardavano. Se glielo avesse rivelato, probabilmente Smith avrebbe pensato che conosceva Marshall Weston meglio di quanto fosse disposta ad ammettere, e quella supposizione era del tutto infondata. Alyssa le aveva raccontato soltanto che era una persona piacevole.

«Non mi sento di esprimere alcun commento su chi non conosco», rispose saggiamente.

«Il fatto di non conoscere una persona non ha mai impedito ad altre di parlarne», ribatté Logan, divertito.

«Desidera contattare mia sorella per il libro che sta scrivendo? Forse potreste scambiarvi qualche idea.»

«Non ancora, grazie, anche se mi piacerebbe intervistarla per conoscere il suo lavoro e sapere com'è arrivata a formulare quelle teorie. Le mie sono il risultato di un'attenta e lunga osservazione degli uomini al vertice di importanti società. Ci sarebbe un'altra cosa che mi piacerebbe chiederle.» Fiona sperò che non volesse indagare sulla sua vita sessuale; in tal caso non lo avrebbe degnato di una risposta. «Che ne direbbe se scrivessi un profilo approfondito su di lei? Sono anni che desidero farlo.»

Sebbene nel tempo avesse ricevuto numerose proposte del genere, quella la lasciò stupefatta. Il *Time* aveva scritto un articolo quando era stata nominata amministratore delegato, ma di solito declinava le proposte di intervista. Non le piaceva essere sotto i riflettori. Mettersi in mostra era a suo avviso inutile e, lo faceva malvolentieri.

«Lei mi lusinga, signor Smith, ma non credo sia il caso. La pubblicità non mi piace. Preferisco restare dietro le quinte e fare il mio lavoro.»

«È proprio questo a renderla interessante. La osservo da anni. Non ho mai sentito nulla sul suo conto e leggo raramente qualcosa che parli di lei. Guida la società con straordinaria efficienza, andando avanti per la sua strada. Da quando è al timone, le azioni della NTA continuano a salire. Le confesso che l'unica volta in cui sono riuscito a guadagnare investendo in Borsa è stato grazie a lei.»

«Mi rallegra sentirglielo dire.» Sorrise. I soli complimenti che le faceva piacere ricevere erano quelli legati alla sua capacità di condurre gli affari. «La gente non ha bisogno di sapere altro su di me. L'importante è che io faccia il mio lavoro come si deve. Quale scuola ho frequentato, cosa mangio a colazione, se vado o no dal parrucchiere è del tutto irrilevante.»

Logan si era sentito rispondere spesso così, ma se la maggior parte delle persone fossero state come Fiona, lui non avrebbe avuto materiale su cui lavorare. Di conseguenza, quella non era una filosofia che apprezzava.

«È stata a Harvard, giusto?» Ricordava bene che aveva studiato lì, la sua era una domanda retorica. Quella donna lo aveva sempre intrigato, specialmente per il suo carattere discreto. Il grande pubblico conosceva meglio Marshall Weston, in particolare dopo gli ultimi avvenimenti. Come tutti gli amministratori delegati di sesso maschile, era uno che faceva parlare spesso di sé.

«Sì, proprio così. Esistono però moltissime altre facoltà di economia in grado di formare al meglio i giovani e permettere loro di ottenere impieghi eccellenti e ottime carriere.» Come nel caso di sua figlia, iscritta a Stanford, e di molti suoi amici. Ma quell'informazione era troppo personale.

«Lei non parla mai di sé, vero?» Il suo tono era quasi lamentoso. «È proprio per questo che desidero intervistarla. È giusto che le persone la conoscano meglio, specialmente gli azionisti della società. È un'eroina nel mondo degli affari, ma si rifiuta di comportarsi come tale e non capisco il motivo. Forse perché è una donna. Se fosse un uomo, si pavoneggerebbe e andrebbe a caccia di ragazzette, spifferando i suoi affari a destra e a manca.»

«Lo vede? Le stesse teorie di mia sorella. Penso che dovreste incontrarvi, sul serio. Avete molto in comune.»

«Probabilmente ci annoieremmo a morte o litigheremmo su chi ha pensato per primo a una determinata cosa. Di solito, le persone simili non si attraggono.»

«Non le sto suggerendo un appuntamento galante.» In realtà sarebbe stata un'ottima idea, ma non lo avrebbe ammesso mai. «Soltanto scambiare quattro chiacchiere.»

«La richiamerò per farmi dare il suo numero, uno di questi giorni. Adesso andrò nel mio solito squallido bar di fronte all'ufficio a piangere su una birra, perché non sono stato in grado di estorcerle assolutamente nulla da usare nell'articolo su Marshall Weston. Per non parlare del fatto che non vuole farsi intervistare. Ha vinto su tutti i fronti, evidentemente devo aver perso il mio charme.» Non era lui il responsabile ma l'eccessiva discrezione di Fiona, della quale sospettava già in partenza. Però era stato piacevole parlarle, e ciò lo aveva sorpreso. Fiona era una di quelle persone che non amava parlare con la stampa o divulgare informazioni sulla sua vita privata. E per questo la ammirava. Alcuni personaggi maschili che aveva intervistato avevano un ego talmente smisurato che una pagina intera stentava a contenere tutte le notizie raccolte. Lei era l'opposto, anche se Smith era convinto il suo ego non fosse inesistente. Quanto a modestia, però, era imbattibile.

«Grazie per la telefonata», disse lei in tono sincero. «È stato un piacere parlare con lei», aggiunse, congedandolo con gentilezza. Dopo aver riattaccato, Smith si precipitò a digitare su Internet il nome di Jillian Hamilton, chiedendosi se avesse mai letto qualcosa di suo. Il curriculum della psichiatra era impressionante e la lista dei suoi libri lunghissima. Doveva avere una decina d'anni più di lui, che ne aveva appena compiuti quarantacinque. Da una foto notò che era attraente, ma troppo alta per lui; di sicuro non le avrebbe telefonato per uscirci insieme, ma non era da escludere che potesse diventare un'interessante fonte di informazioni. Ne appuntò in fretta il nome. Tuttavia, la persona che voleva intervistare rimaneva Fiona, e non aveva idea di come sarebbe riuscito a raggiungere lo scopo. Decise di far passare un paio di settimane prima di tornare alla carica. Nel frattempo avrebbe continuato a scavare in cerca di notizie su Marshall Weston e parlato con chiunque fosse stato disponibile. Era un peccato che con Fiona avesse fatto un buco nell'acqua; gli sarebbe piaciuto ricevere un parere femminile sulla vicenda. Non gli restava che sperare di convincerla a concedergli un'intervista. Non era stata la piaggeria ma l'ammirazione a indurlo a confessare di essere un suo fan.

Dopo aver giocato a tennis, Fiona e Jillian si sedettero a bere un caffè. Tra una chiacchiera e l'altra, la sorella maggiore iniziò a parlare di Marshall Weston prendendolo a esempio delle sue teorie. Ne aveva seguito le recenti vicissitudini e aveva visto la conferenza stampa alla quale si era presentato con la moglie.

«A mio avviso aveva l'aria più che colpevole», commentò tra un sorso e l'altro di cappuccino.

«Perché dici così?» Fiona la fissò, intrigata. «A me pareva innocente. Mi sembrava in tutto e per tutto l'uomo che conosco.»

«Sembrava troppo onesto. E poi quelle scuse nei confronti di tanta gente e la gratitudine dimostrata alla Wheeler per aver ritrattato le accuse... da vomitare! Il fatto che tenesse la mano della moglie gridava colpevolezza. Probabilmente non fa che cornificarla dalla mattina alla sera senza che la poveretta ne sappia nulla. Di solito funziona così.»

«Com'è che sei diventata tanto cinica?» Era stupita che la sorella si rifiutasse di credere all'innocenza di Weston. Il suo tono era insolitamente acido. Non era da lei, visto che con gli uomini aveva avuto quasi sempre esperienze positive.

«Molti miei pazienti sono amministratori delegati di grandi società. Non ce n'è uno che non tradisca la moglie e che non venga poi a raccontarmelo. Stare nella mia posizione ti fa capire quanto emotivamente disonesto sia il comportamento di queste persone. Ne ho sentite così tante che non uscirei mai con uno di loro. Ecco perché ti dico che Marshall, secondo me, fa parte di quella categoria.»

«Non mi è parso tanto male, le volte in cui l'ho incontrato. Alyssa, poi, è pazza di suo figlio; secondo lei, sono una gran bella famiglia.»

«Sono solo apparenze. Poi, quando meno te lo aspetti, ecco sbucare una Wheeler qualsiasi che solleva uno scandalo di natura sessuale che getta nel panico le consorti e fa piangere tutti. Un paio di miei pazienti hanno addirittura una seconda famiglia. Segretissima, ovviamente. Le mogli, devote fino all'inverosimile, li aiutano nella carriera, ma il versante sessuale e affettivo è riservato a signore di solito molto più giovani e belle. Nella vita, però, prima o poi i nodi vengono al pettine, e quando succede l'uomo si trova coinvolto in un gran casino. Si meraviglia che moglie e figli se la prendano con lui dandogli del farabutto, epiteto più che meritato. Ma sono troppo codardi per divorziare e troppo incentrati su se stessi. Credono di poter avere tutto.»

«È rischioso come genere di vita.» Fiona era stupita. Non le era mai venuto in mente di comportarsi così o di tradire il marito, quando erano sposati. Non lo aveva fatto, sebbene fosse tremendamente infelice, ed era certa che neanche David avesse agito in modo scorretto. Dopo le parole della sorella, però, iniziò a chiedersi se il suo ex avesse frequentato donne meno impegnative di lei, riuscendo a essere molto discreto.

«Parecchio rischioso», concordò Jillian con un sorrisetto. «Li eccita avere un segreto, una doppia vita, due donne che ricoprono ruoli diversi, l'una per il sesso e l'altra per gli affari. Tutto ruota intorno a loro e alle loro necessità.»

«Secondo te, perché l'altra donna accetta di far parte del gioco? Suppongo che sappia che il suo uomo è sposato. La moglie, invece, di sicuro è all'oscuro del terzo incomodo.»

«La maggior parte delle volte, la seconda donna lo ama. Ed ecco che entra in gioco di nuovo il potere. È eccitante avere un uomo che tiene in mano le redini del mondo, diverse donne ne vanno matte. Io, al contrario, detesto questo genere di cose; preferisco una persona meno importante ma più umana. Purtroppo è un dato di fatto: gli uomini di potere esercitano un fascino particolare sul sesso opposto.»

«Come procede il tuo libro?»

«Va avanti. Lentamente ma va avanti. I miei pazienti fanno da supporto alle teorie sulle quali sto lavorando.»

«A proposito, questa settimana ho parlato con una persona che la pensa come te al riguardo. Mi ha chiamata perché commentassi l'accusa di molestie sessuali mossa contro

Marshall Weston, ma mi sono rifiutata. Abbiamo discusso un po' dell'argomento e gli ho detto di te e del tuo libro. È un reporter investigativo che ha scritto diversi pezzi sul mondo degli affari. È giunto alla conclusione che gli uomini e le donne di potere reagiscono in maniera diversa. Un tipo sveglio, ti potrebbe piacere.»

«Fisicamente com'è?» Jillian parve interessata.

«Non so. Ci ho parlato soltanto al telefono e ho letto qualcuno dei suoi articoli. Scrive bene. Si chiama Logan Smith. Dalla voce sembra piuttosto giovane.» L'età non era mai stato un impedimento per Jillian, e Fiona lo sapeva.

«Sì, ho letto anch'io qualcosa di suo», replicò l'altra con prontezza. «Ha vinto un Pulitzer per una serie di interviste a Nelson Mandela. Pezzi fantastici. Credo che pure lui sia andato a Harvard.»

Logan non ne aveva parlato con Fiona. In realtà, aveva detto ben poco di sé. Era molto più interessato a lei e all'idea di scrivere un articolo su di lei.

«Voleva intervistarmi, però non ho accettato. Detesto mettermi in mostra, lo sai.» Jillian lo sapeva, ma si rammaricò per quella mancata opportunità: il giornalista doveva essere una persona davvero interessante.

«Dovresti incontrarlo, indipendentemente dall'intervista. E poi non credo che sia così giovane come pensi. Se non ricordo male, dovrebbe avere circa la tua età.»

«Non mi ha chiesto un appuntamento», replicò Fiona ridendo di gusto di fronte all'ennesimo tentativo della sorella di farle conoscere qualcuno. «Desiderava solo un'intervista.»

«Be', digli di chiamarmi. Gli darò io un'occhiata per te», scherzò l'altra.

Finirono di bere il caffè e si raccontarono i rispettivi progetti estivi. Jillian sarebbe partita per l'Italia insieme a un gruppo di amici che aveva preso in affitto una casa in Toscana, mentre Fiona avrebbe optato per Malibu come ogni anno. Lei e i figli adoravano quel posto, peraltro facile da raggiungere per tutti e tre.

«Dovresti fare qualcosa di diverso, una volta», suggerì Jillian pur sapendo che la sorella era abitudinaria e aveva un'agenda troppo piena di impegni per concedersi una vera vacanza. La casa di Malibu, di proprietà di un produttore di Hollywood e situata in un angolo di paradiso, era perfetta per rilassarsi. Fiona aveva sempre desiderato che Jillian andasse a trovarla, ma di solito in quel periodo si recava all'estero. Per questo non avevano mai trascorso insieme il periodo estivo. Anche Mark e Alyssa partivano ad agosto. Il ragazzo sarebbe volato in Kenya con la fidanzata per fare volontariato in un villaggio dove avrebbero aiutato a costruire un acquedotto. La figlia era ancora indecisa, ma John Weston le aveva proposto di fare un viaggio da qualche parte insieme.

Quella sera, quando parlò con Alyssa, Fiona le chiese notizie del fidanzato e di come avesse affrontato lo stress dei recenti avvenimenti. Lo scandalo si era smorzato in fretta, ma doveva essere stato spiacevole sapere che il padre era stato accusato di adulterio.

«È stato un duro colpo per lui, specialmente all'inizio. Ma per fortuna tutto si è concluso in tempi rapidi. John è sempre stato convinto dell'innocenza del padre, mentre suo fratello Tom è sicuro che quella donna sia stata pagata per chiudere la bocca.»

Fiona evitò di dire che anche Jillian la pensava alla stessa maniera. Le dispiaceva molto per i figli di Marshall, dovevano aver sofferto per quella vicenda, come del resto la moglie, anche se si era trattato di una bugia. Jillian non era riuscita a convincerla; Weston le era sembrato innocente e lei non era cinica quanto la sorella. Poi ricordò ad Alyssa di farle conoscere John il prima possibile e la ragazza promise di accontentarla. Le aveva confidato che la loro storia andava a gonfie vele e trascorrevano parecchio tempo insieme.

Per il resto di giugno Fiona fu molto impegnata al lavoro, nel tentativo di assolvere incombenze e concludere progetti prima di partire per Malibu con i figli. Accelerava sempre di molto il ritmo in prossimità di ogni vacanza, e ancora di più al ritorno, ma ne valeva la pena.

Il 1° luglio, carica di bagagli, volò a Los Angeles per prendere le chiavi della villa e prepararla per l'arrivo dei suoi. Non vedeva l'ora di trascorrere quelle settimane in famiglia. I ragazzi si sarebbero presentati puntuali il 4 luglio, ma senza i rispettivi fidanzati. La ragazza di Mark non riusciva a liberarsi e John Weston sarebbe giunto il weekend successivo.

Jillian partì per la Toscana il giorno stesso promettendo di ritornare con due italiani belli da togliere il fiato, uno per ciascuna.

«Non saprei cosa farci», commentò Fiona ridendo alla

battuta della sorella, che l'aveva chiamata dall'aeroporto in attesa di decollare.

«Hai tutto il tempo per pensarci», le rispose l'altra ridacchiando. «Divertiti con i ragazzi. Ci sentiamo presto.»

«Mi mancherai», disse Fiona in un impeto di nostalgia. Per lei Jillian sarebbe sempre stata la sorella maggiore, il suo punto di riferimento da quando i genitori erano venuti a mancare. Le piaceva sapere di averla vicino e si telefonavano spesso. «Abbi cura di te», aggiunse sentendosi la piccola di casa, quindi le mandò un bacio e chiuse la comunicazione. Si sarebbero divertite entrambe, pensò, e Jillian avrebbe conosciuto gente nuova, rivisto gli amici che aveva in Europa, e avrebbe avuto delle avventure. Quanto a lei, si sarebbe goduta la presenza dei figli, avrebbe nuotato nell'oceano e preso il sole sulla spiaggia. Il paradiso, insomma. S'imbarcò per Los Angeles di ottimo umore e piena di gradevoli aspettative.

10

Due giorni dopo che Fiona aveva sistemato tutto, riempito la dispensa, fatto scorte di giornali e abbellito gli ambienti con mazzi di fiori freschi, arrivarono i ragazzi. La madre prendeva quella villa da sette anni, e ogni volta per loro era un po' come tornare a casa. Le tre settimane che trascorrevano a Malibu rappresentavano il simbolo dell'estate, la parte migliore dell'anno; per Fiona erano le uniche vacanze, se si escludeva il Natale, quando tutti e tre andavano a sciare. Era impossibile per lei pensare di stare lontana dai figli. Al contrario della sorella, non aveva mai progetti mondani e si divertiva facendo cose semplici.

Mark si presentò all'ora di pranzo e la madre lo accolse con l'eccitazione di sempre. Non lo vedeva dalle vacanze di primavera, in marzo, e lo trovò magro e pallido, come un perfetto newyorkese, ma felice e in salute. Mentre mangiavano in veranda, aspettando Alyssa, lui le raccontò entusiasta dell'imminente viaggio in Kenya.

La sorella si materializzò un paio d'ore dopo con una valigia in cui aveva messo bikini e jeans tagliati. Era tutto ciò di cui aveva bisogno, considerato che aveva intenzione di prendere in prestito il resto dall'armadio della madre. Fiona ci rimetteva sempre una buona metà del suo guardaroba, a eccezione dei completi che usava per andare al lavoro e che la figlia detestava. La ragazza le ripeteva continuamente che avrebbe potuto indossare qualcosa di più carino, e la madre rideva divertita da quel suggerimento. «Qualcosa di carino» non era il look più appropriato per una manager come lei. Non vedeva se stessa a discutere con Harding Williams durante un consiglio di amministrazione in minigonna, considerato anche che un simile abbigliamento avrebbe confermato l'opinione che l'uomo aveva di lei.

Le indagini sulla fuga di notizie non avevano ancora dato risultati, e si prospettavano più difficili di quanto si fosse immaginato. Le avevano promesso tuttavia che presto si sarebbero avute risposte definitive. Non doveva quindi pensarci in quel momento, rifletté Fiona. Doveva accantonare le preoccupazioni e godersi le vacanze dedicandosi interamente ai figli. Era bello sapere che, nonostante fossero cresciuti, desideravano ancora trascorrere le loro ferie in sua compagnia.

«Cosa preferite fare per cena?» chiese Fiona nel tardo pomeriggio. Si stavano rilassando sulla veranda dopo un bagno nell'oceano e una lunga passeggiata sulla spiaggia. Come ogni anno, Mark aveva noleggiato una tavola da surf e dato prova della sua abilità. Era un bel ragazzo, alto e con i capelli scuri, una versione migliore del padre alla sua età. Dalla madre aveva ereditato soltanto gli occhi verdi. Alyssa invece le assomigliava moltissimo. «Usciamo o cuciniamo qualcosa qui?»

«Facciamo il barbecue», suggerì Mark offrendosi di preparare pollo e verdure alla griglia. Le due donne accettarono con entusiasmo e Alyssa propose di occuparsi dell'insalata. Nessuno di loro era un mangione, e preferivano cibi semplici e salutari. La cosa più importante era stare insieme. Era una sensazione meravigliosa per Fiona svegliarsi ogni mattina e sentire la presenza dei figli, i rumori che facevano quando si alzavano, trascorrere con loro tutta la giornata. Come sempre, sarebbe stato doloroso per lei separarsi al termine delle vacanze.

Dopo cena, si accomodarono nel piccolo cinema privato della villa dotato di schermo ultrapiatto e confortevoli poltrone di cuoio. La casa disponeva anche di una piscina coperta, ma si trovava in un edificio separato e la usavano di rado. Preferivano nuotare nell'oceano e camminare sulla sabbia.

Era trascorsa una settimana piacevole, all'insegna dell'allegria e del rilassamento, quando Fiona ricevette una telefonata sul cellulare. Era Logan Smith. Non aveva riconosciuto la voce, ma sentendo pronunciare il suo nome si stupì e si chiese come avesse fatto a procurarsi il numero. Non glielo aveva dato lei quando l'aveva chiamata in ufficio. E in quel modo si stava intromettendo nella sua vita privata.

«C'è qualcosa che non va?» gli chiese. Aveva forse scoperto qualche segreto della NTA o avuto informazioni sulla fuga di notizie prima che lei stessa fosse messa al corrente?

«No», rispose lui in tono casuale. «L'avevo avvertita

che prima o poi avrei telefonato di nuovo. Volevo vedere se riuscivo a convincerla a concedermi l'intervista.»

«Mi ha chiamato per questo?» domandò Fiona chiaramente infastidita. La conversazione precedente era stata piacevole, ma adesso le circostanze erano diverse. Non era al lavoro.

«Sì, perché? Non è un buon momento?» fece lui, imbarazzato.

«Sono in vacanza con i miei figli, non in ufficio. Quanto all'intervista, le ho già detto che non ne rilascio. Né adesso né mai. Tengo inoltre a specificare che non parlo di lavoro quando sono con i ragazzi.» In vacanza, era soltanto una mamma.

«Sono davvero dispiaciuto. Neanche a me piacerebbe essere disturbato», ammise Logan. «Spero solo che non si trovi in una località con un fuso orario diverso, sarei costernato se l'avessi svegliata.» Avrebbe potuto trovarsi ovunque: a Tahiti, in Europa, in Nuova Zelanda.

«No, non importa», rispose lei, conciliante. «Come ha avuto questo numero?» volle sapere poi.

«È stato il suo ufficio a darmelo.» Logan era mortificato. Si sentiva come se avesse commesso un crimine, disturbandola durante la sua vacanza con i figli.

«La mia assistente è in ferie, deduco quindi che sia stata la sua sostituta. Mi perdoni, non volevo essere scortese, ma mi piace concentrarmi sui ragazzi quando sono con loro. Ricevo chiamate esclusivamente per situazioni d'emergenza, in ufficio lo sanno.» Fiona si ammorbidì un po'. «Rientrerò fra due settimane, mi richiami allora. Ma niente interviste», ripeté per chiarire la questione una volta per tutte. La determinazione nella sua voce infranse le speranze di Logan.

Aveva creduto che dandole del tempo si sarebbe convinta ad accettare la sua proposta, ma si era sbagliato. Era ammirevole la mancanza di interesse di quella donna per i riflettori, così come il profondo senso dei valori famigliari. Sembrava una persona in gamba, non quello che ci si sarebbe aspettato da una manager della sua levatura. E questo confermava ancora una volta la teoria di Logan sulla differenza tra uomini e donne di potere: i primi non si sarebbero infastiditi se li avesse chiamati durante una vacanza con i figli. Fiona, al contrario, svolgeva con impegno e serietà tanto il ruolo di amministratore delegato quanto quello di madre.

«Per perdonare la mia intrusione, spero che al suo rientro mi permetterà di invitarla a pranzo. Voglio dimostrarle che non sono così scortese come lei crede.»

«Non la reputo scortese, soltanto un po' insistente», ammise. «Sta cercando di avere informazioni su una storia riguardo alla quale non rivelerò mai nulla. Non sono la PR della società ma l'amministratore delegato. Dirigo l'azienda. Punto.»

«È proprio questo a renderla così interessante, Fiona. Tutti i suoi colleghi maschi fanno carte false per apparire. Lei no. Non ha idea di quanto mi tormentino pur di mettersi in mostra anche solo con un'intervista di cinque minuti. Ho vinto un Pulitzer, santo cielo, sono uno che il suo mestiere lo sa fare», le spiegò Logan in tono quasi implorante.

Di nuovo Fiona si lasciò andare a una risata. «Lo so perfettamente, ho letto i suoi articoli e anche mia sorella la pensa allo stesso modo. Le sono piaciuti i suoi pezzi su Mandela. Il mio problema è che non voglio apparire sulla stampa; non ne ho bisogno, inoltre lo detesto. Non sono una star del cinema e non credo che il mio lavoro possa essere ritenuto in alcun modo sexy. Come mi muovo professionalmente sono affari che non riguardano nessuno. Mi basta che gli azionisti siano felici. Il grande pubblico non ha bisogno di conoscermi. Mi piace restare anonima e condurre una vita tranquilla insieme ai miei figli, perciò è inutile insistere o sperare che io possa diventare una fonte di informazioni perché non è mia abitudine svelare i segreti di nessuno. Insomma, con me perde soltanto il suo tempo», concluse con innegabile chiarezza.

«Ricevuto. Mi spiace, davvero.» Il tono di Logan era imbarazzato e scoraggiato insieme. «Uno di questi giorni la chiamerò per invitarla a pranzo, anche se probabilmente mi dirà che non fa pause e che non ha tempo.»

«È vero.»

«Le auguro delle buone vacanze», concluse lui sincero, prima di riattaccare.

Subito dopo, Fiona chiamò in ufficio per raccomandare alla sostituta della sua assistente personale di non fornire più a nessuno il suo numero di cellulare, e accettò le scuse dell'impiegata per l'errore commesso.

Chiuso il piccolo incidente, si concentrò di nuovo sui figli. Il soggiorno a Malibu stava andando a gonfie vele, e Alyssa era al settimo cielo quando arrivò John e si trattenne per quattro giorni. Fiona ne apprezzò l'educazione, la mente brillante, la gentilezza e soprattutto l'amore che provava per sua figlia. John legò immediatamente con Mark, al punto che uscirono a pescare insieme. Mark era più giovane di soli due anni, ma l'altro dimostrava una maturità superiore alla sua età. Fiona non aveva mai visto Alyssa più felice, e quando i due ragazzi andarono a fare surf ebbe modo di chiacchierare un po' con lei.

«Sembra una storia seria», esordì. Non aveva obiezioni in proposito, ma erano entrambi molto giovani e si augurava che non avessero già intenzione di sposarsi. La figlia la tranquillizzò dicendo di non volere accelerare i tempi, ma ammise di esserne profondamente innamorata e di aver gradito la concessione della madre di lasciarli dormire nella stessa stanza. John era una bella persona, con valori solidi e un grande rispetto verso i genitori.

«Siamo giovani e vogliamo divertirci, mamma», spiegò Alyssa, rilassata. «Non penso neanche lontanamente al matrimonio. Almeno per altri dieci anni. E anche allora non è detto che lo farò. Prima di ogni cosa voglio concentrarmi sugli studi e sulle esperienze lavorative. E anche Johnny. Lui forse continuerà iscrivendosi a Harvard, o forse rimarrà a Stanford. Non facciamo progetti per il futuro e ci limitiamo a vivere il presente.»

«È così che dovrebbe essere, tesoro.» Fiona la strinse in un amorevole abbraccio. «Mi piace molto il tuo Johnny.»

«Voglio farti conoscere i suoi. Magari a settembre possiamo organizzare una cena tutti insieme. Loro trascorreranno l'estate a Tahoe. O meglio, la madre passerà lì tutta la stagione mentre il padre continuerà a lavorare e li raggiungerà soltanto nei fine settimana. Da quello che mi racconta John, sembra che il signor Weston abbia i tuoi stessi ritmi.» Fiona non parve sorprendersene. «La madre si è laureata in giurisprudenza senza mai praticare la professione. È un peccato che abbia scelto di fare la mamma e la casalinga.» Per la ragazza era inconcepibile che un'intera generazione di donne istruite non avesse mai lavorato preferendo rimanere a casa, dopo il matrimonio. «Però aiuta il marito a intrattenere i clienti più importanti e si prende cura dei figli. Un po' noioso, non trovi?»

Fiona scoppiò a ridere. «È questo che fanno le mogli dei grandi capitani d'industria. O almeno così era in passato. Oggi la maggior parte delle donne lavora. Magari la signora Weston si deciderà quando la sorella di John andrà al college.»

«Fa volontariato in un'associazione per i senzatetto.» Un impegno molto nobile, anche se Alyssa preferiva una vita come quella della madre, con una brillante carriera in continua ascesa. Ne avrebbe seguito le orme appena terminati gli studi. Fiona era l'esempio di come si potesse avere una famiglia e un lavoro impegnativo, e John condivideva quell'opinione. I due ragazzi avevano spesso parlato del divorzio dei genitori di lei e del fatto che il padre fosse stato geloso del successo della moglie. Alyssa aveva giurato che non si sarebbe mai trovata in una situazione simile, e sapeva che la causa principale del fallimento del matrimonio dei suoi era stato il risentimento del padre. Liz e David erano due persone che appartenevano a una generazione passata; Alyssa invece era una donna moderna e voleva fare carriera con l'appoggio di John. E lui sarebbe stato orgoglioso dei suoi progressi, se la loro relazione fosse durata. Lo speravano segretamente entrambi, ma era ancora prematuro sbilanciarsi.

Fiona non ebbe da ridire sui ragionamenti della figlia e nei quattro giorni che rimase con loro a Malibu apprezzò molto il suo fidanzato. Non vedeva l'ora di conoscere i Weston, in autunno. Lei e Marshall avevano molte cose in comune, al contrario di Liz che conduceva uno stile di vita poco adatto alla sua natura. Il figlio, però, era il prodotto dell'influenza di entrambi i genitori.

La sera prima della partenza di John, decisero di cenare in un ristorante italiano a Malibu. Seduti intorno a un tavolo, risero, chiacchierarono e si divertirono come una vera famiglia. Fiona gli confidò che sarebbe mancato a tutti e anche il ragazzo si dimostrò triste per il distacco. Decisero che Alyssa sarebbe andata a trovarlo a Tahoe e che lo stesso avrebbe fatto Mark prima di volare in Kenya.

Mentre John prendeva in giro Alyssa per le sue scarse abilità di pescatrice e per il ribrezzo che provava ogni volta che doveva togliere una preda dall'amo, due donne e due bambine chiaramente gemelle entrarono nel ristorante e si sedettero al tavolo accanto al loro. Alyssa rivolse un sorriso alle piccole e Fiona notò che assomigliavano alla madre, una giovane di grande fascino e con il volto incorniciato da soffici riccioli biondi. Le sorelline ricambiarono il sorriso; e quando la donna bionda guardò in direzione del tavolo i cui commensali parevano divertirsi parecchio, i suoi occhi rivelarono un velo di tristezza. Vi era qualcosa di dolorosamente nostalgico in lei, come se fosse molto infelice. Nei confronti delle figlie mostrava tuttavia un'infinita dolcezza. John sorrise in modo fugace alle bambine prima di tornare a prendere in giro la sua ragazza, che minacciò di tirargli addosso il cibo.

«Piantala, John Weston, oppure non verrò a Tahoe con te!» lo provocò. Lui si sporse in avanti per farsi perdonare con un bacio. Appena Alyssa pronunciò il suo nome – a un volume abbastanza alto da essere sentito dal tavolo accanto – Fiona scorse la bionda girare di scatto la testa e fissarlo intensamente. Sembrava ipnotizzata da lui. Nessun altro se ne accorse. I tre ragazzi erano troppo presi dai loro scherzi e dalle battute; lei invece fu colpita da quella espressione. Nell'ora successiva, la giovane mamma non fece che osservare John, ogni gesto, ogni mossa, come se stesse guardando una persona che aveva perso. Poi la vide sussurrare qualcosa all'orecchio dell'amica che, a sua volta, concentrò la propria attenzione sul ragazzo. Entrambe non riuscivano a staccargli gli occhi di dosso. Quando Fiona e i ragazzi si alzarono per uscire dal ristorante, gli sguardi delle due sconosciute seguirono il giovanotto fino alla porta. John parve non accorgersene e Fiona non gliene fece parola. Rimaste da sole all'interno del locale, Ashley fissò Bonnie con aria devastata: per tutto quel tempo le gemelline erano state a pochi passi dal fratellastro, ma lui non avrebbe mai saputo di loro.

Aveva riconosciuto il figlio di Marshall nell'istante in cui ne aveva sentito il nome. Era identico al padre e sembrava divertirsi molto. Aveva persino sorriso alle piccole, affascinate dal gruppetto e dal buonumore che lo animava. Ashley, invece, si era resa conto ancora una volta che nel mondo di Marshall lei e le figlie non esistevano. Mai nessuno avrebbe saputo di loro. Kezia e Kendall avevano due fratelli e una sorella ignari della loro esistenza. Vivevano in un mondo a parte, nascoste dal loro stesso padre. Eppure, quella sera, il caso aveva voluto che le loro strade si incrociassero.

Tornata a casa, Ashley telefonò a Marshall per riferirgli l'accaduto. Sapeva di non poterlo fare, ma non se ne curò. Lo sorprese in macchina che rientrava da Tahoe, dove aveva trascorso il fine settimana in compagnia di Liz, di Lindsay e dei loro amici. Nel sentire lodare la bellezza di John e la somiglianza con lui, Weston restò scioccato. Ashley pareva esserne ossessionata.

«Gli hai detto qualcosa?»

«No, non avrei potuto», rispose lei. Il compagno fece un respiro di sollievo. «Lui e le bambine sono fratelli, eppure tuo figlio ne è all'oscuro. È ingiusto», si lamentò, malgrado sapesse che non c'erano alternative. Marshall, dal canto suo, riusciva soltanto a esserle grato per aver mantenuto il controllo e non essersi intromessa.

«Un giorno s'incontreranno tutti», la rassicurò.

La doppia vita di Marshall iniziava a pesarle sempre più da quando era stato coinvolto nella denuncia per molestie sessuali. La certezza di essere stata tradita aveva cambiato il suo modo di vedere. E poco importava che fosse stata l'avventura di una notte, cosa di cui Ashley adesso dubitava. In fin dei conti mentiva alla moglie da otto anni. Probabilmente stava facendo lo stesso con lei.

«Non è facile neanche per me», continuò lui nel tentativo di guadagnarsi la comprensione della compagna, ma senza successo. Avrebbe potuto comportarsi in maniera diversa, ma fino a quel momento non aveva fatto nulla: continuava a mentire a Liz e a tenere lei e le bambine in disparte. Era inaccettabile che le gemelle non avessero un'identità legittima. Quando riattaccarono, Ashley pianse in preda all'amarezza, addormentandosi poi nella certezza che nulla sarebbe mai cambiato.

11

I PRIMI giorni dopo il rientro in ufficio, come d'abitudine, Fiona fu sommersa dal lavoro. Alyssa andò a trascorrere qualche giorno a Tahoe da John, mentre Mark rimase ancora un po' con lei prima di ritornare a New York da dove sarebbe partito con la fidanzata per il Kenya.

La prima settimana, Fiona fu costretta a lavorare dieci ore di fila in ufficio e la sera ancora a casa. Si era messa in pari quasi del tutto quando ricevette una telefonata da Logan Smith. Il reporter chiamò in ufficio, non avrebbe più osato disturbarla sul cellulare, sebbene ne avesse conservato il numero. Incerta se chiedere alla segretaria di farsi lasciare un messaggio, alla fine Fiona optò per rispondere. Era inutile aggiungere un'altra telefonata alla lunga lista di quelle che doveva fare; dal suo rientro non aveva smesso di richiamare chi l'aveva cercata e passare in rassegna le e-mail, oltre al normale lavoro. I problemi, come al solito, non mancavano: vi erano questioni da risolvere in diversi impianti di produzione, documenti da firmare, lettere di cui occuparsi, rapporti da leggere e analizzare, riunioni a cui presenziare. E sentirlo l'avrebbe rimessa in pace con la coscienza, dopo l'ultima volta in cui era stata piuttosto sbrigativa. Quando sollevò la cornetta, era talmente impegnata da sembrare distratta.

«Sì?» Per un attimo aveva dimenticato chi stava chiamando, tutta presa a cercare qualcosa in una pila di documenti sulla scrivania.

«Fiona? Sono Logan. Logan Smith.» Quante persone credeva che conoscesse con quel nome? si domandò lei.

«Certo, mi perdoni. Come sta?» Dava l'impressione di essere occupata e di parlare con gentilezza forzata.

«Benissimo, grazie. Come sono andate le vacanze?»

«Una meraviglia.» Sorrise. «Mi si spezza il cuore ogni volta che i ragazzi vanno via. Adoro svegliarmi nella stessa casa con loro ogni mattina. Da sola sono tristissima, anche se da quando sono rientrata non ho avuto nemmeno il tempo di pensare a quanto mi mancano.» Ogni volta che parlava dei figli la sua voce assumeva un tono più caldo. Logan aveva scoperto che quello era l'approccio migliore. «In cosa posso esserle utile?» gli chiese un istante dopo, tornando con i piedi per terra. «Spero che non vorrà chiedermi un'intervista», aggiunse in tono serio.

«So che è molto impegnata, ma mi domandavo se avesse il tempo di pranzare con me. Mi ha fatto molto piacere parlarle quando ho telefonato per avere notizie di Marshall Weston. Questa volta non ho intenzione di molestarla con la richiesta di un'intervista o di disturbarla in vacanza. L'ho cercata soltanto perché speravo di pranzare con lei.» Sembrava vagamente nervoso e Fiona si sentì confusa.

«Userà quello che ci racconteremo per un'intervista?» Era sospettosa, inoltre di rado si concedeva la pausa pranzo.

«No, il mio è solo un invito per un boccone. Se vuole, potrà parlarmi del libro di sua sorella.»

«In verità, raramente mangio all'ora di pranzo», rispose lei, pentendosene subito dopo. Non voleva essere di nuovo scortese. Logan era una persona gentile e con la quale s'intratteneva volentieri. Sentì riecheggiarle in un angolo della testa la voce della sorella che la spronava ad accettare. Non era un appuntamento, solo uno spuntino e quattro chiacchiere. «Va bene», concesse poi esitante. «Perché no? Basta che mi prometta di non pubblicare nulla di quello che dirò.»

«Promesso. Non cercherò di estorcerle nessun segreto lavorativo o sulle abitudini sessuali degli amministratori delegati di sua conoscenza. Come argomenti ci resteranno il tempo e lo sport.»

Fiona scoppiò a ridere. «Potrebbe essere un problema, non so nulla di sport!»

«Okay. Potremmo optare per il meteo, pare che oggi voglia piovere.»

«Le spiacerebbe raggiungermi a Palo Alto? Non ho il tempo di venire in città», gli disse in tono di scuse.

«Non era mia intenzione proporle di raggiungermi. Nel pomeriggio ho un appuntamento dalle sue parti. Oggi le andrebbe bene?»

Lei rifletté solo un istante prima di rispondere di sì. Non aveva mai tempo a sufficienza ed era carica di lavoro, ma un'ora in più o in meno non avrebbe fatto differenza.

«Posso uscire tra un'ora circa.» Gettò un'occhiata ansiosa alle pile di documenti accatastati sulla scrivania. Meglio non pensarci e concentrarsi sulla pausa pranzo.

«Perfetto», replicò Logan felice che lei avesse accettato.

Le nominò un ristorantino dove avrebbero potuto prendere un'insalata o un sandwich seduti all'aria aperta, e Fiona gli diede appuntamento lì all'una. Lo avrebbe riconosciuto perché indossava una camicia azzurra, una giacca di tweed e i jeans. Per lui invece individuarla non sarebbe stato un problema.

Fiona fu nuovamente inghiottita dal lavoro e ripensò all'incontro soltanto in macchina, mentre raggiungeva il ristorante. Erano secoli che non andava a pranzo fuori, se non per lavoro. Trovò Logan seduto a un tavolo in giardino intento a leggere le e-mail sullo smartphone. Lui alzò gli occhi e scattò in piedi appena la vide avvicinarsi. Indossava una gonna e una camicia di seta bianca. La giacca del tailleur l'aveva lasciata in macchina. Portava tacchi alti e i capelli raccolti in uno chignon. Il suo look era sobrio, da donna d'affari in «uniforme», come la definiva lei. Si sorprese dell'avvenenza del reporter: doveva avere più o meno la sua età, come aveva ipotizzato Jillian e come dimostravano i capelli scuri leggermente brizzolati sulle tempie. Quell'uomo era proprio come ci si aspettava che fosse un giornalista: vagamente intellettuale, ma con lo sguardo interessato e sempre attento. Aveva vivaci occhi marroni e un sorriso sincero, che dimostrava quanto fosse contento di vederla.

«La prego di perdonare il mio ritardo. Non riesco mai a uscire dall'ufficio senza che qualcuno mi chiami nell'istante in cui ho oltrepassato la soglia.» Mise il cellulare in silenzioso per evitare di essere disturbata. «Grazie per l'invito.» Lo guardò con gentilezza. Era la prima volta che usciva senza clienti o colleghi.

«Le dovevo delle scuse per averla disturbata nel pieno delle vacanze.»

«Non poteva saperlo», replicò Fiona iniziando a rilassarsi. Aveva dimenticato quanto fosse bello uscire dall'ufficio a metà giornata. «Cerco di evitare che la mia vita lavorativa interferisca con quella famigliare. Quando sono con i ragazzi, appartengo soltanto a loro. È una regola alla quale non derogo.»

«I suoi figli sono fortunati. I miei genitori erano medici e non credo di avere mai avuto il tempo di scambiarci quattro chiacchiere senza che il telefono ci interrompesse e loro andassero via di corsa. Mio padre era un chirurgo ortopedico e mia madre una pediatra che esercita ancora in un piccolo paese del Vermont. Ha settantun anni, ma è vitale più che mai.» Fiona ascoltò con interesse: doveva essere bello crescere in quel modo.

«Cosa l'ha condotta da queste parti?»

«Ci sono capitato per sbaglio, come la maggior parte della gente che si trasferisce sulla costa occidentale. Sono venuto per una vacanza estiva, mi sono innamorato e ho deciso di rimanere. Viaggio molto, però. Spesso vado a Los Angeles o a New York ma il grosso lo faccio da qui. Adoro il mio lavoro.» Ne parlava in modo entusiastico. Si interruppe giusto il tempo di ordinare due Caesar salad.

«Anche per me è così», gli disse lei. «Quando i bambini erano piccoli però mi sentivo in colpa. Sono rimasta a casa fino ai tre anni di mio figlio, ma non ho resistito oltre. Ho bisogno di lavorare. Malgrado tutto li ho seguiti da vicino.

Ammetto di aver dovuto fare i salti mortali, ma alla fine ci sono riuscita. Ero determinata ad avere una famiglia e una carriera. Ci credo ancora, anche se non è sempre facile come sembra.» A Logan pareva un impegno durissimo, a maggior ragione con una carriera così prestigiosa e di lunga data.

«Suo marito l'aiutava con i bambini?» Non glielo stava chiedendo per motivi professionali, ma per semplice curiosità.

Fiona rise prima di rispondere. «No. Per lui era quello il mio vero impiego. Così facevo entrambe le cose, come moltissime altre donne. Non ha mai apprezzato la mia carriera. In realtà, desiderava che lo aiutassi con la ditta di famiglia mentre io ho sempre pensato che lavorare insieme avrebbe potuto fomentare discussioni e problemi. Perciò avevo optato per altre società, ma il nostro matrimonio è andato ugualmente a rotoli. Mio marito voleva una moglie casalinga, infatti ne ha sposata una in seconde nozze.»

«E lei? Nessuna seconda possibilità?» Logan era molto intrigato da lei, e ascoltava con interesse ciò che lei era disposta a rivelargli. Era sempre rimasto affascinato da persone come Fiona. Il divorzio con David Carson non era un segreto per nessuno, lo si poteva leggere anche sulla sua biografia online. Non si menzionava il motivo della separazione, ma lei glielo aveva appena riferito.

«Non ne ho il tempo.» Sorrise. «Abbiamo divorziato sei anni fa. Il lavoro e i figli m'impegnano parecchio. Ho poche possibilità per fare altro.»

Ascoltandola, Logan non ebbe l'impresssione che ne soffrisse: sembrava una donna felice, una che conduceva la vita che aveva sempre desiderato. Fiona gli piaceva per questo. E il suo fascino non lo lasciò indifferente. Le fotografie non le rendevano giustizia. I capelli tirati all'indietro, la camicia di seta bianca e la gonna attillata blu navy la facevano apparire esattamente come doveva essere una donna d'affari. Quell'abbigliamento gli rendeva difficile immaginare come sarebbe stata con i capelli sciolti sulle spalle e un look più casual.

«Che età hanno i suoi ragazzi?»

«Se rispondessi d'istinto, direi sempre cinque e due anni. In realtà, ne hanno ventidue e diciannove. Mark, il grande, sta facendo un master per assistente sociale alla Columbia, mentre in autunno Alyssa inizierà il terzo anno a Stanford. Adora il mondo degli affari, come me, e vuole laurearsi in questo settore. Mio figlio è quello che tutti definiamo il santo della famiglia. Questa settimana è partito con la fidanzata per il Kenya, dove aiuterà a costruire l'acquedotto in un villaggio.»

«Ragazzi davvero brillanti», replicò lui, ammirato.

«Sì, e sono anche delle persone meravigliose», aggiunse Fiona, orgogliosa. «Lei ha figli?»

«Non che io sappia. Sono divorziato da vent'anni.»

«È un peccato.» Solo dopo aver pronunciato quelle parole, si rese conto che probabilmente non tutti avevano la necessità di avere figli. Jillian, per esempio, era felice anche senza.

«Sì, suppongo di sì», replicò lui in tono vago. Ormai non ci pensava più ed era giunto alla conclusione che averne non facesse per lui. Era stato quello il motivo principale della rottura. La sua ex moglie si era risposata e ne aveva avuti sei, coronando così il sogno di sempre. «Non so neanche se il fatto che io sia stato sposato conti davvero, dopo una separazione così lunga. Avevo appena terminato il college e il matrimonio è durato soltanto due anni. Lei era una bellissima ragazza di Salt Lake City che, subito dopo esserci sposati, mi ha detto di voler tornare a casa e mettere al mondo milioni di bambini, mentre io avrei dovuto lavorare con il padre in una piccola tipografia. Per un certo periodo ho provato ad accontentarla, ma se fossi rimasto altri sei mesi lì mi sarei ammazzato. Così sono letteralmente scappato trasferendomi a San Francisco, dove abito tuttora. Volevo essere un giornalista freelance, uno di quelli che girano il mondo, oppure un cronista sportivo; invece ho iniziato a occuparmi di quello che accadeva nella Silicon Valley specializzandomi poi come reporter investigativo e interessandomi all'ambiente degli affari. Dopo aver scoperto i loschi segreti di diverse attività criminali, sono rimasto affascinato da questo lavoro e ho continuato a farlo. Sono un detective nell'animo e anche piuttosto dotato. La mia passione però è raccontare storie di persone vere, persone reali come Mandela. Intervistarlo è stato il picco della mia carriera. Opportunità come quella non capitano spesso.»

«Mia sorella ha letto le interviste e le ha definite favolose.»

Arrivarono le insalate e loro continuarono a chiacchierare mangiando. A un certo punto, Logan fu tentato di chiederle della fuga di notizie avvenuta all'interno del consiglio di amministrazione della NTA, ma decise di rinunciare per evitare che Fiona pensasse di essere stata invitata per estorcerle qualche informazione. E non era vero: la donna di fronte a lui era una persona interessante che lui ammirava e desiderava conoscere più a fondo. La sua modestia, la sua normalità a dispetto del ruolo che ricopriva lo affascinavano. Nulla in lei suggeriva che fosse una delle donne più importanti del

Paese e a capo di una grande società. Era disinvolta, alla mano e straordinariamente brillante. Gli piaceva stare in sua compagnia e rideva di gusto quando lei gli raccontava della sorella, che a suo avviso doveva essere una persona piuttosto eccentrica.

«Credo che le piacerebbe», insistette Fiona. Adesso che lo aveva visto, era sicura che Jillian ne sarebbe rimasta colpita. Non soltanto era acuto e colto, ma anche di bell'aspetto e spigliato. «Adesso è in vacanza in Toscana. Ed è una giocatrice di tennis fantastica. Lei gioca?»

«Sta cercando di fare da intermediaria?» la provocò Logan con una risatina divertita.

«Mi creda, Jillian non ha bisogno del mio aiuto. Se le piace un uomo se lo prende. Da ragazzina era molto alta, e adesso supera il metro e ottanta: alti o bassi, giovani o vecchi, gli uomini cadono sempre ai suoi piedi. Ha una forte personalità e posso dire di non avere mai incontrato nessuno a cui non sia piaciuta.» Persino David, che si lamentava sempre di Jillian, la trovava divertente.

«E lei com'era da bambina?» chiese il giornalista con genuino interesse. Normalmente non avrebbe posto quelle domande alla prima uscita; con lei però aveva deciso di essere aperto.

«Timida. Portavo gli occhiali e avevo i denti sporgenti fino a quando sono stata costretta a mettere l'apparecchio», gli disse con un sorriso modesto.

«Dopodiché si è trasformata in un cigno.»

Fiona arrossì. «Non esattamente. Ho le lenti a contatto e la sera, quando sono stressata, prima di andare a dormire metto il bite per evitare di digrignare i denti.»

«Spaventoso.» Entrambi scoppiarono a ridere. «Con tutto il nervosismo che accumula durante la giornata, mi sorprendo che non indossi un elmo, dei parastinchi e chissà che altro. Non so come fa. Se avessi sulle spalle la responsabilità di un centinaio di migliaio di dipendenti, ne resterei schiacciato. Il mio è un lavoro più semplice, devo solo consegnare per tempo i miei pezzi.»

«Credo che anche quello sia stressante», osservò Fiona con il consueto senso pratico. «Il lavoro che faccio mi piace e penso che questo aiuti parecchio.»

Totalmente focalizzata sul suo impiego, che svolgeva in modo molto umano, era l'opposto degli altri amministratori delegati conosciuti e intervistati da Logan, diversa dalla persona che lui avrebbe incontrato quel pomeriggio e che gli avrebbe dato informazioni interessanti. Quelli che di solito vedeva trascorrevamo ore a parlare di sé, a dirgli quanto grandi e importanti fossero. Fiona invece gli aveva raccontato dei suoi denti sporgenti e del fatto che di notte fosse costretta a mettere un apparecchio. Non le importava dare di sé un'immagine poco sexy e rivelare i difetti, nonostante la sua bellezza. Logan ne fu particolarmente colpito: era davvero singolare, a fronte del potere che deteneva.

«Riassuma il suo lavoro in una parola», le propose per avere conferma di come doveva sentirsi, sebbene avesse già un'idea della risposta.

«Duro», replicò Fiona senza esitazione. «Se potessi usare una seconda parola direi divertente. E lei?»

Logan rifletté per qualche secondo; non era abituato a ricevere domande. «Affascinante. Sorprendente. Vario. Eccitante. Incontrare le persone non mi annoia mai, anche se non mi piacciono. La gente non è mai come mi aspetto che sia.» Neppure Fiona sfuggiva a questa regola, anzi era persino meglio di come aveva creduto. Gli rincresceva soltanto non avere la possibilità di intervistarla, ne sarebbe venuto fuori un gran bel pezzo. Se però fossero diventati amici, lo avrebbe gradito ancora di più. Quanto a lei, non si era pentita di avere accettato l'invito a pranzo. Jillian aveva ragione quando affermava che incontrare gente nuova era sempre un'esperienza interessante. Logan le piaceva più di quanto avesse immaginato. Aveva accettato di uscire con lui solo per cortesia e invece si stava divertendo. Fu quindi a malincuore che si accorse di doversi congedare: erano le due, e venti minuti dopo avrebbe avuto una riunione.

Logan pagò il conto e uscirono dal ristorante.

«Grazie per aver accettato di pranzare con me», le disse, sincero, accompagnandola alla macchina. «È sempre un piacere incontrare una donna che rispecchia la sua voce. Me la immaginavo diversa, be' un pochino. È una persona normale.» Adorava quella qualità.

«Sì, lo so», confermò lei con semplicità. «La maggior parte della gente si aspetta di incontrare il mago di Oz o la malvagia strega dell'Ovest.» A lui, che di persone cattive ne aveva conosciute parecchie, Fiona ricordava più Dorothy. Non si prendeva troppo sul serio e ascoltava ciò che gli altri avevano da dire. Una qualità che la rendeva una persona pulita, retta, che dal prossimo si aspettava altrettanto. Purtroppo non era così e lo sapevano entrambi. Fiona era quel genere di persona che dava agli altri il beneficio del dubbio e riusciva a vedere il lato migliore di chi le stava accanto.

«Le auguro che l'intervista che si appresta a fare questo

pomeriggio sia un successo.» Aprì la portiera dell'auto e si sedette al volante.

«Non ha un autista?» chiese Logan, meravigliato.

Lei fece cenno di no. «Preferisco guidare io. È più semplice. Chiamo l'autista solo per andare all'aeroporto.»

«Anch'io», rispose lui ridacchiando. «Abbia cura di sé e grazie ancora per aver accettato l'invito. Magari, chissà, potremmo farlo ancora, anche perché gradirei incontrare sua sorella.»

«Le manderò il suo numero e l'e-mail. Dovrebbe chiamarla davvero.» Persino lui non aveva il coraggio di farlo senza preannunciarsi, tanto più che si sarebbe sentito uno stupido a farlo solo perché gli era stato consigliato da Fiona. «Mi creda, non è affatto timida e le piacerebbe molto incontrarla per parlare del suo libro.»

«Aspetterò che sia lei a presentarci.»

«Di nuovo grazie mille per il pranzo», disse Fiona salutandolo con la mano.

Tornato alla macchina, Logan ripensò alla piacevole ora appena trascorsa. Non era rimasto deluso sotto nessun punto di vista. Meravigliosa, ecco come l'avrebbe definita se avesse dovuto descriverla in una parola.

Anche per Fiona la pausa pranzo era stata un momento di gradevole relax, che però svanì nell'istante in cui, dopo aver lasciato la macchina nel parcheggio riservato, si accorse di avere ricevuto sul BlackBerry un messaggio dell'agenzia investigativa incaricata di scoprire il responsabile della fuga di notizie. Lo ascoltò prima di scendere dall'auto. Il capo della società le comunicava che aveva una novità urgente.

Al sicuro nella privacy dell'ufficio, lo richiamò. Dopo un rapido saluto, l'uomo le chiese di incontrarsi quello stesso pomeriggio.

«È così urgente?» si informò lei.

«Sì.» Non erano riusciti a rintracciarla subito e adesso volevano accelerare i tempi. Fiona propose un appuntamento prima delle sei; le sarebbe stato impossibile accontentarlo altrimenti. Al termine dell'ultima riunione del pomeriggio, trovò l'investigatore ad attenderla. La giornata era stata impegnativa e lei era esausta.

Lo invitò a sedere e prese dalle mani dell'uomo la grossa busta contenente i primi risultati dell'indagine. Per evitare di perdere tempo nella lettura, Fiona gli chiese di fare il punto della situazione.

«Forse sarebbe il caso di chiudere la porta», replicò lui, cauto. Lei sorrise. Precauzione degna di una spia, ma inutile. L'ufficio era ormai deserto.

«Ha scoperto la fonte della fuga di notizie?» Pur sentendosi una sciocca, si alzò per fare come le era stato suggerito.

«Sì, ne ho avuto la conferma definitiva ieri. Stamattina ho fatto gli ultimi controlli per essere certo che tutto fosse esatto. Ogni singola parola scritta sul rapporto è stata verificata. Non siamo ricorsi a fonti illegali o intercettazioni. Tutto è stato eseguito in maniera trasparente, come da sua richiesta.»

Fiona annuì soddisfatta. «Mi dica chi è. Leggerò il rapporto questa sera, a casa.» Un brivido le corse lungo la schiena nell'istante in cui gli occhi dell'agente investigativo – un ex dipendente dell'FBI in pensione con un curriculum impeccabile – si fissarono nei suoi.

«Si tratta di Harding Williams», affermò senza girarci intorno. Fiona sgranò gli occhi, incredula. Non era possibile, doveva esserci un errore. Era un uomo sgradevole, borioso e che la detestava, ma era ligio alle regole e la sua integrità era al di sopra di ogni sospetto.

«Ne è sicuro?» domandò con voce stridula. «Il presidente?»

«Il presidente», confermò l'altro con un'espressione greve. «Da circa un anno è legato a una donna giovane e attraente, una giornalista. Non è escluso che all'inizio questa scappatella sia stata una parentesi innocua. Poi, con il passare del tempo, lei gli ha estorto informazioni. Non so se lo ricatta, ma non credo. Si incontrano una volta a settimana in un albergo e, qualsiasi cosa facciano, lui condivide con lei le informazioni in suo possesso. Magari per il signor Williams sono soltanto quattro chiacchiere dopo l'amore, ma lei le usa in maniera impropria. Lui deve essersene accorto da quando è venuta fuori la faccenda di Larksberry. La donna in questione ha dichiarato con orgoglio a uno dei miei uomini di avere una fonte all'interno del consiglio di amministrazione della NTA. Quanto a Williams, ha accennato al barbiere di avere una storia con una trentaduenne da urlo.» L'investigatore riprese la busta e ne tirò fuori una foto. Ritraeva una donna bellissima con i capelli scuri, gli occhi chiari e un décolleté da fare invidia. Fiona la fissò a lungo prima di restituirgliela. L'altro la fece scivolare di nuovo nella busta che si affrettò a richiudere.

«È sicuro?» domandò Fiona di nuovo. Stentava ancora a crederci.

Il detective indicò la busta. «È tutto lì dentro. Ci sono foto di loro due che si baciano. Sembra pazzo di lei.»

Nel considerare che l'amante aveva meno della metà dei suoi anni, Fiona pensò alla moglie, che Harding si vantava di aver sposato quarantaquattro anni prima. E quell'uomo si era permesso di trattare lei, Fiona, come una poco di buono per anni, soltanto per una storiella innocente dei tempi dell'università. Ciò che stava facendo lui adesso era molto peggio: aveva violato la fiducia accordatagli come presidente del consiglio di amministrazione, aveva svelato informazioni riservate, messo a repentaglio il valore delle azioni e arrecato danni all'azienda. Aveva disatteso senza remore le regole più importanti del consiglio, dimenticando ciò in cui dichiarava di credere. Era un ipocrita e un bugiardo che andava a letto con una giornalista alla quale spifferava i segreti più delicati della NTA. Fiona si sentì sprofondare; era sbigottita da quello che l'investigatore le stava raccontando, ma sapeva che era la verità. C'erano foto che testimoniavano l'andirivieni di Harding dall'albergo dove i due si incontravano, ricevute dei pagamenti della stanza, senza contare che la donna della foto era stata la prima reporter a pubblicare la notizia che aveva sollevato il polverone. Si alzò, prese la busta e lo ringraziò. Avrebbe letto tutto con attenzione quella sera stessa, prima di prendere una decisione. Se però quanto le aveva raccontato il detective corrispondeva al vero, rimaneva un'unica strada da percorrere: allontanare Harding Williams dal consiglio di amministrazione e spingerlo a dimettersi. Fiona si ripromise di convocare una riunione straordinaria appena avesse preso visione dell'incartamento. Anche se quell'uomo non le piaceva e l'aveva tormentata per anni, non era quella la soluzione che aveva sperato di trovare o che si era aspettata di dover adottare. Non avrebbe mai immaginato che la fuga di notizie fosse stata provocata proprio da lui, dal presidente.

Lasciò l'edificio in compagnia dell'investigatore, salì in macchina e ritornò a casa, a Portola Valley. Le pareva di essere stata investita da un treno. Non riusciva neanche a immaginare come Harding avesse potuto violare l'etica e la morale che si vantava di difendere a spada tratta. La teoria della sorella e quella di Logan sugli uomini di potere aveva ricevuto un'ennesima conferma. Le venne in mente un vecchio proverbio: il peggiore degli scemi è quello vecchio, e senza dubbio Harding si era comportato come un idiota. Non provò neppure un po' di soddisfazione per aver scoperto la fonte della fuga di notizie, tanto era disgustata. Lo aveva creduto migliore, invece era stato meschino e disonesto.

Senza nemmeno cenare, si sedette alla scrivania e lesse il rapporto da cima a fondo. Quando chiuse il dossier sapeva già come muoversi. Chiamò Harding a casa e gli chiese un incontro per il mattino seguente.

«Ho di meglio da fare», replicò lui, irritato. «Ho parecchi appuntamenti. Ci vediamo dopodomani.»

«Spiacente, Harding», lo contraddisse Fiona con voce fredda. «Ti aspetto domani. Alle dieci va bene?» Alle otto aveva un incontro con il direttore finanziario che l'avrebbe impegnata per un paio d'ore.

«È una questione così urgente?» Non pareva neanche minimamente preoccupato, solo borioso e sgradevole come al solito.

«Ho bisogno dell'approvazione per alcuni rapporti, approvazione che soltanto tu mi puoi dare in quanto presidente del consiglio di amministrazione.» Non era ancora arrivato il momento di svelargli il vero motivo della convocazione. L'altro borbottò indispettito ma alla fine cedette.

«Non dovresti sbrigare cose del genere all'ultimo momento», si lamentò, impossibilitato a rifiutarle un incontro.

«Hai ragione. Ci vediamo domani», lo salutò riuscendo a stento a mantenere un tono neutro.

Dopo avere riagganciato, inviò un'e-mail di convocazione a ciascun membro del consiglio per il giorno successivo all'incontro con Harding. Naturalmente non la mandò a Williams, al quale l'avrebbe comunicato di persona. Desiderava prima parlargli a quattr'occhi, anche se erano pochi gli elementi che avrebbe potuto accampare a sua discolpa: le prove erano schiaccianti.

Per calmare il nervosismo, camminò avanti e indietro per la casa. Non riusciva a smettere di pensare a lui, alle bugie, alla sua ipocrisia, alla disonestà del suo comportamento. Era disgustata. Sperò che l'indomani non vi sarebbero state discussioni troppo accese, ma eventualmente era pronta ad affrontarle. Confrontarsi con lui faceva parte del suo lavoro; aveva delle responsabilità verso la società e gli azionisti, e il loro interesse doveva essere protetto sempre e comunque.

Prima di andare a letto, inviò un'e-mail a Logan per ringraziarlo del pranzo e dirgli che era stato piacevole trascorrere del tempo insieme. Le pareva che fossero passati mesi, visto il pomeriggio denso di novità. Dopodiché spense il computer. Fece una doccia, si lavò i denti e mise il bite. Quando si guardò allo specchio scoppiò a ridere ricordando la battuta di Logan: Spaventoso. Sì, anche il comportamento di Harding Williams era spaventoso. Adesso però non avrebbe più potuto torturarla, non avrebbe più potuto esercitare il suo potere su di lei.

Quella notte, Fiona dormì un sonno beato; le pareva di essersi alleggerita di un peso insopportabile. Quell'uomo l'aveva condannata fin da giovane e aveva continuato a comportarsi in maniera maleducata da quando era entrata a far parte della NTA. Ora era lei a tenere il coltello dalla parte del manico. Harding aveva abusato della sua carica, tradito la moglie e mentito alla società. Entro breve tutto sarebbe finito. Il potente presidente stava per crollare.

12

Il mattino seguente, Harding Williams entrò nell'ufficio di Fiona senza aspettare di essere annunciato dalla sua assistente. La CEO, seduta alla scrivania e in attesa del suo arrivo, stava guardando alcune pratiche. Glissò sul fatto che si fosse presentato con venti minuti di ritardo. Aveva pensato a lui ininterrottamente, e aveva riletto il rapporto dell'investigatore appena si era svegliata. Voleva essere sicura di non avere tralasciato nulla, neppure il più piccolo dettaglio. Era tutto lì, nero su bianco, corredato dalle fotografie di lui con l'amante, alcune delle quali lo ritraevano mentre la baciava in un corridoio immerso nella penombra. Ogni volta che osservava quelle immagini, Fiona provava un senso di disgusto e di compassione per la moglie.

«Buongiorno, Harding», gli disse in tono pacato, mentre lui, piantato di fronte alla scrivania, la guardava irritato. Si alzò e chiuse la porta. «Accomodati, prego», continuò, indicando l'angolo salottino, lo stesso dove era seduto l'investigatore la sera precedente.

«Non ho tempo da perdere», ribatté lui brusco. «Ho diversi appuntamenti in città, questo pomeriggio. Non posso correre a Palo Alto ogni cinque minuti per farti contenta.»

«Certamente.» Fiona si sedette e lui fece altrettanto. «Abbreviamo i tempi. Desidero che rassegni le dimissioni», dichiarò con estrema franchezza. «E penso che tu conosca il motivo di questa richiesta. Mi piacerebbe che tutto si svolgesse nella maniera più semplice, fra te e me e con il consiglio di amministrazione.» Harding la guardò attonito, non soltanto per quello che aveva detto, ma per la pacatezza con cui si era espressa. Fiona non sembrava né arrabbiata né innervosita, ma fredda e determinata com'era sempre negli affari. I suoi occhi lo fissarono senza mostrare un cenno di esitazione.

«Sei venuto meno alle responsabilità che come presidente hai nei confronti del consiglio di amministrazione», continuò. «Hai violato il patto di confidenzialità da te stesso sottoscritto, peraltro un documento legale a tutti gli effetti. Hai messo a rischio l'azienda. Hai dato informazioni a una giornalista con la quale, per una strana combinazione, vai a letto. Sei disonesto e ipocrita, e non meriti più alcun rispetto. Malgrado tutto voglio offrirti la possibilità di rassegnare oggi stesso le dimissioni. Se sceglierai di non farlo, sarai licenziato direttamente dal consiglio di amministrazione entro ventiquattr'ore. Suggerirei di motivare le dimissioni con problemi di salute. Tieni conto poi che a dicembre decadrai dalla carica di presidente per sopraggiunti limiti di età, dunque nessuno resterà sorpreso. È solo questione di anticipare di pochi mesi, sono certa che concorderai con me che quella della salute è una soluzione ottima e inoppugnabile.» Harding aveva aperto e richiuso la bocca più volte, rimanendo sempre in silenzio mentre Fiona parlava. La fissava oltraggiato e quando si alzò inizò a camminare nervoso per la stanza. Si girò a guardarla con occhi carichi di veleno.

«Come osi parlarmi in questo modo?»

Stava cercando di intimidirla, ma inutilmente. Fiona non si lasciò impressionare e in tono glaciale disse: «Come hai osato tu tradire il nostro consiglio di amministrazione, divulgare informazioni altamente confidenziali alla stampa colpendo migliaia di vite e anche le nostre azioni? E tutto per cosa? Per andare a letto con una donna che ha la metà dei tuoi anni e far colpo con le tue conoscenze! Come hai osato tu!» Lo sguardo di Fiona rimase fisso in quello di lui. Questa volta era lei ad avere il coltello dalla parte del manico, la verità era un'arma efficacissima.

«Non sai di cosa stai parlando», sbottò Harding. In silenzio, Fiona si alzò, tirò fuori da una cartella poggiata sulla scrivania le fotografie di lui e della giornalista e gliele porse. Quando le vide, Williams barcollò.

«Il suo articolo è stato uno dei primi a uscire. Le prove di cui dispongo sono più che sufficienti per me e lo saranno anche per il consiglio di amministrazione. Non mi interessa con chi vai a letto, ma quando le tue amanti iniziano a pubblicare informazioni confidenziali sulla compagnia per cui lavori, informazioni che tu passi loro, allora la faccenda mi riguarda eccome, Harding. Sei un pericolo per questa società e sono certa che gli altri concorderanno con me. Siamo tenuti alla segretezza sul motivo del tuo licenziamento, ma se tu mi forzassi la mano non mi tirerò indietro e parlerò. Non credo che gradirai le supposizioni che gireranno sulla stampa e su Internet circa la ragione del tuo allontanamento. Personalmente non vorrei essere nei tuoi panni.» Fiona parlò senza smettere un istante di guardarlo negli occhi. Entrambi sapevano che la sua era la mano vincente.

«Puttana», sibilò lui infuriato. «Sei solo una puttana!»

«Dillo alla tua amante, non a me», replicò lei gelida. «E a te stesso. Io non lo sono mai stata. Ero una ragazza innocente della quale il tuo amico Jed Ivory si è approfittato. È da allora che mi dai il tormento. Neanche tu mi sei mai piaciuto, ma rispettavo le tue capacità, l'integrità che pensavo avessi, la carriera brillante che hai fatto. E adesso scopro che è tutto falso. Sei un fantoccio, ti pavoneggi per il tuo matrimonio che dura da quarantaquattro anni e parli di moralità quando non sai nemmeno cosa significa. Ti voglio fuori dal consiglio di amministrazione con la stessa velocità che ci metterai a firmare le dimissioni. Sei un pericolo per tutti noi.»

«Non avevi il diritto di farmi pedinare», urlò Harding.

«Non abbiamo fatto niente di illegale. Le indagini sono state condotte nel rispetto della legge, te lo garantisco. Sei stato un idiota a baciarla in pubblico e a dare spettacolo. Se lei fosse stata un'altra persona, non me ne sarebbe importato nulla, per quanto lo trovi disgustoso da parte tua e di basso profilo. Quella che ti porti a letto, però, è una giornalista alla quale hai svelato segreti della compagnia che presiedi, e quelle confidenze sono diventate notizie per i giornali. È questo che fa la differenza.»

«La chiusura di Larksberry sarebbe venuta fuori lo stesso», replicò lui. Entrambi però sapevano che sarebbe stato diverso, se la comunicazione fosse stata fatta a tempo debito.

La fuga di notizie, invece, aveva danneggiato l'immagine della società, aveva fatto in modo che l'opinione pubblica si rivoltasse contro di essa, che i dipendenti si agitassero, che le azioni subissero un contraccolpo. E Harding ne era consapevole. La sua amante aveva usato le informazioni in maniera sbagliata, irresponsabile, e lui le aveva permesso di mettere a repentaglio la stabilità della compagnia perché era innamorato. «Se farai trapelare la notizia alla stampa, adirò le vie legali», la minacciò.

Fiona non si mostrò affatto intimidita. «Non sono calunnie, Harding. Non puoi intentare una guerra contro la verità. La nostra è una difesa inattaccabile. In ogni caso, non accadrà, se ti dimetterai oggi stesso. Potrai rassegnare le dimissioni domani, durante la riunione che si terrà alle nove. Ho indetto un incontro straordinario e mi aspetto che vi prenderai parte. Dopodiché, il capitolo sarà chiuso definitivamente.» Aveva parlato con tono pacato, a differenza di lui. «Risolvi il problema come meglio credi. Puoi farlo in maniera pulita o meno, la scelta è tua. Fossi in te, io uscirei in punta di piedi.»

«Le donne come te non dovrebbero essere a capo di compagnie come questa», ribatté lui con crudeltà. «Non hai idea di quello che stai facendo.» Tuttavia la solidità delle azioni, anche in un momento di incertezza economica, diceva il contrario.

«Non sono io a essere in discussione.» Calma, gli porse la lettera di dimissioni che aveva preparato per lui quella mattina. Harding l'appallottolò e la gettò ai suoi piedi prima di uscire dalla stanza. Fiona non batté ciglio; avrebbe firmato quella che gli avrebbero presentato il giorno seguente perché era l'unico modo per evitare il licenziamento. La sua carriera era giunta alla fine; aveva dato prova di tutta la sua disonestà. Raccolse il foglio da terra e lo buttò nel cestino proprio nell'istante in cui la sua assistente entrò e la guardò con espressione preoccupata. Aveva visto Harding andarsene furioso e lo aveva sentito gridare attraverso la porta chiusa.

«Ha bisogno di compresse per il mal di testa?»

Fiona rise. Non si era mai sentita meglio. Le spiaceva soltanto essersi lasciata tormentare per sei anni ed essersi sentita colpevole per una storia accaduta molto tempo prima.

«No, Angela, non ne ho bisogno, grazie.» Si sedette alla scrivania.

La mattinata proseguì con molti altri impegni e, a fine giornata, prese parte a una riunione con il comitato finanziario. Malgrado tutto, quando arrivò a casa era in forma più che mai e il mattino seguente si presentò ben riposata alla riunione straordinaria del consiglio di amministrazione. Nella sala conferenze erano tutti seduti intorno al tavolo e le rivolsero sguardi inquieti, ansiosi di conoscere il motivo di quella convocazione straordinaria. Qualche secondo dopo, arrivò anche Harding. Avanzò con passo sicuro, rosso di rabbia.

Dopo essersi seduto, si rivolse all'assemblea. «Voglio che ognuno di voi sappia che genere di persona è questa donna», abbaiò sotto gli occhi attoniti dei presenti. Fiona sapeva quello che sarebbe successo, ma non se ne preoccupò: quella era l'ultima battaglia che avrebbe dovuto combattere contro di lui. Harding aveva perso la guerra e di lì a poco anche i membri del consiglio di amministrazione avrebbero saputo la verità. «Ai tempi in cui frequentava Harvard ha avuto una relazione con un professore sposato, seducendolo e convincendolo a lasciare la moglie. Lei è stata la causa del loro divorzio. È una rovinafamiglie, una poco di buono, una che in tutta la sua vita non ha mai avuto un briciolo di moralità.» Gli sguardi dei presenti erano incollati su Harding, che pareva fuori di sé.

Fiona approfittò di una breve pausa per rettificare con voce pacata: «L'uomo di cui parla era già separato quando lo incontrai. Era un amico di Harding. Peraltro, il professore in questione aveva l'abitudine di fare sesso con le sue studentesse e ha divorziato per sposare un'allieva rimasta incinta di lui. Non ero io, anche se il mio cuore fu irrimediabilmente spezzato. Avevo ventiquattro anni, e l'altra soltanto ventidue. Si è approfittato di noi e di molte altre ragazze, prima e dopo. Non è questo il motivo per cui oggi siamo qui». A quelle parole parecchi membri del consiglio si agitarono sulle poltrone. Non avevano gradito le parole di Harding né il modo in cui aveva dipinto Fiona, nella quale avevano piena fiducia sia come persona sia come amministratore delegato. «Siamo riuniti in questa sala perché i nostri investigatori hanno scoperto la fonte della fuga di notizie», proseguì lei, calma. «Mi duole dirvi che si tratta del nostro presidente, Harding Williams. Da circa un anno ha una relazione con la reporter che ha pubblicato per prima la vicenda. Non vi sono più dubbi in proposito; ho fatto preparare una copia del rapporto per ciascuno di voi.» Indicò le cartellette appoggiate sul tavolo. Su ognuna, oltre al timbro CONFIDENZIALE, era riportato il nome del destinatario. Fiona proseguì serafica: «Ieri ho chiesto a Harding di presentarsi nel mio ufficio e gli ho domandato di rassegnare le dimissioni adducendo motivi di salute per evitare uno scandalo che potrebbe interessare la stampa. Non dimentichiamoci che a breve sarebbe stato in ogni caso costretto a recedere dalla carica per sopraggiunti limiti di età. Ma ha rifiutato. Vorrei rifargli la stessa proposta oggi. Nel caso dovesse declinarla, saremo costretti a licenziarlo. Personalmente, non ho preferenze sulla maniera in cui sceglierà di uscire di scena». Si voltò verso Harding che pareva volesse scomparire, seduto sulla poltrona. Aveva smaltito i fumi della rabbia, specie adesso che tutti i membri del consiglio di amministrazione lo guardavano sconvolti. «Harding, hai qualcosa da dire?» chiese Fiona sicura di sé e con tono inflessibile. Tra i presenti si levò un mormorio. Ciascuno prese la sua copia del rapporto.

«Firmerò le dimissioni», rispose Harding alzandosi. Guardò i dirigenti a uno a uno. «Voglio la vostra parola che nulla di quanto accaduto trapelerà alla stampa», aggiunse terrorizzato, e loro annuirono. Non meritava la lealtà che lui stesso non era stato in grado di dimostrare, ma Fiona desiderava soltanto una fine silenziosa. Esporlo alle chiacchiere della stampa avrebbe danneggiato la NTA, e tutti i presenti volevano evitarlo.

«Hai la nostra parola», dichiarò uno dei presenti. Harding guardò Nathan Daniels, il più anziano. Ricopriva la carica di presidente della banca ed era molto rispettato perché faceva parte della società da più tempo di tutti.

«Ve le manderò oggi stesso. Per motivi di salute», confermò prima di uscire senza voltarsi. Nessuna scusa, nessun addio. Seguì un lungo silenzio durante il quale tutti cercarono di elaborare l'accaduto. Era l'ultima persona dalla quale ci si sarebbe aspettato un tradimento o una relazione extraconiugale. Aveva rischiato la reputazione e l'onore per una donna che lo aveva ingannato senza remore.

Fu Fiona a riportarli all'ordine, ricordando che il dovere del consiglio era di nominare un nuovo presidente prima di chiudere la seduta. La NTA non poteva restare senza nessuno al timone. Suggerì Nathan Daniels e la sua candidatura fu approvata all'unanimità.

Una ventina di minuti dopo, uscirono dalla sala conferenze con una copia del rapporto in mano, ancora visibilmente scioccati. Lei tornò nel suo ufficio e chiese al dipartimento delle pubbliche relazioni di stilare la bozza di un comunicato stampa che annunciasse le dimissioni di Harding Williams per motivi di salute e la nomina di Nathan Daniels a nuovo presidente. Nessuno avrebbe dubitato della veridicità delle affermazioni, la stampa non avrebbe interferito e gli azionisti sarebbero rimasti soddisfatti di quella che per tutti era la scelta più ragionevole. All'una, Fiona ricevette le dimissioni di Harding. Il mistero era risolto e la storia definitivamente archiviata. Si era occupata di ogni cosa con competenza, dignità e grazia, come di consueto. Le sarebbe piaciuto provare almeno un po' di soddisfazione, invece si sentiva soltanto sollevata. La sua missione si era conclusa con successo; la società che era stata incaricata di condurre era salva.

13

La prima telefonata che Fiona ricevette dopo le dimissioni di Harding Williams fu quella di Logan Smith. Si chiese se si trattasse di una coincidenza oppure se doveva aspettarsi qualche commento. La risposta all'interrogativo non si fece attendere.

«Era lui la fonte della fuga di notizie?» chiese il giornalista senza nemmeno salutarla. Grazie alla sua perspicacia, Logan era giunto alle conclusioni da sé. Lei però non aveva intenzione di rivelare nulla. Le piaceva quell'uomo, ma non avrebbe divulgato il segreto né a lui né a nessun altro.

«È malato da un po'», replicò con calma, come se non fosse accaduto nulla di particolare. «E in ogni caso sarebbe decaduto dalla carica alla fine dell'anno, vista l'età. Non aveva senso continuare a lavorare questi ultimi mesi considerando le sue condizioni di salute», concluse in tono professionale.

«Non mi pare il tipo di persona che si ritira in anticipo. È di quelli che non lo farebbero nemmeno se avessero un piede nella tomba. L'ho intervistato due anni fa ed è un osso molto duro.»

«Tutti invecchiamo e ci ammaliamo. Persino lui. Siamo molto preoccupati per le sue condizioni, ma appoggiamo la sua scelta. La migliore che potesse fare.» Su questo non mentiva. Eppure Logan era ancora sospettoso. Qualcosa, in quella storia, non gli quadrava.

«Sento puzza di bruciato, Fiona», affermò, ma smise di insistere. «Lo sapeva già, l'altro giorno, quando abbiamo pranzato insieme?» chiese colto da un'improvvisa illuminazione. «Sono soltanto curioso. Non dirò niente a nessuno.»

«Non lo sapevo, me lo ha comunicato qualche ora più tardi.» Anche in questo caso non mentiva. L'investigatore le aveva raccontato nel pomeriggio di aver individuato il colpevole della fuga di notizie. Certo, la decisione non era stata di Harding, ma sua. «Il consiglio di amministrazione si è riunito ieri e ha accettato le sue dimissioni. Williams non è più in grado di far fronte alle proprie responsabilità.» Stava raccontando delle mezze bugie e la cosa non le piaceva. Non avrebbe voluto mentirgli, ma era impossibile rivelargli la verità. Tentò di cambiare argomento, ma Logan non era ancora pronto a mollare.

«La sua avversione per le donne che ricoprono posizioni di rilievo all'interno di un'azienda non è un segreto. Me lo ha confidato lui stesso. E corre voce che ce l'avesse con lei in modo particolare.» L'affermazione aveva un certo peso e si aspettava che Fiona replicasse. Lei lo fece, infatti, ma fu cauta.

«Era un presidente capace», dichiarò con voce cristallina.

«Non parlerà, vero?» replicò Logan, frustrato.

«Mi sta chiamando per avere una notizia o come amico?» fece lei, triste. Non le piaceva essere usata.

«Entrambe le cose», ammise lui. «Lei è la fonte migliore che io possa contattare per questa notizia e qualcosa mi suggerisce che c'è del marcio. È stato tutto molto improvviso. Non è tenuta a parlarmi di quello che è accaduto, ma almeno non mi menta.»

«In tal caso eviti di fare domande alle quali non posso rispondere.» Fiona pareva esausta. Erano passati parecchi giorni da quando avevano pranzato insieme.

«Stia tranquilla, non la presserò.» Logan ammirava la sua integrità e sapeva quanto fosse delicato il suo ruolo. Non era il tipo di donna che gli avrebbe svelato la verità su Harding, e lo sapeva. Stava perdendo il suo tempo. «In verità la chiamavo per qualcos'altro», proseguì lui cambiando argomento. «Ho in programma un'intervista dalle sue parti, domani, e mi chiedevo se volesse cenare con me. Sono stato bene l'altra volta. Che ne dice se ci incontriamo nel bar che frequento di solito quando sono a Palo Alto? Gli hamburger e la birra sono eccezionali, ma il posto è modesto. Prometto di non domandarle altro su Harding Williams, ha la mia parola. Saremo solo due amici che si vedono per mangiare un boccone.»

Fiona scoppiò a ridere. Erano anni che non riceveva un invito del genere.

«In tal caso va bene», disse dopo un attimo di esitazione. Era stata sul punto di rifiutare, ma trascorrere una serata diversa sarebbe stato divertente, e poi non aveva progetti. Senza contare che dalla fine delle vacanze si sentiva sola quando rientrava a casa. «Soltanto, potremmo anticipare un po'? Ho avuto una lunga settimana.»

«Lo immagino», disse Logan in tono comprensivo. Era certo che qualsiasi cosa avesse indotto Williams a rassegnare le dimissioni doveva essersi ripercossa negativamente anche su di lei. Era Fiona, infatti, che prendeva le decisioni più difficili. «Anch'io ho avuto una settimana intensa. Alle sei è troppo presto?»

«Sarebbe perfetto», confermò, poiché così non avrebbe avuto difficoltà a tornare a casa a un orario decente. Erano secoli che non usciva per una birra e un panino con un amico, e stare con lui era un piacere. Aveva ancora intenzione di presentarlo alla sorella; sarebbe stato l'ideale per lei, nonostante i dieci anni di differenza.

Logan le comunicò il nome e l'indirizzo del bar, poi la salutò. Fiona pensò soddisfatta al fatto che la stampa e Internet avessero accolto la notizia delle dimissioni di Harding per motivi di salute senza battere ciglio. Vi era stata qualche velata illazione, ma nessuno immaginava il legame tra l'uomo e la fuga di notizie di due mesi prima. La vicenda era risolta in maniera definitiva. Il resto della giornata trascorse tra una riunione e l'altra per risolvere le complesse questioni che l'essere alla guida di una società come la NTA implicava.

Quella sera, rientrata a casa, fece una lunga nuotata in piscina per rinvigorirsi e scrollarsi le tensioni di dosso. Poi chiamò Alyssa che si trovava a Tahoe, dai Weston, e la figlia le raccontò come stava andando la sua vacanza. Conclusa la conversazione, Fiona andò a dormire, stanchissima.

***

Alyssa, tuttavia, non aveva raccontato alla madre che l'atmosfera in casa Weston non era come se l'era aspettata. Il nervosismo era palpabile. Erano tutti cortesi e piacevoli, ma vi era una forte tensione tra i genitori di John, che metteva a disagio. Durante una passeggiata serale al molo, il ragazzo le aveva confidato che la situazione era cambiata da quando il padre era stato accusato di molestie sessuali. Sebbene lo scandalo fosse rientrato e la donna che lo aveva provocato avesse raccontato soltanto falsità, i genitori ne avevano risentito profondamente.

«Mia madre ha sempre creduto all'innocenza di mio padre», disse John. «Sono sicuro, però, che è molto turbata perché adesso chiunque può fare illazioni di questo e altro genere. È molto nervosa da quando è successo. Mia sorella, poi, non contribuisce a migliorare l'atmosfera e cerca sempre pretesti per litigare con entrambi. Ha detto a papà di essere convinta che il tradimento ci sia stato davvero. Non gli crede. Lui, naturalmente, si è arrabbiato e questo è motivo di discussione anche con la mamma. La situazione ritornerà normale prima o poi, ma loro non sono più le stesse persone.» Tuttavia le confidò anche i suoi peggiori timori. «Di solito vanno molto d'accordo, ma ultimamente papà è sotto pressione per il lavoro. Suppongo che per tua madre sia uguale, dato che ha lo stesso ruolo di mio padre. So che non ha senso quello che sto per dirti, ma temo che stiano pensando al divorzio. Tutti i miei amici hanno genitori separati, te compresa.»

Alyssa era abituata a quella condizione, visto che i suoi si erano lasciati quando aveva tredici anni. E ora le dispiaceva che il fidanzato fosse così preoccupato. Era addirittura ansioso di tornare all'università per scappare da tutto. Quando il fratello maggiore tornava a casa, poi, l'atmosfera si faceva rovente. Tom e Marshall litigavano su tutto; e anche il maggiore era convinto, come Lindsay, che il tradimento ci fosse effettivamente stato.

«La famiglia perfetta, eh?» ironizzò con profonda tristezza mentre sedevano sul molo, i piedi immersi nell'acqua fredda. Alyssa lo guardò dispiaciuta. Lo amava e desiderava stargli accanto.

«Non esistono famiglie perfette», commentò appoggiando la testa sulla spalla di John e lasciando che lui la circondasse con un braccio. «I miei litigavano tutto il tempo. Papà odiava il fatto che mamma lavorasse e avrebbe preferito che rimanesse a casa con noi. Ecco perché lei ormai non esce più con nessuno. Vuole soltanto stare tranquilla. Ogni tanto mi preoccupa saperla da sola, specialmente adesso che siamo via. Però sono convinta che il comportamento di mio padre l'abbia dissuasa dallo sposarsi di nuovo o dall'avere un compagno. Lui critica tutto e continua a farlo ogni volta che ci vediamo. Ha sempre una parola cattiva nei suoi confronti.» Anche Alyssa parlò in tono mesto. Il pessimo rapporto tra i genitori era per lei fonte di continua amarezza.

«I miei non litigano spesso, mamma però è nervosissima da quando è saltata fuori quell'accusa. Vuole sempre che sia tutto perfetto per noi, e per lui, ma è impossibile. Ha chiesto a papà di passare un mese al lago, ma lui ha rifiutato. Anche quest'anno niente vacanze, solo weekend con noi. Senza contare che ogni settimana deve trascorrere qualche giorno a Los Angeles. Non è facile essere un amministratore delegato affermato. Piuttosto sceglierei di condurre una ditta tutta mia anziché una grande società, come fanno i nostri genitori.» Con il passare del tempo, si rendeva conto del prezzo che bisognava pagare per il successo.

«A me invece piacerebbe», dissentì Alyssa con un sorriso. «Lo trovo eccitante. Adoro il suo lavoro e anch'io, un giorno, sarò a capo di una grande compagnia.»

«Sì, ma se dovessi rimanere da sola, quale sarebbe il riscontro positivo? Preferirei avere un matrimonio solido e una casa piena di figli.» John la guardò con un risolino.

«A me ne basterebbero due. Come mio fratello e me.»

«Io pensavo a cinque o sei», la prese in giro il ragazzo. «Immagina se tutti fossero come mia sorella... Mi sparerei. Scommetto che passa il tempo a escogitare come rompere le scatole a mamma e papà. Ha già annunciato a mio padre che a diciotto anni si farà un tatuaggio.»

«Immagino i salti di gioia», rise Alyssa. Lindsay le era simpatica, nonostante il suo spirito ribelle; era ancora una ragazzina, e presto sarebbe migliorata di sicuro.

«Mamma sostiene che non lo farà mai, ma vedrai che il giorno in cui diventerà maggiorenne si presenterà con un tatuaggio orribile.» La sorella di John era peggiorata da quando il padre era stato accusato di molestie sessuali; trascorrere qualche giorno a Malibu dai Carson era stato un sollievo per il ragazzo. La famiglia di Alyssa era molto più accogliente e la padrona di casa più rilassata di suo padre, e molto più amorevole con i figli. Le circostanze avevano fatto sì che Liz si sentisse ancora più sotto pressione e cercasse di essere perfetta tanto per il marito quanto per i figli.

Stare in famiglia, per John, non era più divertente, sebbene la situazione migliorasse quando il padre rientrava per il weekend. Il ragazzo aveva comprato una moto d'acqua, e Liz era entrata in ansia temendo un possibile incidente. Anche l'uso della barca era diventato fonte di litigio tra i genitori. Fu soltanto quando Marshall arrivò a Tahoe per il fine settimana che John ebbe il permesso di portare Alyssa in barca e trascorrere una piacevole giornata pescando. Ormai dai Weston ci si divertiva di rado. L'acqua del lago Tahoe era gelida come l'atmosfera che regnava in casa. Quella notte Alyssa sentì il signor Weston e sua moglie litigare per l'uscita in barca.

«È troppo pericoloso. Ogni giorno si sente di qualche incidente. La gente muore. E se dovesse accadergli qualcosa?» Liz ormai si preoccupava di tutto.

«Per l'amor del cielo, Liz! Nostro figlio è un ragazzo responsabile. Non puoi trattarlo come se avesse cinque anni. Ci sono cose molto più pericolose che andare in barca.»

«Che c'entra!» La moglie cercò di spiegare le proprie ragioni, ma lui non volle saperne. Quella sera, quando andarono a letto, non poté fare a meno di chiederle cosa stesse succedendo e lei scoppiò a piangere. Piangeva continuamente da due mesi a quella parte. Era come se vivesse in un perenne stato di choc per ciò che era accaduto. La donna forte e affidabile in ogni circostanza adesso sembrava andare in pezzi.

«Che ti succede, tesoro?» le chiese con delicatezza, mentre lei gli si aggrappava addosso, in lacrime.

«Non lo so», rispose sincera. «Ho sempre paura che possa succedere qualcosa di terribile a te, ai ragazzi, a Lindsay.»

Il suo mondo era stato scosso; credeva al consorte, ma la perseguitava l'idea che Marshall potesse avere un'avventura. Prima non se n'era mai preoccupata, adesso invece si sentiva vecchia e brutta. C'era mancato poco che Megan Wheeler, la malizia fatta persona, posasse le grinfie sulla sua vita perfetta. Nulla le sembrava più sicuro come un tempo. Era angosciata persino che al marito accadesse qualcosa a Los Angeles, o che il jet della compagnia potesse precipitare. Era sopraffatta da un malessere acuto ma non specifico.

«Forse dovresti andare da un dottore», le suggerì Marshall preoccupato, continuando a tenerla tra le braccia. Liz era sempre agitata e lui non riusciva a calmarla. Probabilmente si era ammalata.

«Voglio aspettare di vedere come sarà una volta che rientreremo a casa nostra», rispose lei. Marshall, inquieto, si chiedeva cosa le stesse succedendo. Era sempre stata la sua roccia, la persona sulla quale contare e, improvvisamente, stentava a reggere il peso della quotidianità. Era un sollievo per lui rientrare in città dopo il weekend e allontanarsi per qualche giorno.

A Malibu le cose non andavano meglio. Anche Ashley era depressa. L'incidente con Megan Wheeler aveva acceso in lei il dubbio che, se avesse voluto, Marshall avrebbe potuto tradirla di nuovo, anche solo per una notte. E poi era ossessionata da Liz, da quando l'aveva vista in televisione. Era insofferente nei confronti della doppia vita del compagno e non era più disposta ad aspettare la partenza di Lindsay per il college. Pretendeva che Marshall lasciasse immediatamente la moglie e andasse ad abitare con lei e le bambine, e glielo ripeteva ogni volta che ne aveva l'opportunità.

«Non posso aspettare un altro anno», singhiozzò a colazione. Lui, conteso fra due donne in lacrime, si sentiva come una pallina da ping-pong. Con Liz cercava di essere paziente, ma Ashley era troppo insistente. Così capitava spesso che sfogasse la sua rabbia con la compagna peggiorando le cose.

«Non posso vivere così!» gridò una mattina dopo che le bambine furono uscite. Si era trattenuto fino a quel momento per evitare di arrabbiarsi di fronte a loro, ma era necessario che Ashley fosse più comprensiva. Era una donna adulta e le circostanze non erano nuove per lei. «Liz è sull'orlo di un esaurimento nervoso. Non riuscirei a sopportare la stessa situazione anche con te.» Disperato, si passò una mano tra i capelli. Per tutta risposta, Ashley scoppiò in lacrime e corse a rifugiarsi in camera. Era stufa di sentire parlare di Liz. Quando la raggiunse, mezz'ora dopo, la trovò singhiozzante sul letto e non seppe come comportarsi. Lo stavano facendo impazzire; nessuna di loro due era più sicura di lui. La vita tranquilla che aveva condotto fino a quel momento era andata in pezzi. Non importava che si trovasse a casa propria o a Los Angeles, perché ovunque fosse si sentiva a disagio. Passava da una donna infelice a un'altra. Lindsay, poi, non gli parlava più da mesi. Le gemelle lo consideravano un eroe, ma erano rimaste le uniche. Ashley lo accusava di esserle stato infedele e Liz viveva nella paura costante di un tradimento. Marshall non aveva nessuno con cui sfogare la pressione continua alla quale era sottoposto. Il nervosismo lo portava a gridare con chiunque. Persino concentrarsi sul lavoro era diventato complicato, sebbene rimanere in ufficio fosse per lui un sollievo.

«Ashley, calmati», la supplicò. Si augurava un miglioramento tra loro molto più di quanto lo volesse con la moglie. Liz era un dovere, mentre Ashley il suo sogno. «Devi avere fiducia in me. Ti giuro che le cose si sistemeranno entro un anno e che avrai tutto quello che desideri. Se però lasciassi Liz adesso i miei figli non me lo perdonerebbero mai. Aspetta che Lindsay vada al college e dopo esaudirò ogni tua aspirazione.» Marshall sapeva che la compagna non gli credeva più, e la vicinanza con Bonnie non aiutava. Raramente facevano l'amore e lui non desiderava altro che ritornare a com'era stata la loro relazione negli ultimi otto anni. Ashley voleva di più. Voleva tutto, voleva una vita da trascorrere pienamente al suo fianco.

Rientrato a casa per il weekend sul lago, il venerdì seguente, scoprì che la moglie e la figlia avevano litigato e non si rivolgevano più la parola. Si versò un drink e andò a sedersi sul molo. Una lacrima gli scivolò sulla guancia: la sua vita era un disastro ed era quasi impossibile trovare un rimedio. Pensò a quanto avesse scosso il mondo tranquillo di Liz. Megan Wheeler aveva distrutto la vita di sua moglie e nulla sarebbe più tornato come prima. Neppure la sua ammissione di colpevolezza nei confronti di Ashley – seppur minima – aveva risolto i problemi con lei. Si chiedeva se non sarebbe stato forse meglio tacere del tutto. Era necessario che le acque si calmassero per tornare alla normalità, quella normalità di cui tanto aveva bisogno. Entro un anno, quando la figlia si fosse diplomata, avrebbe potuto riflettere sul suo rapporto con Liz. Però sapeva che qualunque decisione avesse preso, la vita di una delle due donne – e di conseguenza la sua – sarebbe andata distrutta. E questa era l'ultima cosa che desiderava, perché aveva bisogno di entrambe.

Adesso invece si sentiva soffocare. Anche andare a Los Angeles non era più rilassante; Ashley non lo accoglieva più a braccia aperte, non si precipitava a letto con lui. Il suo umore era incostante: certe volte lo accusava, altre lo opprimeva con richieste continue. Non era più la stessa donna da quando lo aveva visto in televisione con la moglie.

Rimase seduto sul molo, gli occhi puntati verso il lago, il bicchiere stretto in una mano, a chiedersi cosa fare. La sua vita era stravolta. Voleva fuggire, lasciarsi alle spalle entrambe. Ashley gli parlava delle sue responsabilità verso di lei e le bambine, di certo su suggerimento dell'amica Bonnie, che stava spessissimo con lei e che non lo aveva mai sopportato. Liz invece insisteva affinché trascorresse più tempo in famiglia e gli aveva persino proposto di seguirlo a Los Angeles in autunno, se avessero trovato qualcuno a cui affidare la figlia minore. La sola idea gli procurava un attacco di panico. Quelle due donne erano le parti di una ganascia che stava stritolando inesorabilmente il suo mondo.

Appena finì il drink, si tuffò nel lago. L'acqua fredda gli procurò una sensazione di piacere. Nuotò un po' prima di ritornare a riva.

A casa, Liz e Lindsay avevano ripreso a discutere e avevano entrambe il muso. Marshall le oltrepassò senza dire una parola e salì le scale per rifugiarsi in camera. Si chiuse la porta alle spalle e si sdraiò sul letto abbassando le palpebre, cercando di non pensare. Il suono di un messaggio sul telefonino lo riportò alla realtà. Era Ashley. Benché sapesse di non doverlo contattare, certe volte non rispettava le regole e quelle eccezioni negli ultimi tempi si stavano facendo sempre più frequenti. Probabilmente era un modo per pressarlo. Guardò il display: «Ti amo. Ci manchi». Cancellò il messaggio e richiuse gli occhi tentando di dormire. La sua mente, però, si concentrò sulle gemelle, su Ashley, e su quanto fosse bello dormire con lei. Il martedì sarebbe tornato a Los Angeles e si augurava che quella sarebbe stata una settimana migliore. Forse alla fine dell'estate la situazione si sarebbe appianata. Tutto quello che voleva era soltanto un po' di pace.

14

Il venerdì pomeriggio, Fiona si presentò puntuale all'appuntamento. Il bar era esattamente come Logan lo aveva descritto, un localino senza pretese, pieno di studenti della Stanford e con qualche impiegato che dopo il lavoro si era fermato per bere una birra prima di rientrare a casa. L'interno era immerso nella penombra. Scorse il giornalista seduto a un tavolo in un angolo, e sorrise fra sé. Di solito frequentava altri tipi di posti, ma essere lì in quel momento la faceva sentire giovane e spensierata. Indossava un tailleur pantalone e una camicetta di seta con le maniche arrotolate, ma aveva lasciato la giacca in macchina. Prima di arrivare al locale aveva tolto le scarpe con il tacco e messo un paio di ballerine, e aveva sciolto lo chignon lasciando che i capelli biondi le ricadessero sulle spalle. In quel modo avrebbe corso meno il rischio di sembrare la madre di uno degli studenti presenti. Non sarebbe potuta apparire più casual di così, visto che era appena uscita dal lavoro. Si avviò con passo rilassato verso Logan, che alzò gli occhi dal giornale e sorrise.

«Benvenuta!» la accolse, felice di vederla. Indossava una

camicia azzurra con le maniche arrotolate e un paio di jeans. «Ha avuto difficoltà a trovare il posto?»

«Nessun problema. Come sta?» Fiona si lasciò scivolare sulla sedia. Un'immediata sensazione di benessere si fece strada in lei e si sentì come se con Logan stesse nascendo un'amicizia. Jillian le consigliava in continuazione di circondarsi di persone, di vivere in maniera meno strutturata, di bilanciare le enormi responsabilità che gravavano sulle sue spalle. Come al solito, aveva ragione. L'uomo che aveva di fronte iniziava a piacerle e sarebbe potuto essere un buon amico, se non l'avesse pressata per avere informazioni sull'azienda. Il reporter, dal canto suo, le aveva assicurato che avrebbe messo da parte il lavoro durante i loro incontri, e Fiona non avrebbe esitato a ricordargli quella promessa se ce ne fosse stato bisogno.

«Sto bene, grazie, e sono contento che sia finalmente venerdì.» Sorrise sollevato. «Com'è andata la giornata?»

Fiona si sorprese a pensare con piacere quanto fosse nuovo, per lei, quel genere di domanda. Sperò che l'interessamento di Logan fosse sincero e che non stesse tentando di dirottare la conversazione sul lavoro; ma decise di essere onesta con lui, proprio come due amici che si vedevano per bere qualcosa. Anche quella situazione era un po' fuori dall'ordinario. Di solito i suoi impegni sociali erano più formali: incontri di lavoro – necessari ma non molto divertenti – oppure cene con vecchi nemici, alle quali non partecipava spesso perché era da sola o perché si sentiva sfinita dopo una lunga settimana. Adesso invece la situazione era del tutto differente.

«Molto impegnativa, se devo essere sincera, e sono contenta che sia venerdì. Ho proprio bisogno di due giorni di totale libertà. E la sua?»

«Interessante, direi. Ho appena intervistato un giovane imprenditore molto particolare. Harvey Eckles. A soli ventitré anni ha già guadagnato il suo primo miliardo di dollari grazie a Internet. Sembra uno sprovveduto, in realtà è un genio. Parlare con lui è stato come incontrare Einstein. Non ho capito una parola di quello che ha detto, e ciò spiega perché lui è riuscito a fare soldi a palate e io no. Ma è stato comunque fantastico.» Le sorrise, rilassato.

«Il suo dev'essere un lavoro affascinante. Durante il college ho fatto un breve stage presso la redazione di un giornale, ma ho scoperto di non essere capace di scrivere nulla di interessante, a parte rapporti di lavoro. Mi sono beccata un'insufficienza in scrittura creativa, il peggior voto mai avuto in tutta la mia carriera scolastica.»

«Mi è capitata la stessa cosa in giornalismo, ed è stato proprio questo a farmi decidere che sarebbe stata la mia professione. E ora non posso lamentarmi dei risultati. Probabilmente aveva troppo talento pure lei.» Scoppiarono a ridere e intanto la cameriera li raggiunse al tavolo. Logan chiese un cheeseburger con sopra tutto il possibile e Fiona un semplicissimo panino e patatine fritte. Logan prese una birra e Fiona una Coca light. «Mi dica, Fiona, cosa fa di bello nei weekend?»

«Lavoro», dichiarò con un sorriso, consapevole del controsenso. «È vero, purtroppo. Mi porto a casa parecchi documenti. Se non facessi così non riuscirei a tenere il passo. Ho troppe interruzioni, in ufficio, e tra un appuntamento e l'altro non ho il tempo di fare tutto. Quando i miei figli tornano a casa mi dedico completamente a loro, ma ormai avviene sempre più di rado. Si potrebbe dire che riempio il vuoto con il lavoro», ammise. Logan non smise mai di fissarla mentre parlava, e si accorse della tristezza che velava i suoi occhi al solo nominare i figli. Di sicuro non aveva un compagno, altrimenti non sarebbe uscita a cena con lui e non avrebbe trascorso i weekend tra le scartoffie. Conosceva fin troppo bene quei sintomi; anche lui spesso lavorava il sabato e la domenica, e durante le festività e le vacanze non c'erano figli a riempire il vuoto, soltanto amici. Si chiese se fosse sufficiente.

«Come ha fatto a crescere i ragazzi e ad avere una carriera così brillante?» Molte donne di sua conoscenza non c'erano riuscite e si ritrovavano con figli ribelli e pieni di risentimento nei loro confronti, oppure sole e disperate per non aver scelto la maternità quando avrebbero potuto. Da ciò che Fiona gli raccontava, aveva l'impressione che i suoi ragazzi fossero persone equilibrate, affettuose e presenti.

«Sono un bravo giocoliere», gli confidò lei. «Rispondevo alle chiamate quando pórtavo Alyssa a danza e ho assistito a quasi tutte le partite di football di Mark, naturalmente con il BlackBerry in mano. Poi, la sera, dopo averli messi a letto, lavoravo. Non dormivo un granché, a quei tempi.»

«Margaret Thatcher riposava tre ore a notte quando era primo ministro», la informò lui. «Le persone che dormono poco, al contrario di noi che ronfiamo otto ore, conquistano il mondo. Io sono distrutto se non mi faccio le mie sette ore canoniche, e ciò spiega perché resterò sempre un misero reporter mentre lei gestisce una delle più grandi compagnie americane.»

«Già. Ci sono però un sacco di cose che non sono in grado di fare. Moltissime. Negli sport sono una schiappa. L'unico nel quale mi difendo è il tennis. Gioco con mia sorella, che invece è fantastica. Cucino malissimo, a giudicare da quello che dicono i miei figli. Mark è più capace di me ai fornelli e secondo il mio ex marito ero una moglie orribile con la quale ha perso quasi vent'anni della sua vita. La sua attuale consorte a Natale si dedica al bricolage, cucina favolosamente e non ha mai lavorato. Suppongo di essere partita con il piede sbagliato fin dall'inizio. Grazie al cielo abbiamo avuto dei figli meravigliosi», concluse felice.

«Chiamerò quella donna quando dovrò decorare l'albero. Non credo che il fatto di creare degli addobbi natalizi renda una donna una buona moglie, Fiona. Chi ha sposato suo marito, Martha Stewart?» Lei scoppiò a ridere ma tornò seria subito dopo.

«No, solo una persona che detesta il mondo degli affari esattamente come lo odia lui. Credo che si divertano insieme. Per noi due non è mai stato così. Ero troppo impegnata a cercare di essere la moglie e la madre perfetta e al tempo stesso di lavorare al meglio per la società nella quale ero assunta. È stato molto stressante, davvero.»

«Non tutti i matrimoni sono perfetti. Prenda mia moglie, per esempio. Mi avrebbe fatto vivere per sempre a Salt Lake City dove io avrei lavorato nella tipografia del padre mentre lei avrebbe sfornato un bambino dopo l'altro. Facciamo tutti scelte stupide, da giovani. Altri le fanno anche quando sono più maturi. Una decina d'anni fa, ho avuto una relazione di circa quattro con una donna. Un rapporto senza impegno, libero, più di quanto io avessi immaginato. L'ho trovata a letto con almeno tre dei miei amici. Era convinta che la monogamia fosse innaturale per la specie umana. Io invece avevo ancora qualche dubbio in merito, il che – lo ammetto – rappresenta un mio limite. Adesso convive con il mio migliore amico, hanno due figli ma non si sono mai sposati. Pare che questo legame funzioni benissimo. Ognuno ha le proprie idee su come far funzionare una relazione. Il trucco consiste nel trovare chi le condivide, oppure chi è compatibile con esse. Io non sono stato capace e, come lei, lavoro troppo. La mia ultima compagna sosteneva che sono dipendente dal lavoro. Come darle torto? Viaggio molto, vado a caccia di storie. Ero in Sudafrica da sei mesi quando ho iniziato a intervistare Mandela e mi sarebbe piaciuto restarci più a lungo. Adoravo quel Paese. Mi piace spostarmi per scrivere e lo faccio ogni volta che ne ho l'occasione. Aggiunge un po' di pepe alla mia vita.»

«Io viaggio esclusivamente per lavoro», affermò Fiona con espressione dispiaciuta. «I miei figli vorrebbero che andassi con loro da qualche parte più lontano, ma o non ne ho il tempo oppure è troppo complicato o, peggio, sono davvero stanca. Continuo a promettere che li porterò in Giappone, ma finora non è successo. Magari uno di questi giorni...» Dal suo sguardo, sembrava avere la certezza che il progetto non si sarebbe reallizzato molto presto. «In questo mia sorella mi batte. Al momento è in Toscana, da amici.»

«Oh, certo, e da quanto mi ha detto non è al timone di una multinazionale né ha figli. La differenza è sostanziale. Non so come faccia a destreggiarsi, Fiona. Scommetto che non era affatto una moglie orribile, indipendentemente dall'opinione del suo ex marito.» Aveva intuito il lato perfezionista di Fiona, la sua tendenza a dare il massimo in tutto. Se così non fosse stato, non avrebbe ricoperto l'incarico che aveva e non avrebbe avuto dei figli con basi tanto solide.

«Grazie per la fiducia. Ma credo che il mio ex marito potrebbe avere ragione. Ce l'ha ancora con me anche se adesso è sposato con... Martha Stewart.» Da adesso in poi quell'etichetta avrebbe contraddistinto la nuova consorte di David.

«È patetico tenerle ancora il broncio dopo... quanti anni sono passati?»

«Sei.»

«E lei? C'è qualcuno d'importante nella sua vita?» Si comportava come un giornalista persino quando era a una cena di piacere. Voleva sapere tutto di lei. Anche a Fiona piaceva avere informazioni su di lui, lo reputava un uomo cordiale, apparentemente senza segreti e sembrava essere a proprio agio con se stesso. Sapeva chi era e come comportarsi con il prossimo.

«No», gli rispose con franchezza. «All'inizio ho avuto parecchi appuntamenti al buio, tutti organizzati da amici addolorati per la separazione da mio marito. E sono state esperienze orribili. Molti inorridivano quando sapevano che ero amministratore delegato di una grande società, e forse immaginavano che fossi una poco di buono o una strega. Le uniche persone disposte a frequentarmi sono sorde, mute o cieche... o magari tutte e tre le cose insieme... oppure uomini appena usciti di prigione. A dire il vero, non ho proprio tempo per queste cose. La mia vita va bene così com'è.»

«E com'è?» domandò interessato. La considerava una donna fantastica ed era certo che chi non si accorgeva delle sue qualità commettesse un grande errore. Riguardo all'ex marito, da quanto poteva capire era un perdente.

«Tranquilla, impegnata ed equilibrata. Fatta apposta per me.» Ne era convinta. «Nessuno mi rinfaccia i miei sbagli, nessuno mi odia per la carriera che ho o mi dice che non valgo nulla. Non credo che si possa avere una relazione o un matrimonio con una carriera come la mia. Ho provato, ma non è andata bene. Non esistono uomini che accettino di stare con una donna professionalmente più importante di loro o che guadagna di più, e se esistono sono rarissimi. David mi ha dato il tormento per diciassette anni, non me la sentirei di ricominciare. È stato umiliante fingere che non lo fosse. Ma lo era, eccome se lo era. Perché dovrei rimettermi in gioco?»

«Non tutti gli uomini sono stupidi come il suo ex marito», replicò lui senza girarci troppo intorno, «o hanno un ego così fragile. Una persona soddisfatta di sé dovrebbe essere in grado di rispettarla per la sua carriera, anziché punirla. Quanto a una nuova relazione, cosa avrebbe da perdere se ci riprovasse?»

Fiona sperò che non si stesse proponendo. Non desiderava alcun coinvolgimento; era soddisfatta della sua esistenza indipendentemente dal fatto che la sorella la punzecchiasse sempre sull'opportunità che si trovasse un uomo. Quel genere di cose andavano bene per Jillian, non per lei.

«Se m'imbarcassi in una nuova relazione, potrei perdere il cuore, la mia sanità mentale e il mio tempo, tutte cose alle quali sono molto affezionata. Senza contare l'autostima. Non ha idea di come mi sia sentita quando il mio matrimonio è naufragato. Ci sono voluti sei anni per riprendermi. Non sono disposta a ricominciare per nessuno. Perché dovrei? Lo ripeto: con una carriera come la mia, qualunque relazione sarebbe destinata a fallire. Un uomo di successo è visto come un eroe, ma per una donna è diverso, tutti ti guardano con sospetto. Lei lo sa che non è per niente sexy essere l'amministratore delegato di una grande società? Le persone la trattano come se fosse un uomo travestito.»

«Se questo è un travestimento, non ha funzionato.» Logan sorrise, malizioso, guardando i suoi lunghi capelli biondi che, sciolti sulle spalle, la ringiovanivano. «A me pare proprio una ragazza.» Intervistava gente come lei ogni giorno e sapeva quello di cui parlava. Aveva incontrato centinaia di donne di successo ma non si era mai fatto ingannare dall'aspetto fisico. A lui interessava la persona, non il maschio o la femmina, non il titolo stampato sulla targhetta attaccata alla porta, non l'importanza che l'intervistato pensava di avere. Fiona gli piaceva per ciò che era e sarebbe potuta essere un'ottima amica, se avessero avuto l'opportunità di trascorrere del tempo insieme. Frequentandola, avrebbe potuto anche farle acquisire maggiore sicurezza di sé, perché si sottovalutava molto. «Non mi trova d'accordo, Fiona. Come mi ha detto lei stessa, se può avere una famiglia e una carriera, può avere anche una relazione. Io non ho trovato la persona giusta, o forse non l'ho cercata veramente, ma so che è da qualche parte qua fuori. Non ha smesso di essere una donna nel giorno in cui è diventata amministratore delegato, e non credo che debba scegliere l'una o l'altra cosa.»

«Non ho il tempo per cercare la persona giusta, e in tutta onestà non credo di volerlo. Basta complicazioni. A quarantanove anni mi sento vecchia per cose del genere.»

«Sciocchezze. E se arrivasse a novanta? Vuole trascorrere i prossimi quarant'anni da sola? A me sembra una prospettiva molto triste.»

Per lei, al contrario, erano stati i diciassette anni di matrimonio con David quelli tristi. E non era più disposta a correre quel rischio. Da quando aveva divorziato, la sua vita era infinitamente più felice.

«Forse alcune persone non sono fatte per vivere in coppia. Penso di essere una di quelle.»

«Ha soltanto riportato ferite di guerra. Se lo desidera davvero, uno di questi giorni troverà l'uomo giusto.»

«Non voglio», rispose decisa Fiona. «Non ci sono file di corteggiatori per una donna nella mia posizione. È un rischio del mestiere. La controparte maschile sembra divertirsi un sacco, mentre a noi tocca solo il lavoro.» Proprio come nella vita reale.

«È una brutta divisione del lavoro quella in cui la bilancia pende soltanto dal lato negativo. È vero che gli uomini si divertono un mondo, ma guardi in che guai si vanno a cacciare: ragazzine, pornostar, ricatti, pubbliche scuse; devono sempre ingraziarsi qualcuno per togliersi dalle pastoie nelle quali si sono impegolati. A me non sembra divertente.»

Fiona scoppiò a ridere. «Neanche a me, in effetti. Proprio com'è successo a Marshall Weston, un paio di mesi fa. Ne è uscito piuttosto in fretta. Non sempre le cose vanno in quel modo, con la persona che accusa pronta a ritrattare nel giro di poche ore. La questione è stata chiusa in fretta; quell'uomo ha avuto una gran fortuna.»

«Scommetto che non è stato facile nemmeno per lui. Dio solo sa i contorsionismi che lui e i suoi hanno dovuto fare per sganciarlo dall'amo. So che sono stati presi degli accordi, ma i termini rimangono confidenziali. Devono aver sborsato una fortuna.»

«Fa un ottimo lavoro per la UPI», replicò Fiona sincera, sperando di cambiare argomento. «È un bravissimo amministratore delegato.»

«Un tipo tranquillo. L'ho intervistato.» Lo aveva conosciuto e non gli era piaciuto; era così mellifluo da rendere quasi impossibile farsi un'idea di come fosse veramente. Logan detestava quei tipi. Era come cercare di guardare attraverso un muro. La donna che aveva di fronte, invece, era una persona aperta, onesta e trasparente. Lei gli piaceva, e se prima l'aveva ammirata adesso che stava iniziando a conoscerla meglio la apprezzava ancora di più. Gli sarebbe piaciuto diventare suo amico se glielo avesse concesso, ma non ne era ancora sicuro. Era molto cauta con la sua vita privata, e gelosa del poco tempo a disposizione che aveva.

«Ho incontrato sua moglie quando l'ho intervistato nella loro residenza a Ross», proseguì Logan. «È una di quelle perfette mogli dei capitani d'industria, quelle che fanno tutto giusto, che non si mettono mai troppo in evidenza, che non si riesce a decifrare fino in fondo. Si è comportata come un perfetto robot, una macchina costruita a uso esclusivo del marito per andare incontro a ogni sua necessità. Le donne così mi rendono nervoso. Immagino sempre che un giorno possano perdere il controllo, dar di matto e sbottare, dopo anni di vita vissuta come un automa e non come un essere umano.»

Ripensandoci, Fiona dovette ammettere che Liz le era

parsa molto tesa accanto al marito, in occasione della conferenza stampa mandata in onda dalla televisione.

Lei stessa aveva incontrato molte donne come Liz Weston nel corso della sua carriera, donne con le quali non aveva nulla in comune. La loro era una vita dedicata alle necessità dei compagni. Il loro successo si misurava sulla base di quello dei mariti. Una vita da vassalli secondo la sua opinione, priva di identità e di mete da raggiungere. Per lei sarebbe stato impossibile accettarlo. Quelle donne possedevano soltanto il matrimonio e lo status che ne derivava. Un brivido le attraversò la schiena: per anni si era impegnata nel cercare di rendere felice David, senza però mai pensare di mettere da parte se stessa o i propri sogni. Aveva fallito e aveva incassato il colpo. Il matrimonio non era più un'opzione per lei. Non desiderava un marito che la appoggiasse soltanto a parole. Quel ruolo era appannaggio esclusivo delle donne. Le donne in carriera erano destinate a stare da sole. Era la natura delle cose, il prezzo da pagare per il successo. Fiona era destinata a farsi carico dei propri oneri, a combattere le sue battaglie senza nessuno accanto; ormai non immaginava una vita diversa da quella.

«Le piace il baseball?» Logan cambiò argomento a metà dei loro hamburger. Non era sua intenzione coinvolgerla in una discussione sulle relazioni sentimentali, era semplicemente accaduto; lei aveva accettato di parlarne con altrettanta franchezza, e questo lo aveva stupito.

«Sì. E anche il football, sebbene non vada mai a vedere le partite.»

«Mi faccia indovinare: mancanza di tempo? Nessuno con cui andare?» scherzò lui. «Be', se è disponibile posso offrirle un cambiamento almeno da questo punto di vista. Sono un fanatico del baseball e ho dei biglietti per il campionato. Vuole venire con me, un giorno di questi?»

A Fiona allettava la possibilità di diventare sua amica e sapeva che anche la sorella avrebbe approvato.

«Perché no?» disse con un sorriso.

«Perfetto. Le ricorderò l'impegno. Che ne dice del prossimo sabato? La squadra per cui tengo giocherà in casa.» Fiona fece di sì con la testa ascoltandolo snocciolare diverse statistiche per impressionarla.

«È un fan sfegatato», commentò incuriosita.

«Adoro il baseball da quando ero bambino. Sognavo di giocare da professionista, ma non ho avuto fortuna. Però lo seguo con interesse.» Era felice di aver trovato una scusa per rivederla la settimana successiva. Non era un appuntamento, solo una partita di baseball, un modo per divertisi.

Quella sera parlarono più a lungo di quanto avessero previsto, chiacchierarono di politica e dei libri preferiti di entrambi. Fiona gli confessò di odiare il fatto di avere così poco tempo a disposizione per mantenersi aggiornata sulle novità uscite in libreria e di essere costretta a sfogliare quasi solo relazioni e rapporti d'affari. Comunque durante le vacanze riusciva a dedicarsi a qualche saggio e a un paio di romanzi. Lui si dimostrò un lettore avido.

Erano le nove quando uscirono dal bar. Fiona lo ringraziò per la cena e quando lui le ricordò la partita di baseball, promise di farsi trovare in città. Portola Valley era troppo distante e gli avrebbe fatto perdere tempo anche dopo, per riaccompagnarla a casa. In ogni caso si sarebbero sentiti per accordarsi. Dopo essersi augurati un buon fine settimana, si separarono. Fiona guidò soddisfatta con se stessa per aver accettato di cenare fuori. In genere tutto quello che faceva aveva uno scopo, un obiettivo. Non c'era nulla di imprevisto, tranne quando passava il tempo con i figli. Per il resto, ogni cosa era ben pianificata. Era stata una bella serata e il bar di Palo Alto una scelta perfetta, con la sua semplicità e l'atmosfera rilassante.

Logan stava pensando alla stessa cosa. Gli era difficile immaginare che un uomo si potesse sentire minacciato da Fiona, sebbene fosse sicuro che per qualcuno doveva essere così, come per quell'idiota dell'ex marito. Una cosa era certa: Fiona Carson meritava un uomo degno di questo nome. Era una persona deliziosa e lui era felice che avesse accettato l'invito. La cosa migliore, però, era che nessuno di loro aveva parlato della NTA. Lui aveva mantenuto la promessa.

15

La settimana seguente, per Marshall le cose migliorarono. Non aveva idea del perché, ma Ashley pareva essersi calmata. Lei non gli aveva confidato che aveva iniziato ad andare da una psicanalista per superare l'ansia che il rapporto con il compagno le creava. Aveva seguito il consiglio di Bonnie, e ne aveva ricevuto in cambio un sollievo quasi immediato, oltre al fatto che lo stress sembrava diminuire. In realtà a cambiare non era stata la situazione ma la sua determinazione a porsi degli obiettivi da raggiungere con l'aiuto dell'analisi. Era arrivata alla conclusione che se entro la fine dell'anno Marshall non avesse preso una decisione, avrebbe definitivamente voltato pagina. La consapevolezza di quella meta la faceva sentire più rilassata, e quando il compagno la raggiunse non trascorse tutto il tempo a lamentarsi. Per lui fu come ritrovare la sua Ashley, quella che gli gettava le braccia al collo appena varcava la soglia di casa. Come in passato, dopo poco si ritrovarono a letto, e Marshall era al colmo della felicità. Gli pareva di essere in paradiso. Le bambine sarebbero state fuori tutto il giorno e lui era riuscito a lasciare l'ufficio per pranzo, ad arrivare a Malibu e a trascorrere un'ora a letto con lei prima di tornare al lavoro. Proprio come ai vecchi tempi.

«Mi sembra di averti ritrovata, Ash», le disse roco, dopo aver fatto l'amore, il giorno dopo. «Mi sembrava di averti perso.» In realtà, era molto più vicino di quanto pensasse al rischio di essere lasciato. Ashley stava prendendo nuove decisioni per la sua vita, e non avrebbe accettato di rimanere legata a lui in quel modo per altri otto anni. Come le aveva fatto notare la psicanalista, doveva prendere coscienza del fatto che per Marshall quella era una situazione di comodo, mentre per lei era piena di rischi. Gli aveva regalato una larga fetta della sua vita e due bambine che erano diventate la sua più grande gioia, ma non aveva alcuna sicurezza in quella relazione né tantomeno la certezza che avrebbe lasciato Liz, specialmente adesso che la moglie era vittima di un cedimento nervoso. Ashley evitava di chiedere di lei come aveva sempre fatto in passato; non le importava di quella donna, non si sentiva colpevole di ciò che aveva costruito con Marshall. Liz era un problema del compagno. Ciò che lei desiderava era avere il suo uomo e una vita reale, quella che la moglie continuava ad avere.

Quei giorni Marshall fu molto felice. Ashley non lo aveva tartassato di domande, non aveva esercitato alcuna pressione su di lui, non lo aveva costretto a confrontarsi con argomentazioni scomode e così, quasi per premiarla, rimase a Los Angeles un giorno in più. Ritornò a San Francisco sabato mattina. Raggiunse la famiglia a Tahoe solo nel tardo pomeriggio, e lì fu accolto da una certa turbolenza: Lindsay aveva avuto un incidente con l'acquascooter, e sebbene non si fosse fatta male aveva praticamente distrutto il mezzo; Liz lo incolpò di quell'acquisto. Negli ultimi mesi, quasi tutto quello che succedeva era colpa sua, sia che ne fosse effettivamente responsabile sia che non lo fosse. Marshall era stanco di subire e litigò con la moglie. Ancora una volta, lei gli rinfacciò di trascurarli e gli chiese di trascorrere più tempo con loro, come facevano tutti i mariti. Dopo la discussione volle sapere perché si fosse trattenuto a Los Angeles una notte in più: ormai era diventata più sospettosa, proprio come Ashley.

«Sono andato a una cena con i colleghi», rispose con aria innocente. «Non mi pare che sia un crimine, Liz. E appena rientrato in città sono subito venuto qui.»

«Perché non ti prendi un mese di ferie come fanno tutti?» si lamentò lei. Cercava di colpevolizzarlo per qualsiasi cosa, ma questa volta non ci riuscì. La notte trascorsa tra le braccia di Ashley valeva ogni lacrima della moglie. Lui e l'amante erano tornati quelli di prima, mentre Liz continuava a dargli solo problemi. L'amava, era una moglie devota, ma negli ultimi tempi si era trasformata in una donna che non conosceva, che gli gettava addosso la colpa di qualsiasi cosa andasse storto nella sua vita. Probabilmente era l'età. Ashley invece era ancora nel pieno della giovinezza, sembrava una ragazzina e si comportava come tale. E quando erano sereni, pure lui si sentiva più giovane. Quella notte avevano fatto l'amore tre volte di seguito, come per rifarsi del tempo perduto.

Liz, sempre più scontenta, gli ricordò che i mariti delle

amiche facevano i pendolari nel mese di luglio e si trasferivano definitivamente al lago in agosto. Pretendeva che lui facesse lo stesso.

«Loro non sono a capo della UPI, Liz. Sono medici, avvocati, bancari. C'è una differenza abissale tra le due cose e lo sai. Perché la questione delle ferie sta diventando un problema, adesso? Non ho mai trascorso un mese intero al lago. Piuttosto, che ne diresti di venire con me a Londra a settembre? Devo restarci tre giorni.»

«Passerai tutto il tuo tempo tra una riunione e l'altra, e la sera avrai cene di lavoro. Non ti vedrò mai. Se tu trascorressi un mese qui, sarebbe diverso. E poi... non hai mai avuto un rapporto decente con tua figlia, non ti sforzi neanche di averlo e non passi un minuto del tuo tempo con lei! È sempre arrabbiata.» Liz avrebbe voluto evitare che il rapporto con la figlia fosse come quello che lui aveva con il primogenito. Lindsay era diversa da John, che gli perdonava il tempo che non trascorrevano insieme. La ragazza aveva più bisogno del papà; Marshall tuttavia lo considerava un pretesto della moglie, che voleva di più. In tutto questo, doveva tenere in considerazione che Ashley sarebbe impazzita se non lo avesse visto per un mese, sapendolo insieme alla famiglia. Si destreggiava in un delicato gioco di equilibri; camminava sulla fune da otto anni e fino a quel momento tutto era andato a gonfie vele. Entro un anno Lindsay avrebbe terminato il liceo e a quel punto le cose forse sarebbero cambiate. Benché continuasse a prometterlo ad Ashley, non ne era sicuro; doveva valutare cosa sarebbe stato meglio per lui.

Quella sera andò a letto presto e l'indomani si alzò di

buon'ora per fare una nuotata nelle acque gelide del lago, poi fece colazione con la moglie e la figlia. John era andato con Alyssa da alcuni amici. Marshall non si trattenne a lungo a Tahoe e prima di pranzo annunciò la sua partenza. Non si scusò neppure con la moglie per quell'imprevisto e lei lo lasciò andare in silenzio. Lindsay lo ignorò e si rifiutò di salutarlo.

«Probabilmente ti sta tradendo di nuovo», disse alla madre quando rimasero sole, ferendola. Liz fece appello a tutto il suo autocontrollo per evitare di darle uno schiaffo.

«Vai subito in camera tua», sibilò tra i denti, gli occhi velati di lacrime, «e non azzardarti mai più a dirmi una cosa del genere! Questi sono affari fra me e tuo padre. È un uomo onesto, un buon genitore, e pretendo che tu lo rispetti.»

Nel vedere la madre così agitata e fragile, Lindsay si ritirò nella propria stanza senza ribattere e vi rimase per ore chiacchierando al telefono con gli amici e guardando un film sul computer. Stava trascorrendo un'estate noiosa con la madre sempre di umore pessimo e il padre assente; gli unici momenti di serenità li aveva vissuti insieme alla ragazza del fratello, una persona solare e divertente. Sosteneva di fregarsene del padre, ma mentiva. Vedeva anche lei che la famiglia si stava sgretolando pian piano. Era invidiosa di Tom che tornava a casa solo di rado. Presto anche per lei sarebbe arrivato il momento di andarsene.

Il lunedì mattina, Marshall trovò sulla scrivania i soliti rapporti e qualche documento nuovo. Succedeva sempre così in estate, le cose si muovevano a rilento. C'era un messaggio da parte di Connie Feinberg. Non la sentiva dall'episodio delle molestie sessuali e gli era parso opportuno mantenere un basso profilo per qualche tempo, grato per il modo in cui lei lo avevano aiutato a trarsi d'impaccio supportandolo pienamente. La chiamò appena vide il messaggio e lei rispose subito. Si scambiarono i soliti convenevoli; lui le chiese come stava trascorrendo l'estate e lei spiegò di essere stata a Santa Barbara con i figli e di essere tornata al lavoro.

«Vorrei passare a trovarti, nel pomeriggio, se hai tempo», gli disse in tono casuale, affabile come sempre. Connie gli piaceva, s'intendeva bene con lei.

«Qualcosa di particolare?» Di sicuro si trattava solo di una visita amichevole, ma ci teneva a essere informato se ci fosse stato altro. Gli affari stavano andando bene, e grazie ad alcune importanti decisioni prese nell'ultimo trimestre il valore delle loro azioni era salito di parecchio. Ecco perché il consiglio di amministrazione lo rispettava e gli dava pieno appoggio.

«Desidero scambiare quattro chiacchiere con te su un paio di cose.» Poi si congratulò per l'aumento delle azioni e gli ricordò il loro appuntamento di mezzogiorno. Marshall non le diede troppo peso: era una visita di routine, si disse tornando a occuparsi della corrispondenza e richiamando chi lo aveva cercato. Aveva appena concluso le cose da fare quando la segretaria annunciò l'arrivo di Connie.

Era vestita in modo casual, perfettamente in linea con la stagione estiva. Era una donna atletica, con penetranti occhi azzurri e capelli grigi dal taglio impeccabile. Nonostante il suo aspetto un po' da nonna, era una brillante donna d'affari.

Marshall si complimentò con lei per l'abbronzatura. Connie sorrise, chiuse la porta e si accomodò sulla poltrona degli ospiti. Chiacchierarono per qualche minuto delle rispettive famiglie e del più e del meno. Poi, lo sguardo della donna si fece serio e Marshall capì che quell'incontro non era informale come aveva creduto.

«Sono qui in veste ufficiosa, Marshall, per discutere con te privatamente. Ne ho già parlato con il consiglio di amministrazione e vorremmo che questa volta tu ti muovessi prima che diventi un problema. Come la risolverai non è affare nostro; noi desideriamo soltanto che non diventi di pubblico dominio e che non coinvolga la UPI. Preferiremmo non essere costretti a prendere una posizione in merito.»

Marshall era esterrefatto, e Connie continuò: «Ci è stato fatto notare da diversi dipendenti della nostra sede di Los Angeles che da molti anni hai una relazione con una donna che abita lì, una relazione seria. Per farla breve, sappiamo che hai una seconda famiglia, che questa donna ti ha dato dei bambini. Pare che una delle segretarie ne sia al corrente e ha affermato che questa signora, la tua... ehm... amante abbia lavorato qui prima. Queste cose possono accadere, lo so, e non è la prima volta che un uomo della tua statura ha una seconda famiglia, che per una qualsiasi ragione tiene nascosta. Sappi però che è una situazione pericolosa, una bomba che può esploderci tra le mani, tue e nostre. Non so se tua moglie ne sia a conoscenza, ma se lo venisse a sapere potrebbe crearti grossi problemi, potrebbe non prenderla nel migliore dei modi. E l'altra donna potrebbe fare lo stesso. Se pure lei si stancasse, potrebbe creare uno scandalo di proporzioni enormi che ti metterebbe in cattiva luce, e di conseguenza metterebbe in cattiva luce noi. Sai quanto siano sensibili le persone rispetto a questo genere di vicende e quanto si può essere critici in fatto di moralità. Il nostro è un Paese puritano, anche se io personalmente sono un tipo più realistico.

«Qui però non stiamo parlando della mia morale o della tua, oppure di come io mi pongo di fronte a situazioni simili. Potrebbe scatenarsi uno scandalo che danneggerebbe te e gli azionisti. So che per te è una situazione difficile da gestire, me ne rendo conto, ma il consiglio di amministrazione desidera che tu prenda una decisione al più presto, prima che qualcuno ne parli alla stampa o che le donne coinvolte sollevino un vespaio. Teniamo molto a te, Marshall, e non possiamo permettere che tu venga esposto a una situazione potenzialmente disastrosa. Devi fare una scelta, una scelta sicuramente dura, ma che salvi la tua carriera. Se per te la UPI è ancora una priorità, dovrai sistemare una volta per tutte le cose: è questo che ci si aspetta da un amministratore delegato. Ne ho parlato con i nostri avvocati. Non possiamo costringerti a divorziare o a sposare un'altra donna, ma se le circostanze nelle quali ti trovi diventassero di dominio pubblico, la tua immagine ne sarebbe danneggiata e noi, come società, non siamo disposti ad accettarlo.

«Le persone che amiamo spesso sono molto importanti, com'è giusto che sia, ma ciò potrebbe mettere a repentaglio la tua carriera. Ho ritenuto opportuno avvisarti, dirti che siamo informati e darti di conseguenza l'opportunità di mettere a posto la cosa il più velocemente possibile. A questo punto, se davvero tieni al tuo lavoro, non hai altra scelta».

Lo guardò con espressione seria. Marshall era allibito, quasi non respirava più. Gli ci volle più di un minuto per ricomporsi. Non aveva ribattuto, non aveva chiesto come avessero fatto a scoprire i dettagli della storia. Non importava. Negli anni, alcuni colleghi dovevano averlo visto in giro insieme ad Ashley, con o senza le figlie, e a quanto sembrava la sua vita con lei non era un segreto. Connie era stata chiara; se non avesse preso una decisione al più presto, ci sarebbe andata di mezzo la carriera, e non poteva permetterselo. Annichilito al pensiero di dover rinunciare a una delle sue famiglie, non aveva idea di quale avrebbe fatto a meno. Era chiaro che non poteva continuare a condurre una doppia vita, non dopo che il consiglio di amministrazione aveva scoperto gli scheletri che nascondeva nell'armadio.

Connie si alzò rapidamente, consapevole di quanto Marshall fosse scioccato. «Lascio decidere a te come muoverti, Marshall. Ti prego soltanto di informarmi circa le tue scelte e su come intendi procedere. Nessuno si stupirà o si scandalizzerà se dovessi optare per il divorzio. Nel caso chiudessi invece la storia con l'altra donna, ti invito a farlo con cautela, per evitare che l'intera questione crei problemi a te e a noi.»

Stava seduto su una bomba, e il consiglio insieme a lui. L'ultima cosa che desideravano era una cattiva pubblicità per l'amministratore delegato. La loro era una società di stampo tradizionale, con un'immagine seria e rispettabile, e chi la rappresentava doveva essere un modello di capofamiglia senza macchia. Tentare di raddrizzare una situazione così delicata senza mettere a repentaglio nulla era un'impresa titanica. Le persone dovevano avere la sensazione di potersi fidare di lui, e non giudicarlo disonesto e fedifrago. Non restava che sperare che l'amante fosse una donna con la testa sulle spalle, che non innescasse un caos mediatico. Se Megan Wheeler rappresentava il prototipo di donne che Marshall preferiva, c'era da preoccuparsi. Connie non invidiava la posizione in cui si trovava. Di certo era legato a entrambe le donne, ma se desiderava mantenere il suo incarico avrebbe dovuto scegliere. «Sono spiacente», gli disse in tono calmo lasciando l'ufficio.

Marshall restò seduto alla scrivania a lungo, pietrificato. Non aveva idea di come muoversi.

Restò per due ore chiuso nell'ufficio prima di andar via senza dare spiegazioni. Informò la segretaria di averne dimenticato un'incombenza importante e sparì. La ragazza non collegò quella sorta di fuga con la visita del presidente del consiglio di amministrazione. Non era inconsueto che Connie venisse a trovarlo. Questa volta, però, la storia era diversa e solo Marshall lo sapeva. La sua carriera era in pericolo più di quanto lo fosse stata in occasione della minaccia di denuncia per molestie sessuali, o forse proprio per quello. Probabilmente aveva esaurito gli assi nella manica da giocare con il consiglio di amministrazione. Qualunque fosse la ragione, Connie era stata chiara: se voleva restare dov'era avrebbe dovuto smettere di avere una moglie e tre figli nella contea di Marin e un'amante e due bambine a Malibu. L'aveva fatta franca per anni, ma adesso la festa era finita.

Non avrebbe potuto chiamare Liz per discuterne né tantomeno Ashley. Si imponeva una scelta rapida, una radicale azione di pulizia. Al solo pensiero gli veniva la nausea. Alle quattro e mezzo del pomeriggio rientrò a Ross, andò nel bagno del primo piano e diede di stomaco. Gli pareva di essere intrappolato in un incubo dal quale non sarebbe stato facile liberarsi, come invece era accaduto con Megan Wheeler. Questa volta non avrebbe potuto risolvere tutto con i soldi, non ci sarebbe stato alcun compromesso. Se avesse optato per tenere entrambe le donne, avrebbe dovuto lasciare il lavoro. Il consiglio di amministrazione si rifiutava di essere coinvolto in un altro scandalo che minacciava il buon nome della compagnia e la tenuta delle azioni. Era di fronte a un bivio e doveva decidere in quale direzione andare, altrimenti sarebbe stato costretto a dire addio alla carriera. Non sapeva cosa fare, se rimanere sposato con Liz, la donna con la quale aveva trascorso ventisette anni della sua vita, una moglie sempre perfetta malgrado i recenti alti e bassi emotivi ma che non amava come Ashley. Sentì gli occhi riempirsi di lacrime nel momento in cui pensò di dire addio all'amante. Come si sarebbe dovuto comportare con Liz? E con i figli? Quelli avuti dalla moglie lo avrebbero odiato per sempre se avesse abbandonato la loro madre per la meravigliosa donna con la quale divideva il letto a Los Angeles da otto anni e che gli aveva regalato due gemelle. Non aveva idea di come muoversi né con chi confidarsi. Era stretto in una morsa di terrore come mai gli era accaduto prima. Temeva di prendere la decisione sbagliata, e in realtà non ne esisteva una giusta; in un caso o nell'altro avrebbe perso una parte importante della propria vita. Ciascuna delle due donne era un pezzo di lui, e separarsene sarebbe stato un po' come amputarsi un arto. Si sentiva un animale in trappola.

Si sedette al buio in un angolo della casa, incapace di ragionare. I pensieri gli vorticavano nella testa. Ashley... Liz... Liz... Ashley... Cosa doveva scegliere, la quotidianità o la passione? Il dovere o il desiderio? La giovinezza o la maturità? La moglie perfetta o la donna dei suoi sogni? Le aveva amate entrambe troppo a lungo... Era seduto lì da ore, piangendo e faticando a respirare, e con una crescente sensazione di panico, quando sentì una fitta al petto e un formicolio a un braccio. Un attacco di cuore, pensò, e per qualche istante valutò che sarebbe stato più semplice morire che prendere una decisione. Sentì il fiato mancargli, ebbe l'impressione di svenire. Istintivamente afferrò il telefono e chiamò i soccorsi. L'operatrice rispose immediatamente.

«Sto avendo... un... attacco... di... cuore», ansimò nella cornetta. Non sapeva che ore fossero e non gliene importava; desiderava ancora morire, anche se aveva chiamato aiuto. Non si era rivolto né a Liz né ad Ashley. Voleva morire da solo. Un'altra scelta che non riusciva a fare.

«Mi dia il suo indirizzo», disse la donna con voce chiara e tranquilla. «È vicino alla porta d'ingresso?»

«No... non riesco a scendere le scale... non respiro...» rispose lui con il fiato mozzo. «Ho dolori al petto... l'ingresso è chiuso.» Si sentì nuovamente svenire, ma resistette.

«Ha bevuto?»

«Due scotch... non sono ubriaco... sono al piano di sopra... nella mia stanza da letto.»

«Mando subito un'ambulanza. Continui a parlare con me. Come si chiama?»

«Marshall Weston.»

La donna non ebbe alcuna reazione. Evidentemente non sapeva chi fosse. «È solo, Marshall?... Marshall?» chiamò l'operatrice con voce acuta. Lui era ammutolito per qualche istante, poi gemette di dolore.

«Ho appena vomitato.» C'erano tutti i sintomi di un attacco cardiaco. La donna al telefono aveva già chiamato l'unità paramedica che sarebbe arrivata da un momento all'altro. Quando sentì altre voci nella stanza, capì che erano lì.

«Marshall, sono arrivati?» chiese per sicurezza.

«Sì», rispose lui riagganciando mentre due paramedici ben piazzati gli si inginocchiavano accanto. Era per terra, in mezzo al proprio vomito. Li guardò con occhi pieni di terrore e disperazione. I soccorritori valutarono i segni vitali: il cuore batteva veloce, ma pareva forte. Uno dei due lo auscultò con lo stetoscopio e annuì rivolto al collega. Era possibile che fossero arrivati prima dell'attacco vero e proprio ma avevano portato con loro tutto il necessario per far ripartire il cuore nel caso si fosse fermato durante la corsa in ospedale, al Marin General.

«Non respiro... mi fa male il petto...» disse Marshall ai due uomini che lo sistemarono su una barella assicurandolo con le cinghie.

«Si riprenderà, Marshall», lo tranquillizzò quello più anziano. Aveva circa l'età di Weston, e dirigeva le operazioni con fare sicuro. Lo caricarono in ambulanza. «L'ospedale è già allertato. La stanno aspettando.»

«...non respiro...» ansimò di nuovo. Gli pareva di soffocare, il cuore andava a mille.

I paramedici parlarono tra loro e si affrettarono a chiudere gli sportelli dell'ambulanza. Partirono meno di un minuto dopo, a sirene spiegate, i lampeggianti accesi. Uno dei soccorritori, seduto accanto a Marshall, gli monitorava i segni vitali. Weston, la mascherina dell'ossigeno sulla bocca, lo guardava ansioso. Indicò il petto e mormorò la parola «male». L'ultima cosa che vide fu il paramedico che annuiva, poi sprofondò nell'oscuro mare dell'incoscienza.

16

LINDSAY era nella sua camera a farsi la manicure e a guardare un film parlando al cellulare con un'amica, mentre Liz stava tranquillamente sdraiata sul letto a leggere quando squillò il telefono. Era tardi, non poteva certo trattarsi di Marshall. Liz sollevò la cornetta. Una voce sconosciuta si presentò: era un'infermiera del pronto soccorso del Marin General che la informava del fatto che Marshall era stato portato in ospedale per un sospetto attacco di cuore. Adesso stavano eseguendo gli esami necessari per determinare se vi fosse un blocco coronarico. Liz scattò a sedere sul letto. Il suo nome e il numero di telefono erano stati trovati nel portafoglio del paziente e l'ospedale aveva provveduto a chiamarla subito dopo il ricovero.

«Com'è accaduto? È cosciente? Sta bene?» In piedi accanto al letto, con indosso una T-shirt e un paio di jeans, Liz infilò i sandali senza smettere di parlare con l'infermiera.

«È appena arrivato. Stiamo facendo un elettrocardiogramma. In ambulanza ha perso conoscenza, ma adesso è perfettamente in sé. Richiami tra un'ora.»

«Grazie.» Aveva il fiato corto. «Gli dica che lo amo.» Ciò che tanto aveva temuto negli ultimi tempi si era avverato, e forse ne aveva avuto la premonizione. Da quando la loro famiglia aveva rischiato di essere coinvolta in uno scandalo, aveva sempre l'impressione che su di loro pendesse una spada di Damocle, che potesse accadere una disgrazia da un momento all'altro. Ed eccola, forse, la disgrazia. Tuttavia ormai le persone vittime di attacchi di cuore spesso sopravvivevano, e Marshall si trovava in ottime mani. Riagganciò, afferrò la borsa e le chiavi e si precipitò in camera della figlia. «Sto andando in città», esclamò in preda al panico.

La ragazza la fissò sorpresa. «Come mai? Qualcosa non va?»

Liz rifletté un istante chiedendosi se fosse il caso di raccontarle la verità. D'altra parte Lindsay aveva sedici anni ed era grande abbastanza per sapere tutto ciò che riguardava il padre.

«Papà ha avuto un attacco di cuore ed è stato portato al Marin General. Vado da lui.» La ragazza avrebbe potuto cavarsela da sola per una notte, visto che l'indomani mattina sarebbe arrivata la governante. In caso di problemi, avrebbe potuto chiamare il vicino, o andare da lui.

La figlia scattò in piedi, chiuse la boccetta dello smalto e infilò le infradito che si trovavano accanto al letto. «Vengo con te», disse alla madre, che nel frattempo era già arrivata alle scale. Liz non replicò, contenta di quella decisione.

Sovrappensiero, lasciarono le luci di casa accese. Raggiunsero la macchina e poco dopo Liz partì a tutto gas. Avrebbero raggiunto l'ospedale in tre ore, se non avessero trovato traffico, e durante il tragitto avrebbero potuto chiamare per informarsi delle condizioni di Marshall. La donna non si era mai sentita tanto impaurita da quando Tom, a sette anni, era caduto da cavallo procurandosi una commozione cerebrale, e Lindsay, a due, aveva avuto le convulsioni a causa della febbre alta. Un attacco di cuore era una cosa seria. Pregò che il marito si rimettesse.

Mezz'ora dopo, Liz sembrava calma, ma la figlia poteva vedere il terrore sul suo viso e sapeva quanto la madre amasse il marito. Pure lei, sebbene qualche volta lo considerasse un perfetto idiota, lo adorava.

«Vedrai che andrà tutto bene, mamma», cercò di rassicurarla. Liz annuì con gli occhi lucidi. Se Marshall era stato male, la colpa era da imputarsi alla donna che lo aveva accusato di molestie sessuali. La odiava per le bugie che aveva raccontato. Nessuno di loro, da allora, era più stato lo stesso; Liz non aveva smesso un istante di vivere nella paura di un evento spaventoso, e adesso si sentiva responsabile di aver esercitato tanta pressione su Marshall, piangendo tutto il tempo. La situazione andava avanti così da qualche mese, e il marito si era rivelato estremamente paziente nei suoi confronti. Adesso la sfortuna si era di nuovo abbattuta su di loro. Marshall non fumava e beveva poco, però era sottoposto a un forte stress sul lavoro, considerate le responsabilità che gravavano sulle sue spalle. Forse avrebbe dovuto ritirarsi, pur avendo soltanto cinquantun anni.

Si chiedeva se gli avrebbero fatto un'angioplastica, messo dei by-pass o degli stent, come era successo ai mariti di alcune sue amiche. La sua mente era un vortice di pensieri, ma l'assenza di traffico le permetteva di continuare a guidare a ritmo sostenuto.

Dopo circa un'ora di tragitto chiamarono l'ospedale. L'infermiera che rispose la informò che le condizioni di Marshall erano stabili e che il paziente stava facendo un angiogramma. Liz pensò di chiamare John e Tom, ma poi decise che era meglio aspettare di avere le idee chiare, prima di metterli in allarme.

Lasciò la macchina nel parcheggio del Marin General. Erano arrivate in meno di tre ore. Madre e figlia entrarono correndo al pronto soccorso, e lì vennero a sapere che Marshall era stato trasferito nel reparto di terapia coronarica intensiva; furono assalite dal panico. Mano nella mano, cercando di trattenere le lacrime, presero l'ascensore per raggiungere il piano superiore e Liz si precipitò al banco della reception.

«Ha terminato l'angiogramma», disse l'infermiera con un sorriso comprensivo. Marshall era vivo.

«Come sta?» sussurrò Liz, terrorizzata dalle risposte che avrebbe potuto ricevere.

«Se la sta cavando bene. C'è il medico con lui. Gli abbiamo assegnato una camera singola, può entrare, se vuole.»

Liz fu grata di non dover passare davanti ai cubicoli con le pareti di vetro dove giacevano pazienti attaccati ai monitor e circondati da parenti affranti. Adesso anche lei faceva parte di quel gruppo. Lindsay la seguì nella cameretta indicata dall'infermiera. Cauta, aprì la porta. Marshall era sdraiato sul letto, pallido nonostante l'abbronzatura, l'espressione seria mentre parlava con il medico, un giovane dai capelli scuri in camice bianco che pareva un ragazzo.

Il medico gli sorrideva, e quando Marshall si accorse della presenza della moglie, la guardò sorpreso.

«Cosa ci fai qui?» Non era stato lui a chiamarla, ma ricordava vagamente che qualcuno gli aveva comunicato di averlo fatto. Accanto al letto era sistemato un monitor che emetteva bip ovattati. Sul display il tracciato del battito cardiaco sembrava regolare. Liz lanciò un'occhiata allo schermo mentre si avvicinava al marito per baciarlo e prendergli una mano tra le sue.

«Credevi che sarei rimasta a Tahoe sapendo dove ti trovavi?»

Marshall sorrise. La conosceva fin troppo bene.

«Come mai ci hai messo così tanto ad arrivare?» scherzò.

«Sono qui da tre ore!» Liz strinse la sua mano e guardò il dottore.

«Come sta?» Voleva che fosse lui a dirle tutto, il marito avrebbe tentato di minimizzare per non preoccuparla.

«Bene.» Il medico puntò lo sguardo sul paziente che sembrava intimidito mentre giaceva sul letto, immobile, per evitare che la piccola sutura all'inguine dovuta all'angiogramma sanguinasse.

«Non ho avuto un attacco cardiaco», intervenne Marshall prima che il dottore potesse parlare. Spettava a lui darle la notizia.

«Tutto questo è sicuramente stato un campanello d'allarme.»

Liz aveva saputo dello svenimento in ambulanza mentre lo trasportavano al pronto soccorso. «Hai bisogno di rallentare», lo rimproverò, e il medico si dichiarò d'accordo.

Stavano giusto parlando di quello, quando lei era entrata in camera.

«Se proprio vogliamo essere sinceri, non si è trattato di un allarme», ammise Marshall. «Mi hanno rivoltato come un calzino. Sembra sia stato un banalissimo attacco d'ansia. Sono nevrotico e stressato.» Assunse un'aria imbarazzata mentre il medico confermava la diagnosi alla moglie. Lindsay si sedette sull'unica sedia, e fu allora che lui la vide: la ringraziò con un sorriso per essere andata a trovarlo.

«Un attacco d'ansia può facilmente essere scambiato per un infarto, almeno per quanto riguarda i segni più superficiali», spiegò il dottore. «La differenza... la grande differenza... è che il cuore non è a rischio. Il signor Weston è in perfetta salute, ha avuto una violenta reazione allo stress. Ha ragione sua moglie quando dice che deve rallentare, o almeno evitare i maggiori fattori di ansia. Episodi del genere possono essere molto spiacevoli e di certo non vorrà essere sottoposto a un angiogramma ogni settimana», concluse il medico. L'esame era stato fastidioso e Marshall non desiderava ripetere quell'esperienza. Inserire un catetere nell'arteria femorale, all'altezza dell'inguine, per controllare il cuore era una cosa seria. In quel momento gli era parso di avere un vero attacco: sapeva che ad alcuni pazienti poteva capitare.

«Stai bene allora, papà?» chiese Lindsay con espressione preoccupata. Lei e la madre sembravano addirittura in condizioni peggiori di quelle di Marshall.

«Sì, Lindsay, sto bene. Grazie per aver accompagnato la mamma.»

«Figurati.» Sorrise, sollevata.

Per qualche minuto Liz rifletté sulla diagnosi del giovane dottore, e si chiese se sapesse fare il suo lavoro, ma l'angiogramma non mentiva, come lo stesso Marshall aveva detto. Era solo molto stressato. Soltanto lui ne conosceva il motivo, ma nulla lo avrebbe persuaso a raccontare alla moglie le preoccupazioni che lo divoravano.

«Ho avuto una giornata pesante in ufficio e una riunione straordinaria con il consiglio di amministrazione.» Non specificò altro, e lei non indagò. Liz non era mai insistente per quanto riguardava il lavoro, a meno che fosse il marito a parlargliene. «Non è stata una giornata peggiore di tante altre», aggiunse mentendo di nuovo. «Ma il mio organismo ha percepito lo stress in maniera diversa.»

Liz si sentì colpevole per come si era comportata negli ultimi tempi. Quell'attacco d'ansia le aveva fatto cambiare rotta: dovevano voltare definitivamente pagina, dimenticare le accuse di molestie sessuali, andare avanti.

«Quando potrà tornare a casa?» Era l'una del mattino.

«Anche adesso, se vuole», rispose il dottore, poi rivolto al paziente aggiunse: «Tenga una borsa di ghiaccio sul taglio dove è stato inserito il catetere, per questa notte. Non corre nessun rischio a dormire nel suo letto invece di restare qui». Sorrise a entrambi. «Le raccomando solo un po' di tranquillità per il resto della settimana.»

Certo, ed evitare di pensare con quale donna trascorrere il resto della mia vita senza distruggere la carriera: piccolezze come queste, pensò Marshall. Nessuno sapeva in che guai si trovava o i rischi che stava correndo riguardo il lavoro. In un modo o nell'altro, era possibile che il mondo nel quale viveva si sgretolasse sotto i suoi piedi. Quella consapevolezza lo divorava; strano che non avesse avuto un vero infarto. Però ne aveva percepito tutti i sintomi. Ashley non sapeva ancora nulla dell'accaduto. In realtà lui non avrebbe voluto far preoccupare nemmeno la moglie, ma ci aveva pensato l'ospedale a chiamarla.

I coniugi Weston ringraziarono il dottore, che uscì dalla camera per preparare le dimissioni. Marshall si alzò. Sembrava spossato, aveva passato delle brutte ore. Liz lo aiutò a vestirsi trattandolo come un bambino, con quel senso materno che il marito apprezzava tanto quando stava male. Con Ashley era tutto diverso; era lui l'adulto e lei la bambina. Liz, al contrario, era una presenza che gli infondeva sicurezza e lo accudiva. La moglie lo sorresse mentre saliva in macchina e la figlia scivolò sul sedile posteriore con uno sbadiglio; poi partirono diretti a casa. Arrivati a destinazione, lei gli diede una mano a mettersi a letto e poi pulì il vomito sul pavimento. Gli portò una tazza di tè e dei cracker da sgranocchiare per rimettere in sesto lo stomaco, e la borsa del ghiaccio da sistemare sull'inguine. Poi andò a dare il bacio della buonanotte alla figlia ringraziandola di averla accompagnata. Lindsay era una brava ragazza, soltanto un po' immatura e viziata. Ormai la situazione sembrava di nuovo sotto controllo: in caso di crisi, Liz riusciva sempre a dare il meglio di sé.

«Grazie», le disse Marshall con un sorriso, quando la moglie si sedette accanto a lui sul letto. Nessuno dei due avrebbe scordato quella notte. «Sai prenderti egregiamente cura di me quando sto male, anche se in realtà non si tratta di malattia ma di stress.»

«Be', prima o poi ti ammalerai sul serio se non te la

prenderai un po' più comoda. La prossima volta potrebbe essere un vero attacco di cuore.» Due delle sue amiche avevano perso i mariti, peraltro più giovani di Marshall: uno era morto mentre faceva jogging e l'altro durante una partita a tennis. Il dottore si era offerto di prescrivergli dei tranquillanti, Marshall però aveva rifiutato. «Devi lavorare di meno e rilassarti di più.» Lui annuì pensando a come avrebbe potuto lasciarla proprio in un momento come quello. Il consiglio di amministrazione gli stava chiedendo di tagliarsi il braccio destro... o il sinistro... o di strapparsi il cuore... di staccarsi la testa dal collo... oppure di perdere il lavoro, che era la sua linfa vitale. Si trovava di fronte a una scelta crudele. «È successo qualcosa di particolare oggi, in ufficio?» continuò Liz fissandolo con aria preoccupata. Lui scosse la testa mentendole ancora una volta, pieno di rimorsi.

«Al solito, niente di speciale. Abbiamo qualche problema interno che devo risolvere e per il quale ho avuto un incontro con Connie Feinberg.»

Liz annuì, sentendosi in colpa. «Scusa se negli ultimi tempi ti ho dato il tormento. La vicenda delle molestie sessuali mi ha scossa profondamente. Anche se non c'era nulla di vero, per un attimo ho creduto che lo fosse e mi sono resa conto che siamo esposti a ogni genere di cattiveria.» Gli occhi le si riempirono di lacrime. «L'ultima cosa che voglio, Marshall, è che succeda qualcosa a te... a noi...» Il marito si drizzò a sedere e la strinse forte tra le braccia.

«Non succederà nulla», le promise. Si domandò se anche quella fosse una menzogna, ma come poteva darle la sua parola, viste le circostanze? Cos'altro avrebbe dovuto dirle? Che voleva lasciarla per una donna molto più giovane che abitava a Los Angeles? Non sapeva se sarebbe mai riuscito a parlargliene o a lasciarla. Per un attimo gli dispiacque di non essere morto. Le cose sarebbero state più facili se il suo cuore avesse smesso di battere. Liz e i figli non meritavano ciò che stava per accadere loro. Quando lei lo guardò, si accorse con stupore che gli occhi del marito erano umidi. Marshall non si lasciava mai andare alle lacrime. Quell'attacco d'ansia lo aveva spaventato e reso vulnerabile. Lo strinse forte a sé accarezzandogli i capelli come fosse un bimbo.

Si alzò dopo qualche minuto per spegnere le luci della camera e andare a spogliarsi. Sonnecchiando, Marshall la sentì scivolare piano tra le lenzuola. La osservò compiere quei gesti così familiari e non riuscì a immaginare cosa avrebbe fatto senza di lei o come avrebbe potuto gestire la carriera da solo.

«Ti amo, Liz», sussurrò mentre lei gli si avvicinava accarezzandogli la schiena. Poi sorrise e chiuse gli occhi sotto lo sguardo amorevole della moglie che lo vide addormentarsi.

Liz stava già preparando la colazione quando Marshall si svegliò. Disteso sul letto, rimase a pensare qualche minuto. Chissà se ciò che era accaduto il giorno prima era un segnale, un'indicazione su cosa fare. Detestava prendere quella decisione, ma ormai aveva le idee chiare: lui e Liz erano sposati da ventisette anni, non poteva lasciarla adesso, non era giusto nei suoi confronti, e aveva troppo bisogno di lei. Il pensiero di separarsi da Ashley lo trafisse come un coltello. Tuttavia non aveva alternativa. Liz era la madre dei suoi tre figli, la moglie necessaria per la carriera. Ashley era abbastanza giovane per voltare pagina, per rifarsi una vita, per avere altri figli con un uomo disposto a sposarla. Per lui, a quel punto, era complicato. Ci sarebbe stato uno scandalo se avesse ammesso di avere una storia con un'altra donna. Con lei aveva due figlie illegittime, e quella era la prova che stava tradendo la famiglia da otto anni. Non era certamente il lato di sé che desiderava mostrare al mondo. E poi c'erano le responsabilità da amministratore delegato. Doveva andare a Los Angeles e parlare con Ashley. L'indomani, come di consueto, sarebbe partito.

Fece doccia e barba prima di scendere, sollevato dalla decisione presa. Lindsay stava ancora dormendo. Entrò in cucina vestito di tutto punto. La moglie era ancora in camicia da notte, il volto stanco. Si era alzata presto per assicurarsi che tutto fosse in ordine e durante la notte si era svegliata diverse volte per controllarlo. Marshall, fresco e riposato, si sedette al tavolo per la colazione. Nessuno avrebbe mai immaginato che la notte precedente era stato sottoposto a un angiogramma.

«Come ti senti?» domandò Liz preoccupata.

«Come un idiota», ammise lui con un sorriso imbarazzato. «Un perfetto idiota. Credevo di morire, non di avere un attacco d'ansia. Non sono cose da donne, queste?» Il dottore gli aveva assicurato che anche gli uomini ne soffrivano, ma lui si sentiva ugualmente a disagio.

«A quanto pare no.» Si sedette di fronte a lui con una tazza di tè tra le mani. «Te lo ripeto: voglio che tu rallenti i ritmi. Sei stressato e uno di questi giorni lo avrai davvero, un infarto. Preferirei che lo evitassi. Non mi alletta l'idea di restare vedova.»

«Non accadrà», la rassicurò mangiando le uova aiutandosi con del pane tostato.

«Perché non vieni a Tahoe con me e Lindsay? Qualche giorno di riposo ti farà bene.» Lo guardò speranzosa e desiderosa come non mai di trascorrere un po' di tempo in sua compagnia. Aveva temuto di perderlo, e ora aveva bisogno di averlo accanto.

«Non posso», affermò lui in tono pratico. «Domattina devo essere a Los Angeles. Giusto ieri Connie mi chiedeva di occuparmi di un paio di faccende in sospeso.» Era una mezza verità. «Spero di raggiungervi al lago venerdì. È il meglio che io possa fare.» Stava tornando la persona di prima, l'amministratore delegato di una società con migliaia di impegni e altrettante responsabilità di cui farsi carico, aspetti che per lui erano prioritari.

La moglie sospirò, chiedendosi se sarebbe mai riuscita a convincerlo a rallentare il ritmo. Probabilmente no, e per molto tempo ancora. D'altra parte il marito non dimostrava la sua età. Lei, al contrario, aveva l'impressione di essere invecchiata di colpo di una decina d'anni.

«Be', allora cerca di prendertela comoda almeno oggi. E ti avverto: se mi farai spaventare come ieri, ti prendo a pugni.» Liz parve avere un'illuminazione improvvisa e aggiunse: «Vuoi che venga con te a Los Angeles, domani? Non ho programmi. Io e Lindsay potremmo farti compagnia». La proposta le sembrava ragionevole. Detestava doversi separare da lui così presto. Marshall, però, stava già guardando l'orologio ansioso di andare al lavoro.

«Non vale la pena, ma ti ringrazio, Liz. Quella di oggi sarà una lunga giornata che mi sfinirà, e domani mattina devo partire all'alba. Ci rifaremo nel fine settimana.» Si sporse per baciarla proprio nell'istante in cui la figlia entrò in cucina.

«Ciao, papà. Come ti senti?» Sembrava ancora spaventata.

«Come nuovo. Dimentichiamoci dell'accaduto», rispose lui cercando di buttarsi alle spalle quell'increscioso episodio quanto prima.

«Va bene.» Lindsay accennò un sorriso e si sedette. «Posso farmi quel tatuaggio adesso, papà?» chiese in tono scherzoso. Scoppiarono tutti a ridere.

«Ottima idea», replicò lui stando al gioco. «Penso proprio che me ne farò uno anch'io. Un drago gigante sulle chiappe, da mostrare agli azionisti la prossima volta che li vedo.»

«Mi piace!» approvò la ragazza prima di dargli un bacio e guardarlo andare via. Poco dopo da fuori sentirono il motore dell'Aston Martin rombare. «E tu, mamma, come stai?» Era preoccupata anche per lei. «Vedrai che si rimetterà alla grande.»

«Sì, suppongo di sì.» Liz sparecchiò, sciacquò i piatti della colazione e li sistemò nella lavastoviglie. Le pareva di essere schiacciata dal peso insostenibile degli anni. La notte precedente era stata molto dura per lei. «Sono in pensiero per papà. Si sta spingendo ben oltre i limiti», aggiunse triste.

«Lui è così. Non rallenterà mai. E forse sarà questo che un giorno lo ucciderà.»

«Sì, forse hai ragione.» Liz le sorrise. «Grazie per la dolcezza dimostrata ieri sera», disse poi, grata; questo la fece sperare che un giorno avrebbe potuto avere un rapporto decente con la figlia. In fondo era una brava ragazza.

«Ti voglio bene, mamma.» Lindsay la abbracciò forte.

«Anch'io, tesoro.»

Un'ora dopo, partirono per una gita al lago. Lindsay le spiegò perché voleva prendersi un anno sabbatico: desiderava viaggiare qualche mese per poi rientrare e frequentare un corso di fotografia, per capire se era quella la carriera che intendeva seguire. Non si sentiva ancora pronta per il college. Liz non poté darle torto, e mentre guidava – questa volta a una velocità più ragionevole della notte precedente – fu felicissima di essere così vicina alla figlia.

Marshall non raccontò a nessuno dell'accaduto, né in ufficio né ad Ashley. Non la chiamò nemmeno, consapevole che l'avrebbe rivista il giorno seguente. Evitando di telefonarle si sarebbero scongiurati malintesi e non sarebbe stato costretto a dirle che la amava. Sebbene fosse così. La scelta, però, era ormai definitiva, e sapeva che era quella giusta, per lui, per la famiglia, per la carriera e per la stessa Ashley. Naturalmente non avrebbe mai abbandonato le figlie: loro erano sue e lo sarebbero state per l'eternità. Con il tempo avrebbe raccontato a Liz delle bambine. Certo, non lo avrebbe fatto subito perché non glielo avrebbe perdonato. Era più prudente aspettare di poterla rassicurare sul distacco definitivo da Ashley, prima di mettere le carte in tavola. Un giorno, poi, le avrebbe presentate ai loro due fratelli e alla sorella. Avevano il diritto di conoscersi. Il loro legame era di sangue, e lui li amava tutti alla stessa maniera. Quando entrò in ufficio, una parte di lui era felice per la decisione presa. Rimaneva solo comunicarla ad Ashley. Chiuso quel capitolo, il peggio sarebbe stato superato. Una volta calmate le acque, avrebbe potuto informare il consiglio di amministrazione. Era quello il suo obiettivo. Liz, senza saperlo, sarebbe stata la fortunata vincitrice. Doveva sacrificare la relazione con Ashley per salvaguardare la carriera. Non aveva alternative.

17

Il lunedì, proprio mentre Marshall aveva il suo primo attacco d'ansia, Ashley, ignara di tutto, stava trascorrendo una tranquilla serata casalinga. Dopo aver messo a letto le gemelle, controllò il proprio sito web per vedere se avesse ricevuto posta. Di recente aveva mandato foto dei suoi lavori a diverse gallerie della East Coast, nella speranza che accettassero di collaborare con lei. La psicoterapeuta le aveva suggerito di fare qualcosa per avviare la carriera; solo così avrebbe smesso di lamentarsi che nella sua vita non si muovesse niente, né con Marshall né con il lavoro. Era ancora presto per ricevere qualche risposta concreta, ma sperava almeno che le inviassero delle e-mail di apprezzamento.

Ne trovò una proveniente da una galleria in Florida alla quale però non era molto interessata. Il curatore diceva che allo stato attuale non stavano prendendo nuovi artisti, ma che il suo lavoro era meritevole. Ashley tentò di ingoiare il rospo e si consolò con l'idea che a breve sarebbe stata contattata da altri, sebbene ancora non si fosse fatto sentire nessuno.

Dopo aver letto la risposta standard che generalmente si riceveva in occasioni simili, notò un'altra e-mail tra la posta in arrivo. L'indirizzo non le diceva nulla: gmiles@gmail... La aprì nonostante tutto, incuriosita dall'oggetto: «Sei tu?» Il testo era breve e arrivava dritto al punto. «Sei quell'Ashley Briggs che frequentava la Harvard-Westlake School a Los Angeles?» Indicava anche la data. «Se sì, io sono Geoffrey Miles. Mi sono trasferito a Londra quando avevo tredici anni, tu invece ne avevi dodici. Sono rientrato giusto questa settimana e mi piacerebbe avere tue notizie.» L'e-mail proseguiva con il numero del cellulare. «Forse potrei rinfrescarti la memoria ricordandoti di quel cavallo bianco che abbiamo visto sulla spiaggia prima della mia partenza. Spero che sia proprio tu. Se sì, mi farebbe davvero piacere rivederti. Ciao, Geoff.» Il riferimento al cavallo bianco la fece scoppiare a ridere: ma certo che ricordava chi era! Se ne era pazzamente innamorata quando era in prima media e lui in seconda. Geoffrey Miles. Un ragazzino carino che assomigliava ad Alfa-Alfa della vecchia serie televisiva *Simpatiche canaglie*, ciuffo ribelle compreso. Avevano fatto una passeggiata lungo la spiaggia di Santa Barbara insieme ai genitori di lei, e Geoff aveva approfittato per baciarla nel momento in cui era passato al galoppo un cavaliere su un cavallo bianco. Era stato il suo primo bacio in assoluto, goffo e innocente, che però ai tempi aveva suscitato in lei una forte emozione. Geoff era il ragazzo più eccitante che avesse mai conosciuto. La madre era americana e il padre uno sceneggiatore inglese di successo; uno o due mesi dopo quel bacio sulla spiaggia, la famiglia si era trasferita in Inghilterra. Ashley ricordava vagamente la sorella di Geoff, che all'epoca frequentava il liceo. Dopo la partenza aveva avuto sue notizie un paio di volte. A quei tempi non c'era la posta elettronica e le lettere ci mettevano una vita per arrivare dal collegio scozzese dove lui era iscritto. La corrispondenza era cessata quasi subito e da allora non si erano più sentiti. Non pensava più a lui ormai, ma ricordava tutto perfettamente, compreso quel bacio impacciato e ridicolo che le era sembrato fantastico e che, adesso, dopo diciotto anni, le suscitava tanta tenerezza.

Rispose alla e-mail con il sorriso stampato sulla faccia. Le bambine erano già a letto e Bonnie era impegnata con il suo nuovo lavoro fino a tardi, tanto che non si vedevano da giorni.

«Sì, quella Ashley Briggs sono proprio io. Ricordo perfettamente il cavallo bianco e cos'è successo quando lo abbiamo visto. Dove sei? Come stai? Come mai sei tornato in America? E cosa hai fatto di bello negli ultimi diciotto anni (in una decina di parole o anche meno)? Io vivo a Malibu. Tanta spiaggia, ma nessun cavallo bianco. Con affetto, Ashley.» Tentennò qualche secondo sulla parola «affetto», ma poi decise che era appropriata per un amico d'infanzia. Il loro era stato un bel rapporto.

Geoff rispose subito. Di nuovo, Ashley sorrise. La serata aveva inaspettatamente preso una piega piacevole.

«Cara Ash, mi dispiace sentire che non esistono più cavalli bianchi a Malibu. Ho vissuto tra Londra e New York scrivendo sceneggiature. A quanto pare è genetico. Sono stato appena assunto da uno show televisivo qui a Los

Angeles. Sono arrivato tre giorni fa e sono in cerca di un appartamento, preferibilmente nei pressi di West Hollywood. Ho usato più di una decina di parole, ma è il meglio che sono riuscito a fare. E tu? Sei sposata? Single? Divorziata? Hai una dozzina di pargoletti? Ho visto che sei un'artista. Gran bel lavoro. Con affetto, Geoff.»

La risposta di Ashley non si fece attendere. «Caro Geoff, anche Santa Monica e Westwood non sono niente male. Sono felice del tuo ritorno e ti faccio tanti auguri per il nuovo show. Grazie per aver apprezzato il mio lavoro. Sono single e ho due gemelle di sette anni. Mi piacerebbe rivederti. Organizziamo. Con affetto, Ashley.» Questa volta scrisse anche il numero del cellulare.

Lui riscrisse con la velocità di un fulmine. «Anche a me piacerebbe vederti. Che ne dici di mangiare insieme domani? Magari da *Ivy* alle 12.30. Inizierò a lavorare tra un paio di settimane; sono venuto in anticipo per cercare casa. Ti chiamo tra cinque minuti.» Il cellulare squillò tre minuti dopo. La voce era la stessa di sempre, ma più profonda, adulta, e con un leggero accento inglese. D'altra parte, era stato via a lungo.

«Sei davvero tu?» le chiese appena gli rispose. Era estasiato, e anche Ashley lo era. Quella telefonata era una boccata d'ossigeno che veniva direttamente dalla sua gioventù, la parte migliore della sua vita. Qualche anno dopo, infatti, i genitori avevano divorziato, la madre era morta mentre lei frequentava il college e il padre si era risposato, poi si era trasferito e in seguito era venuto a mancare anche lui. Ai tempi dell'amicizia con Geoff, tutto era semplice, ed entrambi erano felici. Pure il signor Miles era morto, Ashley aveva appreso la notizia dai giornali, perché era abbastanza famoso. «Sei davvero tu?» ripeté ridendo.

«No, sono la vicina», scherzò lei, raggiante. «Non riesco a credere che tu sia tornato. È fantastico. Ed è meraviglioso che lavori qui. Devi essere un ottimo sceneggiatore, se sei stato chiamato dall'estero. Ci sono un sacco di bravi scrittori a Los Angeles.»

«Ho solo avuto fortuna», rispose lui, modesto. «Scrivevo sceneggiature per uno show in Inghilterra e il mio agente ha mandato in giro il mio lavoro. Probabilmente i produttori desideravano un pizzico di humour britannico. E tu cosa mi racconti? Due gemelle? Ti devono impegnare parecchio!»

«Sono adorabili», disse orgogliosa. «Tu hai figli?» La felicità di averlo ricontattato le aveva fatto dimenticare di chiederglielo. Ricordò l'amore folle che aveva provato per lui. Avevano frequentato la stessa scuola per cinque anni, ma si era innamorata di lui solo in prima media. Poi era andato in Inghilterra.

«Niente moglie né figli. Per quattro anni ho convissuto con una ragazza: una francese folle, un'attrice che mi ha fatto impazzire. Abbiamo rotto pochi mesi prima che accettassi di trasferirmi a Los Angeles, proprio nel periodo in cui mi stavo autocommiserando. È stata lei a mollarmi», specificò, per nulla abbattuto. «Quella è stata la molla che mi ha spinto ad accettare l'offerta di Los Angeles e a mettere un punto alla mia esperienza londinese. Sono contento di averlo fatto, di essere ritornato in patria. Sono tre giorni che vado in giro cercando i posti che abbiamo frequentato da ragazzini. Amo questa città e mi è sempre mancata molto. Ho vissuto per un anno anche a New York, ma la detestavo;

il clima è brutto quasi come quello londinese. Mi mancava il sole. A Londra sono tutti depressi perché piove in continuazione e fa un freddo cane. Non vedo l'ora di conoscere le tue bambine. Assomigliano a te da piccola?» Si erano conosciuti quando avevano circa quell'età. Se ci fosse stata una somiglianza, Geoff l'avrebbe notata immediatamente. Le piccole, però, secondo Ashley assomigliavano di più a Marshall, a parte che per i capelli.

«Un po'. A mio parere sono il ritratto del padre.»

«Chi è? O forse dovrei dire chi era? Hai detto di essere single.» Geoff aveva immaginato che fosse divorziata, visto che non si era prodigata in dettagli.

«Un uomo affascinante. Un alto dirigente. Ha una ventina d'anni più di me. Una lunga storia...»

«Me la racconterai a pranzo. Ti va bene domani? All'*Ivy*.»

«Perfetto. Alle 12.30», confermò Ashley. Non stava più nella pelle all'idea di rivederlo. Chissà se era cambiato. Le sembrava di dover reincontrare un fratello a lungo lontano o il migliore amico. Non era in cerca di avventure romantiche, solo di rivivere i vecchi tempi, ed era sicura che per lui fosse lo stesso.

«Ti riconoscerò?» Geoff parve di colpo preoccupato.

«Facilmente. Peso centocinquanta chili, ho i capelli neri e stringerò una rosa fra i denti.»

«Ti riconoscerei comunque», rise lui. A quanto pareva, Ashley non era cambiata. Era divertente come da bambina, una qualità che lo aveva sempre incantato. Geoff ricordò quando aveva speso l'intera paghetta per comprarle una scatola di cioccolatini a forma di cuore, la settimana dopo il bacio. Era sempre stato dolce, anche da ragazzino.

«E tu?» Ashley non aveva pensato a quel particolare e si aspettava di vederlo entrare nel ristorante con l'aspetto di un tredicenne, proprio come lui immaginava di ritrovarla ancora bambina.

«Sono uguale a prima, solo un po' più alto. Be', molto più alto, a dire il vero. Sono un metro e novanta.»

«Guarderò in direzione del cielo per trovarti.»

«Oh, non preoccuparti.» La voce di Geoff risuonò allegra. «Sarò io a trovare te, Ashley Briggs.» Quando riattaccò, si chiese perché in tutti quegli anni non fossero rimasti in contatto. Parlando con lei, capì che gli era mancata. Anche per Ashley fu lo stesso. Quella sera andò a letto elettrizzata all'idea dell'imminente incontro. Il giorno seguente sarebbe stato ricco di avvenimenti: il vecchio amico, l'appuntamento con la psicanalista prima di pranzo... Attendeva con ansia anche quel momento. La terapia l'aiutava ad analizzare il rapporto con Marshall, a capire perché nonostante le difficoltà della relazione avesse acconsentito a restare nascosta così a lungo, in attesa che lui si decidesse a lasciare la moglie, e perché non lo aveva ancora fatto. La psicanalista era una donna simpatica; lei stessa ammetteva che Marshall doveva essere un uomo eccitante e affascinante, ma che non sembrava intenzionato a separarsi dalla moglie. Perché, continuava a chiederle la dottoressa? La risposta era una soltanto: lui voleva evitare di sconvolgere i figli. Ogni volta la dottoressa si limitava ad annuire, come se comprendesse, e ogni volta Ashley si sentiva una sciocca. Dopo otto anni anche per lei quella era diventata una scusa senza fondamento, proprio come pensava chi la conosceva, una scusa che pareva avere un senso solo quando era Marshall a dirla. Per una volta, però, la giovane donna non stava più pensando al compagno, ed era eccitata al pensiero di rivedere Geoffrey Miles.

L'indomani, al ristorante, Ashley si guardò intorno in cerca di un uomo simile ad Alfa-Alfa. Ma vedeva solo coppie e gruppi seduti sulla terrazza, mentre nella sala interna un attore famoso era accomodato al sole. Non c'era nessuno che assomigliasse a Geoff. Per un attimo si sentì persa, lì, da sola, in attesa di essere raggiunta dal maître per chiedergli del tavolo prenotato a nome di Geoffrey Miles; poi udì una voce familiare alle sue spalle. L'avrebbe riconosciuta anche se non avesse parlato con lui la sera prima al telefono.

«Hai un appuntamento per pranzo?» sussurrò Geoff. Ashley si voltò e si trovò a faccia a faccia con lo stesso volto bellissimo e il sorriso ampio di diciotto anni prima. Non era cambiato per niente, era soltanto cresciuto. Eccome, se lo era! Era un ragazzo alto e attraente, snello e con le spalle larghe, ma conservava ancora quello sguardo e quel sorriso che lei conosceva bene. Entusiasta, lui si sporse in avanti per salutarla con un bacio sulla guancia e ammirò la donna che era diventata. «Accidenti, sei fantastica!»

Ashley scoppiò a ridere, mentre Geoff pensava che era bella come un'attrice o una modella. Era persino più attraente della sua ex, Martine, una ragazza piuttosto sui generis, molto «parigina», che fumava tre pacchetti di sigarette al giorno impestando il loro minuscolo appartamento, e che non puliva mai nella speranza che una cameriera apparisse dal nulla per rimediare al caos che lei creava. Lui aveva sopportato perché l'amava, o almeno così credeva. Martine lo aveva lasciato per uno dei suoi amici, che adesso si lamentava di lei. Ma Geoff riteneva che, dopo quanto accaduto, era il minimo che meritasse. Quella donna era una scocciatrice non da poco; detestava parlare inglese e così, per quella pigrizia mentale, il francese di Geoff era notevolmente migliorato, come lui stesso spiegò ad Ashley dopo essersi accomodati al tavolo e avere ordinato due insalate e una porzione di chili per lui (quanto gli era mancato, il chili!).

Avevano parecchio da raccontarsi. Geoff si dispiacque nel sentire che i genitori di lei erano morti da tempo.

«Mi mancano», ammise Ashley, malinconica. «Per fortuna, però, ho le bambine. Adesso sono loro la mia famiglia.»

Lui annuì, un po' invidioso di quel privilegio, e le raccontò con rammarico di E tu ci credi?» La cosa aver perso quattro anni dietro a Martine, senza sposarsi né avere figli. Lei detestava i bambini e riteneva inutile il matrimonio, sebbene lui glielo avesse proposto due volte. «Continuava a ripetermi che era una cosa superflua per persone intelligenti, anche se non sono mai riuscito a stabilire un nesso fra le due cose.» Ashley scoppiò a ridere. «E tu? Hai divorziato da molto?» le domandò dopo che il cameriere li ebbe serviti. Poi guardò adorante il chili e iniziò a mangiarlo di gusto.

«Non ho divorziato», replicò lei con semplicità. Non intendeva mentirgli, l'amicizia che li univa da anni esigeva franchezza. E poi, perché non raccontargli la verità? Non era orgogliosa della situazione in cui si trovava, ma non se ne vergognava e per il momento la accettava per com'era. «Per me il matrimonio non è superfluo, ma non ho mai sposato il padre delle mie bimbe. Non ancora.»

«Continuate a frequentarvi?» Geoff era intrigato dalla storia. Ashley fece cenno di sì.

«Ci vediamo due giorni a settimana.»

«Una storia misteriosa...» commentò lui. «Raccontami qualcosa di più.» Era avido di particolari e desideroso di recuperare il tempo perduto.

«Non c'è niente di misterioso. Si tratta di una faccenda alquanto complicata. È l'amministratore delegato di una grande compagnia e vive a San Francisco. Con una moglie e tre figli», disse come se fosse tutto normale. «Uno va a Stanford, un altro frequenta la facoltà di giurisprudenza e la terza è al liceo. Non vuole divorziare per non sconvolgere la vita dei ragazzi.» Geoff la guardò stupito.

«È ancora sposato?»

Ashley annuì con espressione preoccupata. «Per adesso. Ha deciso di divorziare il prossimo anno, quando la figlia si diplomerà.»

«E tu ci credi?» La cosa gli pareva surreale. L'amica esitò.

«Certe volte. Voglio crederci.» Sospirò e lo fissò negli occhi. «Dopo otto anni, comincio ad avere dei dubbi anch'io. È passato tanto tempo e lui non ha mai smesso di snocciolare impedimenti al divorzio. Forse non vuole farlo. Le bambine però lo adorano», aggiunse, come a volersi giustificare per non averlo lasciato. Secondo Geoff era la solita vecchia storia: un uomo sposato con un'amante più giovane e bellissima. A tutto svantaggio di lei, rifletté a malincuore.

«Fammi capire... lo vedi per due volte a settimana e non trascorri con lui né un weekend né una vacanza. E magari di sera non puoi neanche chiamarlo, giusto?»

«Non posso telefonargli neppure in ufficio», confermò lei. «È un uomo prudente. Avrebbe moltissimo da perdere se si venisse a sapere di questa storia.»

«Per esempio? Gli alimenti?» Dal tono di voce, si capiva che Geoff non approvava il comportamento di Marshall né il modo in cui lei era costretta a vivere.

«Il lavoro. Non può permettersi uno scandalo. Ha rischiato grosso, questa primavera, e ha vissuto momenti da incubo.»

«Che tipo di scandalo?»

«Ha subìto un ricatto da parte di una donna con la quale ha avuto un'avventura di una notte. Lei l'ha resa pubblica, e per ritrattare ha preteso due milioni di dollari.»

«Dunque... è sposato e vi ha tradite entrambe. Anche l'avventura di una notte ha il suo peso», le fece notare Geoff. «E tu non puoi neanche chiamarlo in ufficio. C'è dell'altro?» Si chiese se la mantenesse in grande stile e se lei avesse bisogno di denaro; ma Ashley non gli pareva il tipo. Indossava un semplice prendisole di cotone e non esibiva neppure un diamante. Al collo aveva la stessa croce in oro che portava da bambina e nulla in lei sembrava di lusso. Non vi erano dubbi che accettasse la storia per amore e non per soldi.

«C'è dell'altro, sì», rispose lei con gli occhi persi nel vuoto lasciandosi ammirare in tutta la sua bellezza.

Non era difficile immaginare perché quell'uomo la desiderasse così tanto, pensò l'amico. Chi non l'avrebbe voluta? Ciò che non capiva era perché Ashley accettasse le briciole e vivesse nella fievole speranza che un giorno lui avrebbe lasciato la moglie. Era improbabile che lo facesse, dopo tutti quegli anni. Di solito, era più comodo continuare la relazione così come lei gli aveva permesso di condurla. Da ciò che aveva detto l'amica, doveva trattarsi di un uomo importante, un uomo di potere, capace di influenzare la vita altrui. Geoff provò una fitta di dispiacere per le bambine e per Ashley: avrebbero meritato di meglio.

«È così che stanno le cose. Non posso costringerlo a divorziare.»

«Non hai mai pensato di lasciarlo?»

«Se non avessi avuto le gemelle forse lo avrei già fatto», rispose sincera, «ma è il loro padre. Non me la sento di privarle della sua presenza. E poi lo amo. Io continuo a sperare e lui a promettere, un anno dopo l'altro... La lascerà, prima o poi la lascerà, ripete. Eppure siamo al punto di partenza. Pian piano mi sto abituando all'idea che non accadrà mai. È un'esperienza nuova per me. La situazione è molto cambiata da quando è spuntata la storia con quella donna e lui ha ammesso di esserci andato a letto. Una volta. Se mi fosse capitata l'occasione, io non lo avrei tradito. Credo che sia stato questo a spezzare qualcosa dentro.»

«Immagino la reazione della moglie...» commentò Geoff.

«L'ha detto soltanto a me. Lei non sa, non sa nemmeno che esisto. Recentemente, ero in un ristorante al tavolo accanto a uno dei suoi figli. Era strano sapere che lui non avesse idea della mia esistenza o di quella delle sorelline. Mi ha ferito molto.» Nel vedere l'espressione avvilita negli occhi di lei, Geoff provò l'impulso di stringerla tra le braccia, ma si trattenne.

«È sorprendente quanti compromessi riusciamo a sopportare pur di tenerci le persone che ci stanno a cuore. Io sono giunto alla conclusione che non ne vale la pena. Ero consapevole del fatto che Martine mi tradisse di continuo, ma fingevo di non saperlo, per lei e per me stesso. Sono sforzi che alla fine minano la relazione, perché viene a mancare l'onestà dei sentimenti. Un uomo che vive sulle bugie, come un padre di tre figli, è una persona priva di onore. E se è capace di mentire a sua moglie è in grado di fare lo stesso con te.»

«Lo so», ammise lei dolcemente. «Neanch'io ho più fiducia in lui, però continuo ad amarlo e a sperare che un giorno sarò io la vincitrice.» Geoff evitò di proseguire sull'argomento, ma non poté fare a meno di chiedersi cosa avrebbe vinto alla fine Ashley, se non un uomo disonesto. Sarebbe stato un pessimo affare. «Comunque sia, questa è la storia. Niente marito, due bambine. Non era esattamente quello che avevo in mente a dodici anni, ma adoro le mie piccole e mi reputo fortunata.» Sentendola parlare e considerata la sua bellezza, il giovane sceneggiatore si disse che non avrebbe avuto difficoltà a trovare un uomo desideroso di darle altri figli e molto più di quanto lei avesse adesso. Anche questa volta tacque per non rattristarla. «Vorrei fartele conoscere.» Gli sorrise e lasciò che lui le prendesse una mano tra le sue, gli occhi fissi in quelli di lei.

«Ti ringrazio per l'onestà dimostrata nei miei confronti. Avresti potuto dirmi di essere sposata, divorziata oppure di farmi gli affari miei.» Era stata così sincera con lui, così vulnerabile da averlo commosso. Gli sarebbe piaciuto dare una bella ripassata a quel bastardo che da anni le spezzava il cuore. Avrebbe dovuto divorziare e sposarla da un pezzo. Ashley era una donna buona, una persona perbene, diversa dal compagno. «Allora, quando posso conoscerle?», disse rivolgendole un caldo sorriso. «Che te ne pare di stasera?»

Sulle prime, Ashley parve sorpresa, ma dopo una breve esitazione annuì. Marshall sarebbe arrivato soltanto il giorno seguente. Se ci fosse stato lui a casa non avrebbe acconsentito a trascorrere neanche un minuto del suo tempo con un'altra persona, ma per il momento era libera.

«Certamente. Perché non vieni a cena? Le ragazze saranno felici. Potrai raccontare loro quanto ero monella da piccola.»

«Ma se eri un angioletto!»

«Io non ricordo proprio così.» Scoppiò a ridere. «A scuola ci cacciavamo sempre nei guai.»

«Be', diciamo che avevi l'aspetto di un angioletto.» Geoff si appoggiò alla spalliera della sedia e la osservò con un guizzo nostalgico negli occhi. «E lo sembri ancora. Non sei cambiata affatto. Hai solo guadagnato un po' in altezza.»

«Pure tu. E parecchio anche.» Risero.

Chiacchierando del passato, il tempo volò. Quando Ashley se ne accorse, lo salutò in fretta. Doveva sbrigarsi se non voleva arrivare tardi dalle figlie. Lui avrebbe proseguito la giornata visitando tre appartamenti. Promise di andare da lei per le sei.

Una volta al volante, Ashley sorrise. Le pareva che un pezzetto del suo passato fosse tornato indietro per incontrarla, e si sorprese della sensazione di benessere che provava. Era come se una parte di lei che non sapeva di aver perso fosse scivolata di nuovo al suo posto. Era bello ripensare a quei giorni felici e spensierati, quando erano ancora bambini. Geoff era cresciuto, come lei, e si era trasformato in un uomo dolce e gentile. Lo era sempre stato, in realtà.

Ripensò ai genitori dell'amico; le piacevano, sebbene il padre fosse un po' rigido, un tipico inglese. Al contrario, la madre era una donna solare e calorosa. L'amico le aveva detto che era ancora viva, che si era stabilita in Inghilterra e aveva sposato un altro scrittore, anche se meno famoso del precedente marito. Il figlio andava a trovarla tutte le volte che poteva nella sua casa di campagna.

Le gemelle furono felici quando andò a prenderle e raccontò loro che a cena avrebbero avuto un ospite, un amico dei tempi della scuola, di quando lei aveva più o meno la loro età. Naturalmente evitò di raccontare del primo bacio; non era un'informazione necessaria per delle bambine così piccole. L'idea di avere compagnia per la sera le eccitò, e accolsero l'invitato con grande curiosità. Geoff si presentò alle sei in punto con un grande bouquet di fiori per Ashley, due più piccoli per ciascuna delle bambine e una bottiglia di vino.

«Noi non beviamo», spiegò Kendall, «ma la mamma sì.»

«Buono a sapersi», replicò lui, serio. «Ti piace la birra?»

La piccola scoppiò a ridere. «No!»

«E la Coca-Cola?»

«Certe volte la beviamo.» Delle due, lei era la più seria, mentre Kezia aveva un carattere più birichino. Erano entrambe deliziose. «Abbiamo il permesso di prenderne solo una, però, e dobbiamo dividerla, per evitare che ci tenga sveglie.»

«Capisco.» Geoff sorrise ad Ashley al di sopra delle loro teste e notò tutto il suo amore di mamma. Questo spiegava perché era rimasta insieme al compagno così a lungo nonostante le condizioni a cui era sottoposta.

Ashley preparò pasta, hamburger e insalata. Apparecchiò in veranda e stappò la bottiglia che l'amico aveva portato. Mentre lei cucinava, lui aveva dato un'occhiata all'atelier e poi le bambine lo avevano portato nella loro stanza per mostrargli i loro giocattoli preferiti. Finito di mangiare, le piccole corsero a giocare ancora un po' prima di andare a letto, lasciando i due adulti a chiacchierare.

«Sono adorabili», le disse pieno di ammirazione. «E tu sei una madre grandiosa.»

«Sì, sono eccezionali. Io stessa ero poco più di una bambina quando le ho avute. Ho lavorato come receptionist nell'ufficio del mio compagno per un mese. Volevo raggranellare un po' di soldi per pagare la scuola d'arte. Poi è iniziata la mia relazione con Marshall: sono cose che capitano. Mi aveva promesso che avrebbe lasciato la moglie già prima che io partorissi, ma non l'ha mai fatto. Con il passare del tempo la situazione si è complicata e ancora adesso è ingarbugliata. Abbiamo litigato spesso per questo motivo e ultimamente gli ho fatto pressione. La nostra relazione ne ha risentito molto, ma Marshall mi ha chiesto di aspettare ancora un anno.» Il suo tono era triste.

«E tu hai accettato?» chiese Geoff, avvilito per lei.

«Più o meno. Di recente ho iniziato a fare psicoterapia e sto cercando di vivere alla giornata. Se non facessi così, sarai sempre in uno stato d'ansia profonda. Che senso ha sprecare il poco tempo che trascorriamo insieme? Quando lui è qui, la mia vita assume una dimensione reale; quando se ne va, mi sembra di essere sospesa nel vuoto per cinque giorni.»

Geoff pensò che stava sprecando gran parte della sua esistenza ad aspettare il ritorno di Marshall. Il settantacinque per cento della sua vita lo stava perdendo così, in attesa di lui e di una vita vera. Si chiese come l'avrebbe presa Ashley se glielo avesse fatto notare o se lei stessa ci avesse pensato.

Poi chiacchierarono del lavoro di lui, delle sceneggiature e di come stava andando lo spettacolo per il quale era venuto in America. A un certo punto, lei si alzò per andare a mettere a letto le figlie e si fermò nella loro camera a leggere una storia, prima di spegnere le luci. Ashley e Geoff le sentirono ridacchiare per un po', ma poco dopo ogni rumore cessò e rimasero solo loro due, sulla veranda, a stappare un'altra bottiglia di vino. La notte era tiepida. Il tempo passò senza che nessuno dei due se ne accorgesse e a mezzanotte Geoff si congedò. L'indomani avrebbe avuto un incontro di lavoro mentre lei avrebbe dovuto portare le figlie al campo estivo.

«È stata davvero una bella serata, Ash», disse avviandosi alla macchina. Alloggiava temporaneamente in un albergo pieno di rockstar che facevano baldoria tutta la notte ed era impaziente di trovare un appartamento. Si girò a guardarla alla luce della luna, stupito dalla sua bellezza. Nel pallido chiarore sembrava una visione, con quell'aureola di capelli a incorniciarle il viso. Tutto a un tratto non la vide più come la bambina di un tempo ma come una donna stupenda: le prese il viso tra le mani e la baciò, e prima di rendersi conto di ciò che stava facendo la strinse forte a sé con più passione di quanto si aspettasse. Ashley lo ricambiò. Tutta la tenerezza e la nostalgia dell'infanzia si riversarono in quel bacio. Il tempo smise di scorrere. Quando si staccarono, i loro occhi brillavano di stupore. Nessuno di loro due lo aveva premeditato, ed era successo in modo totalmente spontaneo.

«E questo cos'era?»domandò Ashley sbigottita.

«Non ne sono certo, ma penso di aver appena visto passare un cavallo bianco», replicò lui nel tentativo di smorzare l'imbarazzo. Lei scoppiò a ridere. Tuttavia non erano più i ragazzini di un tempo, e il bacio non era stato innocente come lui avrebbe voluto. Era stato vero, per entrambi. In quel momento Ashley realizzò che in otto anni aveva baciato soltanto Marshall; Geoff si accorse subito del suo stato d'animo. «Perdonami, Ash... non so come sia successo», si giustificò. In realtà non era affatto pentito, e lo stesso valeva per lei.

«Forse ho bevuto troppo», commentò Ashley per scusarsi. Avevano fatto fuori due bottiglie di vino.

«Sì, anch'io», ammise lui prima di infilare le chiavi della macchina in tasca. «Suppongo che sarebbe meglio chiamare un taxi.»

Davanti alla porta di casa, in attesa che il tassista arrivasse, Geoff la baciò di nuovo, e questa volta nessuno dei due addusse la scusa dell'ubriachezza. Prima di lasciarla, la strinse forte e la guardò negli occhi.

«Ci sentiamo domani», disse, poi montò in auto guardandola salutarlo mentre si allontanava.

Rientrata nella casa ormai immersa nel silenzio, Ashley si domandò se l'incontro con Geoff fosse un dono del destino, una tentazione o solo una strana coincidenza. Incapace di rispondere, si preparò per andare a letto cadendo in un sonno profondo appena la testa toccò il cuscino.

Il mattino seguente si alzò con un terribile mal di testa. Il sole era molto luminoso e inondava la stanza, le bambine al piano di sotto parlavano a voce troppo alta e aveva lo stomaco sottosopra. Al ricordo dei baci di Geoff si sentì colpevole. Era preoccupata che Marshall la tradisse e invece lo aveva fatto lei. Si era lasciata trascinare dai ricordi, dalle chiacchiere al chiaro di luna e dalla compagnia piacevole di Geoff. Era stato quasi naturale baciarlo, e raccontava a se stessa che era stato per il vino, ma non era certa che fosse quella la verità.

Dopo aver lasciato le bambine, dalla macchina chiamò l'amico. Geoff era passato da casa sua a prendere l'auto che aveva lasciato lì la sera precedente, e ora stava andando a un appuntamento. Fu contento di sentirla.

«Sei arrabbiata con me?» le chiese.

Ashley sospirò. «No, sono arrabbiata con me stessa. Non avrei dovuto farlo... ma mi è piaciuto», aggiunse con un sorriso. Geoff scoppiò a ridere. A entrambi sembrava di essere tornati i ragazzini di un tempo, su quella spiaggia.

«Sì, è stato bello. Mentirei se ti dicessi che mi sono pentito. In realtà, ne sono felice.»

«Pure io», ammise Ashley. Sembrava tutto così semplice, spensierato. Ma quando la sua mente tornò a Marshall, ogni cosa parve crollare. Eppure, quando aveva baciato l'amico di infanzia, si era scordata di lui. «Erano otto anni che non baciavo un altro uomo.»

«Forse avresti dovuto. Scusami, Ash. Ho un incontro di lavoro, adesso. Possiamo vederci stasera?»

«No», disse lei in tono triste. «Oggi è mercoledì. Arriva Marshall.»

«Quando andrà via?» chiese lui, nella voce un filo di speranza. Voleva rivederla presto.

«Venerdì mattina. Geoff... non accadrà più. Non intendo incontrare nessuno alle sue spalle. Mi comporterei come lui, che si divide tra me e la moglie.»

«Saremo amici, allora», accondiscese lui. «Prometto di comportarmi come si deve e la prossima volta cercheremo di andarci piano con il vino.» Ashley rise alla battuta. «Ti chiamo venerdì. Magari possiamo organizzare qualcosa per il fine settimana, insieme a Kezia e Kendall. Andare in spiaggia, allo zoo, qualunque attività piaccia a delle bimbe di quell'età.»

«Adorano nuotare. Le potremmo portare al nostro solito lido.» Era bello poter fare qualcosa in compagnia, nel weekend. Ashley trascorreva quei giorni sempre sola, tranne quando Bonnie era libera. Con il passare degli anni aveva smesso pian piano di vedere gli amici per evitare di dover dare spiegazioni imbarazzanti. «In bocca al lupo per l'incontro di lavoro!» La testa le pulsava ancora per gli eccessi della notte precedente.

«Scherzi? Ho ingoiato tre pillole antidolorifiche a colazione e nonostante tutto mi scoppia la testa.»

«A chi lo dici!» esclamò Ashley. «A presto.» Guidò fino a casa senza smettere un istante di pensare a Geoff. Arrivata a destinazione, ricevette un messaggio da parte di Marshall che la informava di essersi appena imbarcato e che si sarebbero visti quella sera stessa. Stranamente non le aveva scritto che l'amava, come faceva di solito. Si sentì in colpa e ancora di più con il passare della mattinata, quando si accorse che non riusciva a non andare con la mente a Geoff e ai loro baci. Forse non era il caso di incontrarlo nei giorni successivi. Ritrovarlo era stato bellissimo, ma allo stesso tempo era confusa.

Era stremata: si mostrò spazientita con le bambine quando andò a prenderle ed ebbe l'emicrania fino alle cinque del pomeriggio, quando le accompagnò dalla babysitter. Alle sei, mentre stava uscendo dalla doccia, arrivò Marshall. Salì in camera e la trovò nuda in bagno. La fissò come se la vedesse per la prima volta. Nell'istante in cui lei si accorse della sua presenza, si pentì di quanto era successo la sera prima. Il compagno la osservava con trasporto e, consapevole dell'assenza delle figlie, le andò incontro e la strinse a sé. La passione li travolse con una forza talmente inaspettata da lasciarli senza fiato e, quando tutto fu finito, i due amanti si chiesero cosa fosse successo. Era stato come la prima volta, addirittura meglio. Era come se Marshall si fosse donato a lei con il cuore e con l'anima. Non poteva, non voleva lasciarla. Quando Ashley lo guardò, vide il suo volto rigato di lacrime.

«Qualcosa non va, tesoro?» Lui fece di no con la testa. Era venuto per dirle addio, ma solo adesso si rendeva conto che non ne sarebbe stato capace. Aveva bisogno che lei facesse parte della sua vita, era impossibile lasciarla. Le apparteneva completamente, era drogato di lei, ma avrebbe dovuto prendere una decisione. Per salvaguardare la carriera, non era da Ashley che si sarebbe dovuto separare, ma da

Liz. La moglie era una figura importante per il suo lavoro, ma Ashley... lei lo era per tutto il resto. Si mise a sedere sul letto e le raccontò dell'attacco d'ansia durante il quale aveva creduto di morire. Fu solo allora che Ashley si accorse della piccola ferita alla piega dell'inguine. Avevano iniziato a fare l'amore talmente in fretta che non lo aveva notato.

«Perché non mi hai chiamato?» chiese con tono triste.

«Non ne ho avuto il tempo. È accaduto all'improvviso.»

«Avresti potuto telefonarmi il giorno dopo. Non mi hai neppure mandato un messaggio. Credevo fossi impegnato.»

«Lo sono stato. Ho pensato di dirtelo una volta arrivato qui», mentì. In realtà, il suo proposito di lasciarla lo aveva indotto a evitare ogni contatto fino al suo arrivo a Los Angeles.

«Hai idea di cosa te lo abbia causato?» domandò preoccupata.

«Suppongo sia stata una combinazione di eventi. Lunedì ho avuto un incontro con il presidente del consiglio di amministrazione. Il solito stress, che però questa volta ha avuto conseguenze peggiori. Ho pensato a un infarto.» Fu percorso da un brivido. In quel momento, per la prima volta, Ashley si chiese cosa sarebbe accaduto se le cose fossero andate nel peggiore dei modi. Non le era mai venuto in mente che Marshall potesse lasciarla per sempre. Non disse nulla, ma era ancora scossa all'idea quando scesero al piano inferiore e lui accolse le bambine con particolare dolcezza, giocando e leggendo loro una favola prima di metterle a letto. Quella sera fecero di nuovo l'amore. Dopo ciò che le aveva raccontato, si aggrapparono disperatamente l'uno all'altra e si addormentarono stretti in un abbraccio, emotivamente sfiancati.

L'indomani, Marshall attese che Ashley rientrasse dopo aver accompagnato le bambine al campo estivo.

«Stai bene?» chiese lei, stupita di trovarlo ancora a casa. La preoccupazione la colse all'improvviso: forse si era stancato troppo e stava per avere un altro attacco d'ansia.

«Devo parlarti», la tranquillizzò lui. Andarono in veranda.

«C'è un problema?»

«Prima sì, adesso non più. È successo qualcosa che ci riguarda. Martedì ho ricevuto la visita del presidente del consiglio di amministrazione. Sanno tutto di noi, Ash, e dopo la vicenda dell'accusa di molestie sessuali non vogliono altri scandali. In quell'occasione me la sono cavata per il rotto della cuffia, anche grazie alla collaborazione dei miei superiori. Ma mi hanno fatto capire di non volere un amministratore delegato che sollevi polveroni ogni cinque minuti. La posta in gioco è il mio lavoro», spiegò con semplicità.

«Ti licenzieranno a causa mia?» Sembrava scioccata.

«Non esattamente. Il presidente e il consiglio pretendono che io regolarizzi la mia posizione. A loro non importa se sceglierò te o mia moglie, ma sanno che conduco una doppia vita. Qualcuno nell'ufficio di Los Angeles lo ha immaginato... magari una segretaria che ti conosce. Suppongo che negli anni siamo stati visti insieme parecchie volte. Nessuno mi ha mai detto niente, ma la voce è arrivata a loro. Ero venuto per lasciarti, Ash. Ecco perché non ti ho chiamato dopo aver avuto l'attacco d'ansia. Questa mattina avevo intenzione di dirti che fra noi tutto è finito. Ma non ce la faccio.»

«Me lo avresti detto dopo aver trascorso la notte con me?» gli domandò guardandolo inorridita.

«Volevo un'ultima notte insieme, prima di dirti addio.» Marshall parlò con franchezza, come non aveva mai fatto prima.

«E cosa mi dici delle bambine?»

«Ho lasciato parte della mia eredità a te e a loro, nel testamento. L'ho fatto già sette anni fa.»

«Avresti continuato a vederle, se mi avessi lasciato?» I suoi occhi erano tristi. Le pareva di non conoscere più l'uomo che aveva davanti.

«Certo. Suppongo di sì. Non ci avevo ancora pensato. Sapevo soltanto di doverti lasciare per evitare di mettere a repentaglio la mia carriera. Me lo hanno detto chiaramente. Però, quando ieri ti ho vista, ho capito che non avrei potuto farlo. Non posso vivere senza di te. Chiederò il divorzio. O lo faccio, o ci rimetterò il posto», concluse avvilito.

«Mi stai dicendo che divorzierai?» Marshall annuì. «Perché non lo hai fatto prima per me? Che fine hanno fatto tutti quei discorsi sull'ultimo anno di Lindsay, sui tuoi figli? E tutte le scuse che in questo tempo mi hai propinato?»

«L'ultimo anno di mia figlia sarebbe molto più spiacevole, se il padre fosse disoccupato.» Ashley sapeva che Marshall non aveva bisogno dei soldi ma del lavoro, che alimentava il suo ego, e del potere. La sua scelta era dettata da questo, non dall'amore che provava per lei o per la moglie.

«E se Liz riuscisse a farti cambiare idea? Se ti supplicasse di non farlo o minacciasse di uccidersi?»

«Non succederà. È una donna solida. E spero che nemmeno tu arriverai mai a intimidazioni del genere.» Era certo che non sarebbe accaduto, ma nella vita non si poteva mai sapere.

«E se un giorno il consiglio di amministrazione ti chiedesse di liberarti di me per evitare il licenziamento? Anch'io diventerei parte del tuo passato, giusto?»

«Non essere ridicola. Non avrebbero motivo di chiedermi una cosa del genere, una volta che avrò smesso di condurre una doppia vita. È questo il problema per loro, non sei tu a interessarli. Potrei essere sposato con una scimmia e a loro non importerebbe. Uno scandalo però potrebbe avere ripercussioni negative sul valore delle azioni e fare infuriare i nostri finanziatori. Per loro tutto questo è soltanto un affare. L'amore, il romanticismo non c'entrano niente.» Era spazientito. Non gli piacevano le domande di Ashley, che reputava superflue. Era disposto a darle quello che lei aveva sempre voluto e adesso gli stava facendo storie... Come si permetteva? Come osava fargli una ramanzina o mettere in dubbio le sue decisioni?

«E per te? Cosa significa tutto questo per te?» chiese lei con voce stridula. «Si tratta di amore o di lavoro? Se non ti avessero forzato la mano, avresti lasciato tua moglie? O avresti portato avanti questa situazione per i prossimi vent'anni, tenendomi nascosta qui, a Malibu, mentre tu continuavi a vivere con Liz per cinque giorni alla settimana?»

«È irrilevante», rispose lui, secco. «Ti ho appena detto che divorzierò. Andrò al lago e glielo dirò domani. In serata sarò di nuovo qui.» Nella sua mente era tutto programmato alla perfezione e il lunedì avrebbe dato la notizia in ufficio.

«E se lei dovesse dire di no?» insistette Ashley.

«Non ha scelta. Farò richiesta di divorzio immediatamente. Devo soddisfare il consiglio di amministrazione.» Un giorno o l'altro, si sorprese a pensare la donna, anche a lei sarebbe successa la stessa cosa che stava accadendo a Liz, con la medesima freddezza d'animo da parte di lui. Se la sua esistenza avesse messo a rischio la carriera, Marshall non avrebbe esitato un istante a lasciarla, proprio come stava facendo adesso con la moglie. Dopo anni di suppliche, aveva preso la decisione esclusivamente per compiacere i grandi capi della compagnia. Un brivido le percorse la schiena: era l'uomo più gelido che avesse mai conosciuto, interessato soltanto al lavoro. Lei non era altro che un corpo, una bella donna. Ecco perché sceglieva lei e non la moglie. Il vero amore di Marshall era la UPI. Adesso ne aveva la certezza. Nemmeno le figlie significavano così tanto per lui. Certo, le aveva nominate nel testamento, ma non avevano uno spazio nel suo cuore.

Ashley si sentì sola. Averlo le pareva una vittoria priva di senso. Era stato spinto a decidere solo per ragioni egoistiche, lei non sarebbe mai stata sicura al suo fianco. Fin tanto che ricopriva quella carica, fin tanto che qualcosa poteva mettere a rischio la sua carriera, anche Ashley sarebbe vissuta nell'incertezza continua. Rimase a fissarlo in silenzio, seduta davanti a lui.

«Stasera tornerò a casa e domani la vedrò. Ti chiamerò questo fine settimana per farti sapere come sono andate le cose», le disse con lo stesso tono che avrebbe adoperato nella mediazione di un affare. Lei annuì, senza sapere cosa rispondergli, se ringraziarlo o augurargli buona fortuna.

Avrebbe dovuto dirgli che lo amava? E a quale scopo, visto che i sentimenti sembravano essere irrilevanti per lui? Per un soffio quella sorte non era toccata a lei, lei che si era concessa per una notte d'amore senza sapere che stava per essere abbandonata. Le cose erano cambiate, certo. Il tempo che avevano trascorso a letto insieme le sembrava una beffa: Marshall non l'amava. Aveva bisogno di lei per sentirsi potente, virile, vivo. Ma amava soltanto se stesso. In quel momento ebbe un'illuminazione.

Quando lui l'abbracciò prima di andar via, Ashley rimase rigida. Lo lasciò partire senza dirgli nulla. Riusciva soltanto a pensare che era venuto per lasciarla e poi aveva cambiato idea, come avviene in un accordo concluso all'ultimo momento. Fusioni e acquisizioni. Doveva essergli grata per quella scelta e invece non provava altro che malessere.

«Ti amo, Ash», le disse in tono tranquillo. «Ti ho sempre amato.» Non gli credeva più. Quelle parole non avevano alcun significato per lui. La sua decisione era stata forzata. «Siamo sempre stati consapevoli del fatto che prima o poi qualcuno si sarebbe fatto male. Sono felice che non sia tu», aggiunse, ignaro di quanto la compagna si sentisse ferita. Avrebbe divorziato, era vero, ma adesso non aveva più l'illusione di essere amata, di essere la persona con la quale lui voleva vivere.

«Ti amo anch'io, Marshall», sussurrò baciandolo. Ma erano soltanto parole. Il bacio, appassionato come quelli della notte precedente, non era neppure paragonabile a quello che Geoff le aveva dato qualche sera prima, quando i sentimenti che li univano in passato avevano preso il sopravvento. Il bacio di Marshall fu breve, freddo, da uomo di potere. Ashley era parte di uno schema finanziario, un investimento sicuro solo per un inaspettato colpo di fortuna, niente di più. «Fai buon viaggio e riguardati.»

«Ti chiamo prima di partire», le disse lui uscendo.

Ashley rimase a lungo sulla terrazza, riflettendo su che genere di vita avrebbero avuto insieme. L'aveva sognata per otto anni e adesso non riusciva a immaginarla. Non si sentiva davvero amata.

Un altro pensiero le attraversò la mente: non era così sicura che, una volta arrivato a casa, avrebbe avuto il coraggio di chiedere il divorzio alla moglie. Poteva sempre cambiare idea, o Liz convincerlo a restare in famiglia. Non l'avrebbe stupita più nulla. Dopo la conversazione di quella mattina, il suo mondo e tutte le sue illusioni erano miseramente crollati.

18

Come promesso, Marshall chiamò Ashley sulla strada per l'aeroporto. Sembrava stanco, sottotono. Le disse di amarla, ma lei non gli credette. Non gli avrebbe creduto mai più. Chiusa la conversazione, lei rimase a lungo seduta nella stanza da letto buia, a riflettere sull'accaduto. Quando si addormentò, il sole era sorto e gli uccelli cinguettavano.

Furono le bambine a svegliarla. Lei si precipitò fuori del letto e corse in cucina per preparare la colazione e accompagnarle al campo estivo.

Era nel suo atelier, gli occhi assenti fissi sulla tela, quando Geoff la chiamò. Non aveva fatto che pensare a lei nei due giorni passati. Le annunciò di aver trovato un appartamento nella zona occidentale di Hollywood, esattamente dove aveva desiderato.

«Potrai darmi qualche consiglio per arredarlo, se vuoi. Sono un disastro in questo genere di cose. Quel mostro di Martine si è tenuta tutti gli oggetti d'arte che avevano comprato insieme.» Ashley sorrise ma sembrava lontana, una distanza che l'amico percepì immediatamente e, preoccupato, domandò: «Com'è andata?»

«Bene, suppongo. Mi ha detto che divorzierà.» La tristezza della voce di Ashley lo sorprese. Molto probabilmente non gli credeva più, dopo anni di promesse disattese.

«Fantastico! Non è sempre stato questo che volevi?» Forse l'uomo la amava davvero, anche se lui ne dubitava.

«È stato il consiglio di amministrazione a spingerlo a decidere», rispose lei, atona.

«Il consiglio di amministrazione gli ha chiesto di divorziare? Sono forse affari che lo riguardano?»

«Hanno scoperto di noi e delle bambine e lo hanno messo di fronte a una scelta. Non vogliono che scoppi uno scandalo. O accettava di sistemare la sua vita o avrebbe perso il lavoro.»

«Mi stai dicendo che divorzierà per salvare la carriera?»

«Esatto. Aveva deciso di lasciare me, ma ha cambiato idea», lo informò in preda alla nausea.

«Te lo ha detto apertamente?» chiese Geoff sciocсato.

«Sì. Ieri, prima di andarsene.»

«E tu come l'hai presa?»

«Malissimo, in realtà. Faccio fatica ancora adesso a rendermene conto. Marshall farebbe qualsiasi cosa per non perdere il posto di amministratore delegato.» Su questo ormai non aveva dubbi.

«A quanto pare... E adesso cosa farai? Ti trasferirai a San Francisco per vivere con lui felice e contenta?» La voce di Geoff suonava triste. Stava per perderla di nuovo, dopo averla appena ritrovata. Tuttavia non aveva alcun diritto di interferire. Ashley aveva aspettato quel momento per otto anni e aveva due bambine alle quali pensare. Non era il caso di complicare le cose. Gli stava troppo a cuore per farlo.

«È possibile», replicò lei. «Devo ancora rifletterci. Da quando me lo ha detto, mi sento come se fossi stata investita da un treno. Le sue parole non sono state il massimo del romanticismo. Per lui si tratta solo di affari. Me lo ha dimostrato chiaramente. Se non gli avessero dato un ultimatum, avrebbe continuato a stare con la moglie almeno per un altro anno. E comunque non è detto che non cambi di nuovo idea, come ha fatto con me. Non so come si muoverà.» Non aveva più fiducia in Marshall, ormai era chiaro anche a Geoff.

«Posso tentarti con un invito a cena per questa sera?» le chiese cauto.

«Non so se sia il caso», replicò Ashley confusa. «Non voglio peggiorare le cose, né intendo coinvolgerti.»

«Non accadrà. Sono un uomo adulto ormai. Una cena, sarà solo una cena. Prometto di comportarmi bene.» Ashley abbozzò un sorriso ricordando i loro baci. Non le dispiaceva che fosse successo, ma non desiderava che accadesse di nuovo. Era già abbastanza scombussolata. «Mi piacerebbe portarvi a mangiare fuori. Ho visto un localino delizioso, ieri sera, che potrebbe piacere alle bambine. Una pizzeria con un juke-box, una sala giochi e una giostrina all'esterno. Che te ne pare?»

«Ne andranno matte. Grazie, Geoff.» Sarebbe stata una serata piacevole e divertente per le bambine.

«Ti va bene se passo a prendervi alle sei?»

«Perfetto.»

Arrivò puntuale e le trovò già pronte per uscire. Marshall

non aveva dato notizie di sé per tutto il giorno, probabilmente aveva già raggiunto la moglie a Tahoe. Ashley, però, non voleva pensarci.

Prima di cena le bambine fecero un giro sulla giostra, mentre lei e l'amico cercavano di intrattenersi malgrado la musica a tutto volume del juke-box. Ashley era visibilmente agitata: erano stati due giorni molto difficili, e aveva l'aria di una donna senza più illusioni.

Dopo la pizza, ballarono per qualche minuto mentre le bambine si intrattenevano nella sala giochi. Si addormentarono in macchina, rannicchiate sul sedile posteriore. Una volta a casa, Ashley mise a letto le figlie mentre lui aspettava in veranda. Era stata una serata perfetta.

«Grazie», disse lei quando lo raggiunse. «Si sono divertite tanto.» Si accomodò sulla sedia a sdraio accanto all'amico.

«Mi sono goduto ogni momento», disse lui con un sorriso. «Sei fortunata ad averle. Se dovessi mai trovare la donna giusta, anche a me piacerebbe avere dei figli.»

«Sono la cosa migliore che mi sia capitata.» Chiuse gli occhi per un minuto mentre lui continuava a osservarla, desiderando renderle la vita meno difficile. Quando l'amica si riscosse, gli sorrise. «Chissà cosa sarebbe successo se tu non ti fossi trasferito in Inghilterra.»

«Ti avrei sposata a quattordici anni e adesso avremmo una quindicina di figli», scherzò Geoff, poi le prese una mano e la strinse. Rimasero così a lungo, al chiaro di luna, persi ognuno nelle proprie riflessioni. I pensieri di Ashley si concentrarono su Marshall e sulla possibilità che avesse già raggiunto la moglie mentre quelli di Geoff erano rivolti a lei e a quello che avrebbe fatto se davvero il compagno avesse deciso di divorziare. Non voleva perderla. Neanche Ashley sembrava felice. Vedendola stanca e distratta, si alzò per andar via, anche perché aveva del lavoro da sbrigare.

«Ti piacerebbe tornare al lido, domani?»

Ashley annuì. Forse trascorrere tutto quel tempo con lui non era la cosa migliore, ma per una volta desiderava soddisfare le proprie necessità. Con lui si sentiva al sicuro, quell'uomo era come un rifugio che la riparava da quello che le stava accadendo negli ultimi tempi.

«Potremmo pranzare lì», propose lei. «Le bambine saranno entusiaste di trascorrere la giornata in piscina a giocare.»

«Per me va benissimo.» La salutò con un bacio sulla guancia, stringendola forte a sé e accarezzandole i capelli. Non voleva farle alcuna pressione. Questa volta fu lei a baciarlo. Tutto avvenne in maniera semplice e naturale.

«Non so perché l'ho fatto», sussurrò Ashley.

«Va tutto bene. Non è necessario pensarci adesso. Rimandiamo ogni cosa a dopo. Qualunque sarà la tua decisione, io la rispetterò. Sono arrivato in ritardo sulla scena e tu non hai alcun obbligo.»

«Grazie», sussurrò lei guardandolo allontanarsi dopo averle promesso di passare a prenderla il giorno seguente verso mezzogiorno. Non aveva idea di cosa stesse accadendo, ma stare con lui le pareva la cosa giusta. Geoff non le chiedeva nulla in cambio, e del resto lei non sarebbe stata capace di dare più niente a nessuno, neppure a Marshall. Le parole che le aveva detto qualche giorno prima l'avevano svuotata. Era solo terribilmente confusa.

***

Quando Marshall atterrò a San Francisco, trascorse la notte nella casa di Ross. Si sentiva stranamente in pace con se stesso adesso che aveva preso una decisione. Stava facendo la cosa giusta. Sarebbe stato uno choc per Liz, ma era arrivato il momento di essere onesto con lei. Le aveva mentito troppo a lungo.

Entrò nella camera da letto, chiedendosi se la moglie avrebbe venduto la villa o avrebbe continuato a viverci. Quanto a lui, avrebbe dovuto cercarsi un'altra sistemazione per abitare con Ashley. Il lunedì avrebbe chiamato l'agente immobiliare e il suo avvocato, naturalmente dopo aver avvisato Connie Feinberg della sua scelta. Ma innanzitutto doveva parlare con Liz.

Il venerdì mattina partì per il lago e guidò per quattro ore prima di arrivare a destinazione. La domestica lo avvisò che la moglie era andata dall'estetista e Lindsay da amici. Lui indossò il costume da bagno e si concesse una nuotata nel lago. La giornata era splendida.

Era ancora seduto sul molo quando la moglie rincasò, sorpresa di vederlo così presto. In un primo momento si preoccupò, ma poi vedendolo in ottima forma gli andò incontro felice.

«Quando sei tornato da Los Angeles?» chiese con un sorriso.

«Ieri sera.» Marshall la guardò serio. Gli pareva di avere davanti un'estranea, dentro di sé l'aveva già lasciata. Diversamente dal solito, questa volta non l'aveva neanche avvisata del suo ritorno. «Mi sono preso una giornata libera.» Liz sembrava più rilassata di quando era partito per Los Angeles. «Ti devo parlare.»

«A che proposito? Hai avuto un altro attacco d'ansia a Los Angeles?» Assunse un'aria preoccupata e si sedette accanto a lui.

«Lunedì è successa una cosa.» L'espressione della moglie lasciava intendere che si aspettava di sentire qualcosa di negativo. Lo sguardo di Marshall era diverso dal solito. «Connie è venuta nel mio ufficio e mi ha costretto a prendere una decisione che da un po' di anni sto continuando a rimandare.»

«Di cosa si tratta?» Liz non capiva.

«Non sono stato onesto con te da otto anni a questa parte.»

«In che senso?»

«Ho un'altra donna a Los Angeles», rispose lui come se fosse la cosa più normale del mondo. La moglie lo guardò incredula, incapace di accettare quelle parole.

«Spiegati.»

«Ho una relazione da otto anni», proseguì lui, gelido. «Non ho mai voluto dirtelo né era mio desiderio lasciarti, così trascorrevo due giorni a settimana insieme a lei. Abbiamo due figlie di sette anni, gemelle. Vivono a Malibu.» Liz sembrò sul punto di svenire. «Qualcuno ha raccontato di questa storia al consiglio di amministrazione che mi ha chiesto di fare chiarezza. In caso contrario sarei stato licenziato.» Lo disse come se si aspettasse di essere compreso. Liz non aveva idea di cosa stesse accadendo e del perché non si fosse mai accorta di niente. Si chiese come avesse potuto non sospettare di nulla. Aveva sempre avuto piena fiducia in lui. Nel mettersi in piedi per poco non cadde. Tremava come una foglia. Marshall fece per sostenerla ma lei si scansò, come se il contatto con la sua mano l'avesse ustionata. Quelle parole l'avevano distrutta.

«Hai due bambine con quella donna?» disse con voce stridula e irriconoscibile. Marshall continuava a mostrarsi calmo. Il suo unico desiderio era raccontarle la verità dopo tanti anni. «Hai fatto l'amore con me per tutto questo tempo? Mi hai mentito? Hai mentito ai nostri figli? Come hai potuto farmi una cosa del genere?» Un singhiozzo le mozzò il respiro e le lacrime cominciarono a rigarle le guance. Marshall si aspettava che lo picchiasse da un momento all'altro, e d'altra parte non poteva biasimarla. Non era semplice neanche per lui ammettere ciò che le stava raccontando, ma era arrivato il momento di essere chiari.

«Sono innamorato di lei. La amo alla follia. Credevo che con il tempo sarebbe passato, ma non è stato così. I sentimenti si sono rafforzati anno dopo anno. Poco dopo l'inizio della nostra relazione lei è rimasta incinta. Voleva tenere il bambino, forse ha pensato che fosse l'unico modo di non perdermi. Era molto giovane.»

«Quanto giovane?» chiese Liz con voce strozzata. Voleva sapere tutto. Peggio di come si sentiva non sarebbe potuta stare.

«Ventidue anni. Non è l'età il problema, Liz», precisò Marshall sempre in tono pacato. «Sei una donna bellissima e io ti amo. Quando Connie mi ha imposto di prendere una decisione, ho scelto di stare con te. Sono andato a Los Angeles per dirglielo, ma non ci sono riuscito. Se l'avessi lasciata, dopo una settimana sarei corso nuovamente da lei. Ho bisogno di quella donna. Non so di cosa si tratti, non ne conosco il motivo. Forse non esiste. Tu e io stiamo insieme da tantissimo, abbiamo esaurito le nostre energie e tra noi c'è solo rispetto, senso del dovere e familiarità. A Los Angeles, le cose sono diverse. E lei ha atteso a lungo questo momento. Voglio il divorzio, Liz», concluse quasi aspettandosi che la moglie si facesse da parte con grazia e gli augurasse tutta la felicità del mondo.

Per tutta risposta, lei si lasciò andare a un urlo terrificante. Il marito la fissò, incerto su cosa fare per calmarla. Le sue grida incessanti richiamarono l'attenzione della domestica, che uscì di casa correndo; lui però le fece cenno di non avvicinarsi. Allora tentò di abbracciare Liz per tranquillizzarla, ma lei lo colpì con forza senza smettere di urlare, e piangendo gli chiese di nuovo come avesse potuto farle una cosa del genere. Era sempre stata presente per lui, gli aveva dedicato tutta la sua vita, gli aveva dato tre figli e lui non aveva fatto altro che mentirle. «Non ti ho mentito», insistette lui. «Ti amo. Ti amo ancora, ma non posso più vivere insieme a te.» Lei gli lanciò un'occhiata torva e corse verso casa. Marshall la seguì ma la lasciò da sola quando lei si chiuse in bagno. Più tardi, la sentì singhiozzare. La domestica si limitò a rimanere a distanza, comprendendo il momento di difficoltà. Probabilmente era successo qualcosa a uno dei ragazzi, ma non avendo il coraggio di chiedere si sedette in cucina a piangere anche lei senza un motivo apparente.

Quando Lindsay rientrò la madre era ancora in bagno, in lacrime, ma inizialmente non si accorse di nulla. Vedendo il padre a casa, si meravigliò.

«Mamma dov'è? Ti senti bene, papà?» domandò preoccupata. Marshall la guardò, commosso da quelle attenzioni, e si chiese quanto sarebbero durate considerate le circostanze.

Se Liz avesse raccontato la verità, sarebbe diventato una presenza poco gradita.

«Non si sente bene. È nella sua... nella nostra camera. Non credo che sia una buona idea andare da lei adesso.»

Lindsay andò in cucina a prendere qualcosa da mangiare e trovò la domestica in lacrime.

«Cosa succede?» chiese terrorizzata, pensando ai fratelli.

«Non lo so. Tua mamma è sconvolta. Credo che i tuoi abbiano litigato.»

Allora la ragazza decise di andare dalla madre. La trovò sdraiata sul letto in preda ai singhiozzi. Quando alzò la testa, la sua preoccupazione aumentò. «Mamma, che c'è?» domandò allarmata. Poiché lei non riusciva a parlare a causa del pianto, la strinse a sé per calmarla. «Hai litigato con papà?»

«Stiamo divorziando», le rispose con voce tremante. «Tuo padre è innamorato di un'altra e mi sta lasciando per lei.» Non aggiunse altri dettagli.

«Chi è?» domandò Lindsay sconvolta e incredula.

«Una giovane donna di Los Angeles.»

«Quanto giovane?»

«Ha trent'anni.» Liz tentò di ricomporsi. Lindsay le si sedette accanto e scoppiò in lacrime. Restarono abbracciate a lungo, incapaci di reagire. Era già calata l'oscurità quando decisero di scendere al pianterreno. Marshall, seduto in soggiorno, nel vederle si agitò: Liz aveva gli occhi gonfi e arrossati, la figlia aveva un aspetto ancora peggiore. Avevano pianto per ore.

«Mi dispiace», esordì in tono deciso. «È difficile per tutti, anche per me. Ma non potevo non dirtelo.» La moglie lo fissò distrutta.

«Come hai potuto mentirmi per tutti questi anni?»

«Non era mia intenzione e non sapevo cosa fare. Ancora adesso non vorrei lasciare nessuna di voi due. Dubito che avrei preso questa decisione se il consiglio di amministrazione non mi avesse obbligato.» Parlare con franchezza era inevitabile.

«Mi stai dicendo che divorzi da me per salvare il tuo lavoro?»

«Non sarà d'aiuto a nessuno se la mia carriera venisse rovinata. Il nostro matrimonio è già finito, Liz. È finito da anni.» Usò le stesse parole che aveva sempre ripetuto ad Ashley; entrambi però sapevano che non era vero. Si era comportato come un marito esemplare e aveva voluto che lei facesse lo stesso, persino tra le lenzuola.

«Non è finito, e tu lo sai», ribatté Liz secca, mentre Lindsay correva a rifugiarsi in camera. «Non è finito niente. Abbiamo fatto l'amore la settimana scorsa. Oppure anche quello era soltanto un dovere?» Marshall non le disse che negli ultimi anni era andato a letto con lei per affetto e rispetto, perché pensava di doverglielo. Non sarebbe stato da gentiluomini. «Che genere di donna è una che trascorre otto anni della sua vita con un uomo sposato mettendo al mondo due bambine? Che genere di puttana è?» Stava di nuovo gridando. Lindsay li sentiva discutere, ma non riusciva a distinguere le parole.

«Ha sofferto molto più di te», replicò duro Marshall. «Lei ha sempre saputo della tua esistenza. Tu almeno hai avuto il vantaggio di vivere un matrimonio che credevi vero.»

«E tu?»

«Io conoscevo la verità.»

In quel momento Liz comprese che l'unica all'oscuro di tutto era stata lei. Marshall aveva giocato a fare il marito cinque giorni a settimana, mentre gli altri due li trascorreva a Los Angeles con la donna che amava davvero e con le loro figlie. Allora tornò al piano di sopra e andò a parlare con la figlia, mentre l'uomo sgattaiolò silenzioso in una delle stanze degli ospiti e si mise a letto. Per quella sera l'argomento era esaurito, e probabilmente lo era per tutto il fine settimana. Gli rimanevano soltanto gli insulti e le recriminazioni della moglie.

Una volta in camera, Liz ricordò che l'indomani con John sarebbe arrivata Alyssa. Doveva fermarlo. Gli inviò un sms chiedendogli di non portarla, che avevano tutti bisogno di passare dei giorni tranquilli in famiglia. John la chiamò subito: era seccato e al tempo stesso imbarazzato.

«Perché no? L'ho invitata diverse settimane fa, sarebbe scortese disdire adesso.»

Poiché il tono della madre era strano, le chiese se stesse bene.

Liz evitò di raccontargli la verità. Non erano notizie da comunicare al telefono.

«Solo un po' di raffreddore. Non è il fine settimana più giusto per farla venire. Scusati da parte mia. Sarà per un'altra volta.»

«Non è giusto. Se è così, non vengo neanch'io.»

«Devi, invece», disse in tono disperato. «Solo per questo

weekend», aggiunse con voce tremante. «Ho bisogno che tu sia qui.»

«Perché?» John era insolitamente scortese.

«Per me.»

Esitò a lungo prima di acconsentire. La madre non sembrava stare bene.

«Okay. Ma questo modo di fare è davvero villano, mamma.» La donna si scusò con lui e promise di fare lo stesso con Alyssa la prossima volta che l'avesse incontrata. Dopo aver riagganciato, tornò a letto e rivisse le ultime vicissitudini e la confessione del marito: le sue parole sarebbero rimaste impresse dentro di lei per il resto della vita. Ventisette anni erano svaniti in pochi minuti. Faticava ancora a credere che Marshall aveva un'amante e due figlie con lei. Le sembrava di essere la protagonista di un brutto film.

John arrivò il pomeriggio successivo. I genitori lo stavano aspettando mentre la sorella era rimasta chiusa in camera. Dal giorno prima non rivolgeva la parola al padre. Quella mattina, Liz aveva telefonato anche a Tom, chiedendogli di raggiungerli al lago, ma il ragazzo si era rifiutato adducendo come scusa altri progetti. Avrebbe dovuto richiamarlo più tardi e riferirgli la situazione dopo aver parlato con John. Avrebbe preferito farlo di persona ma sapeva che il primogenito non aveva voglia di vedere il padre, e ne avrebbe avuta ancora meno una volta appresa la verità. Tom non gliel'avrebbe mai perdonata. L'opinione negativa che da anni aveva di suo padre si era rivelata veritiera.

Nell'istante stesso in cui John mise piede in casa e vide le facce dei genitori, capì che doveva essere successo qualcosa di terribile. La madre non stava male ma piangeva, e il padre aveva un'aria imbarazzata e stressata.

«Che succede? Tom sta bene?» Soltanto una tragedia avrebbe potuto giustificare le loro espressioni. Liz si affrettò a rassicurarlo.

«Tom sta bene. Ci ho parlato questa mattina. Gli ho chiesto di venire, ma non ha potuto.»

«E allora di che si tratta?» chiese preoccupato.

«Di papà e di me», rispose la donna cercando di non piangere. «Stiamo per divorziare.» Ma scoppiò in lacrime sotto lo sguardo attonito del ragazzo. Il suo peggiore incubo si stava avverando, era da un po' che la famiglia aveva perso la serenità.

«Perché?» domandò con occhi umidi. Il padre non rispose. Vedere il figlio in quelle condizioni gli dispiaceva più di quanto gli dispiacesse per la moglie. Conosceva l'affetto e il rispetto che nutriva nei suoi confronti e non avrebbe voluto perdere anche quelli. Era molto probabile che John lo avrebbe odiato una volta sapute le motivazioni. Lindsay gli aveva dichiarato guerra dandogli del bugiardo e del mostro, ma a quel modo di fare era abituato. Il maggiore lo odiava; Tom era stato l'unico a leggergli dentro e a ritenerlo una persona falsa. Istintivamente era stato l'unico a capirlo davvero. Non lo aveva mai stimato, e adesso sarebbe andata ancora peggio. In poco tempo stava perdendo tutta la famiglia. Se lo era aspettato, e aveva accettato il rischio nel momento in cui si era deciso a salvare la propria carriera, a lasciare Liz e a rimanere con Ashley.

«Tuo padre ha un'altra donna», gli spiegò la madre

tra le lacrime. «Stanno insieme da molto tempo.» Guardò Marshall prima di continuare. Era giusto che John sapesse. «Hanno due gemelle.» Fu il colpo di grazia per il ragazzo.

«Cosa?» sibilò fissando il padre negli occhi. «Qualcuno mi dica che non è vero!» gridò.

«Lo è», confermò Marshall. «Ho delle foto di loro due. Delle tue sorelle.» John lo guardò come se fosse uscito di senno.

«Sei pazzo? Vuoi farmi vedere le foto delle mie sorelle? Quanti anni hanno, quindici? Da quanto va avanti questa storia?»

«Da otto anni», proseguì l'uomo. «Hanno sette anni e sono bellissime. Ti piacerebbero.»

«Non mi interessa incontrarle», rispose John, angosciato. Sarebbe stata una mancanza di rispetto nei confronti della madre, e in ogni caso erano la prova del tradimento del padre. «Hai portato delle fotografie anche della tua fidanzata?» aggiunse scioccato. Marshall fece di no con la testa. Aveva creduto che gli avrebbero chiesto di vedere le foto delle bambine, anche solo per curiosità, ma si era sbagliato. Nessuno di loro voleva avere a che fare con l'altra famiglia. Si allontanò dal soggiorno e andò nella camera degli ospiti in cui si era trasferito. Inviò un sms ad Ashley in cui le disse di essere a Tahoe, che stava risolvendo le cose e che l'amava. Non le raccontò che la famiglia era distrutta, e che odiavano tanto lui quanto lei. Era inutile farla sentire in colpa. Stava facendo tutto questo per lei ma anche per se stesso, ed era più che disposto ad assumersene ogni responsabilità.

* * *

Quel fine settimana fu desolante. Nessuno gli parlava se non per accusarlo o insultarlo. Marshall però non si scoraggiò e resistette fino alla domenica pomeriggio, quando lasciò la residenza senza che nessuno lo salutasse. Prima di chiudersi la porta alle spalle, comunicò a Liz l'intenzione di chiamare l'avvocato la mattina successiva. Per tutta risposta lei disse di volerlo fuori dalla casa di Ross prima del suo rientro. Marshall confermò che avrebbe traslocato la settimana seguente.

In macchina, mentre si allontanava da Tahoe, gli sembrava di avere tutte le ossa rotte. Meritava quello che gli era successo, ed era triste per il dolore provocato all'intera famiglia. La sfuriata di Liz era stata quasi un sollievo per lui. Meglio la rabbia che le lacrime. Quando anche John era scoppiato a piangere e gli aveva rivolto uno sguardo carico di delusione, gli si era spezzato il cuore.

Liz chiamò Tom per informarlo e il ragazzo accolse la notizia senza sorprendersi troppo: il padre si era rivelato quello che aveva sempre pensato che fosse.

Quella sera stessa John telefonò ad Alyssa per metterla al corrente. Lei cercò di incoraggiarlo, dicendogli che si sarebbe abituato a quel cambiamento, che con il tempo sarebbe stato meglio, ma John non le credette. La sua famiglia era irrimediabilmente distrutta, il padre era un bugiardo e un traditore. Non sarebbe stato possibile risollevarsi. La madre, poi, sembrava invecchiata di colpo e per l'intero fine settimana non aveva fatto altro che piangere. Quando la domenica sera si riunirono intorno al tavolo per la cena, Liz, John e Lindsay erano stravolti. Avevano appena iniziato a mangiare di malavoglia quando videro entrare Tom. Per la prima volta in due giorni, John abbozzò un sorriso.

«Ho pensato che aveste bisogno di una mano», borbottò lui a disagio. Era un bel ragazzo alto, che ricordava il padre da giovane. Tom sedette insieme a loro per cenare e dopo si trattenne a lungo a chiacchierare con il fratello. John ne fu sollevato. Prima di andare a letto, Liz baciò i tre figli augurando loro la buonanotte. Era stato il weekend più brutto della sua vita, ma accanto aveva i ragazzi, e loro erano dalla sua parte.

Tom e John bevvero qualche birra di troppo, quella sera, e ne diedero due persino alla sorella. Lindsay aveva trascorso gran parte del sabato e della domenica al telefono con gli amici per raccontare l'accaduto. Tutti ne erano rimasti sorpresi, sebbene la maggior parte avesse i genitori divorziati. Nessuno si aspettava che sarebbe successo in casa Weston, che reputavano la famiglia felice per definizione.

Rientrato nella sua casa di Ross, Marshall mandò ad Ashley un messaggio, senza però ricevere risposta. Era troppo stanco per riflettere o per chiamarla, e andò a letto emotivamente sfinito. Prima di addormentarsi, ricordò a se stesso di chiamare Connie Feinberg il mattino seguente, per rassicurarla di avere risolto ogni problema. Il suo lavoro alla UPI era salvo.

19

Ashley e le gemelle trascorsero il sabato al lido insieme a Geoff: dopo una lunga nuotata, pranzarono a bordo piscina. Kendall e Kezia tornarono in acqua anche nel pomeriggio, mentre la madre e l'amico le guardavano divertirsi in piscina e giocare con gli amichetti. Ashley lanciò un'occhiata di sottecchi a Geoff, stupita che, sebbene fosse riapparso da poco nella sua vita, facesse ormai parte della famiglia. Era successo tutto molto in fretta, ma stare in sua compagnia la rilassava e la divertiva. Malgrado fosse impegnato con le sceneggiature del nuovo programma, lui trovava sempre del tempo da dedicare a lei e alle bambine. Era come se tutte e tre lo stessero aspettando senza saperlo, e averlo con loro era diventato normale. Anche le piccole lo trattavano come se lo conoscessero da sempre. Geoff era un tipo alla mano. E aveva già imparato a distinguere le gemelline, cosa nella quale persino Marshall a volte si sbagliava. L'uomo era completamente a suo agio con loro, ed era come se lui e Ashley non si fossero mai persi di vista.

Anche quella componente di romanticismo che li univa

sembrava essere una cosa naturale. Ashley però ricordò a se stessa che la situazione stava per cambiare, ora che Marshall aveva deciso di divorziare dalla moglie per sposare lei. Era strano, tuttavia, che non si sentisse felice per quella novità, anzi, la consapevolezza che il compagno avesse scelto lei perché il consiglio di amministrazione lo aveva messo di fronte a un bivio la rattristava profondamente; Marshall non si era deciso per l'amore nei suoi confronti, ma per timore di perdere il lavoro.

Geoff sonnecchiava al sole mentre Ashley teneva d'occhio le gemelline, che di tanto in tanto saltavano fuori dalla piscina per dirle qualcosa. Dopo un po', l'uomo aprì un occhio e le sorrise.

«Sono morto e mi trovo in paradiso, giusto? Sto solo chiedendo, non mi sto lamentando, è bene che tu lo sappia. Dieci giorni fa vivevo in un triste appartamento londinese dove sono rimasto solo per quattro mesi dopo essere stato tradito e lasciato dalla mia fidanzata, e non facevo altro che autocommiserarmi. In un batter d'occhio, però, la scena è cambiata: ho ottenuto un nuovo lavoro che amo, ho trovato un meraviglioso appartamento nella zona occidentale di Hollywood a un ottimo prezzo, ho ritrovato un'amica d'infanzia, sono sdraiato al sole e gioco con le sue due meravigliose bambine, mentre cerco di dimenticare che lei sposerà un altro sebbene io mi stia innamorando di lei. O meglio, lo sono già.»

«Il rovescio della medaglia sono io, che da otto anni piangevo perché il mio compagno era un uomo sposato e perché non avevo niente da fare nei weekend. Adesso invece ci sei tu, e io sono qui come una lucertola al sole, insieme a te, come se non ci fossimo mai lasciati, mentre guardiamo le bambine.» Gli tese la mano evitando di aggiungere che anche lei si stava innamorando e che cercava di non pensarci per non spaventarsi. Si sentiva ancora confusa. Marshall aveva spezzato il cuore della moglie durante quel weekend e lo aveva fatto solo per dare buone notizie al consiglio d'amministrazione il lunedì. O forse aveva cambiato di nuovo idea e in quel momento si stava divertendo con la famiglia nella casa al lago, progettando di lasciare lei.

Ma soprattutto, adesso era lei a non sapere cosa fare. Non sapeva se avrebbe dovuto essergli grata per aver scelto di dividere il resto della vita con lei, sebbene solo per soddisfare l'azienda, oppure se avrebbe dovuto pensare che tre giorni prima era venuto a Malibu per stare con lei un'ultima volta prima di lasciarla, decidendo in extremis di fare dietrofront. Per non parlare del fatto che avrebbe potuto mollarla comunque. Non si era mai sentita così insicura con un uomo, la posta in gioco non era mai stata tanto alta quanto con lui. Negli ultimi otto anni aveva vissuto in bilico e non poteva più illudere se stessa che lui la amasse e che le sue promesse fossero vere: Marshall le aveva mostrato chi era realmente e aveva optato per ciò che al momento gli conveniva di più.

La presenza di Geoff non faceva che complicare le cose, soprattutto perché Ashley voleva evitare di coinvolgerlo. Sebbene fossero amici da tempo, la lunga lontananza non aveva rafforzato la loro conoscenza; si era semplicemente presentato al momento opportuno e con lui tutto sembrava più semplice. Si chiese cosa sarebbe successo se Geoff fosse tornato prima che lei incontrasse Marshall. La loro storia avrebbe funzionato? I suoi baci e la sua voglia di passare del tempo insieme erano solo una distrazione, una tentazione per sviarla dalla sua vita? Non avrebbe saputo rispondere, e neppure Geoff. Era ancora troppo presto... oppure troppo tardi. Non poteva mettere a repentaglio ciò che aveva atteso per anni. Senza considerare che il suo amico d'infanzia non glielo stava nemmeno chiedendo. Non le stava domandando nulla, in verità. Entrambi vivevano giorno per giorno. Il problema era che stare con lui pareva la cosa migliore da fare.

«A cosa stai pensando?» domandò Geoff guardandola. Indossava un bikini rosa ed era strepitosa. L'aveva vista accigliarsi più volte mentre fissava il vuoto.

«Riflettevo sulla confusione che ho nella testa e su come sia strana la vita. Aspetti per anni una cosa che desideri da morire e quando all'improvviso te la ritrovi tra le mani come un grande e meraviglioso regalo, ti soffermi a cercare il verme nella mela e non sai più se quella mela la vuoi mangiare rischiando di morire o se preferisci andartene a gambe levate. Non so più cosa credere o pensare.» Neanche Geoff lo sapeva, ma trovava interessante che Ashley paragonasse Marshall a un verme. Non sarebbe stata una buona idea avere fiducia in quell'uomo ma sapeva che Ashley ne era innamorata, e che con lui aveva due figlie. Talvolta era difficile lasciarsi sfuggire una cosa che si era desiderata ardentemente anche se si aveva la consapevolezza che sarebbe potuta essere pericolosa e nociva. Era facile convincere se stessi che tutto si sarebbe sistemato.

Ashley aveva aperto gli occhi riguardo Marshall. Aveva imparato a conoscerlo in una settimana: quell'uomo metteva in primo piano sempre e solo le proprie necessità, infischiandosene degli altri. Non era il marito che Geoff, come amico, avrebbe voluto per lei. Come uomo, invece, la voleva egoisticamente per sé... in questo non era migliore di Marshall. Voleva il meglio per Ashley, desiderava proteggerla e non le avrebbe mai mentito.

D'altra parte, lei era consapevole dei sentimenti che Geoff provava nei suoi confronti. Era strano che le loro strade si erano incrociate adesso, proprio quando la persona che lei aveva sempre desiderato era a portata di mano. A peggiorare le cose, i baci che si erano scambiati la rendevano più ansiosa. Non aveva mai guardato nessun altro in otto anni e ora non era sicura su chi fosse davvero il serpente, se Marshall, Geoff o lei stessa.

«La vita è molto strana», commentò rimanendo sdraiata al suo fianco. Riusciva a vedersi sposata con lui; si vedeva nel suo atelier a dipingere mentre Geoff scriveva sceneggiature per la televisione; s'immaginava crescere le bambine con il suo aiuto, come se fosse sempre stato insieme a lei. Ma non era così, e nessuno sapeva quale direzione avrebbero preso le loro vite. Ashley sapeva soltanto di non avere più fiducia in niente e in nessuno, perché in un batter d'occhio i sogni di una vita potevano sparire o cambiare. «Forse sono troppo vecchia per mutare il corso delle cose e sono destinata a proseguire sulla strada di sempre.»

«Non se questa strada ti porta sull'orlo di un precipizio», puntualizzò lui. «E se a trent'anni dici di essere troppo vecchia, allora non ci resta che gettare la spugna. E io allora che dovrei fare? Rimanere qui seduto a piangere perché ho trascorso quattro anni della mia vita con una donna che mi ha lasciato? Sai cosa ti dico, invece? Ringrazio il cielo che se ne sia andata. Lo ringrazio mille volte adesso che ti ho incontrata di nuovo. Non si può restare con la stessa persona solo per abitudine. Forse questo è un segno del destino, e non mi riferisco al sottoscritto. Questa settimana ti è servita per aprire gli occhi. Non richiuderli: cerca di capire se la direzione che intendi prendere è giusta oppure no.»

«Sei tu quello che mi sta seduto accanto, o la mia strizzacervelli? Mi ha detto la stessa cosa ieri, quando l'ho chiamata. Mi ha consigliato di tenere gli occhi bene aperti e di essere sicura di ciò che voglio, che le persone non cambiano e che possono sempre fare ciò che hanno fatto una volta.»

«È davvero una donna intelligente. Quando rompevo con Martine, o quando mi tradiva, tornavo da lei e tentavo di rimettere insieme i pezzi. Inutilmente. Si comportava sempre allo stesso modo e io ne ero ogni volta sorpreso. Alla fine l'ho lasciata andare e le ho detto addio.» Rifletté qualche minuto prima di continuare: «È vero però che non avevamo figli. I bambini fanno la differenza. Devi riflettere su ciò che è più giusto per loro. Io dovevo pensare soltanto a me stesso e non volevo soffrire ancora. E adesso ho saputo che tradisce il ragazzo con cui si è messa dopo di me, il mio cosiddetto amico, e che lui non sa niente. Ma prima o poi lo scoprirà. In ogni caso non sono più problemi miei. Del resto non ci ha pensato due volte ad andare a letto con lui. Si meritano l'un l'altra e, chissà, forse sono fatti per stare insieme». Martine era molto diversa da Ashley, così come profondamente diversi erano i sentimenti che provava per l'amica d'infanzia. «Ma qui non stiamo parlando di me e di te», le ricordò, «ma di te e di Marshall. Forse sono apparso all'improvviso per darti un attimo di respiro, per impedirti di affogare, anche se sono convinto che non affogheresti mai, neppure se io non ci fossi. Magari la risposta giusta per te è un uomo diverso che ancora non conosci. È probabile che io sia soltanto una parentesi. O magari la risposta giusta è che per un po' tu ti concentri esclusivamente sulle bambine. O è possibile che quell'uomo sia Marshall. Devi essere tu a capirlo, Ashley. Sei sempre stata una persona intelligente.»

«Sei gentile. Per il momento sono confusa. E grazie per la fiducia che riponi in me, non penso di meritarla. Non mi sono comportata da persona intelligente negli ultimi anni, gli ho permesso che mi prendesse in giro, che mi mentisse. Ha detto che avrebbe lasciato la famiglia appena sono rimasta incinta e che ci saremmo sposati prima della nascita delle gemelline. Poi ha iniziato a rimandare con scuse ogni volta diverse che a quei tempi mi sembravano sensate. Non credo abbia mai avuto l'intenzione di allontanarsi dalla famiglia, voleva solo evitare di perdermi e mi ubriacava di parole. Soltanto il consiglio di amministrazione è riuscito a costringerlo a prendere una decisione. La mia amica Bonnie e la psicanalista hanno ragione: sostengono che questa situazione di comodo l'abbia favorita io con il mio modo di fare. Per anni ho aspettato che trascorresse con noi due giorni a settimana, sempre che non fosse in vacanza con la famiglia o non avesse qualcosa di meglio da fare. Sono stata il suo dessert, mentre Liz e i figli che ha avuto con lei erano le portate principali. La moglie è sicuramente più brava di me ad aiutarlo nella carriera, io non saprei da che parte cominciare... Mi sono limitata ad amarlo. E ora ha deciso di mollarla.» Ashley si sentiva una rovinafamiglie; era rimasta nell'ombra troppo a lungo e adesso riteneva di essere diventata una pessima persona, proprio come Marshall.

«Sono certo che sei stata più di questo», puntualizzò Geoff tranquillo. «Non sei quel genere di donna.» Semplicemente aveva commesso l'errore di accettare il ruolo che le era stato assegnato.

«Non esserne tanto sicuro», replicò triste lei. Negli ultimi giorni era diventata più severa con se stessa e si era convita di meritare ciò che le stava succedendo. La psicanalista la stava costringendo a chiedersi perché avesse accettato di restare così lungo a fianco di Marshall senza avere ciò che desiderava. La sua condizione era frequente tra le donne che avevano relazioni con uomini sposati: attendevano speranzose, per poi rendersi conto di essere diventate qualcuno che non si sarebbero mai immaginate di diventare. Ashley era sempre stata una persona perbene, poi all'improvviso era diventata «l'altra» e aveva perso la stima di sé. «Scommetto che all'inizio per lui è stato soltanto sesso», commentò. Anche Geoff lo sospettava. «Ero come una droga per lui, non ne aveva mai abbastanza di me. Poi è rimasto stregato. La cosa terribile, però, è che io sono stata al gioco. Era affascinato dal mio corpo e io dal desiderio di diventare sua moglie. L'idea di essere sposata con qualcuno di così potente e importante è eccitante, o almeno lo è fino al momento in cui ti rendi conto di cosa comporti tutto ciò, fino a quando capisci che la gente come lui non arriva a ricoprire quella posizione giocando onestamente. Non lo ha mai fatto, non è obbligato a farlo. Lui possiede il mondo.»

«Ma non possiede te, Ash.»

«Finora sì», lo contraddisse lei. «Adesso non so a chi appartengo.» Guardò l'amico.

«L'unica persona alla quale dovresti appartenere sei tu.»

Quanto a lui, desiderava starle accanto se quella fosse stata la soluzione giusta per entrambi. Sapevano di piacersi, erano attratti l'uno dall'altra, sapevano anche di essere legati da un sentimento profondo dai tempi della scuola; questo però non era sufficiente per costruire un futuro né per mettere fine a una relazione di otto anni. Sarebbe stato tutto più facile se anche lei non avesse avuto un legame. Ma Ashley provava ancora qualcosa per Marshall, indipendentemente da quanto male lui si fosse comportato; era ancora bloccata in quella storia e non sarebbe riuscita a liberarsene con facilità. Non era quello il momento di chiederglielo, si disse Geoff. Ashley non sarebbe stata in grado di replicare perché era alla ricerca affannosa di una risposta. Lui, però, era un uomo paziente.

Rimasero in piscina con le bambine fino al tardo pomeriggio, poi le riaccompagnò a casa ma non si fermò a cena da loro. Disse di avere del lavoro da sbrigare, in realtà voleva lasciarla sola a riflettere, senza distrarla. Prima di congedarsi, tuttavia, aspettò che le bambine entrassero in casa per baciarla; non intendeva confondere anche le gemelle sul loro rapporto. Come sempre, il bacio fu appassionato.

«Non voglio renderti le cose più difficili», le disse preoccupato, ma ogni volta che le stava vicino non riusciva a resisterle. Ecco perché non avrebbe cenato da lei e non l'avrebbe vista il giorno seguente. Non voleva innamorarsi di una donna che aveva una relazione con un altro; era necessario muoversi con cautela. «Né complicarti la vita», aggiunse come parlando con se stesso: doveva rimanere lucido. Poi la baciò di nuovo.

«Va tutto bene», replicò lei lasciandosi baciare. «Confondimi. Credo che mi piaccia molto.» Lui sorrise e con gesto gentile la spinse fuori dalla macchina.

«Vai a casa. Perché sei così bella e sexy e crescendo non ti sei imbruttita?» Ashley scoppiò a ridere e rimase a guardarlo andar via chiedendosi perché Geoff si era trasformato in un uomo amorevole. Non poté fare a meno di notare quanto lui e Marshall fossero differenti fisicamente, oltre al fatto che l'amico aveva vent'anni di meno del compagno, eppure a colpirla era la diversità delle loro vite: lei e Geoff avevano molte cose in comune, un passato trascorso insieme, gli stessi interessi. Marshall invece era circondato da gente di successo e aveva figli adulti; era un uomo di potere, uno che brillava come un faro nella notte. Era questo ad averla attratta: ogni volta che si trovava in sua compagnia era come conquistare l'Everest, aveva la certezza di essere desiderata da lui. Se avesse deciso di mollarlo, se avesse deciso di fare il passo che fino a quel momento non aveva mai voluto fare, quello le sarebbe mancato più di tutto.

20

Il venerdì pomeriggio, Logan e Fiona si erano accordati per vedersi l'indomani in città. Fiona avrebbe parcheggiato la macchina in un garage e lo avrebbe aspettato un quarto d'ora prima dell'inizio della partita davanti all'AT&T Park, di fronte a uno degli ingressi segnalateli da Smith. Fiona era appena uscita di casa quando ricevette una chiamata da Alyssa. Le chiedeva di cenare insieme e si stupì quando la madre le rispose di avere già un impegno.

«Come mai?»

«Sono stata invitata da un amico», rispose Fiona. «Di tanto in tanto tutti dobbiamo fare qualcosa di diverso. O almeno questo è quello che tua zia Jillian continua a ripetermi. Credevo fossi a Tahoe.» Si sentiva un po' in colpa di non poter vedere sua figlia.

«In effetti dovevo andarci, ma la mamma di John non sta bene e così è partito solo lui. La signora Weston non se la sentiva di avere ospiti. Lui se l'è presa parecchio, ma a me non importa. Vorrà dire che tornerò a casa a fare una lavatrice», concluse in tono triste.

«Mi spiace, tesoro, non avrei dovuto accettare. Però sapevo del tuo weekend a Tahoe.»

«Tranquilla, mamma, anche tu meriti di avere una vita. A proposito, chi sarebbe questo amico?» si informò Alyssa.

«Un giornalista che ho incontrato qualche tempo fa. Una persona interessante. Ha vinto un premio Pulitzer», replicò Fiona con nonchalance.

«Un appuntamento?» esclamò la ragazza sorpresa: era da tanto che la madre non usciva con qualcuno, e la cosa non le dispiaceva affatto. D'altra parte era sempre a loro disposizione quando non lavorava, contrariamente al padre che spesso rimaneva lontano da casa anche per lunghi periodi, come quando aveva girato il mondo per quattro mesi.

«No, è solo un amico», si affrettò a correggerla. «Si occupa di finanza e lavora principalmente per il *Wall Street Journal* e il *New York Times*. Ha vinto il Pulitzer per aver intervistato Nelson Mandela. È una persona interessante, e un fanatico del baseball. Per questo mi ha invitata. Ma ci sarebbe potuto andare con chiunque.» Non era del tutto vero e lo sapeva, ma non voleva innervosire la figlia né tantomeno dare l'impressione che quello con Logan fosse un appuntamento galante.

«Bene, divertiti allora. Magari passerò domani, prima che John rientri da Tahoe. Sarà un fine settimana pesante per lui, visto che la madre non sta bene.»

«Perfetto, sarò a casa», le assicurò Fiona prima di mettere in moto la macchina. Aveva indossato un paio di jeans, una felpa rossa e delle scarpe da ginnastica e, per sicurezza, visto che a San Francisco c'era nebbia e fresco anche in estate, aveva portato una giacca. Fino a quel momento la giornata era stata splendida, e il sole caldo. Era giunta a destinazione e stava ancora pensando ad Alyssa quando lo vide arrivare: portava una giacca a vento, i jeans e un berretto dei Giants. Logan le sorrise.

«Ho dimenticato di dirle di portarsi una giacca, nel caso facesse più fresco, ma per fortuna ci ha pensato già lei. Le avrei prestato la mia, nel caso.» Si avviarono alla biglietteria. Intorno a loro c'erano famiglie e ragazzi, coppie e gruppetti di uomini; di fronte agli ingressi, alcuni bagarini tentavano di vendere i loro biglietti. Si percepiva spensieratezza e allegria: sarebbe stata una serata divertente. Per i Giants la stagione si stava rivelando promettente, e Logan era certo che si sarebbero aggiudicati il campionato.

In effetti, rifletté Fiona, in città la leggera brezza che soffiava rinfrescava l'aria. Se non avesse indossato la felpa e non si fosse portata dietro la giacca, a fine serata avrebbe avuto freddo. Per questo le piaceva abitare nella piccola penisola a sud della città, a Portola Valley, perché lì le temperature erano sempre più miti, senza considerare che per lei era più facile raggiungere l'ufficio.

Una volta entrati, Fiona e Logan andarono subito a prendere un hot dog e una birra.

«Viene spesso alle partite?» chiese lei mentre si mettevano in fila davanti a uno dei tanti chioschetti. Si sentiva una ragazzina a una festa di compleanno, ed era felice di avere accettato l'invito. Anche Logan sembrava contento di stare con lei; aveva un modo speciale di farla sentire la benvenuta, di metterla a proprio agio: era una persona gradevole.

«Cerco di non perdermene una», le rispose prima di ordinare gli hot dog, le patatine fritte e la birra. Infilò in tasca dei tovagliolini di carta e le chiese se preferisse la senape, il ketchup o la salsa agrodolce e i cetriolini. Fiona optò per senape e ketchup. Prima di andare ai loro posti, Logan acquistò un berretto dei Giants. «Ecco», disse calcandoglielo in testa e lasciando che lei se lo aggiustasse. «Adesso sì che ha l'aspetto di una tifosa.» Per l'occasione, Fiona aveva legato i capelli in una treccia. «È davvero carina, così. Dovrebbe mettere il berretto anche al lavoro», commentò facendola ridere.

Una volta seduti iniziarono a mangiare chiacchierando, mentre gli spettatori si riunivano in gruppi e prendevano posto per assistere alla partita. Tutto intorno risuonavano musica e risate. La folla offriva uno spettacolo variegato: c'erano vip nelle tribune d'onore, famiglie con bambini e gente di ogni nazionalità ed estrazione sociale. I posti assegnati a Logan erano tra i migliori, proprio alle spalle della casa base, e offrivano una visione perfetta di tutto il campo.

«Mi piace anche il football», disse lui a metà dell'hot dog. Sorrise nel vedere il mento di lei macchiato di ketchup, e glielo pulì con un tovagliolo. «Fa un gran casino quando mangia», la prese in giro, «ma quel berretto le sta d'incanto. In verità, avrei voluto fare il giornalista sportivo, se non fossi riuscito a diventare un giocatore di baseball. Mi sono rotto un braccio a quattordici anni e quell'infortunio ha messo fine alla mia carriera di aspirante professionista. Ho giocato a football ma ero già troppo vecchio. Due anni fa, quando mi sono rotto il tallone, ho capito che non faceva per me e ho mollato.»

«Gioca a tennis?»

«Qualche volta. Con il football me la cavavo meglio.»

«Mia sorella gioca divinamente», sottolineò Fiona approfittando per parlare di Jillian. Logan le lanciò un'occhiata strana, prima di addentare il secondo hot dog. Lei ne aveva ordinato soltanto uno e prese una patatina; poi bevve un sorso di birra e gli sorrise.

«Perché ho l'impressione che stia cercando di farmi incontrare con sua sorella?» Ne parlava di continuo, la infilava in ogni conversazione; lui però non era interessato, stava bene con Fiona. Avrebbe accettato di incontrare Jillian, ma non voleva un appuntamento di altra natura. Da quanto aveva sentito, aveva già capito che non era il suo tipo e non ci teneva a uscire con una strizzacervelli che non avrebbe fatto altro che interrogarlo sul perché faceva quel lavoro o cose simili.

«Forse perché sto tentando davvero di farvi incontrare», rispose sincera. «Penso che vi piacereste.»

«Non credevo che il fatto di esserle amico le avesse dato la licenza di mediatrice matrimoniale», replicò Logan scoccandole un'occhiata eloquente.

Fiona scoppiò a ridere. «Certo che sì! Non credevo che esserle amica avrebbe significato venire a vedere una partita di baseball, eppure eccomi qua. Perché non allarga i suoi orizzonti?»

«Li sto allargando. Ma non è con sua sorella che voglio avere un appuntamento.»

«Non l'ha ancora conosciuta. Gli uomini cadono ai suoi piedi. Certo, è molto alta», ammise, «ma è fantastica. La adorano tutti.»

«In tal caso, piacerà anche a me», replicò lui criptico, prima di cambiare argomento.

«Rientrerà questa settimana, anche se non so esattamente quando. Potremmo andare a giocare a tennis insieme, nel fine settimana, se troviamo il quarto per un doppio misto.»

Logan le lanciò uno sguardo che voleva essere minaccioso senza però riuscirci. «Non precipiti le cose!» Fiona si limitò a ridere.

Poco dopo la partita iniziò. I Giants segnarono due punti nel primo inning e nello stadio esplose un boato. Logan partecipava animatamente e quando le birre finirono andò a comprare due gelati.

A metà partita, i Giants erano in vantaggio di quattro punti. Logan, al settimo cielo, era quasi certo che avrebbero vinto i play-off e si augurava anche il campionato. L'incontro si concluse con un 6-1 a favore dei Giants. Il successo era stato clamoroso, disse a Fiona mentre uscivano dallo stadio insieme a una miriade di tifosi inneggianti.

«Grazie per avermi fatto passare un pomeriggio così bello.»

«È stato piacevole anche per me», replicò lui contento. «Le va di cenare insieme oppure deve rientrare?»

«Per una volta posso concedermi un weekend tranquillo; mi sono portata avanti con il lavoro durante la settimana.»

«Stranamente, neanch'io ho delle scadenze pressanti», le comunicò Logan sollevato.

Mentre si dirigevano verso la macchina di lui, suggerì un

ristorantino greco vicino all'imbarcadero. Fiona non aveva granché fame dopo lo spuntino allo stadio, ma lì avrebbero potuto trovare piccole porzioni, un piatto di hummus o l'avgolemono, la zuppa greca che a lei piaceva tanto.

Il locale era affollato ma grazioso, con le pareti in mattoni e caminetti in quasi tutti gli ambienti. Il bar era stato preso d'assalto da diversi gruppi di ragazzi. Era un sabato movimentato, come sempre a San Francisco. Logan e Fiona si rifugiarono in un angolo tranquillo in una sala sul retro.

Chiacchierarono delle interviste che Logan aveva in programma e dei pezzi che stava scrivendo.

«Deve essere eccitante incontrare gente sempre diversa. Io invece vedo sempre le stesse persone, e a distanza di anni è difficile continuare a motivarle.»

«Il suo lavoro prevede sfide più grandi delle mie, Fiona, sfide più difficili da affrontare», replicò Logan con ammirazione, «ma ammetto di amare quello che faccio. Del resto, me lo diceva sempre anche mio padre di fare solo ciò che mi sta a cuore. L'ho preso in parola, era un uomo molto intelligente. Uno di questi giorni, quando avrò tempo, scriverò un libro. Sono un provocatore, mi piace scavare nel fango, cercare la disonestà, soprattutto quando si tenta di nasconderla.»

«È questo che pensa di me?» chiese meravigliata. Aveva notato che gli occhi di lui si erano illuminati discutendo di quegli argomenti.

«No!» esclamò lui. «La ammiro da tantissimo tempo. Lei è una che va dritta alla meta. Brilla come un faro in mezzo alla nebbia della disonestà che domina il mondo degli affari», la tranquillizzò Logan proprio mentre il cameriere arrivò con le ordinazioni. Il suo modo di parlare schietto le ricordava quello di Jillian, che era solo più diplomatica del giornalista. Anche lei però amava analizzare le persone. Quando glielo disse, Logan sorrise.

«Perché non vuole uscire con mia sorella? Forse non ha fiducia nelle mie capacità di intermediatrice?» gli chiese ridendo. Il disinteresse evidente di Logan per Jillian in fondo le dispiaceva.

«Dopo tutti gli appuntamenti al buio che hanno organizzato i miei amici, non mi fido più di nessuno. Ho chiuso», rispose Logan. «Ma il motivo per cui non voglio uscire con sua sorella è un altro. Come le ho già detto, mi piacerebbe conoscerla, dalla sua descrizione mi pare di capire che è un tipo molto divertente e intelligente... proprio come lei, Fiona.» Quel complimento la fece sorridere.

«Mi sta dicendo che non è interessato a frequentare qualcuno?» domandò curiosa. Era un peccato, qualsiasi donna sarebbe stata felice di uscire con lui.

«A dire il vero, mi piacerebbe eccome», la corresse lui. «Ma non sua sorella.» Poi abbassò la voce per evitare che dai tavoli accanto lo potessero sentire. «Vorrei frequentare lei», concluse guardandola negli occhi.

«Me?» ripeté stupita. Logan annuì. Aveva scoperto le carte. Fiona ne era meravigliata perché non aveva mai pensato a quell'opportunità, lo riteneva soltanto un amico.

Vedendola confusa, il giornalista chiarì: «Voglio uscire con lei. Avere un appuntamento vero».

«Perché?»

Logan rise di quella reazione. «Perché è bella, onesta, intelligente, buona e di ottima compagnia. Sto bene con lei. Devo aggiungere altro?» Non aveva detto «di successo», «potente» o «perché è un amministratore delegato». Tutto questo non gli interessava. «Lei mi piace. È una persona fantastica e sbaglia a escludere la possibilità di avere un compagno. Certo, ha avuto delle esperienze negative, ma non è un buon motivo per rinunciarci. Sono convinto che si possa avere una relazione e un lavoro importante. Le due cose non si escludono a vicenda, se si trova la persona giusta. È possibile che finora sia stata sfortunata. Mi rendo conto di non essere un amministratore delegato, il presidente del consiglio di amministrazione di una grande compagnia o un alto dirigente, ma sono appassionato del mio lavoro e lo faccio con coscienza. Sto bene con me stesso e con la persona che sono diventato. Non mi sento minacciato da lei né mi disturba che guadagni più di me o abbia un lavoro più importante. Sono attratto da lei, Fiona. Vorrei continuare a vederla, divertirci insieme, uscire con lei. Sì, vorrei poterla frequentare. Frequentare lei, non sua sorella maggiore che continua a ripetermi che è alta un metro e ottanta, intelligentissima e bravissima a giocare a tennis. Vorrei lei. Che ne dice?» Non era quello il tipo di rapporto che Fiona si era aspettata di avere con lui, ma Logan sperava che cambiasse idea.

«Non ho mai pensato... Non credevo...» balbettò e abbassò lo sguardo spingendo via con le dita le briciole sulla tovaglia. Non sapeva cosa rispondere. Prima che ricominciasse a parlare, Logan appoggiò una mano su quella di lei. Non era sua intenzione spaventarla, ma non voleva neanche che scappasse di fronte a quelle parole.

«Le cose non devono essere necessariamente complicate. Diamoci un'opportunità e vediamo cosa succede. Non perderemo nulla se ci accorgeremo di non essere fatti l'uno per l'altra. La cosa peggiore che ci potrà capitare è che resteremo amici. Non crede anche lei?» Era stato di nuovo diretto. Fiona invece non riusciva a esserlo quando si trattava della sua vita personale. La sola idea di rivivere un'esperienza simile al suo matrimonio la terrorizzava.

Quando lo guardò, i suoi occhi erano tristi. Era così vulnerabile e spaventata che Logan avrebbe voluto stringerla a sé.

«E se ci facessimo del male? Se ci illudessimo? Mi odierebbe.»

«Non la odierei.» Parlava con gli occhi fissi in quelli di Fiona. «Resterei deluso, certo, ma sono sicuro che lei non farebbe nulla di disonesto nei miei confronti. Lo so. E nemmeno io mi comporterei male. Lei non mi conosce ancora a sufficienza da questo punto di vista, ma è la verità. Con questi presupposti, non è escluso che la nostra storia funzioni. Io dico che varrebbe la pena tentare.» Le sorrise. «Le persone come noi non si incontrano tutti i giorni, siamo una specie rara. Siamo entrambi onesti, possiamo essere felici. Non abbiamo nulla da perdere; usciremo insieme a cena, andremo a vedere qualche partita e ci divertiremo. Lei ha bisogno di movimentare la sua esistenza, Fiona, non può pensare soltanto al lavoro, e nemmeno io. Sono disposto ad accettare il tempo che deciderà di dedicarmi e le prometto di non rinfacciarle il fatto che lavora molto, visto che succede anche a me. Ci sono tantissimi fine settimana durante i quali ho delle scadenze da rispettare e non posso uscire... pensi, certe volte mangio alla scrivania. Non dovrà sentirsi pressata dalle mie eventuali aspettative. Le propongo di lasciare aperta la porta e di vedere come vanno le cose.» Il suo ragionamento era più che convincente.

Fiona voleva rispondere qualcosa ma tacque. Lo guardò a lungo, la mano stretta in quella di lui. Per Logan il fatto che non si fosse ritratta era un ottimo segno. Lo fissava sorpresa; non l'aveva mai sfiorata l'idea che quell'uomo desiderasse uscire con lei, avere una relazione. All'inizio credeva che volesse sfruttarla per ricevere informazioni, poi si era convinta che sarebbero diventati amici. Non aveva idea di quanto fosse bella. Neanche i quattro anni di differenza sembravano importargli; del resto nessuno avrebbe mai detto che la più grande fosse lei. Quella donna era ormai il centro dei suoi interessi. Gli strinse piano la mano prima di rispondere.

«Sì», bisbigliò muovendo appena le labbra.

«Sì? Intende dire che è disposta a uscire con me?» domandò meravigliato.

«Sì.» Questa volta lo disse a voce più alta e scoppiò a ridere. «Penso che tu sia pazzo e non ho ancora capito perché ci tieni tanto. La mia vita è una girandola folle, non faccio altro che lavorare. Quando ho del tempo libero, lo trascorro insieme ai miei figli, compatibilmente con i loro impegni. Se però sarai in grado di adattarti a questo stile di vita, allora sì. Forse sei la persona giusta. Lascerò aperta la porta e magari ne varrà davvero la pena. Ma a una condizione.» Lui la guardò terrorizzato all'idea di ciò che avrebbe potuto chiedergli. Conosceva la sua abilità nel condurre gli affari; avrebbe avuto il pugno di ferro anche nella vita personale? Non era una persona dura, tutt'altro, era cortese e femminile, e questo la rendeva ancora più attraente. Logan attese. «Non voglio essere usata come fonte di informazioni Non vi saranno mai fughe di notizie, per quanto mi riguarda. Non domandarmi niente, non tentare di estorcermi nulla, non usarmi.» Il suo tono era serio, deciso. Mai e poi mai lui avrebbe usato il loro rapporto per trarne vantaggi. Non voleva rovinare tutto, specialmente se le cose fossero andate per il verso giusto.

«Certo che no», rispose, sorpreso dal fatto che Fiona sentisse la necessità di mettere in chiaro un punto così delicato. «Hai la mia parola.» Le porse la mano destra al di sopra del tavolo, continuando a tenere la sinistra in quella di lei. Fiona gliela strinse. «È una promessa», aggiunse, determinato a non deluderla.

«Affare fatto, allora», rise lei, spensierata. Aveva l'aria di un'adolescente. «Voglio comunque presentarti mia sorella. Sono certa che ti piacerà. Hai perso davvero un'opportunità unica, rinunciando a lei», lo prese in giro.

«Mi rassegnerò a rispettare il nostro accordo», ribatté lui con un sorriso. «Credo di aver concluso un buon affare.»

Trascorsero il resto della serata chiacchierando, senza accorgersi del tempo che passava. Una volta fuori dal locale, Logan la riaccompagnò al garage in cui aveva lasciato la macchina e Fiona lo invitò per il giorno seguente a trascorrere qualche ora in piscina nella sua casa di Portola Valley. Prima di lasciarsi, lui la baciò delicatamente su una guancia per poi sfiorarle le labbra. Non voleva spaventarla o metterle fretta, preferiva che il loro rapporto si evolvesse con calma. In fondo, avevano tempo.

«A domani», disse mentre lei saliva in macchina.

«Sono stata benissimo», sorrise lei e si allontanò salutandolo con la mano. Logan, soddisfatto, rimase a osservarla. La serata era andata meglio di quanto avrebbe osato sperare.

21

La domenica mattina Fiona si svegliò più tardi del consueto. Stava bevendo una tazza di caffè e leggendo il *New York Times* quando entrò Alyssa con un'espressione sconvolta sul viso. Aveva trascorso quasi tutta la notte al telefono con John. Si lasciò scivolare su una sedia e guardò la madre affranta. Fiona capì subito che qualcosa non andava e si chiese se avesse litigato con il fidanzato.

«Tutto bene? Ti preparo la colazione? A proposito, buongiorno.» Si sporse per darle un bacio e si accorse che aveva pianto. «È accaduto qualcosa con John?» Probabilmente il weekend non era stato annullato per un malessere della madre di lui ma per qualche altro motivo.

«Non va bene niente. Si tratta di John, ma non di quello che pensi tu. Tra me e lui non ci sono problemi, è che i suoi genitori...» Guardò la madre negli occhi e le fece promettere di non parlarne con nessuno.

«A chi dovrei dirlo, scusa? Certo che non ne farò parola.» Forse Marshall si era cacciato di nuovo in qualche guaio, dopo l'incidente delle molestie sessuali?

«I suoi stanno divorziando», la informò Alyssa andando dritta al punto. «Venerdì pomeriggio il padre è andato a Tahoe e ha comunicato alla moglie di volersi separare. John dice che Liz è a pezzi. Pare che Marshall abbia confessato di avere una relazione con una donna di Los Angeles da otto anni. Una più giovane, sulla trentina. Ogni settimana, quando andava a Los Angeles per lavoro, si fermava due giorni da lei. Hanno una casa a Malibu. E non è finita qui: il signor Weston ha due gemelle con quella donna! Ma ci pensi? Voleva mostrare a John e Lindsay delle fotografie delle bambine, ma la sorella è esplosa. Sono stata al telefono con lui per tutta la notte, non sapevo cosa dirgli. Comunque, il padre sta chiedendo il divorzio per sposare l'altra e rimanere con l'altra famiglia.»

«Oddio!» esclamò Fiona sbigottita. Aveva già sentito storie del genere, ma Marshall le aveva sempre dato l'impressione di essere un marito e un padre modello. Era addolorata per John e per gli altri figli di Marshall, ma soprattutto per Liz. L'amministratore delegato senza macchia non era poi il brav'uomo che voleva far credere: Logan non si era sbagliato sul suo conto. E probabilmente anche l'accusa di molestie sessuali aveva un fondamento.

Non riusciva a smettere di pensare alla moglie, che gli era rimasta accanto anche nei momenti più difficili. E magari quella non era stata neppura l'unica avventura. Perché, dopo tutti quegli anni, aveva deciso all'improvviso di sposare la compagna più giovane? Fiona biasimava l'atteggiamento dell'amante: avrebbe potuto evitare di iniziare quella relazione, sapendo che Marshall era sposato, e fare dei figli con lui. Di sicuro si trattava di un'arrampicatrice, una di quelle che speravano di vincere il jackpot o che addirittura ricattavano gli uomini: una donna facile. Come definire altrimenti una rovinafamiglie come quella?

«John ha ammesso che ha sempre temuto che i suoi divorziassero», continuò Alyssa. «Soprattutto dopo l'accusa di molestie sessuali. A questo punto viene da pensare che la storia sia vera e che lui l'abbia pagata per ritrattare.» Tutto era possibile. Marshall aveva perso credibilità agli occhi della famiglia e di quanti lo conoscevano, negli ultimi giorni. «John ha aggiunto che da quando è venuta fuori la storia delle presunte molestie, sua madre è un fascio di nervi. Aveva creduto nella buona fede del marito, nonostante tutto. Adesso la famiglia si è disgregata: il fratello maggiore, che già aveva un rapporto difficile con il padre, non intende rivolgergli più la parola. Dice che è un sociopatico. Anche Lindsay non gli parla. John non sa cosa pensare, ha sempre nutrito il massimo rispetto nei suoi confronti, lo vedeva come un eroe.» Alyssa raccontò ogni cosa nel dettaglio e Fiona l'ascoltò con attenzione, sempre più meravigliata.

«Cosa posso fare io, mamma? John è sconvolto e dice di vergognarsi del padre. Non è escluso che l'intera faccenda finisca sui giornali», osservò preoccupata.

«Probabilmente accadrà», confermò Fiona. «Situazioni del genere vengono sempre a galla, soprattutto se dovesse sposare l'altra donna.» Diversi personaggi pubblici si erano ritrovati in frangenti simili e i tabloid non si erano lasciati sfuggire l'occasione. «Quanto a te, tesoro, non c'è nulla che tu possa fare, se non restargli accanto e dargli tutto il tuo conforto. Lui non ha colpa. Non ha fatto niente di sbagliato.»

«Adorava il padre, ma ora sostiene di non poterlo perdonare.»

«Forse non lo farà mai, oppure con il tempo si ricrederà. Bisogna avere pazienza.»

«Si rifiuta di conoscere le bambine o di accettarle come sorelle.»

«Anche per loro la situazione non è delle più facili. Sono diventate delle reiette a causa dei genitori, e non è giusto. Succede spesso che i figli paghino per i peccati del padre. In questo caso è toccato anche alla moglie. Posso immaginare lo stato d'animo di John.» Fiona ripensò a Jillian e alle sue teorie sul comportamento sessuale degli uomini di potere, un potere che per loro aveva conseguenze afrodisiache. La storia di Marshall ne era un perfetto esempio.

Guardò l'orologio: entro breve sarebbe arrivato Logan e lei doveva ancora farsi la doccia e vestirsi. Avevano chiacchierato per due ore senza neanche accorgersene. Sparecchiò con l'aiuto della figlia e le disse che doveva prepararsi.

«Vai da qualche parte, mamma?» chiese la ragazza sorpresa. Di solito Fiona non usciva di domenica; restava a casa a lavorare oppure trascorreva il tempo con lei e Mark.

«Ho un ospite», rispose la donna evitando di guardare la figlia negli occhi. Piegò il giornale e lo ripose.

«Un ospite?»

«Un amico», replicò in tono vago. Alyssa socchiuse gli occhi per osservarla meglio.

«Che genere di amico?»

«Quello che ieri mi ha portato alla partita di baseball.»

«Mi stai dicendo che lo vedrai di nuovo?» domandò lei, e si meravigliò quando la madre fece di sì con la testa.

«Non è niente di impegnativo. Siamo stati a cena un paio di volte e mi piace la sua compagnia. Ero intenzionata a presentarlo a zia Jill, ma poi abbiamo scoperto di stare così bene insieme... e d'altra parte lei ancora non è tornata.» Fiona sorrise alla figlia che adesso la guardava preoccupata. Non era abituata all'idea che sua madre avesse un appuntamento, e non era certa che la cosa le facesse piacere. Aveva paura che quell'uomo si comportasse male o la ferisse. Anche Fiona in un primo momento aveva avuto gli stessi timori, ma aveva deciso di accantonarli. Logan era una persona seria, indipendentemente dal fatto che fossero o meno compatibili. Sarebbe stato il tempo a dirlo.

«Non è quel giornalista d'assalto di cui mi parlavi?»

«Sì, perché?»

«Ti prego di non dirgli niente del padre di John!» esclamò Alyssa in preda al panico.

«Certo che no.» Logan aveva promesso di non usarla, ma a lei non sarebbe comunque venuto in mente di raccontare una storia così privata che – tra l'altro – non avrebbe tardato a guadagnarsi titoloni sui giornali. Rispettava troppo John per farne parola con qualcuno. «Non lo farei mai», la rassicurò. «Perché non resti e lo conosci? Puoi pranzare con noi in piscina. Sono sicura che ti piacerà.»

Alyssa non rispose, continuanando a mostrarsi impensierita. «Perché hai deciso di frequentarlo? Ci siamo noi, non hai bisogno di un uomo.»

«Forse è vero.» Fiona comprese subito che la figlia era gelosa del suo tempo e non voleva dividerla con qualcuno. Dopo il divorzio, Alyssa e Mark non avevano dovuto competere con nessuno per le sue attenzioni. «Tu e tuo fratello, però, siete al college. Lui abita a New York e viene soltanto per le vacanze, e tu sei sempre superimpegnata. Adesso, poi, hai anche John. Divertirmi un po' sarebbe piacevole anche per me. Non andrò da nessuna parte e tu e Mark sarete sempre in cima ai miei pensieri e avrete la priorità», la rassicurò. «Voglio vedere come vanno le cose, e se non prenderanno la piega che penso smetterò di frequentarlo. Ci stiamo muovendo entrambi con tranquillità, senza fretta. Va bene?» Le sorrise e Alyssa annuì, mostrandosi ora incuriosita da quell'uomo. La madre non usciva con nessuno da anni e le pareva strano che all'improvviso avesse cambiato idea. Non sapeva degli incitamenti della zia Jill perché ricominciasse ad avere una vita sociale oltre il lavoro, e sinceramente quella novità non le piaceva. Per il padre era diverso, e lo vedeva poco, la madre invece era una presenza costante, ogni sera e durante i weekend. Non capiva perché le cose avrebbero dovuto cambiare, ma apprezzava l'atteggiamento ragionevole e cauto della madre.

La ragazza rimase sdraiata a bordo piscina fino a quando la madre fu pronta. Aveva indossato un paio di shorts e una maglietta; niente trucco, i capelli sciolti sulle spalle e ai piedi delle infradito. Quando suonarono alla porta Fiona andò ad aprire con espressione rilassata. Alyssa ammirò sua madre per essersi vestita in modo semplice; se si fosse messa in tiro per l'appuntamento l'avrebbe giudicata alla stregua del padre di John. Quando Logan entrò, Alyssa ne fu piacevolmente sorpresa. Indossava un paio di jeans, una T-shirt e delle infradito. Era rasato di fresco e i capelli neri erano ben pettinati. Aveva un'aria intelligente, attraente e a proprio agio. Si presentò con delle baguette, del formaggio e una bottiglia di vino. Sembrava felice di rivedere Fiona e trattò Alyssa come un'adulta, mostrandosi interessato a lei e chiacchierando su argomenti che andavano oltre quelli universitari. A tavola, notò che Logan si rivolgeva alla madre più come a un'amica che come se avesse un appuntamento galante, sebbene fosse chiaro che le piaceva. Ogni cosa in lui l'aveva colpita, e lo fece notare a Fiona quando l'aiutò a sparecchiare.

«È davvero cool, mamma», le sussurrò appena furono in cucina da sole. «Un tipo... hot!» rincarò ridacchiando.

«È cool o hot?» rise lei. «Sii chiara e non confondermi.»

«Entrambe le cose. È simpatico e sono convinta che gli piaci un sacco», aggiunse, soddisfatta. Era evidente che approvava la loro frequentazione.

«Ho sempre pensato che fosse perfetto per zia Jill», confessò la madre con un pizzico di rammarico.

«Troppo giovane per lei. Zia non ci farebbe una bella figura. Invece per te è perfetto.»

«Ti piace?» Fiona voleva esserne sicura. Alyssa scoppiò a ridere.

«Un casino.»

Alyssa non si fermò a lungo, dopo pranzo, e lasciò la madre e Logan da soli a bordo piscina.

«È una ragazza molto brillante, proprio come te», si complimentò lui. Le sorrise un istante prima di rabbuiarsi. «Ho passato l'esame?» I figli erano la priorità per Fiona, e Alyssa gli era parsa molto protettiva nei confronti della madre.

«A pieni voti, sei cool e hot. Il massimo per una ragazza di quell'età!» Logan, sollevato, si girò su un fianco per guardarla.

«Mi piaci davvero, Fiona. Mi sento incredibilmente a mio agio accanto a te.»

Anche per lei era così. Quel pomeriggio rimasero sdraiati al sole a chiacchierare. Cenarono prima del solito con il formaggio rimasto e bevendo il vino che lui aveva portato, poi Logan si preparò a tornare in città. Prima di andarsene, la baciò sulle labbra con più passione del giorno prima, ma sempre molto cauto. Fiona apprezzò i suoi modi; era rassicurante sapere che lui non aveva fretta, che non avrebbe accelerato le cose per portarsela a letto. Stava accadendo tutto con la giusta tranquillità e delicatezza. Lei aveva accettato di conoscerlo meglio e assaporavano ogni momento che trascorrevano insieme. Si accordarono per rivedersi il weekend seguente, dato che li attendeva una lunga e faticosa settimana.

Arrivato a casa, Logan le inviò un sms per ringraziarla della magnifica giornata, e Fiona rispose che anche lei era stata bene. Il loro era un rapporto alla pari, di scambio reciproco. Voleva un partner e un amico, non una persona che la pressasse. Era bello avere qualcuno che la pensasse alla stessa maniera. Non vedeva l'ora che tornasse la sorella per raccontarle le novità.

Il lunedì mattina, appena arrivato in ufficio, Marshall aveva messo a punto uno schema ben preciso. Era reduce da una settimana lunga, difficile e stressante, ed era felice di potersi rifugiare nel lavoro. Non aveva notizie della moglie o dei figli da quando aveva lasciato la casa al lago, né si aspettava che qualcuno si facesse sentire. Prima di andare via, aveva detto a Liz di cercarsi un avvocato. Voleva avviare le pratiche del divorzio al più presto e desiderava che lei prendesse decisioni su vari aspetti, soprattutto se vendere o tenersi la loro casa di Ross. Di certo lui avrebbe comprato una nuova per sé e Ashley, possibilmente in città o anche a Hillsborough, dove le bambine avrebbero potuto tenere dei cavalli. Abitare nella zona peninsulare sarebbe stato più facile e per di più lo avrebbe allontanato dalla contea di Marin, rendendo meno probabile di imbattersi nella ex. Aveva già pensato a tutto.

La sua prima telefonata fu a Connie Feinberg. Era indispensabile avvisarla di essersi occupato della questione durante il fine settimana, proprio come lei gli aveva richiesto.

«Liz e io divorzieremo», disse semplicemente.

«Mi spiace, Marshall.» Connie ne fu addolorata, più di quanto lo fosse lui stesso. E si meravigliò del tono distaccato con il quale Weston le aveva comunicato la notizia. «Sono mortificata che il consiglio ti abbia costretto a prendere questa decisione. Noi avremmo accettato qualsiasi tua scelta; il nostro obiettivo era semplicemente non esporti a un altro scandalo che avrebbe potuto coinvolgere la società. Non deve essere stato facile per nessuno.»

«I ragazzi si riprenderanno», replicò lui piuttosto tranquillo, «e io e Liz dobbiamo andare avanti. Non mi sarei lasciato coinvolgere in un'altra storia, se il nostro matrimonio fosse stato ancora vivo. Ero in uno stallo da troppo tempo, era arrivato il momento di chiarire. Stamattina stessa telefonerò al mio avvocato e gli chiederò di procedere quanto prima, perciò io e Ashley potremo sposarci verso febbraio. Se dovessero esserci complicazioni di carattere economico, le risolverò tempestivamente in modo da non rallentare le pratiche di divorzio.» Si stava muovendo con rapidità dopo il discorso di Connie, che lo aveva alquanto spaventato.

«Puoi fare le cose con più calma», lo rassicurò lei sentendosi quasi responsabile dell'infelicità di Liz. «Una volta che avrai chiarito la tua posizione dicendo che sei separato e stai per divorziare, potrai decidere se mostrarti in pubblico con la tua nuova compagna o no. Sono certa che si faranno commenti sulle tue figlie più piccole, ma sai bene che queste cose sono all'ordine del giorno. Di questi tempi la tua storia non susciterà lo stesso scalpore che avrebbe avuto venti o trent'anni fa; e poi la gente dimentica presto. O almeno speriamo che sia così. Comunque, grazie per esserti mosso subito.» Gli aveva parlato soltanto una settimana prima. L'efficienza di Weston non finiva mai di stupirla, rifletté soddisfatta. «Liz come sta?» domandò preoccupata, al contrario di Marshall che dava l'impressione di essere molto sereno. Una volta presa la decisione, soprattutto dopo aver visto Ashley, era come se si fosse messo tutto alle spalle.

«Starà bene. Mi prenderò cura di lei nel migliore dei modi.» Economicamente parlando, intendeva. Connie lo capì subito, ma sapeva che era in gioco anche molto altro: a cinquant'anni, dopo ventisette di matrimonio, Liz aveva perso l'uomo che amava, lo scopo della sua vita, per il quale aveva rinunciato alla carriera. Di sicuro doveva sentirsi disorientata, non avendo mai immaginato un'esistenza senza il marito. Connie sperava che lui se ne rendesse conto, anche se così non sembrava. In ogni caso quelli non erano affari che la riguardavano; lui aveva fatto come gli era stato chiesto. Prima di riagganciare lo ringraziò ancora una volta.

La telefonata successiva di Marshall fu all'avvocato. Gli disse di muoversi in fretta, di essere disposto a provvedere generosamente al mantenimento di Liz, sebbene nei limiti del ragionevole. Voleva che le due case, quella di Ross e quella di Tahoe, andassero a lei e che le fosse versato un congruo assegno mensile. L'avvocato spiegò che bisognava fare dei calcoli patrimoniali ben precisi, ma Marshall replicò che voleva assicurare alla moglie una vita agiata e tranquilla in maniera che i figli non avessero nulla da rimproverargli. Aggiunse che aveva intenzione di sposarsi nel giro di sei mesi, appena fosse stata emessa la sentenza di divorzio. Se possibile, voleva che la pratica fosse presentata quella stessa settimana. Liz avrebbe ricevuto la documentazione tramite il suo avvocato. Il legale si domandò se tutta quella fretta fosse dovuta a una gravidanza: non sarebbe stata la prima volta.

«C'è un bambino in arrivo?» chiese cauto. Non era sua intenzione immischiarsi, ma doveva saperlo.

«Sì, due», ammise Marshall sorridendo. «Due bambine di sette anni.» Si era occupato di citarle nel testamento, ma lo aveva fatto con un avvocato di Los Angeles, per questo il suo legale non sapeva nulla di Ashley e delle gemelle. Se Marshall fosse morto, alla lettura del testamento si sarebbe stupito non poco.

Dopo aver concluso anche quella telefonata, Weston chiamò l'agente immobiliare comunicandogli di essere alla ricerca di una casa molto grande con giardino nei pressi di Hillsborough o in città. Gli indicò anche la cifra che aveva in mente di spendere. L'uomo rispose di avere parecchie offerte da proporgli e che lo avrebbe ricontattato nel giro di qualche giorno.

Quando chiamò Ashley, le parlò con lo stesso tono pratico.

«Ho parlato con Liz, questo fine settimana.» All'altro capo del telefono calò il silenzio. Ashley non lo sentiva da quando lui aveva lasciato Los Angeles ed era stata occupata a sbrogliare l'intricata matassa dei suoi pensieri. Aveva deciso di non rivedere Geoff fino a quando non avesse avuto le idee chiare su cosa desiderava, non era giusto trascorrere del tempo insieme a lui, date le circostanze. Entrambi, infatti, sembravano incapaci di mantenere il loro rapporto al livello di pura amicizia; erano troppo attratti l'uno dall'altra. Non avrebbe risolto il problema mettendo a confronto i due uomini, ma solo analizzando i suoi sentimenti. Per il momento si doveva concentrare su Marshall; Geoff la attraeva troppo, e dopo una lontananza tanto lunga non lo conosceva quasi per niente. Ci sarebbe voluto del tempo per scoprire chi era davvero. Geoff la assecondava in tutto, le voleva bene e la rispettava, e la cosa era reciproca. Era più che sufficiente.

«Come l'ha presa?» Aveva aspettato quel momento per anni e adesso si dispiaceva per lei, si sentiva in colpa.

«Male», rispose Weston, risoluto. «Ma me lo aspettavo. Non ha mai sospettato nulla, anche se avrebbe dovuto.» Lui però aveva avuto una cura maniacale nel non lasciare alcun genere di traccia. «Le ho detto di te e delle bambine, sono stato onesto nei suoi confronti e verso i miei figli.»

«Loro come stanno?» Ashley sembrava più dispiaciuta di quanto lo fosse il compagno. Si sentiva una rovinafamiglie, responsabile con Marshall di aver distrutto la vita di quattro persone.

«Si stanno facendo influenzare dal comportamento della madre e mi trattano come se fossi il nemico pubblico numero uno. Ma con il tempo si calmeranno, almeno loro. Non sono certo che Liz si riprenderà.» Ashley si chiese come si sarebbe sentita lei nei panni di Liz, se lui avesse messo in pratica la sua decisione iniziale: qualcuno sarebbe dovuto uscire da quella storia con le ossa rotte. O Ashley o Liz, e la scelta era caduta sulla seconda. Ma se non avessero fatto l'amore in quel modo meraviglioso, probabilmente sarebbe stata lei la donna in lacrime. Senza contare che un giorno sarebbe potuto accadere anche a lei quello che era successo a Liz. Se la carriera di Marshall fosse stata a rischio... Ashley non si faceva più illusioni.

«Stamattina ho parlato con il mio avvocato. Inoltrerà le pratiche del divorzio in settimana. E ho chiamato un agente immobiliare per visionare qualche casa: Hillsborough andrebbe bene anche a me, ma soprattutto sarebbe indicato per te e le bambine. Gli ho pure detto di cercare una soluzione in città. In attesa di comprare, dovremo andare in affitto. Appena il divorzio sarà effettivo, vi trasferirete qui in modo che le gemelle possano iniziare il nuovo anno scolastico. Ti darò i nominativi di qualche istituto. Inoltre, ho deciso di mettere in vendita la casa di Malibu.» Aveva preso tutte quelle decisioni senza consultarla. Ad Ashley pareva di non avere più il controllo della propria vita. Era così che andavano le cose con uomini come Marshall: decidevano e subito dopo si muovevano con efficienza. Un'operazione finanziaria, ecco cos'era diventata! L'intenzione di vendere la casa di Malibu la lasciò senza parole.

«Scusa, ma non possiamo tenerla? A me piace moltissimo», osservò in tono triste.

«Non ne avrai più bisogno perché vivremo insieme», replicò lui calmo.

«Potremmo passare ogni tanto un fine settimana da queste parti, in onore dei vecchi tempi.» Tra quelle mura aveva trascorso i periodi più felici e quelli più tristi della sua vita; abitava a Malibu da quando erano nate le bambine, ogni angolo traboccava di ricordi. Tuttavia adesso aveva lui e una vita completamente nuova. Avrebbe dovuto essere felice ed eccitata, ma fu assalita soltanto dalla paura: Marshall agiva in quel modo negli affari e aveva lo stesso comportamento nella sfera privata; fino ad allora Ashley non ne aveva avuto la consapevolezza. Da quando erano al telefono non le aveva detto neppure una volta di amarla. Poteva lamentarsi per questo? D'altra parte, però, lui aveva appena lasciato la moglie per lei, e forse quella era una prova più che sufficiente del suo amore. In quel momento Ashley si domandò come il compagno avrebbe trascorso i giorni che passava nell'ufficio di Los Angeles, quando lei fosse diventata sua moglie e avessero vissuto insieme a San Francisco. Chissà se un giorno anche lei si sarebbe trovata nella stessa situazione di Liz.

Dopo aver chiarito in maniera efficiente ogni dettaglio, Marshall le comunicò che sarebbe stato da lei il mercoledì sera.

«Marshall...» fece lei esitante prima di riagganciare. «Grazie per tutto quello che stai facendo.» Si sentiva quasi sciocca a esprimergli gratitudine. «Spero di renderti felice», aggiunse con le lacrime agli occhi.

«Lo farai», rispose Marshall, gelido. Sembrava non avere dubbi o rimorsi. Aveva agito come sempre. Ashley pensò di non essersene mai accorta prima. Adesso che il passo importante era stato fatto non aveva più nulla da rimproverargli, tranne la velocità con la quale si stava muovendo. Una velocità esagerata, a parer suo.

«Ti amo», gli sussurrò, desiderosa di averlo accanto per poterlo guardare negli occhi e comprendere davvero chi era e cosa provava per lei. Aveva bisogno di saperlo.

«Anch'io», rispose lui riattaccando subito dopo. Era in ritardo per una riunione. Ashley rimase a lungo sulla terrazza, il cellulare stretto nella mano. Cosa avrebbe dato per toccarlo, per sentirlo vicino! Aveva l'impressione di averlo perduto negli ultimi giorni, anche se adesso non doveva più dividerlo con nessuna. Tutti quei cambiamenti le facevano girare la testa. Ripensò ai giorni in cui era sicura di essere amata, mentre ora Marshall sembrava tenere soltanto al suo lavoro. Rientrando in casa si sentì persa. Per fortuna quel pomeriggio aveva un appuntamento dalla psicanalista.

La sera, quando Bonnie chiamò, Ashley non rispose. Geoff le telefonò il giorno successivo lasciandole un messaggio nel quale diceva di essere preoccupato per lei, ma Ashley non si fece sentire. Il mercoledì sera Marshall l'avrebbe raggiunta e avrebbero parlato, fatto progetti, avrebbero fatto l'amore. Aprendo la casella di posta elettronica, Ashley trovò l'e-mail di un'agenzia immobiliare che le chiedeva come procedere per la vendita della casa. La segretaria di Marshall invece le aveva inviato i nomi di alcune scuole che le bambine avrebbero potuto frequentare. Ashley si sentiva nel pallone, e trascorse la notte in bianco.

Geoff la chiamò tre volte, senza ottenere risposta. La donna aveva deciso che non era giusto frequentarlo, farsi baciare da lui. Doveva lasciarsi tutto alle spalle e pensare soltanto a Marshall, che stava divorziando dalla moglie per lei. Gli doveva fedeltà, gli doveva il suo futuro. Sarebbe diventata sua moglie, come desiderava da tempo. Forse non aveva importanza il modo in cui era riuscita a vincere, se grazie al consiglio di amministrazione o a Marshall stesso. Aveva atteso otto anni.

Il mercoledì, all'alba, Ashley era seduta in veranda a pensare all'uomo che stava per sposare. Aveva scalato l'Everest ed era sopravvissuta; l'aria in cima era rarefatta al punto da renderle faticoso il solo respirare, ma Marshall le era accanto. Finalmente ce l'avevano fatta.

22

Il mercoledì, come di consueto, Ashley accompagnò le gemelline al campo estivo. Questa volta, però, si sentiva diversa. Adesso era una di quelle madri che, oltre ad avere dei figli, avevano anche un marito. Presto avrebbe sposato un uomo importante che l'amava abbastanza da avere lasciato la famiglia per lei rendendola una donna rispettabile. Nessuno le avrebbe più lanciato sguardi di compassione o sarebbe stato in imbarazzo, o ancora avrebbe sussurrato cattiverie alle sue spalle dicendo che era la compagna di un uomo sposato che trascorreva con lei solo due notti a settimana. Al rientro a casa, ricevette un messaggio da Marshall che l'avvisava di essere in città. Ashley cominciò a tremare. Senza capire cosa le stesse succedendo, si sedette nel patio e appoggiò la testa sulle ginocchia. Quando si alzò, ebbe una vertigine. Capì che aveva bisogno di vederlo con urgenza, per guardarlo negli occhi e comprendere se l'amava davvero. Ormai non aveva più certezze; sperava che fosse ancora innamorato di lei, ma si fidava soltanto del suo giudizio personale.

Muovendosi come un automa, salì in macchina per raggiungerlo sul posto di lavoro. Lasciò l'auto sulla strada accanto a un idrante e salì negli uffici. Non metteva piede lì da otto anni. Indossava un vestito leggero a fiori e dei sandali. Entrò nella hall con aria assente. Ricordava dove si trovava lo studio di Marshall, e si domandava se fosse ancora lo stesso; si incamminò lungo il vestibolo sentendosi come un fantasma. Nessuno la notò o fece caso a lei. A un tratto lo vide oltre una porta aperta: era seduto alla scrivania, parlava al telefono e teneva le spalle appoggiate alla poltrona in un angolo del suo enorme ufficio, lo stesso di quando lei lavorava lì come receptionist. Adesso era la madre delle sue figlie, e presto lo avrebbe sposato.

Marshall si accorse di lei, la fissò e riagganciò immediatamente. Si alzò, girò intorno alla scrivania e le andò incontro, notando subito lo sguardo vacuo nei suoi occhi.

«Stai bene? Cosa ci fai qui?»

Avrebbe voluto dirgli che non era certa di sentirsi bene e di non sapere cosa l'avesse condotta da lui, invece rimase in silenzio e respirò a fondo.

«Dovevo vederti», esordì fissandolo negli occhi in cerca della risposta di cui aveva bisogno da giorni, da mesi, da anni. Tutto quello che vide, però, fu l'amministratore delegato della UPI nel suo ufficio d'angolo. Si chiese se non fosse sempre stato così, se lei non avesse immaginato il resto, o se, almeno agli inizi, fosse stato diverso. Persino adesso, quando faceva l'amore con lei, i suoi occhi erano pieni di desiderio e passione. La voleva, ma l'aveva mai amata davvero? Non ne era più sicura.

«Sarò da te questa sera», affermò lui con espressione preoccupata. Ashley lo guardò avviarsi alla porta per chiuderla.

«Non puoi presentarti qui, Ash. Sono impegnato. Torna a casa», continuò osservandola con attenzione: sembrava non avere il controllo di sé e tremava. All'improvviso, però, Ashley parve riacquistare quella lucidità che per anni le era mancata.

«Mi ami?»

«Certo che ti amo. Cos'è questa storia? Perché sei qui? Ho lasciato mia moglie per te. Credo che questo dimostri più che ampiamente il mio amore nei tuoi confronti.»

«Hai lasciato tua moglie per salvare il lavoro, non perché mi ami», replicò scuotendo la testa. «Se mi avessi amato lo avresti fatto anni fa; invece sei rimasto fermo sulle tue posizioni fino a quando la compagnia ha messo a rischio il tuo lavoro e la tua reputazione.»

«Che differenza c'è? Hai avuto ciò che volevi, non ti basta?» domandò Marshall sentendo la rabbia montargli dentro. Non gli piaceva l'atteggiamento di Ashley e voleva che se ne andasse, che non facesse scenate in ufficio.

«No, non mi basta», rispose lei a un tratto calma e senza più tremare. «La settimana scorsa non sono stata messa da parte solo per un soffio, ma la prossima volta potrebbe toccare a me.»

«Non se ti comporterai come si deve», precisò lui altrettanto onestamente, con lo sguardo furente. Avrebbe dovuto essergli grata, invece voleva di più: voleva il suo cuore.

«Cosa significa? Cosa dovrei fare per te? Quali sono le regole? Ho partorito le tue figlie, ti sono stata accanto. Ti ho amato per otto anni. Eppure tutto questo non è stato sufficiente perché tu lasciassi Liz, e lei ti ha servito e riverito per quasi trent'anni. Cosa ne ha ricavato, alla fine? L'hai tradita, le hai mentito e sei venuto da me. Hai fatto due figlie alle sue spalle. E adesso te ne sbarazzi per salvare il tuo lavoro.»

«È per i soldi che stai parlando così? Vuoi che stipuliamo un accordo finanziario?» Marshall non si mostrò sorpreso. Non lo stupiva nulla, ma non gli piaceva che fosse proprio lei a proporglielo. Ashley scosse la testa.

«Non si tratta di soldi. Si tratta di amore.» Lo guardò negli occhi e vi lesse la risposta alla sua domanda. «Tu non mi ami, Marshall. Non mi hai mai amato, così come non hai mai amato Liz. Non nutri affetto nemmeno per i figli che ti ha dato lei o per le mie. Tu ami te stesso e la tua carriera. Vuoi saperla una cosa? Non è sufficiente. Non ho bisogno di una casa a Hillsborough e nemmeno di una a Malibu. Non ho bisogno di soldi. Avevo bisogno di te, ma tu mi hai dato soltanto cose materiali fino a quando ti è convenuto, e continuerai a farlo finché la tua carriera non correrà rischi. Questo però non è amore.» Finalmente aveva la risposta che cercava. La vedeva chiara davanti a sé. Sarebbe stata male da morire, ma doveva andarsene, doveva lasciarlo a qualunque costo. «Non posso più stare con te. Ti ho dato tutto quello che avevo per otto anni, ora non ho più niente. Hai rovinato ogni cosa la settimana scorsa, quando sei venuto per lasciarmi e dopo hai cambiato idea. Ormai ho la certezza che un giorno farai a me quello che hai fatto a Liz. Non ti credo più, Marshall. Ti amo, ma non ho più fiducia in te. Non posso vivere con un uomo che non rispetto.»

Aveva parlato con una calma mai provata prima. Marshall attraversò la stanza e l'afferrò per un braccio stringendolo come in una morsa.

Incatenò il suo sguardo in quello di lei. «Non mi interessa

la tua fiducia, Ashley. O il tuo rispetto. Farai quello che dico. Ho appena lasciato mia moglie per te, per te che non hai fatto altro che torturarmi per otto anni. Adesso hai quello che volevi: non puoi fare marcia indietro. Abbiamo due bambine. Tu e io ci sposeremo, non ti permetterò di coinvolgermi in uno scandalo. Pagherò qualunque cifra.»

«Non voglio niente da te. Mi basta che ti faccia carico delle tue responsabilità nei confronti di Kezia e Kendall. Non voglio nulla per me stessa. Mi dispiace se hai lasciato tua moglie e se questo susciterà uno scandalo. Avresti dovuto pensarci molto tempo fa, quando sono rimasta incinta, quando mi hai detto che mi avresti sposato e non l'hai fatto. Avresti dovuto prendere la tua decisione allora, non adesso perché te l'ha chiesto il consiglio di amministrazione. La nostra storia è diventata una questione fra te e loro, ora. Ma non sarò io la soluzione al problema, se non mi ami, Marshall. Non intendo trascorrere il resto della mia vita con un uomo che non ha mai provato per me dei sentimenti veri. Merito qualcosa di meglio.»

«C'è un altro?» Marshall lasciò la presa dal braccio, spaventato lui stesso dalla violenza con cui lo aveva stretto. «È così, c'è un altro uomo?»

«No, non c'è.»

Non lo stava lasciando per Geoff. Non aveva idea di come sarebbero state le cose fra lei e l'amico d'infanzia. Tutta la sua attenzione era concentrata su Marshall.

«La pagherai cara, Ashley, se mi lasci», sibilò con sguardo gelido. Glielo si leggeva in faccia che non l'avrebbe mai perdonata. Rimanere con lui, però, sarebbe stato peggio.

«Ho già pagato per otto anni, con tutto quello che avevo.

Non posso farlo, Marshall. Mi dispiace.» Si avvicinò alla porta, la aprì e si voltò a guardarlo. «Ti amo. Ti ho sempre amato», disse prima di uscire sotto lo sguardo furibondo dell'uomo. Marshall la osservò allontanarsi lungo il corridoio, poi chiuse il battente con rabbia. Non la inseguì, non tentò di fermarla. Sapeva già cosa fare. Sperava soltanto che non fosse troppo tardi.

Ashley uscì dal palazzo in lacrime. Lo amava ancora, ma non poteva stare insieme a lui perché finalmente aveva capito: non c'era nessuno dietro quegli occhi. Non aveva mai visto il volto di Marshall più vuoto di come le era apparso qualche minuto prima. Non le importava che si riprendesse la casa: in cambio, lei ci avrebbe guadagnato la sua vita. Non le mancava nulla, aveva i ricordi di quello che aveva provato per lui e aveva le sue figlie.

Con mani tremanti, chiamò una delle madri del campo estivo chiedendole di portare a casa con sé Kezia e Kendall. Le disse che aveva qualche linea di febbre e un brutto raffreddore. L'amica si offrì di tenere le bambine anche per la notte e Ashley accettò con gratitudine.

Arrivata a casa, salì con passo stanco le scale, si buttò sul letto e si rannicchiò in posizione fetale. Affranta, si domandò se Marshall si sarebbe degnato di raggiungerla per tentare di convincerla a rimanere con lui. Sarebbe stato un gesto cortese se si fosse spinto a tanto, cortese ma inutile. Era determinata a non cambiare idea. Lui non la raggiunse né la chiamò. L'aveva guardata uscire dalla sua vita con l'espressione che avrebbe avuto davanti a un affare andato male. Ashley non avrebbe mai dimenticato quello sguardo furente: non era dispiaciuto né temeva di perderla; era arrabbiato perché si era opposta al suo volere, ed era infuriato per aver messo fine al matrimonio inutilmente, dopo tutto quel tempo. Non se la sentiva di biasimarlo. Sapeva che Marshall avrebbe avuto quella reazione, ma aveva dovuto agire in quel modo per salvare se stessa.

Geoff la chiamò più volte, quella sera. Lei non rispose mai né ascoltò i suoi messaggi. Non voleva sentire la sua voce, aveva bisogno di tempo per elaborare la perdita del compagno. Marshall brillò per la sua assenza. Ashley, rannicchiata nel letto, pianse per tutta la notte. La verità era venuta a galla e sebbene le procurasse un dolore inesprimibile, sapeva di aver fatto la cosa giusta. Era libera.

Marshall lasciò Los Angeles alle sei del pomeriggio dello stesso giorno in cui era arrivato. Non aveva più nulla da dire ad Ashley. Non era disposto a piegarsi a quei giochetti per provarle il suo amore. Aveva fatto abbastanza. Sul tragitto per l'aeroporto, compose il numero della casa di Tahoe. La cameriera lo informò che Liz era andata a Ross per passarvi la notte e che sarebbe rientrata il giorno seguente. Ottimo, pensò lui. Questo gli avrebbe semplificato le cose.

Atterrarono a San Francisco qualche minuto prima delle sette. Alle otto, dopo essersi destreggiato nel traffico sul ponte, varcò la soglia della casa di Ross.

Trovò la moglie seduta in soggiorno, intenta a esaminare pile di libri. Innumerevoli scatoloni erano sparsi sul pavimento. Aveva già provveduto a chiamare un agente immobiliare, e la casa sarebbe stata visitabile dalla settimana successiva.

«Cosa ci fai qui? Credevo fossi a Los Angeles», gli domandò in tono gelido. Era stato solo perché lo credeva lontano che aveva deciso di rientrare in città lasciando Lindsay al lago.

«Sono tornato», rispose lui in tono mesto. «Voglio parlarti.»

«Non ho nulla da dirti. Vattene. Domani, quando sarò di nuovo a Tahoe, potrai venire. Esigo che tu lasci questa casa prima che i tuoi figli e io ritorniamo. Dalla prossima settimana la casa sarà a disposizione dell'agente immobiliare.»

«Vuoi venderla?» chiese lui senza accennare ad andarsene. Liz aveva il volto segnato dal dolore e lo sguardo vacuo. Indossava dei jeans sdruciti, una vecchia T-shirt e delle sneakers. Sembrava disinteressata al proprio aspetto. Negli ultimi giorni aveva perso peso.

«Sì», replicò atona. Non aggiunse altro, ma aveva deciso di trasferirsi in città, con grande soddisfazione di Lindsay. Voleva una vita nuova per dimenticare quella con Marshall. Voleva lasciare la casa di Ross quanto prima e non rivederla più. Tutta la loro vita era stata una bugia ed era determinata a sbarazzarsi di qualunque cosa gliela ricordasse. Avrebbe venduto qualsiasi cosa, dai mobili ai quadri. Un nuovo inizio, ecco cosa desiderava. Un inizio in cui nulla le ricordasse l'ex marito. «Ti ho chiesto di andartene», ripeté. Sarebbe stato più difficile di quanto aveva pensato, rifletté Marshall, sedendosi e guardandola lavorare mentre lei continuava a ignorarlo.

«Ascoltami», attaccò in tono gentile. «Quello che ti ho detto l'altro giorno non deve necessariamente diventare di dominio pubblico. Ma non riuscivo più a vivere nella menzogna. Avrei dovuto parlartene anni fa: non ho avuto il coraggio e ho fatto male.» Si alzò e, lentamente, per non spaventarla, si avvicinò a lei. Gli sembrava di accostarsi a un animale ferito. Liz si stava nascondendo, a suo modo. «Mi sono impelagato in una situazione difficile e non sapevo come uscirne. Mi sentivo obbligato nei confronti di quella donna. Era giovane, senza soldi, voleva mettere al mondo le bambine, ma la mia preferenza è sempre stata per te. È per questo che non ti ho mai lasciato.» Marshall non poté fare a meno di chiedersi se quella che stava dicendo fosse la verità, se davvero aveva amato Liz più di quanto fosse consapevole, se fosse stato quello il motivo per cui non si era mai separato. Oppure aveva voluto soltanto evitare lo scandalo di lasciare la moglie per un'altra donna che aveva messo al mondo due figlie sue? Ormai non era più sicuro di niente. Sapeva soltanto che non voleva affrontare il clamore che la questione avrebbe suscitato. Sarebbe stato meglio buttarsi la storia alle spalle e continuare come se nulla fosse accaduto. Meglio per lui, soprattutto, ma anche per la moglie che non avrebbe dovuto affrontare una nuova vita da sola, alla sua età. Naturalmente, si guardò bene dall'esprimere a voce alta quei pensieri.

Liz smise di passare in rassegna i libri e si voltò a guardarlo. I suoi occhi erano pieni di sdegno, di un odio che lo scosse profondamente. Ashley era uscita dal suo ufficio sconvolta, ancora innamorata sebbene non volesse più avere nulla a che fare con lui. Liz però era glaciale.

«Lascia che te lo dica chiaramente», sibilò con voce carica di veleno all'uomo che era stato suo marito e che ormai odiava. «Non m'importa di quello che pensi, o di quello che dici, o di cosa hai fatto, o di quello che vuoi spiegarmi. Non me ne importa più niente di niente, Marshall, e tantomeno di te. Sei tu l'autore di tutto questo. È finita. Hai tramato alle mie spalle per anni, mentendo sulla nostra vita, prendendomi in giro, disprezzando i miei sentimenti e quello che ho tentato di fare per te. Ti amavo. Non so perché, ma ti amavo e tu... tu stavi con quell'altra donna che nel frattempo ti ha dato due figlie. Per quanto mi riguarda sei morto. Non provo niente per te. Non mi interessa cosa succederà alla tua carriera o a te. Non me ne importa un accidente se ti dispiace, o se pensavi che dovessi conoscere la verità. Sei storia passata e voglio dimenticare tutto quello che sapevo di te, quello che pensavo di sapere. Non avevo idea di chi tu fossi veramente e non voglio saperlo adesso. Ora esci da casa mia, se non vuoi che chiami la polizia.» Lo guardò dritto negli occhi e Marshall capì che parlava sul serio.

Fece per dire qualcosa ma tacque. Le aveva perse entrambe: aveva sbagliato i calcoli e fatto una mossa errata. Avrebbe dovuto prima liberarsi di Ashley senza mai dire la verità alla moglie.

«Liz, perché non ci ripensi?» domandò in tono supplicante. Aveva bisogno di lei. Se ne rendeva conto soltanto adesso. Ashley non gli era necessaria, era un desiderio. Ma Liz... lei gli era indispensabile.

«Spero che tu stia scherzando, perché non ho intenzione di ripensarci. Te l'ho detto... non costringermi a chiamare la polizia», lo minacciò afferrando il telefono.

«Me ne vado», replicò lui per farla calmare. Prese la giacca e si avviò alla porta. «Liz?»

«No», lo zittì la moglie. Lui allora uscì e quando si avvicinò all'auto piangeva disperato. Aveva perso tutto con un solo colpo. Sentendolo andar via lungo il vialetto, Liz ricominciò a imballare i libri, augurandosi di non rivederlo mai più.

23

ASHLEY impiegò tre giorni per uscire dal guscio. Passò quasi tutto quel tempo a letto, incapace di muoversi o di parlare. Kendall e Kezia rimasero a casa delle amiche e ritornarono il venerdì sera, poco prima dell'ora di andare a dormire. Di Marshall non aveva avuto nessuna notizia. Si chiedeva se sarebbe mai venuto a trovare le figlie. Aveva ricevuto una e-mail dal suo legale che le offriva un accordo che lei non voleva e la informava dei fondi fiduciari che Weston aveva creato per le gemelline nel momento in cui erano nate. Marshall era disposto, inoltre, a intestare la casa a lei. Non si parlava però di visite, di vacanze scolastiche o di ferie. L'avvocato aggiungeva che gli accordi per incontrare le bambine sarebbero stati presi in un secondo momento, quando i problemi maggiori fossero stati risolti. Desiderava vedere le figlie, ma non Ashley, e lei d'altra parte la pensava esattamente allo stesso modo. Kezia e Kendall, invece, avevano bisogno di un padre. Non avrebbe dovuto stupirsi che non avesse fretta di rivederle – ormai lo conosceva fin troppo bene – eppure ci rimase male. Non restava che sperare in un futuro migliore. Le piccole lo adoravano e l'eventualità di non incontrarlo anche per poco le avrebbe segnate.

Le bimbe furono felici di riabbracciarla. Ashley si scusò con loro dicendo di essere stata ammalata e, dopo averle messe a letto, si concesse un lungo bagno caldo. In quei tre giorni di isolamento, Geoff l'aveva tempestata di messaggi. Doveva essere molto preoccupato ma lei non se la sentiva ancora di parlargli e così, almeno per tranquillizzarlo, gli mandò un sms chiedendogli di avere un po' di pazienza.

La prima telefonata alla quale rispose fu quella di Bonnie, il sabato mattina. Aveva appena finito di lavorare al suo ultimo film e non vedeva l'ora di avere notizie dell'amica. Non la sentiva da settimane ed era all'oscuro degli ultimi avvenimenti.

«Cosa mi racconti di bello?» le chiese in tono allegro. Lei e le piccole le erano mancate. Propose di cenare insieme, quella sera. Ashley si sentiva come una convalescente dopo una lunga e grave malattia e non era certa di essere in grado di uscire. Erano passati solo tre giorni, ma sembrava quasi in crisi di astinenza. Una droga: ecco cos'era stato Marshall per lei.

«Non molto.» Era stanca, ma cominciava a stare meglio.

«Che film, ragazzi!» esclamò Bonnie entusiasta. «E che effetti speciali! L'ultimo giorno di lavorazione credevo che ci avrebbero fatto esplodere tutti! Hanno usato della dinamite vera.»

«Ho lasciato Marshall.»

Dall'altra parte ci fu silenzio.

«Cosa? Aspetta... fermati un attimo! Mi sono persa

qualcosa? Eri pazza di lui l'ultima volta che ci siamo sentite e volevi che lasciasse sua moglie.»

«Alla fine lo ha fatto. Ma per le ragioni sbagliate. Il consiglio di amministrazione ha scoperto la nostra storia e gli ha chiesto di mettere ordine nella sua vita. O Liz o io. Aveva deciso di sbarazzarsi di me, e me lo ha anche detto, ma poi ha cambiato idea e ha mollato la moglie. Per un paio di giorni nella mia mente sono maturate le idee più pazzesche fino a quando ho capito che la sua scelta non aveva nulla a che fare con la sottoscritta, ma era dettata soltanto dall'amore per la sua carriera, l'unica cosa che gli interessa davvero. Così sono andata nel suo ufficio e gli ho detto quello che pensavo di lui. Dopo di che me ne sono andata per sempre. Questa è la versione sintetica, ma può bastare, no?»

«Porca miseria, Ashley! Ha lasciato Liz e tu hai mollato lui?»

«Esatto.»

«Scommetto che ti avrebbe ammazzata volentieri.»

«Ne aveva tutta l'aria. Era pronto per il divorzio. Non ci avevo mai pensato, ma quando ho avuto quello che ho sempre desiderato mi è parso inutile. Non credo che abbia mai amato davvero me o le bambine, e sono sicura che il giorno stesso ha tentato di tornare dalla moglie.» Lo conosceva troppo bene.

«E pensi che lei se lo sia ripreso? Secondo me lo ha mandato al diavolo. Davvero una mossa stupida per uno così intelligente.»

«Già.»

Ashley la invitò a raggiungerla più tardi. Poi chiamò Geoff e si scusò per non essersi fatta sentire prima.

«Stai bene?» Nei messaggi che le aveva lasciato in segreteria il suo tono era preoccupato, ma adesso che l'aveva sentita era più calmo. Per giorni era tormentato dall'ansia di non avere sue notizie e non aveva smesso un istante di chiedersi cosa stesse succedendo con Marshall. Aveva pensato che fosse andata a San Francisco con lui.

«Ero qui», gli spiegò con un filo di voce. «Non me la sentivo di parlarti. Avevo bisogno di tempo per assimilare la perdita.»

«Quale perdita?» Geoff si rattristò immediatamente, certo che l'amica stesse parlando di lui.

«L'ho lasciato, alla fine. Dopo tanto tempo.»

«Lo hai lasciato?» Sembrava ancora più stupito di Bonnie. Non avrebbe mai fatto trasparire la felicità che provava, considerata la tristezza che trapelava dalla voce di lei.

«Non l'ho lasciato per te», chiarì Ashley. «Ecco il motivo per cui non ho voluto parlarti. Volevo tenerti lontano dai miei pensieri. L'ho lasciato per il mio bene.»

«Hai agito nel modo migliore», affermò lui, ammirato. «E adesso? Come ti senti?»

«Uno schifo», rispose lei con franchezza. «Suppongo che sarà così per un po'.»

«Forse non tanto a lungo quanto credi. Hai tutta la mia stima. Ne hai parlato con la tua psicanalista?»

«Ogni giorno.» Era l'unica persona che aveva sentito, a parte le bambine. «So di avere fatto la cosa giusta, ma soffro da morire.» Amava ancora Marshall, indipendentemente da quanto male si fosse comportato, da quanto fosse disonesto, ed era consapevole che ci sarebbe voluto del tempo per riprendersi. Ma aveva rinunciato a tutto lo stesso, in un estremo atto di coraggio.

«Ci possiamo vedere?» chiese Geoff, speranzoso.

«Non ancora. Non sono pronta. Magari tra un po'», rispose vaga, prima di chiedergli come stava andando lo show per cui scriveva le sceneggiature. Lui rispose con entusiasmo ed evitò di insistere per un appuntamento. Doveva lasciarle lo spazio di cui aveva bisogno.

«Sai dove trovarmi, in caso di bisogno, Ash. Non vado da nessuna parte.»

«Nemmeno io», disse lei promettendo di chiamarlo presto.

Quella sera, Bonnie si presentò con la pizza che mangiarono insieme alle bambine. Ashley non aveva voglia di parlare di Marshall e così l'argomento non fu toccato, a parte un paio di volte in cui le piccole si lamentarono della sua assenza. Ashley lo giustificò dicendo che aveva problemi sul lavoro. La scusa le avrebbe tenute buone per un po', ma molto presto sarebbero ritornate all'attacco.

Un passo dopo l'altro, un giorno dopo l'altro, Ashley cominciò a sentirsi meglio. Marshall non l'aveva più chiamata da quando lei era andata nel suo ufficio, e sapeva che non lo avrebbe fatto. Si chiedeva se fosse tornato con Liz, ma non aveva nessuno a cui domandarlo; d'altra parte, però, ma non desiderava nemmeno saperlo davvero. Quelli, ormai, non erano più affari che la riguardavano.

Rientrata dall'Italia, Jillian chiamò subito la sorella invitandola a giocare a tennis il sabato seguente. Il suo viaggio, raccontò, era stato favoloso.

«Che ne diresti di un doppio, stavolta?» chiese Fiona, insospettendola subito.

«Perché? Posso batterti da sola, sai! Non ho bisogno di aiuto», la canzonò.

«Come vuoi. Pensavo che sarebbe stato divertente», replicò l'altra, candida.

«Mi stai nascondendo qualcosa... Stai cercando di appiopparmi una persona? Magari uno di quei tuoi noiosissimi e sgradevoli colleghi che nessuna vuole?»

«Certo che no. Non è per niente sgradevole. Ho incontrato una persona che penso ti piacerà.»

«Dopo gli italiani con i quali sono stata, uno a Venezia, due a Positano e uno a Roma, come minimo dovresti presentarmi Brad Pitt per fare colpo!» Jillian aveva la vita sentimentale più movimentata di qualunque altra cinquantacinquenne che Fiona avesse mai conosciuto. «Abbiamo fatto un viaggio davvero interessante», raccontò elice.

«Be', ci sei mancata un sacco qui. Sei stata via un secolo!»

«Cosa vuoi dire? Hai conosciuto qualcuno?» chiese Jillian intrigata.

«Per così dire. Ci sono uscita un paio di volte. So che può sembrare folle, ma è una bella persona.»

«A me non sembra folle per niente», ribatté la sorella, contenta per lei. «Benvenuta sul nostro pianeta. Non vedo l'ora di incontrare l'uomo che ha sedotto la regina vergine.»

«Non entusiasmarti troppo. Non ci sono ancora stata a letto.»

«Questa sì che è una brutta notizia!» esclamò Jillian delusa. «Non capisco come una di noi sia venuta fuori così virtuosa e l'altra sia invece una poco di buono di mezz'età.»

La chiacchierata la stava divertendo. «C'è qualche possibilità che tu ci vada a letto in questo secolo? A Roma avrei dovuto accendere un cero per te.»

«Non preoccuparti. Ci stiamo divertendo e ci stiamo andando piano. Non c'è motivo di correre.»

«Ma certo, andare a letto con qualcuno ogni cinque anni è più che sufficiente. Fiona, i morti fanno più sesso di te. Dovresti bere un po' di più o fare... che ne so! Chi è quest'uomo?» domandò curiosa.

«Te l'ho detto. È Logan Smith, il giornalista. Ricordi? Mi ha telefonato per avere delle informazioni e invece siamo diventati amici. Mi ha portata a vedere una partita di baseball. Allora? Lo invitiamo a giocare a tennis con noi, sabato?»

«Sicuro. Voglio conoscerlo. Devo lasciarlo vincere?» chiese Jillian preoccupata.

«No, ma evita di prenderlo a racchettate nel caso dovessi perdere. Potresti fargli una brutta impressione, visto che non ho fatto che decantargli le tue lodi.»

«Farò la brava», promise Jillian ridacchiando.

«Chiederò ad Alyssa di fare la quarta.»

Subito dopo aver chiuso la telefonata, Fiona mandò una e-mail alla figlia che accettò con entusiasmo. Dopo la partita a tennis, avrebbero pranzato tutti insieme. Lo disse a Logan quando la chiamò, quella sera. Le sue telefonate erano ormai diventate una piacevole consuetudine.

«Qualcosa mi dice che dovrei aver paura di tua sorella», scherzò lui.

«Hai ragione. Dice sempre quello che pensa, ha un insano appetito per gli uomini ed è una sportivona.»

«Santo cielo! Adesso sì che me la faccio sotto. E tu vuoi

che io giochi insieme a lei?» esclamò Logan fingendosi terrorizzato.

«Non è ancora troppo tardi», disse Fiona offrendogli una scappatoia.

«Invece sì, lo è», fu la risposta seria del giornalista. Era pazzo di lei e le cose tra loro stavano andando alla grande. «E noi? Quando andremo a mangiare fuori, questa settimana?» Non la forzava mai, ma ci teneva a fissare degli appuntamenti da rispettare. Si misero d'accordo per il giovedì e il sabato sera. La mattina del sabato avrebbero giocato a tennis e avrebbero trascorso la domenica in piscina a casa di Fiona, se ne avessero avuto voglia. Il programma era perfetto.

Nel doppio con Alyssa e Logan, Jillian batté gli avversari senza però umiliarli e fu particolarmente divertente a pranzo quando raccontò qualche aneddoto sugli uomini con i quali era uscita durante il viaggio in Italia. Lei e Logan parlarono un po' dell'ultimo libro che stava scrivendo. Discussero animatamente sulla teoria riguardante gli uomini e le donne di potere, di quanto diversi fossero i comportamenti di ciascuna categoria e di come fossero giudicati dagli altri.

«Mia sorella, la vestale vergine», disse Jillian indicando Fiona che l'avrebbe picchiata, «è il classico esempio di quello che succede con un amministratore delegato di sesso femminile. Prendono il lavoro troppo seriamente, ne diventano dipendenti e nessuno vuole più uscire con loro fino a quando...» Jillian tacque qualche istante, come se si aspettasse di sentire un rullo di tamburi. «...fino a quando arriva un affascinante principe... o un giornalista d'assalto.

Lui la bacia e lei, come per incanto, torna a essere una donna normale, per la felicità di tutti. La controparte maschile invece è talmente presa da sé che si comporta come un maniaco sessuale, schiavo della propria libido, desideroso di farsi ogni donna sulle quali riesce a mettere le grinfie. Trascorre la maggior parte della vita a chiedere scusa in televisione rendendosi ridicolo al punto che, talvolta, le mogli o le amanti li spremono come limoni.» Scoppiarono tutti a ridere. Quelle parole non erano tanto lontane dalla verità. Il pensiero di Alyssa volò subito a Marshall Weston.

Dopo aver scherzato un po' sull'argomento, Logan e Jillian lo affrontarono con la serietà che le loro teorie meritavano, accordandosi addirittura per vedersi a pranzo, la settimana seguente, per confrontarsi su alcune ricerche. Avevano deciso di scrivere un articolo insieme. Jillian non era la donna che a Logan sarebbe piaciuto frequentare – era troppo aggressiva, troppo audace – ma era perfetta per un'amicizia.

«Tua sorella è una donna fantastica. Averla come amica è un gran piacere», disse a Fiona quella sera a cena. L'aveva portata in un ristorante molto chic di Palo Alto, insistendo sul fatto che non lo avrebbe disturbato dover guidare a lungo per tornare in città. Fiona si sentì in colpa per il fatto di costringerlo a fare tutti quei chilometri, ma non voleva ancora dormire con lui che, dal canto suo, non insisteva. Preferiva aspettare il momento giusto.

«Ho una proposta da farti», le disse al termine della cena. La serata era stata deliziosa. «Il prossimo fine settimana devo andare a New York. Venerdì pomeriggio ho un'intervista in programma, ma non ci metterò molto. Potrei farla anche al telefono, ma di persona mi sento più ispirato. Si tratta di un personaggio importante. Ho pensato di andare a teatro, venerdì sera, di alloggiare in un magnifico albergo e di vedere una partita degli Yankees sabato pomeriggio. Terminerò la giornata con una bella cenetta e rientrerò domenica. Ti piacerebbe venire con me?» La guardò speranzoso. Fiona, molto colpita, ricambiò l'occhiata, ma esitò prima di fargli una domanda delicata che, d'altra parte, si sentiva autorizzata a porre.

«Una stanza o due?» La semplicità con cui aveva parlato lo divertì.

«Tocca a te dirlo, principessa. Come preferisci. L'offerta è valida in entrambi i casi.»

A lei pareva una piccola luna di miele, preparata con cura, con il solo scopo di farla sentire a suo agio.

«Lo gradirei molto, sì», replicò con un sorriso. Si concesse una breve pausa a effetto prima di sorprenderlo di nuovo: «Una camera, per favore. Credo di potercela fare».

Logan le sorrise felice, e le diede un bacio sulla mano. «Sì, credo di potercela fare anch'io. E mi piacerebbe molto...»

24

Per partire insieme a Logan, Fiona si prese un venerdì libero – evento più unico che raro – e accettò di buon grado che a offrire il volo in prima classe fosse il compagno. Il gesto la commosse. Logan era felicissimo di averla convinta. Parlarono per quasi tutto il volo e guardarono un film; poi Fiona si addormentò un'oretta. Una volta atterrati, l'uomo la accompagnò in albergo e si precipitò a fare l'intervista in programma. Avrebbe incontrato un noto amministratore delegato implicato in uno scandalo riguardante una fuga di notizie. Un bel colpo. Promise di tornare in tempo per la cena, e decisero che avrebbero rinunciato al teatro nel caso in cui l'incontro fosse durato più del previsto.

Avevano scelto di alloggiare al *Four Seasons*, sulla Settantacinquesima Strada, dove Fiona godeva di una tariffa agevolata. Dovendo spostarsi spesso per lavoro, era solita fermarsi lì quando andava a New York. Solo dopo una lunga discussione durante il viaggio, aveva convinto Logan che a pagare il soggiorno sarebbe stata lei. Le sembrava uno scambio equo. La direzione dell'albergo assegnò loro una grande suite al quarantottesimo piano.

Fiona era già pronta per la cena quando il compagno rientrò, alle otto e mezzo, in tempo per la prenotazione delle nove al *21*. Indossava un abito nero da cocktail con la gonna sopra il ginocchio, che metteva in evidenza le sue bellissime gambe e le dava un'aria sexy. Logan fece una doccia rapida e si vestì mentre lei guardava la CNN.

Quando lui tornò nel soggiorno della suite, sbarbato e pettinato, lei restò senza parole. Era raffinatissimo nel suo completo scuro con camicia bianca e cravatta blu notte.

«Sei fantastico!» esclamò Fiona, che non lo aveva mai visto così. Il fine settimana dedicato interamente a loro due stava iniziando alla grande. «Sembriamo proprio due adulti impeccabili, non trovi?» sorrise lei mentre prendevano posto al loro tavolo. Durante la breve frequentazione, avevano scoperto che il *21* era uno dei ristoranti preferiti da entrambi, così avevano deciso di cenare lì per la loro prima notte insieme. Logan aveva in serbo per lei un'altra grande sorpresa; la sera successiva, l'avrebbe portata a *La Grenouille*, un raffinato locale molto in voga. Il loro era un viaggio speciale e per questo voleva offrirle il meglio. Era elettrizzato e orgoglioso di trascorrere un weekend fuori in compagnia di quella donna bellissima.

«Com'è andata l'intervista?» volle sapere Fiona. Logan le raccontò ogni dettaglio, sicuro di potersi fidare di lei senza violare l'obbligo alla confidenzialità, tanto più che sia il nome dell'amministratore delegato sia la sua situazione erano già di dominio pubblico. Aveva evitato la prigione per un soffio e non era escluso che il suo coinvolgimento, alla fine, potesse portarlo dietro le sbarre per un po'. «Sembra proprio che ne verrà fuori un gran bel pezzo!» commentò Fiona dopo aver ascoltato attenta. Era molto colpita da come lui lavorava; la sua efficienza di giornalista era pari a quella che lei aveva negli affari. Ammirazione e rispetto reciproci erano alla base della loro relazione.

Dopo cena, fecero una passeggiata sulla Quinta Avenue e andarono a bere qualcosa allo *Sherry Netherland*, prima di tornare in albergo. Fu solo dopo essersi chiusa alle spalle la porta della suite che Fiona fu attraversata da un pensiero fulmineo: stava per trascorrere la notte con un uomo... Logan vide un lampo di panico attraversare gli occhi di lei.

«Stai tranquilla», le sussurrò baciandola. «Non accadrà niente di brutto. Non siamo obbligati a fare nulla.» Gli pareva di essere in luna di miele con una moglie vergine.

«Perché no?» replicò lei strappandogli una risata. Logan moriva dal desiderio di spogliarla, ma si costrinse a non accelerare i tempi, a rispettare i ritmi che Fiona gli avrebbe imposto. Restarono a lungo seduti sul divano, baciandosi e guardando la città dalla finestra. Il romanticismo di quella situazione eccitò Logan, che non riusciva a staccare le mani dalla compagna. Quando si sdraiarono sui cuscini del divano ebbero l'impressione di essere tornati ragazzini. Tutto accadde in maniera naturale... Lui le tirò giù la lampo e le sganciò il reggiseno e lei gli tolse i vestiti l'uno dopo l'altro, e presto si ritrovarono nudi e abbracciati. Il corpo di Fiona era bellissimo al chiarore della luna, modellato dal nuoto e coccolato da una dieta attenta. Anche lui era atletico, pensò lei accarezzandogli i muscoli tonici. La paura e la timidezza svanirono in un istante lasciando il posto a una gradevole sensazione di agio. Lo prese per mano e lo condusse in camera. Quando si abbandonarono sul letto, sentì tutto il desiderio di lui e, un istante dopo, stavano facendo l'amore come se si conoscessero da sempre. Si muovevano all'unisono, si completavano con una perfezione che nessuno dei due aveva osato sperare. Logan aveva temuto di comportarsi in maniera goffa e lei di soccombere a una timidezza imbarazzante. Invece Fiona si rivelò una donna sensuale e intraprendente. Raggiunsero insieme l'apice del piacere, dopodiché rimasero abbracciati, ansimanti e appagati.

«Fiona, sei fantastica... Posso chiederti qual è il tuo concetto di timidezza?» domandò Logan sorridendo.

«Non mi sentivo così da un sacco di tempo», sussurrò lei prima di baciarlo di nuovo.

Fecero ancora l'amore, e dopo lui scherzò: «Quando torneremo a casa non ti farò più alzare dal letto. Che ne diresti se andassimo in pensione?» Risero e parlarono fino a notte fonda per poi addormentarsi abbracciati stretti.

Il risveglio, il mattino seguente, fu mozzafiato. Fiona era una visione straordinaria, nuda nel letto, il fisico snello, il sorriso smagliante. Appena Logan la vide fu travolto da un desiderio irrefrenabile. Fecero di nuovo l'amore e, dopo, si addormentarono per un'altra oretta. Fu lui il primo a svegliarsi. Le aveva promesso un po' di shopping prima di portarla a vedere gli Yankees e sapeva che Fiona desiderava andare da Bergdorf. Ordinò la colazione in camera mentre lei faceva la doccia e si vestiva.

Fiona si presentò con un abito di cotone bianco e scarpe basse. Aveva un'aria giovane, deliziosa, fresca, completamente diversa dalla sobrietà di quando andava al lavoro, con lo chignon e un tailleur. Quella mattina, invece, portava i capelli sciolti sulle spalle e un trucco leggerissimo su labbra e zigomi.

«Come ho fatto a essere così fortunato?» chiese lui. «La tua bellezza mi incanta», aggiunse correndo a vestirsi per evitare di farsi travolgere dalla voglia continua e irrefrenabile che aveva di lei.

Raggiunsero Bergdorf a piedi. Logan le tenne compagnia durante gli acquisti; comprò un paio di scarpe molto sexy, una camicia di seta da indossare sul lavoro e una morbida pashmina rosa. Poi rientrarono in albergo, presero la macchina e raggiunsero lo stadio per la partita. Gli Yankees persero il match dopo undici inning, ma loro due si divertirono molto.

«Credo che comincerò una collezione», scherzò lei dopo aver ricevuto in dono un piccolo souvenir.

«E io dovrò scambiare due paroline con tua sorella», disse Logan tra un bacio e l'altro, mentre la limousine che li portava in albergo attraversava la città e loro ammiravano lo skyline newyorkese. «Ti ha definito una vestale vergine, ma si sbagliava di grosso», sussurrò guardando la compagna come un ragazzino innamorato.

«Non sono come lei! Quando eravamo piccole tutti i maschi erano suoi, e dopo non ha fatto che approfondire le esperienze», esclamò Fiona ridendo di gusto. Jillian era andata a letto con mezza Italia e molti di quegli uomini restavano suoi amici per sempre. Loro la adoravano e a fatica si separavano da lei. Al contrario della sorella – che ammirava incondizionatamente – Fiona era sempre stata molto più riservata.

«Per quanto mi riguarda, mi sono aggiudicato la sorella giusta», replicò Logan, «anche se mi piace l'idea di lavorare al libro con Jillian. Ti abbiamo detto che inizieremo con un articolo, tanto per provare?»

«È una gran lavoratrice, metodica, organizzata, puntuale. Io stessa ho firmato un paio di articoli insieme a lei, e l'esperienza è stata più che positiva.»

In albergo, si sdraiarono sul letto a guardare il telegiornale e Fiona, esausta, si appisolò. Logan la svegliò in tempo per la cena e, quando la vide pronta, la sua sorpresa fu ancora maggiore della sera precedente. Aveva indossato un abito rosso molto sexy, più corto dell'altro, e delle scarpe nere con il tacco alto.

«Perché non ti vesti così più spesso?» le chiese mentre lasciavano la suite per andare al ristorante.

«Perché?» gli fece eco Fiona scoppiando a ridere. «Mi ci vedi vestita in questo modo in ufficio o al nostro bar a Palo Alto? O magari allo stadio? Dove potrei mettere una cosa simile a San Francisco? Lo tengo da parte da due anni.» L'abito era perfetto per la serata che avevano in programma. Quando entrarono nel ristorante, gli occhi di tutti gli uomini si puntarono su di lei e nessuno avrebbe mai immaginato che si trattava dell'amministratore delegato di una delle più importanti società americane. Quella sera, Fiona era soltanto una donna elegante e sexy.

«Sei favolosa!» le sussurrò lui prima di iniziare a mangiare. «Penso che ti porterò più spesso a New York...»

La cena perfetta fu seguita da un finale altrettanto perfetto. Tornati in albergo fecero l'amore, poi guardarono un film alla televisione che entrambi si erano persi al cinema. Fecero l'amore ancora una volta e si addormentarono soddisfatti.

Il mattino seguente, dopo un'abbondante colazione andarono a Central Park per una passeggiata intorno al laghetto in cui si facevano navigare modellini di barche. Indossavano entrambi i jeans; qualche ora più tardi sarebbero partiti e i vestiti sexy ed eleganti erano già chiusi in valigia. Si sedettero su una panchina a osservare i passanti e Fiona si accorse per la prima volta che c'era qualcosa di diverso nel compagno.

«Cosa?» chiese lui quando glielo disse. La baciò sul collo e le passò un braccio intorno alle spalle.

«Sembri mio», gli sussurrò lei.

«Lo sono. Mi sarai eternamente debitrice dopo questo fine settimana.»

«Anche tu», ribatté Fiona con un sorriso pigro.

Rientrarono in hotel per prendere i bagagli e raggiusero l'aeroporto. Lei riposò per la maggior parte del volo, con la testa appoggiata sulla spalla del compagno. Era stanca ma rilassata. Quando Logan l'accompagnò a casa, guardò negli occhi la sua donna, non un amministratore delegato.

«Perché non resti?» gli propose lei. Logan la fissò, esitante. Non voleva approfittare della buona sorte o intromettersi nella vita di ogni giorno della compagna che, l'indomani, sarebbe tornata al lavoro.

«Lo vuoi davvero?»

«Sì.» Gli fece fare il giro della casa mostrandogli dove trovare le cose che gli sarebbero potute servire, prima di iniziare a disfare i bagagli. Vedendolo seduto sul letto, gli sorrise. «Questa sì che è una visione mozzafiato», commentò, e risero entrambi. Si abbandonarono agli stessi piaceri romantici che avevano vissuto a New York, poi nuotarono nudi in piscina. Nulla era più bello dell'idea di poter condividere il proprio spazio e il proprio tempo con qualcuno, rifletté Fiona, pensando a quanto si sarebbe sentita sola se Logan non avesse accettato di rimanere dopo il meraviglioso weekend che avevano trascorso.

«Non sei ancora stanca di me?» le chiese lui mentre si asciugavano. Si fermarono in cucina per uno spuntino e commentarono le notizie e le tendenze del mercato azionario discutendo sulle possibili ripercussioni economiche. «Adoro tutto questo», sospirò soddisfatto Logan quando andarono a letto. Dormirono fino alle sei del mattino, quando la sveglia mise fine ai loro sogni.

Logan si offrì di preparare la colazione: uova strapazzate, pane tostato e caffè. La accolse con un ampio sorriso quando lei apparve sulla soglia della cucina con un completo pantaloni grigio, una camicia di seta color tortora e i capelli raccolti. Era molto diversa da come si presentava nella vita privata, ma Logan amava anche quell'aspetto di lei.

«Ti amo», le sussurrò baciandola. Fiona sorrise, bevve un sorso di caffè e prese il *Wall Street Journal*. Le piaceva andare in ufficio presto in modo da portarsi avanti, esattamente come piaceva a lui.

«Ti amo anch'io», disse lei sorridendogli da sopra il giornale, che sfogliò rapidamente e poi gli passò. Mezz'ora più tardi uscirono insieme, pronti ad affrontare una lunga settimana di lavoro.

25

Il 1° settembre, approfittando della festa del Labor Day, Mark partì da New York per trascorrere il fine settimana dalla madre. Era appena rientrato dall'Africa e Fiona era impaziente di rivederlo prima dell'inizio dell'anno accademico. La fidanzata era di turno in ospedale così, come di consueto, si presentò da solo. Si stupì nel constatare che la madre aveva invitato un uomo a passare il weekend con loro.

«Quando è successo?» chiese alla sorella incrociandola in cucina.

«Quest'estate», rispose Alyssa rivolgendogli uno sguardo d'intesa. «Tranquillo, è un tipo a posto. Ed è pazzo di mamma.» Era chiaro che approvava quel rapporto.

«Non credevo che sarebbe successo.» Mark aveva ancora delle incertezze al riguardo, ma si riservava il diritto di giudicare il compagno della madre, nei confronti della quale era molto protettivo, fino a quando avesse parlato con lui.

«Neppure io lo credevo, ma a quanto pare le cose stanno andando bene. E poi si volatilizza quando mamma e io vogliamo trascorrere un po' di tempo insieme.»

Mark andò a sedersi accanto a Logan a bordo piscina. Chiacchierarono dell'Africa e il giornalista raccontò di avere trascorso del tempo con Nelson Mandela. Il ragazzo ne fu colpito, soprattutto perché l'altro ne aveva parlato come se fosse la cosa più naturale del mondo, senza vantarsi, precisando che si era trattata dell'esperienza più interessante della sua vita. Fu Fiona a menzionare casualmente il premio Pulitzer che il compagno aveva vinto grazie a una serie di interviste a Mandela, e questo incrementò subito la stima di Mark nei confronti del reporter.

Jillian si unì a loro il sabato, per pranzo. Si presentò con plichi di documenti che sparpagliò sul tavolo accanto alla piscina annunciando a Logan di aver portato la ricerca che gli aveva promesso; ci lavorarono insieme per un'ora.

Trascorsero la serata in rilassatezza, chiacchierando e ridendo. Il giorno seguente andarono tutti ad assistere alla partita di baseball. Logan e Mark si sedettero vicini anche perché erano loro gli esperti in materia. I Giants vinsero di nuovo: il campionato era ormai a portata di mano. Logan fu contento si scoprire che anche Mark tifava per loro.

Il lunedì mattina, Logan li salutò e tornò in città per lavorare al materiale che gli aveva mostrato Jillian. Voleva lasciare Fiona e i figli alla loro intimità.

«Mi piace il tuo amico, mamma», le confidò Mark a colazione.

«Sì, anche a me», intervenne Alyssa.

«È una cosa seria?» volle sapere Mark, e il suo sguardo tradiva una punta di preoccupazione.

«Non so cosa possa significare serio, alla mia età.» Fiona sorrise ai ragazzi. «Se mi piace? Sì, molto. E credo di amarlo. Sembra che le cose tra noi funzionino e per il momento non c'è altro da sapere. Non intendo risposarmi e non avrò altri figli. Voi resterete gli unici.»

Mark e Alyssa parvero apprezzare la risposta.

«A proposito, che mi dici di John?» chiese Fiona alla figlia. Da quando Marshall aveva confessato la sua doppia vita, era rimasto a Tahoe con la madre e non si era più fatto vedere nemmeno dalla ragazza, con la quale si sentiva soltanto al telefono e via messaggio. In casa c'era ancora molta confusione.

«Stanno per trasferirsi in città. Hanno preso un appartamento», rispose Alyssa. «Non vedono il padre da quel famoso weekend. Nessuno vuole avere a che fare con lui.» Non era difficile immaginare il perché, pensò Fiona dispiaciuta. «A quanto pare non sposerà più l'altra donna e Liz non vuole più vederlo.»

«Non la biasimo», osservò Fiona in tono pacato. «Salutamelo quando lo senti e digli che qui è il benvenuto.»

Quella stessa sera Mark partì per New York, mentre la sorella avrebbe ricominciato le lezioni a Stanford qualche giorno più tardi. Anche i Weston lasciarono la casa al lago per rientrare in città dove Lindsay avrebbe cominciato un nuovo anno scolastico.

Il weekend a Tahoe andò meglio di quanto Liz si era aspettata. I tre figli erano con lei, e le sarebbe piaciuto che ci fosse stata anche Alyssa, ma John le spiegò che era a Portola Valley con la famiglia.

«Sono mortificata che l'estate sia andata in questo modo», si scusò con i ragazzi. Adesso che il peggio era passato, si sentiva stranamente più calma. Non aveva più nulla da temere; erano sopravvissuti alla stagione più brutta della loro vita ma il legame tra loro si era rinsaldato e Tom tornava a casa sempre più spesso. Liz non sapeva se e quando avrebbero rivisto il padre ma non desiderava essere coinvolta nelle loro decisioni.

Le era giunta voce da John che Marshall e Ashley non si sarebbero sposati. Era stato il padre stesso a dirglielo. Liz non se ne meravigliò; lo aveva sospettato nel momento in cui lo aveva visto tornare nella casa di Ross. Forse quella donna lo aveva lasciato definitivamente. Le dispiacque per le bambine nate da quell'unione.

«Quand'è che ti trasferisci in città, mamma?» le chiese Tom a cena.

«Ancora non lo so. La settimana prossima vedrò qualche appartamento. Voglio trovarne uno che possa ospitarvi tutti», rispose sorridendo. Era ancora triste, ma il suo umore migliorava giorno dopo giorno anche grazie all'aiuto di Lindsay, che si comportava con dolcezza e tentava di esserle utile come poteva. Il loro rapporto era di gran lunga migliorato da quando Marshall aveva confessato quella verità. La ragazza era maturata in modo sorprendente in pochissimo tempo.

Nessuno accennò al fatto che Marshall, quel weekend, avrebbe lasciato la casa di Ross per andare ad abitare altrove, e non avevano idea di quale sarebbe stata la sua nuova abitazione. John supponeva che avrebbe alloggiato al *Four Seasons* di Palo Alto, ma non ne aveva la certezza perché il padre gli aveva detto che avrebbe sistemato le sue cose in un deposito. Gli aveva persino dato una lista da consegnare alla madre di ciò che avrebbe voluto portare via dalla casa di Ross, se Liz glielo avesse permesso.

Quel fine settimana i ragazzi si dedicarono allo sci acquatico, e la madre si sforzò di non lamentarsene o di non mostrarsi troppo apprensiva. Era felice di stare con loro e conosceva il senso di responsabilità del figlio maggiore, che aveva promesso di non far portare la barca a Lindsay.

Liz appariva ancora molto stanca e apatica. Poco alla volta, però, cercava di non pensare al marito ed evitava in tutti i modi di nominarlo. Marshall era diventato un argomento tabù.

In piedi sul molo, nell'ultima giornata estiva prima di rientrare in città, ammirò il lago. Faceva più fresco. Nulla avrebbe potuto cancellare il ricordo del giorno in cui, proprio lì, Marshall le aveva confessato di avere un'amante e due figlie a Los Angeles, e di voler divorziare. Aveva deciso di vendere la casa di Tahoe, ma aveva evitato di parlarne ai figli. Magari il prossimo anno avrebbero preso in affitto una villa altrove.

«Sei pronta, mamma?» la chiamò Tom, che aveva caricato la macchina. Sarebbe stato lui a riaccompagnarla a Ross insieme a Lindsay. John era con la sua auto. Avrebbe trascorso ancora un paio di settimane con la madre e la sorella a casa prima di riprendere gli studi.

«Sembriamo degli zingari», scherzò lei montando in macchina. Tom ricambiò il sorriso e guardò la sorella dallo specchietto retrovisore. All'inizio gli era parso impossibile, ma pian piano si stavano riprendendo. Liz chiuse gli occhi e appoggiò la testa sullo schienale mentre si allontanavano da Tahoe.

Per il Labor Day, Geoff aveva portato Ashley e le bambine al *Coral Casino* di Santa Barbara. Aveva spiegato a Kezia e Kendall di esserci già stato insieme alla loro madre quando erano ragazzini, e le piccole ridacchiarono. Dopo un lungo silenzio, Ashley gli aveva telefonato dicendo di essere pronta per vederlo. Non ci aveva messo molto a prendere una decisione, ma a lui era sembrata un'eternità, così l'aveva raggiunta subito.

«Iniziavo a temere che non ti avrei rivisto per altri diciotto anni», scherzò. Ashley era la stessa, solo leggermente dimagrita; il suo umore era discreto. Geoff si era buttato a capofitto nel lavoro in quel periodo.

Felice di poterla frequentare di nuovo, non commentò in alcun modo l'accaduto. E fu enormemente sorpreso quando, mentre passeggiavano sulla spiaggia, lei fece scivolare la mano nella sua. Geoff la guardò negli occhi e lei gli sorrise facendolo sentire in pace con il mondo: adesso non temeva di aver rovinato tutto con i suoi baci, né di averle confuso le idee riguardo la sua storia con Marshall. Ashley aveva trovato da sé la soluzione e pareva soddisfatta. Aveva ancora gli occhi velati di tristezza – e sarebbe stato così per qualche tempo – ma la situazione era migliorata. Mano nella mano corsero in acqua a giocare come bambini, schizzandosi, ridendo e gridando divertiti. A un tratto lei gli cadde addosso, il volto incorniciato dai lunghi capelli biondi bagnati. I loro sguardi si incontrarono.

«Mi sei mancata», le disse.

«Anche tu mi sei mancato», ammise lei con un sorriso prima di trascinarlo nell'acqua tra le risate di Kendall e Kezia che li osservavano dalla spiaggia.

A fine giornata rientrarono a casa, felici delle ore trascorse insieme, e quando Geoff guardò Ashley lei gli regalò un lungo ma debole sorriso.

26

La riunione iniziò appena Marshall entrò nella stanza. Indossava un abito scuro che gli conferiva un'aria seria e dignitosa. Tre uomini lo aspettavano seduti a un grande tavolo da conferenze. Rappresentavano un'importante compagnia di Boston – non grande quanto la UPI – che negli ultimi due anni era cresciuta in maniera esponenziale. Si preparava a diventare la principale società del Paese, superando la concorrenza. L'unica cosa di cui l'azienda avevano bisogno era un leader capace che ne assumesse la guida, e per tutti quel leader era Marshall Weston. I vertici della società non erano sicuri che l'amministratore delegato della UPI avrebbe considerato l'idea di lasciare il proprio posto dopo quindici anni, ma erano venuti in California per convincerlo a fare il grande passo. Il candidato li ascoltava con attenzione. Quello era il loro secondo incontro in due giorni, avrebbero dovuto giocare tutte le loro carte prima di rientrare a Boston quella sera.

Weston non si era sbilanciato, ma sembrava molto interessato a ciò che gli stavano prospettando. Per indurlo ad accettare la loro offerta erano disposti a mettere sul tavolo ogni genere di proposta: stock option, bonus di ingaggio, titoli della compagnia e altri incentivi pensati su misura. Marshall era molto legato alla UPI, verso la quale nutriva una profonda lealtà, ma come chiunque altro nella sua posizione poteva essere comprato, e la Boston Technology stava facendo tutto il possibile.

«Ammetto di trovare molto interessanti le vostre proposte», disse senza mostrarsi particolarmente entusiasta. I rappresentanti della Boston Technology compresero di dover ricorrere ad altre argomentazioni per potersi aggiudicare la partita, argomentazioni che avevano lasciato per ultime. Poco prima che l'incontro si concludesse, il capo del comitato di ricerca e membro del consiglio di amministrazione fece scivolare sul tavolo un foglio con una lista dettagliata. Era l'ultima offerta che era autorizzato a fare. Un aereo privato che Marshall avrebbe potuto utilizzare in qualunque momento, altri dieci milioni di dollari l'anno, duecento milioni di dollari in stock option e trecento milioni che avrebbero versato in cinque anni dalla stipula del contratto, indipendentemente dal profitto dell'azienda. Nessuno dubitava delle capacità imprenditoriali del candidato. In cinque anni avrebbe guadagnato mezzo miliardo di dollari. Weston lesse il foglietto, sorrise e si alzò. «Affare fatto», annunciò raggiante tendendo la mano. I tre uomini di fronte a lui sorrisero altrettanto entusiasti. Era la migliore offerta di tutti i tempi, e avrebbe fatto storia nel settore. Le parti concordarono di mantenere confidenziali i termini e le condizioni del contratto; nessun annuncio sarebbe stato fatto prima delle dimissioni dalla UPI e della notifica al consiglio di amministrazione.

Marshall uscì dalla sala conferenze del luogo neutrale che era stato scelto per quell'incontro. Presto sarebbe stato un uomo ricco, molto più ricco di quanto già fosse.

Lasciò l'edificio, salì sulla limousine che aveva affittato per l'occasione – evitando così di usare l'autista aziendale – e chiese di essere accompagnato in ufficio. Era la conclusione perfetta di un'estate spiacevole, il modo migliore per lasciare la UPI. Aveva iniziato ad accarezzare l'idea dopo la denuncia per molestie sessuali, e si era definitivamente convinto quando il consiglio di amministrazione lo aveva ricattato in modo velato con la storia di Ashley. Forse si sarebbe sentito meglio se le cose con lei fossero andate bene, o se fosse riuscito a salvare il matrimonio con Liz. Invece, non aveva più alcun legame a San Francisco: i figli erano cresciuti e avevano preso la loro strada; la famiglia si era sgretolata, anche se era certo che con il tempo, quando si fossero calmate le acque, i ragazzi sarebbero tornati a comportarsi in maniera ragionevole. Era andato una volta a Malibu per vedere le gemelle e le avrebbe incontrate di nuovo a Natale, quando le avrebbe portate con sé alle Hawaii per qualche giorno. Sarebbe stato sicuramente più facile quando fossero cresciute; per il momento erano in ottime mani e lui aveva cose importanti da fare. Dopo la fine della relazione con Ashley e del matrimonio con Liz non aveva più avuto loro notizie. Aveva tagliato ogni contatto ed era un uomo libero. Libero di accettare l'offerta migliore e di andare dove voleva. La Boston Technology era una delle più interessanti giovani compagnie del Paese e lui era pronto a un cambiamento radicale e a nuove frontiere.

Tutti conoscevano le sue capacità imprenditoriali ed erano disposti a riconoscere adeguatamente il suo valore. Mezzo miliardo di dollari in cinque anni era un giusto compenso. Inoltre, gli era stato offerto uno stipendio stellare, più dei bonus sui profitti che Weston avrebbe potuto moltiplicare ogni anno in maniera esponenziale. Di sicuro, entro cinque anni, dieci al massimo, avrebbe avuto un conto a nove zeri. Gli pareva la giusta ricompensa per le difficoltà che aveva dovuto affrontare negli ultimi mesi. Avrebbe cominciato a Boston a metà ottobre, una data perfetta per lui. Il preavviso non sarebbe stato eccessivo, ma comunque ragionevole per la UPI che, tutto sommato, non meritava di più. La sua lealtà non apparteneva più a loro. Adesso era la Boston Technology ad aver conquistato il primo posto nel suo cuore.

Marshall si rilassò contro lo schienale della limousine. Era un uomo felice.

Cinque giorni dopo l'incontro di Marshall con i rappresentanti della Boston Technology, Fiona ebbe un colloquio privato con Nathan Daniels al termine di una riunione del consiglio di amministrazione. Il presidente della NTA era in fermento per le voci che circolavano su Weston: si diceva infatti che si era lasciato allettare dalla BT per una cifra astronomica. Il pettegolezzo era stato confermato da un suo amico dipendente della UPI. A quanto pareva la voce era più che fondata. Si rincorrevano ipotesi sulle cifre che era riuscito a strappare, ma nessuno le conosceva con esattezza. La notizia stava facendo il giro del settore ed era alquanto sorprendente, tanto che persino Nathan – di solito poco incline alle dicerie – non aveva resistito.

Fiona riuscì a stento a contenersi quando, quella sera, Logan passò da lei. Negli ultimi tempi si fermava spesso a dormire a Portola Valley; avevano l'abitudine di cucinare insieme la cena e di fare una nuotata in piscina prima di andare a dormire. A Fiona piaceva l'appartamento del compagno in città, sulla Upper Haight, ma per lei era più comodo stare da lui solo nel fine settimana; negli altri giorni aveva necessità di essere vicino al suo ufficio. Logan comprendeva ed era lui a raggiungerla, per semplificarle la vita.

«Non crederai a quello che ho sentito oggi», gli disse elettrizzata nell'istante stesso in cui lui varcò la soglia.

«Vuoi che provi a indovinare?» Logan la guardò divertito e incuriosito. La loro relazione andava a gonfie vele, meglio di quanto avrebbe mai sperato, e la loro intesa sessuale era favolosa.

«Si tratta solo di voci che ho sentito dopo la riunione del consiglio di amministrazione di questa mattina, quindi non considerarmi una fonte», lo avvisò. «Marshall Weston sta per lasciare la UPI per andare alla Boston Technology dove lo pagheranno una fortuna e gli daranno dei bonus incredibili: stock option che potrà vendere in qualunque momento senza alcuna penale, un aeroplano... Gli hanno offerto un pacchetto con dentro di tutto e di più, tranne il lavello della cucina e un'operazione per cambiare sesso!»

«Quello sì che gli sarebbe potuto tornare utile! Non mi viene in mente nessun candidato migliore di lui», commentò Logan con una risata fragorosa. Ormai la relazione con la donna di Los Angeles, le due bambine avute da lei e il divorzio erano di dominio pubblico. Qualcuno alla UPI aveva parlato e adesso stava facendo lo stesso per il suo nuovo impiego alla BT. Anche Smith era a conoscenza dei pettegolezzi, ma non ne fece parola con Fiona. Le sue informazioni venivano da una fonte sicura all'interno della compagnia, non erano voci di corridoio.

«L'aereo è un 757 ed è a sua completa disposizione», continuò Fiona con gli occhi che brillavano. Logan la osservò divertito: anche lei faceva parte della cerchia ristretta di VIP, ma a quanto pareva tutti gli amministratori delegati della Silicon Valley sembravano tenere d'occhio i colleghi e amavano spettegolare sugli accordi che riuscivano a strappare a questa o quella compagnia.

«Tesoro, dovresti chiedere un aumento», scherzò lui.

«Accidenti, hai ragione!» Fiona assunse un'aria falsamente oltraggiata, troppo divertita dal gossip su Marshall. La sua posizione alla NTA era più che invidiabile dal punto di vista economico; il suo era un club di privilegiati nel quale Logan non sarebbe mai entrato, e non gli importava farlo: riteneva il mondo della finanza un enorme tabellone di Monopoli. Fiona non gli raccontava mai nulla del suo lavoro né lui faceva domande. Era una donna semplice, conduceva una vita tranquilla sebbene agiata, ma non desiderava nulla di più. «Allora, cosa ne pensi?»

«Che ha una gran fortuna. È un idiota, ma a quanto pare cade sempre in piedi. Sembrava che quest'estate la sua esistenza fosse andata a rotoli: i figli, la moglie e un'amante, lo scandalo nel quale è stata coinvolta l'azienda per colpa della sua doppia vita... E invece eccolo lì, richiesto dalla BT, osannato come un eroe. Non c'è che dire, sa giocare bene le sue carte e ci guadagna anche un bel po' di soldi. Come uomo, però, è in fondo alla catena alimentare.» Nemmeno Fiona aveva grande stima di lui adesso, ma non poteva negare di essere affascinata dal modo in cui sapeva manipolare le situazioni a proprio vantaggio. «E, ciliegina sulla torta, ora leva le tende in fretta e fugge da tutto, inclusa la sua famiglia. Davvero un gran bel tipo!»

«Intendi scriverci un articolo? In tal caso non usare le informazioni che ti ho dato, anche se il pettegolezzo è ormai sulla bocca di tutti. Un'amica mi ha parlato di un accordo da duecento milioni di dollari», aggiunse intrigata, ma senza traccia di invidia nella voce.

«Tesoro, per casi del genere ho una fonte sicurissima. Sono in contatto con questa persona da una settimana, ma prima di scrivere il pezzo voglio essere certo che sia tutto giusto.» Logan era un giornalista serio e responsabile.

Parlarono di Marshall per il resto della serata e Fiona non poté fare a meno di chiedersi come John avrebbe preso il trasferimento del padre a Boston. A quanto pareva, l'accordo era già stato concluso. Alyssa le aveva riferito che lui e i fratelli non si erano ancora ripresi dagli ultimi eventi e non avevano intenzione di vedere il padre o di andare a trovarlo, preferendo restare accanto alla madre. Fiona era divorata dalla curiosità, ma non se la sentiva di chiedere alla figlia ulteriori dettagli, per evitare che venissero a galla informazioni che il ragazzo ancora ignorava. Il nuovo incarico a Boston non era stato ancora annunciato ed era possibile che restasse ufficioso fino a poco prima della partenza di Weston, per non destabilizzare la UPI finché avessero trovato un sostituto. Quando fosse stata di dominio pubblico, avrebbe avuto un'enorme risonanza.

Quando esaurirono l'argomento, Logan e Fiona si rilassarono a letto parlando d'altro e, come di consueto, terminarono la serata facendo l'amore.

Nei giorni seguenti, Fiona non seppe di più su Marshall ma sentì di un altro scandalo che aveva coinvolto un giovane imprenditore molto noto, accusato di aver rubato un milione di dollari da un fondo speculativo. Logan scrisse sulla vicenda un pezzo di forte impatto.

Il giovedì sera, Smith rimase in città perché aveva delle scadenze, ma le promise di raggiungerla a Portola Valley l'indomani dopo il lavoro. Il venerdì mattina, a colazione, Fiona prese il *Wall Street Journal* e con grande sorpresa vi trovò una foto di Marshall Weston in prima pagina. Nell'articolo Logan citava una fonte sicura di alto livello e riportava ogni dettaglio che lei gli aveva riferito qualche sera prima. Fiona, sentendosi tradita, era furente: il compagno aveva approfittato delle sue confidenze. Non avrebbe avuto più fiducia in lui, era solo un bugiardo. La fonte sicura di alto livello era lei, Fiona Carson. Avrebbe voluto ucciderlo. Si limitò a non rispondere a un messaggino che lui le aveva inviato prima di uscire di casa per andare in ufficio, e rimase arrabbiata per tutta la giornata.

Non rispose alla chiamata dell'ora di pranzo né lo avvisò di non passare da lei, quella sera. Lo avrebbe atteso per mettere fine alla loro storia. Non aveva intenzione di rivederlo: era pericoloso per la sua carriera e non aveva mantenuto la parola data. La fiducia era la cosa più importante per lei, inoltre non poteva permettersi di mettere a repentaglio la propria reputazione.

Una volta rientrata a casa, lo aspettò in soggiorno. Era uscita prima dall'ufficio per farsi trovare, quando lui fosse arrivato. Appena entrato in casa, Logan si accorse che qualcosa non andava. Fiona gli buttò addosso il giornale.

«Cosa significa?» chiese lui, sorpreso. «È tutto il giorno che provo a chiamarti e non rispondi.»

«Volevo dirtelo in faccia che sei un verme schifoso. Avevi promesso di non usarmi mai come fonte d'informazione, e invece ecco qui!» sbottò indicando la foto di Marshall in prima pagina.

Logan, sbigottito, assunse un'espressione dura. «I tuoi erano solo pettegolezzi, e io non mi baso certo su quelli. Ho aspettato di avere notizie certe dalla mia solita fonte e ho saputo più di quello che mi hai detto tu. Non ho pubblicato una parola di quello che mi hai raccontato, e non lo avrei mai fatto. Mantengo sempre le promesse. È stata la mia fonte a fornirmi tutte le informazioni che ho scritto. Ricorro a dei professionisti io, Fiona», concluse alzando la voce a sua volta, ferito e arrabbiato.

«Quello che mi hai detto tu era la metà delle informazioni che la mia fonte mi ha rivelato. Io non lavoro sulle voci di corridoio, ma su fatti certi. Sei una donna intelligente e discreta e non mi permetterei mai di approfittare di te. Mi sono innamorato di te e, cosa più importante, ti rispetto. O, almeno, finora ti ho rispettato. Perciò non accusarmi di cose che non sai. Tu mi interessi perché sei la persona che amo, quella con cui faccio l'amore, quella di cui mi prendo cura. Ogni tanto anch'io posso spettegolare con te, ma credimi, tesoro, non sei una fonte adatta a un professionista del mio calibro», concluse. Poi se ne andò sbattendosi la porta alle spalle.

Fiona avrebbe voluto lanciargli qualcosa contro ma non aveva nulla a portata di mano. Non credeva a una parola di quello che le aveva detto perché si vedeva citata alla lettera. Rilesse l'articolo. Era vero, c'erano molte informazioni in più, ma anche tutto quello che gli aveva confidato lei. Rimase sgomenta quando vide che Marshall Weston avrebbe guadagnato mezzo miliardo di dollari in cinque anni. Era una follia, e quell'uomo era un idiota, proprio come Logan Smith.

Quella sera girava per casa nervosa, sbattendo porte e sportelli degli armadi. Per fortuna non gli aveva chiesto di trasferirsi da lei sebbene ne avessero discusso. Avviò la lavatrice ma scelse un programma a temperatura troppo alta e rovinò gli indumenti. Mise la cena a scaldare nel microonde e la bruciò. Si preparò un bagno e si scottò con l'acqua bollente. Pensò di mandargli un'e-mail per ribadire l'opinione che aveva di lui ma non lo fece, aspettando invano un messaggio di scuse da parte di lui. Non lo avrebbe mai perdonato. Si sentiva in colpa, si reputava allo stesso livello di Williams, che era andato a letto con una giornalista rivelando informazioni confidenziali. L'unica differenza era che lei non aveva un marito, non stava tradendo nessuno e non aveva divulgato segreti della società per cui lavorava; si era però lasciata tentare dal pettegolezzo e Logan ne aveva approfittato in maniera ancora più bieca, l'aveva usata e non aveva mantenuto la parola data.

Rimase sveglia quasi tutta la notte. La mattina dopo, quando si alzò, era ancora più arrabbiata, con se stessa e con Logan, e si pentì di essersi lasciata coinvolgere in quella relazione. Rifletté se disdire la partita a tennis con la sorella, ma alla fine decise di non farlo. Si presentò sul campo con la faccia cupa.

«Non sembra essere una buona giornata per te. Qualcosa non va?» chiese Jillian.

«Sto benissimo», rispose secca Fiona. Poi si mise in posizione e aprì con un servizio così potente che la sorella fu costretta a scansarsi per evitare di essere trapassata.

«Cavoli! Si può sapere cosa succede? Siamo in guerra?»

«Sono incazzata nera», ammise Fiona servendo per la seconda volta con altrettanta forza.

«Problemi sentimentali?»

«È finita, e non voglio parlarne. È un idiota.»

«Mi spiace sentirtelo dire. Posso fare qualcosa?» Jillian apprezzava molto Logan e sperò che si trattasse di una lite temporanea. Fiona, però, aveva l'aria di volerlo uccidere con le proprie mani. Erano anni che non la vedeva così arrabbiata. Vinse la partita, ma a che prezzo...

Dopo, si fermarono a chiacchierare. «Mi ha usato come fonte», le rivelò la sorella. «Aveva promesso di non farlo e invece...»

«Sei sicura?» Jillian sembrava sorpresa. «Con tutto il rispetto, quell'uomo è un professionista e sono certa che abbia altri assi nella manica.»

«No, ero io», replicò l'altra con aria depressa. «Logan

mi piace. Lo amo, e questo rende tutto più difficile. Ma non tornerò da lui, è finita. Non voglio stare con un uomo di cui non mi fido, senza contare che sarebbe pericoloso per la mia carriera.»

«Mi dispiace tanto», commentò Jillian. Fiona era furiosa, ma anche molto delusa. E la sorella maggiore era mortificata nel vederla in quelle condizioni. Logan era una persona meravigliosa ma era pur sempre un giornalista, e si sapeva che di loro non ci si poteva fidare del tutto.

Rientrata a casa, Fiona trovò Logan seduto fuori ad aspettarla.

«Te le rendo», disse conciso, restituendole il mazzo di chiavi che aveva in mano. Era rimasto sulle sue, esattamente come lei. «Prendi anche questa», aggiunse porgendole una busta. «Voglio che tu sappia che non ho mai fatto il nome delle mie fonti. Mai. Non sono quel tipo di persona. Proteggo chi mi dà le informazioni, ma questa volta farò un'eccezione per dimostrarti che non sono mai venuto meno alla parola data. Il materiale che ho ricevuto dalla mia fonte è tutto qui, voglio che tu lo veda. Ti sto dando quello che ho ricevuto, ho solo cancellato il nome della persona. Leggi il contenuto e renditi conto di quanto sono dettagliate le informazioni. Ho pagato un bel po' di soldi, ma li valgono tutti.»

«Non è illegale?» chiese Fiona, gelida.

«Forse, ma è così che funziona. Io mi guadagno da vivere in questo modo e la mia fonte arrotonda le sue entrate. È un sistema che ha sempre dato i suoi frutti. Grazie di tutto», concluse Logan allontanandosi.

Con la busta stretta in mano, Fiona lo guardò salire in macchina e partire. Poi entrò in casa, si sedette in cucina e aprì la busta: conteneva un'e-mail indirizzata a Logan da un impiegato della UPI. Il nome era stato oscurato ma si trattava di qualcuno dell'ufficio amministrativo. Fiona era allibita: l'articolo pubblicato da Logan riportava quasi pedissequamente il contenuto dell'e-mail. Logan le aveva detto la verità, non aveva tradito la sua promessa, non si era basato sui pettegolezzi sentiti da lei, ma aveva atteso le indiscrezioni da un alto dirigente della UPI. Incredula, rimase seduta ancora un po' prima di strappare il foglio in mille pezzi e gettarlo nella spazzatura. Era stata una stupida e doveva assolutamente scusarsi con lui. In un primo tempo pensò di mandargli un'e-mail o un sms, ma lo aveva accusato ingiustamente e doveva porgergli le scuse di persona. Se anche non si fossero rivisti, doveva mostrargli il suo pentimento.

Afferrò la borsa e si precipitò alla macchina per raggiungerlo in città. Suonò il campanello del suo appartamento e poiché lui non rispondeva si sedette ad aspettare. Due ore dopo, lo scorse dal fondo della strada con le buste della spesa. Lui la guardò e si accorse che non c'era più rabbia sul suo volto; solo dispiacere e occhi umidi.

«Perdonami. Non avrei dovuto dire quelle cose orribili sul tuo conto, ma ero convinta che mi avessi usato», mormorò pentita.

«Non avrei mai fatto una cosa del genere, non a te», replicò lui ancora ferito. «Te lo avevo giurato. E la mia parola è sacra, sacra come te.» Logan posò per terra le buste della spesa. Era triste. «Non avrei mai infranto una promessa che ti avevo fatto», aggiunse tendendo le braccia verso di lei, pronto a perdonarla. Fiona non esitò a stringersi a lui. La loro prima lite si era conclusa. Logan la scostò dolcemente da sé e la guardò negli occhi. «Mi ha dato del verme, sai?» disse.

«Scusa. Non avrei dovuto», mormorò lei imbarazzata.

«Mi hanno chiamato in modi peggiori. Vuoi salire? Avevo intenzione di prepararmi la cena.» Fiona lo seguì nell'appartamento. Mentre lo aiutava ai fornelli, parlarono della fonte di Logan.

«Com'è possibile che quella persona abbia fatto una cosa del genere? Ha violato il dovere che la sua posizione gli impone.»

«C'è un sacco di gente così. È grazie a loro che porto avanti il mio lavoro. Le persone parlano. Alcune delle mie fonti migliori sono alti dirigenti.»

«Abbiamo licenziato Harding Williams per questo. Be', in verità lo abbiamo costretto a dimettersi. Era lui il colpevole della fuga di notizie dal consiglio di amministrazione.»

«Sapevo che lo avevate licenziato, o meglio ero convinto che aveste forzato la mano affinché se ne andasse. Non ho mai creduto alla motivazione dei problemi di salute.» Sogghignò divertito. La storia non era abbastanza interessante da meritare un approfondimento. All'inizio lo aveva intrigato, ed era stato quello il motivo per cui l'aveva chiamata il giorno dopo che Williams aveva rassegnato le dimissioni. «Mi hai mentito», rise. «Sei una pessima informatrice, Fiona. Non ti userei mai», aggiunse serio.

«Adesso lo so. Perdonami.»

Quella notte dormirono insieme. Fiona tornò a Portola Valley il mattino seguente. Jillian la chiamò in serata per sapere come stesse e scoprì che ogni cosa si era sistemata e che lei e Logan stavano preparando la cena.

«Ah... vi siete chiariti?» domandò con sollievo.

«Sì. Avevo torto, non ero io la sua fonte ma una persona molto più esaustiva della sottoscritta.»

«Sono felice di sentirtelo dire. A proposito, non giocare mai più a tennis con me dopo aver litigato con lui. Per poco mi ammazzavi.»

«Scusami», disse Fiona ridendo.

Chiusa la telefonata, tornò in cucina per aiutare Logan. «Cosa c'è di buono?» gli chiese con l'acquolina in bocca.

«Cornacchia. Sto preparando una bella cornacchia per te.» Fiona rise, posò il bicchiere di vino che lui le aveva offerto poco prima e lo abbracciò. Logan la baciò. «Ti amo, Fiona. Ti amo, nonostante tu mi abbia dato dell'idiota e del verme. Dovrò pensare a un modo per punirti adeguatamente, ma adesso ho in mente altro.» Spense il fornello e lei lo seguì in camera. Il litigio si era concluso. Avevano vinto entrambi, in particolare sotto le lenzuola.

27

Marshall passò i controlli di sicurezza all'aeroporto di San Francisco. Quella, si disse, sarebbe stata la sua ultima volta su un volo di linea. Appena fosse arrivato a Boston, avrebbe avuto a disposizione un aereo tutto suo. Le consuete trafile per imbarcarsi sarebbero diventate presto solo un ricordo. Salì a bordo insieme agli altri passeggeri di prima classe e fu accolto dall'equipaggio con particolare riguardo. Tutti sapevano chi era e gli riservavano un trattamento speciale.

Accanto a lui sedeva una giovane donna che non mancò di notare il subbuglio creato tra i membri dell'equipaggio dalla presenza di Marshall. Un'assistente di volo gli offrì un bicchiere di champagne – che lui declinò – e si occupò del suo soprabito. Weston lanciò un'occhiata discreta alla donna vicino a lui. Doveva avere circa venticinque anni, indossava na giacca Balenciaga, dei jeans e un paio di Louboutin. hall commentò in tono scherzoso che quella doveva sua giornata fortunata; di solito gli capitava di ccanto a un alto ufficiale dell'aeronautica. La ragazza rise e posò la rivista che stava leggendo. Gli disse che stava andando a Boston a trovare la madre, che abitava lì.

«Anch'io vivo lì. O meglio, ci vivrò tra non molto», spiegò lui sorridendole di nuovo. «Mi trasferisco per un nuovo lavoro», aggiunse con modestia, sebbene la sua vicina avesse già capito che doveva trattarsi di qualcuno di importante. Indossava un abito dal taglio impeccabile e scarpe costose, perfettamente tirate a lucido. Al polso sfoggiava un orologio d'oro. Non aveva idea di chi fosse, ma i suoi modi erano tipici di un uomo di potere. «Per quanto si tratterrà in città?» chiese Marshall mettendosi comodo, di colpo meno scontento di viaggiare su un volo di linea che gli aveva riservato una piacevole sorpresa.

«Ancora non lo so. Un paio di settimane, forse qualcosa in più. Vorrei cercare lavoro a Boston», rispose la giovane rimanendo sul vago e con un pizzico di timidezza. L'uomo accanto a lei aveva circa l'età di suo padre, ma tutto in lui era attraente: l'energia che emanava, il suo fascino, la sicurezza che ostentava.

«Che tipo di impiego?»

«Ho fatto la modella e nell'ultimo anno ho lavorato come assistente personale. Sto pensando di frequentare una scuola d'arte.» Aveva interessi diversi e variegati, ma a Marshall non importava. La osservò con maggiore attenzione: i lunghi capelli scuri le incorniciavano il viso e ricadevano morbidi sulla schiena. Era una ragazza molto bella.

«E lei cosa fa?» chiese la ragazza in tono innocente, guardandolo con i suoi grandi occhi.

«Dirigo un'azienda.»

Inconsciamente, lei gli si fece più vicina. Marshall ammirò

la delicata curva del suo collo, il décolleté che si intravedeva e il reggiseno di pizzo sotto la giacca griffata in parte sbottonata.

«Deve essere eccitante», replicò lei con un sorriso.

«Talvolta.» Marshall si chiese come sarebbe stato baciarla. Era inebriante sapere di poterla conquistare. Bastava dire che mestiere faceva e quanto guadagnava per avere ogni donna ai suoi piedi.

«Mi piacerebbe poterla incontrare, una volta a Boston. Magari potremmo cenare insieme, una di queste sere.»

«Sarebbe un vero piacere», rispose lei quasi senza fiato. Scrisse su un foglietto il numero di telefono della madre e quello del suo cellulare. Marshall lo fece scivolare in una tasca.

«La chiamerò domani stesso», promise. «Gradisce un passaggio in città?» aggiunse mentre lei annuiva guardandolo con i suoi occhioni. «C'è una macchina con autista che mi sta aspettando.»

«Avevo intenzione di prendere un taxi.»

«Non è necessario, l'accompagnerò io. Alloggio al *Ritz Carlton.*» Le porse il biglietto da visita con il numero di cellulare. La giovane lo infilò nella borsetta e ricominciò a guardare il film che stavano proiettando.

Chiacchierarono a lungo durante la cena servita in aereo, e all'atterraggio lei lo seguì fuori dal velivolo. Tutto accadde come Marshall aveva immaginato. Lui la aiutò a recuperare i bagagli e l'autista li caricò in macchina. Quando si avviarono, lei lo guardava già incantata: era l'uomo più interessante che avesse mai conosciuto. Per Marshall invece era solo un'altra bella ragazza, una preda facile, un modo gradevole di iniziare la nuova vita a Boston.

Lo ringraziò mille volte quando la lasciò di fronte a un bell'edificio a Beacon Hill. Era di buona famiglia, ma non ricca. Sarebbe stata perfetta per cominciare, e magari avrebbe potuto anche durare un po'. La chiamò sul cellulare prima di arrivare in albergo.

«Mi manca già, Sandy», le disse sentendola trattenere il respiro quando rispose.

«Grazie, Marshall», disse lei, con la sensazione di aver vinto la lotteria. Stentava a credere che un uomo come quello l'avesse notata e desiderasse portarla fuori a cena.

«Ci vediamo domani sera?»

«Con piacere.»

«Passo a prenderla alle sette e mezzo», promise. Dopo cena l'avrebbe portata nel suo albergo, e il mattino seguente Sandy si sarebbe stupita di quello che era successo, di come fosse possibile che un uomo di quel rango l'avesse voluta così tanto. Cominciare era sempre molto facile; le difficoltà si presentavano verso la fine, ma per il momento non doveva preoccuparsene. Stava inaugurando un nuovo capitolo della sua vita: Boston, il lavoro, la ragazza, un nuovo aereo. Marshall sorrise soddisfatto.

In albergo il direttore lo attendeva all'ingresso, e gli riservò un'accoglienza principesca. La Boston Technology gli aveva messo a disposizione un attico degno delle sue aspettative. Immaginava la faccia che avrebbe fatto Sandy appena lo avesse visto; era perfetto. Non aveva bisogno d'altro: la sua nuova vita era appena iniziata.

***

Il sabato, Liz aveva chiesto l'uso esclusivo del montacarichi per quattro ore in modo che lei e i ragazzi potessero portare il resto degli scatoloni nell'appartamento che avevano preso in città. Dopo due giorni, gli addetti al trasloco avevano finito di montare i mobili secondo le indicazioni dell'arredatore d'interni. Ciascun figlio aveva una camera per quando fosse andato a trovare la madre. L'appartamento era sulla Nob Hill di San Francisco, una collinetta dalla quale si godeva la vista dell'Huntington Park, dell'hotel *Fairmont* e della Grace Cathedral. Dall'ampia e luminosa stanza da letto si vedevano Alcatraz e la baia. Quando finalmente anche gli ultimi abiti furono sistemati, Liz si guardò intorno con il sorriso sulle labbra. I figli erano con lei e l'appartamento era completamente nuovo. Tutto quello che si trovava nella casa di Ross era stato venduto all'asta.

«Wow, mamma, è fantastico», commentò John. Era la prima volta che vedeva il posto in cui la madre e Lindsay avrebbero iniziato la loro nuova vita. La sorella si era comportata in maniera impeccabile negli ultimi tempi, e i rapporti tra lei e Liz erano più sereni. Alla ragazza piaceva la scuola in città e il suo rendimento era già buono. In un primo tempo aveva dovuto fare la pendolare, ma adesso che si era trasferita tutto sarebbe stato più semplice.

Anche Liz era entusiasta di vivere a San Francisco. Aveva cambiato taglio di capelli ed era più graziosa che mai. Il suo entusiasmo per le opere di beneficenza era tale che ormai parlava di un progetto di legge a favore dei senzatetto.

Dopo aver messo in ordine la sua camera, John annunciò alla madre che nel pomeriggio sarebbe passata Alyssa.

«Uffa!» esclamò Lindsay. «Ho promesso a mamma che sarei andata a iscrivermi a Berkeley, oggi, ma a questo punto preferirei rimanere con voi.»

«Berkeley?» la prese in giro il fratello. «Che fine ha fatto il tuo anno sabbatico?»

«Credo che mi accontenterò di un tatuaggio», rispose la sorella. Non voleva creare altre preoccupazioni alla mamma dopo quanto era successo con il padre, che il mese precedente si era trasferito a Boston con gran sollievo di tutti. Nessuno di loro lo aveva visto prima della partenza o aveva in programma di andarlo a trovare a breve. Quanto a Marshall, aveva già annunciato che per Natale sarebbe andato ad Aspen, lasciando intendere che se i figli avessero voluto aggregarsi avrebbero dovuto raggiungerlo nella sua nuova casa. Tom, John e Lindsay tuttavia non avrebbero mai lasciato Liz da sola in un periodo così delicato come le vacanze natalizie.

Anche Tom si dichiarò soddisfatto della nuova sistemazione. Non l'avrebbe sfruttata molto, visto che di recente aveva preso un appartamentino in affitto a Berkeley, ma era bello sapere di essere sempre il benvenuto. Scaricato l'ultimo scatolone, lasciò libero il montacarichi.

«Grazie per il vostro aiuto, ragazzi», disse Liz con un ampio sorriso sulle labbra. «L'appartamento non è niente male, vero? Avete preferenze per la cena?»

Sul lato opposto della strada c'era il ristorante dell'*Huntington Hotel*, che lei e Lindsay avevano già provato. In alternativa, a un isolato di distanza c'erano diversi altri locali. Nelle ultime due settimane, da quando si erano trasferite in città, madre e figlia avevano preso l'abitudine di ordinare cibo da asporto, agevolate dal fatto che Lindsay aveva rinunciato alla dieta vegana. Liz non cucinava più e non era sicura che avrebbe ricominciato a farlo. Erano finiti i tempi in cui, la sera, attendeva il ritorno del marito pronta a servirlo e riverirlo. Non le mancava affatto quel periodo e tantomeno lui. Era come se lo avesse cancellato dalla propria vita. E stava facendo il possibile per cancellarlo anche dalla mente e dal cuore.

Liz stava ancora svuotando gli scatoloni quando arrivò Alyssa, che si mostrò entusiasta della nuova sistemazione. L'appartamento era molto più bello della casa di Ross e la mamma di John sembrava stare meglio; i suoi occhi erano tornati a brillare.

Per cena ordinarono pizza e cibo cinese. Liz, soddisfatta, guardò i ragazzi ridere e scherzare tra loro attorno al tavolo della sua nuova cucina. La tempesta era passata e la vita aveva ricominciato a sorriderle.

Quello stesso fine settimana, mentre Alyssa si trovava nel nuovo appartamento di John, Logan aveva caricato la macchina e si apprestava a lasciare la sua casa sulla Upper Haight per trasferirsi da Fiona, a Portola Valley.

«Tutto qui?» chiese alla compagna con aria sconsolata. Fiona aveva liberato la metà di un armadio, ma quello spazio non sarebbe bastato a contenere il guardaroba di Logan. «Con una casa tanto grande non puoi fare meglio di così?»

«Tutto qui!» confermò lei senza cedere di un millimetro, facendolo ridere di gusto.

«Adesso ricordo.» Si sedette per terra circondato dalle sue scarpe da jogging. Ne aveva portate troppe... «Mi avevi avvisato di avere gli armadi pieni e di andarne fiera. Se non ricordo male, questa è addirittura una delle ragioni per cui non volevi una relazione. Ma ora che ho conquistato il tuo corpo, il mio prossimo obiettivo sono i tuoi armadi!»

«Non puoi avere entrambe le cose», rise lei mettendosi accanto a lui.

«Avresti dovuto innamorarti di un nudista. Possiamo negoziare? Dichiaro aperta la trattativa sugli armadi.» Logan la strinse tra le braccia e la trascinò con sé sul pavimento. Non riusciva a credere a quanto fosse stato fortunato: aveva trovato una donna fantastica, oltre che un'amica e un'amante; con un unico neo: avere un guardaroba smisurato.

«Perché non dai via i tuoi vestiti?» suggerì lei. «Così possiamo starcene a letto per tutta la vita, tanto lo facciamo già. Non ti servono queste scarpe da jogging.»

«Hai ragione.» Da quando erano partiti per New York, vivevano in una lunga e interminabile luna di miele. Erano felici di stare insieme e la loro vita sembrava più semplice da quando erano una coppia: Logan aveva cominciato a pensare al matrimonio, negli ultimi tempi, anche se Fiona non sembrava interessata. Ma soprattutto lui era felice che vivessero insieme, e lo sarebbe stato ancora di più se avesse avuto più spazio per i suoi vestiti.

Alla fine, Fiona accettò di spostare alcuni dei suoi vecchi completi da lavoro in un armadio al pianterreno.

«Se tu fossi una spogliarellista o una barista, non avresti

bisogno di tutto questo spazio», le fece notare lui. «Forse dovresti smetterla di indossare tailleur per andare in ufficio.» Era molto più bella quando si vestiva in modo casual o quando uscivano insieme. Fiona, però, sul lavoro doveva mantenere una certa immagine, e su quello non era disposta a transigere.

Una sera Logan era riuscito a convincerla a indossare l'abito rosso che aveva sfoggiato per la prima volta a New York, con il risultato che per tutta la durata della cena lei si era lamentata di sentirsi troppo appariscente. A breve sarebbero dovuti ritornare nella Grande Mela dove lei aveva in programma un incontro d'affari, e gli aveva chiesto di accompagnarlo. «Con questo viaggio mi trasformerò per caso nel fidanzato di un alto dirigente?» scherzò lui. «Qualcosa di simile alla moglie perfetta di un capitano d'industria? È questo che sono?» Ciò che rappresentavano l'uno per l'altra non aveva una definizione precisa, ma la loro storia funzionava alla perfezione e aveva superato le loro aspettative.

In uno degli ultimi, tiepidi weekend di ottobre Geoff portò Ashley e le bambine a Biltmore, a Santa Barbara. Approfittando del bel tempo, trascorsero la giornata al *Coral Casino* costruendo castelli di sabbia, proprio come Geoff e Ashley avevano fatto da ragazzini. Erano passati vent'anni da allora e adesso, in quello stesso lido, c'erano anche Kendall e Kezia.

Ashley aveva ricominciato a dipingere in maniera quasi compulsiva, e in primavera era riuscita a organizzare una mostra. Il lavoro in televisione di Geoff andava a gonfie vele; la trasmissione aveva ottimi ascolti e i suoi testi erano molto richiesti. Questo lo impegnava molto, sebbene si divertisse nella scrittura delle sceneggiature. Da parecchi mesi, ormai, trascorreva più tempo a Malibu che nel suo appartamento di West Hollywood, e quando poteva trascorreva i weekend con Ashley e le bambine.

«Perché non ci trasferiamo qui?» chiese alla compagna. Stavano passeggiando sulla spiaggia, e Kendall e Kezia correvano sul bagnasciuga. Ashley lo guardò sorpresa. «Non devo andare in ufficio ogni giorno e posso benissimo occuparmi di tutto da qui, come te del resto. Potremmo prendere una casa in affitto per sei mesi e provare. Che ne dici?»

«Perché no? Mi piace l'idea di fare qualcosa di nuovo», rispose lei sorridendo. La casa di Malibu le ricordava Marshall, mentre adesso aveva bisogno di una vita diversa da passare con Geoff, di un posto nuovo, di una felicità come quella di quando erano adolescenti.

«Ti va se facciamo un giro domani, prima di partire?» suggerì. Ashley annuì. In quell'istante sentì alle loro spalle il galoppo di un cavallo sulla battigia. Lei e il compagno si voltarono e sorrisero nel vedere un destriero bianco con in sella il suo cavaliere. «Sai cosa significa, vero?» dise Geoff con un'occhiata d'intesa.

«No cosa?» chiese lei con aria innocente.

«È un segno. Ricordi cos'è accaduto l'ultima volta che abbiamo visto un cavallo bianco sulla spiaggia?» Prima che lei potesse rispondergli, la baciò come aveva fatto quando aveva tredici anni. «Ti amo, Ashley», le sussurrò.

«Ti amo anch'io», disse lei con un filo di voce lasciandosi

baciare di nuovo. Le bambine, accortesi di essere troppo lontane, tornarono di corsa nella loro direzione.

«Voglio stare con te e le bambine per sempre», aggiunse lui in tono pacato. «Vuoi sposarmi?» domandò prima che le gemelle li raggiungessero. Ashley sorrise e parve tornare la ragazzina di un tempo.

«Sì.»

Geoff desiderava altri figli con lei e intendeva adottare le gemelline, se Marshall glielo avesse consentito. In caso contrario, non sarebbe cambiato nulla rispetto alla situazione attuale, si comportava come solo un padre poteva comportarsi. Marshall non si sforzava neanche di andare a trovarle regolarmente, interessato com'era alla propria vita e al lavoro. Le avrebbe riviste un paio di volte l'anno, magari per le vacanze, soprattutto da quando viveva a Boston. Quanto ad Ashley, i contatti con l'ex compagno avvenivano soltanto tramite l'avvocato e per le questioni pratiche. Geoff e le bambine erano tutto ciò di cui aveva bisogno; avrebbe accolto il futuro a braccia aperte, come una benedizione. Era un miracolo avere ritrovato Geoff: l'amico d'infanzia era tornato al momento giusto, come se sapesse che prima di allora lei non sarebbe stata pronta per lui.

Il mattino seguente, dopo aver fatto un giro per il quartiere, trovarono la casa perfetta a pochi passi dalla spiaggia, e la presero per un anno intero.

Quel pomeriggio, mentre erano in macchina per tornare a Malibu, Geoff ripensò alla proposta di matrimonio. Guardò Ashley e le sorrise: sul sedile posteriore le bambine chiacchieravano allegre.

«Ricordati che hai detto di sì», precisò per evitare che

lei lo scordasse o che pensasse che non parlava seriamente. Ma Ashley non aveva dimenticato.

«Qual era la domanda, scusa?» lo canzonò.

«Te lo chiederò di nuovo, più tardi, per scongiurare vuoti di memoria, e lo farò in ginocchio, se preferisci.»

«Questa sì che è una bella idea», esclamò lei sporgendosi per baciarlo. Finalmente anche Ashley aveva il suo finale da favola.

Della stessa autrice

Fine dell'estate

Palomino

Una perfetta sconosciuta

Stagione di passione

Una volta nella vita

Un amore così raro

Due mondi due amori

Incontri

La tenuta

Ritratto di famiglia

Svolte

Promessa d'amore

Menzogne

Ora e per sempre

L'anello

Giramondo

Amarsi

Amare ancora

Cose belle

Il cerchio della vita

Il caleidoscopio

Zoya

Star

Daddy-Babbo

Messaggio dal Vietnam

Batte il cuore

Nessun amore più grande

Gioielli

Le sorprese del destino

Scomparso

Il regalo

Scontro fatale

Cielo aperto

Fulmini

La promessa

Cinque giorni a Parigi

Brilla una stella

Perfidia

Silenzio e onore

Il ranch

Un dono speciale

Il fantasma

La lunga strada verso casa

Immagine allo specchio

Dolceamaro

Forze irresistibili

Le nozze

La casa di Hope Street

Il viaggio

Granny Dan-La ballerina dello zar

Aquila solitaria

Atto di fede

Un uomo quasi perfetto

Il bacio

Il Cottage

Tramonto a Saint-Tropez

Una preghiera esaudita

Un angelo che torna

Appuntamento al buio

Un porto sicuro

La casa

Il miracolo

La stagione delle emozioni (Scomparso, Forze irresistibili, Il bacio)

Sua Altezza Reale

Sorelle

Ricominciare

Una grazia infinita

Una volta ancora

Irresistibile

Gli inganni del cuore

Una donna libera

Le luci del Sud

Una ragazza grande

Happy Birthday

44 Charles Street

Legami di famiglia

Una notte da ricordare

Hotel Vendôme

I peccati di una madre

Un giorno per volta

Al primo sguardo

Piccola Minnie a Parigi

Fino alla fine dei giorni

Tradita

Pegaso-Le ali del destino

Gioco di potere

Ogni istante di felicità

Una vita perfetta

L'appartamento

L'eredità segreta

L'amante

Doni preziosi

Una magia a Parigi

Finito di stampare presso ELCOGRAF S.p.A.
Stabilimento di Cles (TN)